高門嫡女

肆

目次

壹之章◆世子討巧表情意

太子妃住在集賢館內，一路走進去，光潔的青石板面幾乎能照見人影，一排溜光雪白的粉牆，只懸著一幅書寫著靜心咒的字畫。窗前不是尋常女子房間會有的琴架、繡棚，反而橫著一張書案。上等的宣紙隨意鋪散著，另有一整套的青玉葵花筆洗，最引人注目的是書桌後面的楠木書架上一排的各色硯臺，仔細望去，除了時下貴族之間流行的端石、歙石、洮河石、澄泥石、紅絲石、砣磯石、菊花石外，還有尋常人家用的玉硯、玉雜石硯、瓦硯、漆沙硯、鐵硯、瓷硯等，零零碎碎竟有數十種，蔚為壯觀。朝南長窗下還放著一張金絲楠木的楊妃榻，榻邊案几上放著一個青瓷美人觚，裡頭插著幾枝蘭花，整個房間觀之古雅精緻，雅致宜人。

林元馨見歐陽暖目露驚訝，微笑道：「太子妃很喜歡書法，還喜歡搜集硯臺！這天底下的硯臺，各式各樣，幾乎都有收存呢！」

歐陽暖點點頭，笑道：「難得太子妃有這樣的雅興！」

太子妃饒有興趣地捧起一方玉硯，笑道：「太子公務繁忙，皇長孫也成家了，我一個人閒著無事，倒是很喜歡搜集這些東西。妳別看這硯臺小小的一方，學問可大著呢。我剛開始只是覺得有趣，便什麼樣的都肯收，後來太子跟我說，要選硯臺，要看硯臺的材質、工藝、銘文等。」

太子妃微笑著，似是想起了什麼，輕輕用手指撫摩著硯臺，感覺手下的滑潤細膩，神情很溫柔。她放下玉硯，捧起另外一方硯臺，道：「這一方是端硯。」一邊說，一邊輕輕敲擊了一下，道：「妳們聽，敲擊的聲音以木聲為佳，瓦聲次之，金聲為下，所以這一方是上等的端硯，如果是歙硯，以聲音清脆為好。」

林元馨一直微笑著聆聽太子妃的話，然而臉上卻露出困惑的表情，她永遠也不明白，為什麼太子妃會迷戀於這種看起來毫不出眾的東西，反而對別人送來的金玉珠寶毫無興趣。這一點，不僅僅是她覺得奇怪，連皇長孫都對此飽含困惑。

歐陽暖看著太子妃，只覺得她在說起這些硯臺的時候，神情很溫柔，她隱隱猜想，或許這些東西和太子有某種關聯，更可能……這些東西在她的眼中，是年輕時候夫妻恩愛的象徵。據她所知，太子身邊有無數美麗的姬妾，政事之外的時間全都消磨在那些人的身上，對於這位太子妃，剩下的也只有敬重了吧。可她到了如今，卻還記著對方曾經說過的話。嫁入皇家，這究竟是一種幸運，還是一種悲哀呢？

太子妃回過神來，微笑著望向她們，「我怎麼又說起這個了，妳們該不愛聽了吧？」

歐陽暖笑道：「不，小女只是覺得，太子妃的收藏很多，想必花了不少心思。」

太子妃輕輕點點頭，將手中的硯臺放回原位，聲音中有一種說不出的空寂：「我有的是時間……」說到這裡，突然笑著對林元馨道：「別在這裡陪著我了，妳該陪在皇長孫的身邊，去吧，孩子。」

林元馨站在原地，面上仍舊有些猶豫。

風靜靜的，帶了一點沁涼柔潤的花香，徐徐吹在太子妃的鬢邊，她看著花容月貌的林元馨，不知為何，突然嘆了口氣，「馨兒，妳是宴會的主人，剛才妳的丫鬟又出了事，妳送我回來也就罷了，如果再不出現，別人會以為妳借題發揮。留下歐陽小姐和我說說話就好了，妳自去吧。」

林元馨一愣，立刻明白過來，垂首道：「是。」她隱約猜到太子妃要單獨和歐陽暖說話，心中不免擔心起來，可是又不好多說什麼，只能對著歐陽暖露出安慰的眼神，慢慢走了出去。

太子妃看著歐陽暖，眼神很溫和，輕聲道：「孩子，妳剛才對我眨了眨眼睛，是想要單獨對我說什麼嗎？」

歐陽暖點了點頭，太子府中正妃有孕，林元馨的地位和性命岌岌可危，而這不過只是皇室家族陰影的一角。縱然周芷君心狠手辣，她也是為了自己的孩子。成者王侯敗者寇，說不上誰對誰錯，不過各自為了生存。太子妃是太子府真正的女主人，有些話、有些事，實在是不需要也不必瞞她。歐陽暖強忍住心中翻湧的情緒，狠一狠心，猛地雙膝跪地，輕聲道：「求太子妃救表姊性命！」

太子妃一怔，原本的溫柔之色霍然而收，走近她身畔道：「妳可知道自己在說什麼？」

歐陽暖艱難屏息，聲音沉靜如冰下冷泉之水，冷靜道：「今日歐陽暖偶然發現，墨荷齋中掛著一幅觀音送子圖，這畫所用的墨汁十分古怪，長期熏香恐有性命之憂……」

太子妃臉色僵了一僵，幾乎就要忍不住變色，「什麼？」

歐陽暖正色道：「歐陽暖對書法十分喜愛，對各種墨色也十分清楚，那畫的色澤較一般的更為鮮豔，其中一味褐色更帶了一絲朱紅，這是極為罕見的，所以我才起了疑心。太子妃若是不信，可以將此圖拿來驗看。」

太子妃的目光驟然變冷，「妳今日此言，到底有何目的？」

歐陽暖揚起臉，淡淡一笑，聲音只是沉沉的，似乎墜了什麼沉重的東西：「我知道，若是我告訴太子妃，您一定會懷疑我別有目的，可是比起這些，我更在意表姊的平安！此畫是表姊從京都水月庵中求來，您若是懷疑我的目的，大可以去調查，那幕後黑手是誰，未必一點蛛絲馬跡都沒有！」

太子妃聞言一震，默默看著歐陽暖半晌，卻見到她挺直了背脊，一臉倔強的模樣，隨之心底黯然嘆息了一聲，忽然低著頭悶悶道了一句：「歐陽小姐，妳很好。」

歐陽暖一時不能會意，脫口道：「什麼？」

太子妃長嘆一聲，道：「妳肯對我說實話，很好。」

歐陽暖垂首，「太子妃高抬我了，若今日不是表姊受害，我是不會多此一舉的。」

太子妃微一出神，目光有一瞬間的森冷，眼角的細紋因肅穆的神情而令人倍覺嚴厲，她狠狠從唇齒間逼出幾個字來：「這種微末伎倆，不過是家常便飯罷了！」
歐陽暖直截了當道：「這本是皇長孫家事，不容外人置喙，可馨表姊與歐陽暖情同姊妹，我實在不忍心見她陷入這樣的絕境，請太子妃對表姊多加照拂，不至讓明珠蒙塵，善者受苦！」
太子妃的手指自頭上的纏絲瑪瑙簪子上輕輕撫過，彷彿是漫不經心一般，道：「這是妳表姊讓妳來告訴我的嗎？」
歐陽暖微微一笑，「太子妃，您可以懷疑我，卻不該懷疑表姊，她不是這樣的人。」
太子妃的神色緩了緩，和顏道：「是，我不該懷疑她，馨兒是個單純的孩子，正因為如此，我才這樣喜歡她。我早已對她說過，她對我雖有孝心，可是這心思也該多用在皇長孫身上，用在後院的人身上，可是她卻終究還是太年輕了，無法領會這一點。歐陽小姐，妳說是不是？」
歐陽暖垂下眼睛，道：「表姊也有她的心思，讓太子妃過得舒心是皇長孫的心願，她為夫君分憂也是分內之事。再者，皇長孫的身邊還有正妃和其他侍妾，並不獨獨缺她一人。反倒是在太子妃這裡，表姊說得您時常指點教誨，真正長了許多見識。」
太子妃認真地看著歐陽暖，神色已經十分溫和，「好孩子，起來吧。」
歐陽暖的神色更加謙卑，慢慢起身，道：「多謝太子妃。」
太子妃笑著搖了搖頭，道：「妳告訴我卻沒有告訴皇長孫，不過是覺得他表面上一碗水端平，其實更喜愛周芷君，對馨兒的尊重和愛護只是出於對鎮國侯府的尊重罷了，是不是？」
歐陽暖眼中似有惶恐，聲音卻很平靜：「小女不敢。」
太子妃突然大笑起來，「有什麼不敢的，衍兒那個孩子我很瞭解，不只是他，男人都是這樣，總有一些新鮮勁兒。芷君的容貌心機都勝過馨兒很多，又比她晚進門，如今還有了身孕，他在意些也再所難免。」

正因為周芷君懷有身孕，不可能受到嚴懲，歐陽暖才沒有將此事告知林元馨，表姊的心思單純，太過善良，萬一她得知此事，就算能忍下怨憤，言談舉止之間也難保不被周芷君看出端倪。

若非死過一次，歐陽暖怎麼會真切地瞭解一個忍字的真諦。忍耐，忍耐到心中如有利爪狠狠撓著、撕拉著，一下一下抽搐的疼，卻也要對著仇人笑得溫柔甜美，直到有一天，一擊必中，將對方置諸死地。

現在將一切告訴林元馨，是會讓她生出戒心，再然後呢，萬一她無法忍住怨憤，會造成何種結果？所以歐陽暖權衡再三，選擇了太子妃，她或許在意周芷君肚子裡的孩子，更在意的卻是皇室家族的體面和安寧。

此刻，歐陽暖沉默著，太子妃的語氣裡有一種涼薄，也有一種過來人的悲哀，那語聲裡面沁涼的意味，透過肌膚直沁入心裡去。歐陽暖定定望著她，帶著懇求的口氣，「太子妃，您……」

太子妃微瞇了眼睛，面上還是溫和無害的神色，眼底卻閃爍著寒冷的光澤，「別人的府中我不管，太子府裡，容不得這些害人的東西！」

歐陽暖放下心來，只要太子妃出面敲打周芷君，必能讓對方有所收斂，想必在嫡長子出生以前，林元馨能過一段比較安全的日子。

太子妃又盯著歐陽暖看了半天，直看得她心裡拎了起來，才微笑道：「芷君沒有嫁入太子府之前，我是曾經見過的，性子溫柔沉靜又靦腆。只不過妳表姊先她進門，又討我的喜歡，在府裡站穩了腳跟，她難免有些急躁了……放眼去看這世間，男人有他們的爭鬥，女人也有自己的世界。不要說這裡是太子府，就算是尋常的人家，妻妾之間平日裡明爭暗鬥，花樣百出，一點不會少，但凡牽扯上了正妻的地位，牽扯上了權力，哪一個不是施展渾身解數，不惜從脂粉堆裡殺出一條血路？馨兒的委屈，不過是剛開始……」她眼角隱隱有一點失落，然而語氣卻是平淡而疏離，連自身的憤怒亦是淡淡的不著痕跡。這樣的平靜，想必是心有所感了。

歐陽暖聽著，如重重一記擊在她心口上，周芷君要的是表姊的性命，何其殘忍啊！可是在太子妃看來，不過是後院爭寵的手段，僅僅是地位受到了威脅，就要奪人性命……她微微低下了頭，道：「請太子妃放心，表姊絕不會知道此事，更不會因此傷了和正妃之間的和氣。」

「妳這個孩子這麼聰明，難怪大公主喜歡妳，這兩年每次有宴會，身邊都帶著妳。」太子妃說到一半故意停住，可是歐陽暖卻靜靜地站著，並不接話，倒是她忍不住追問了一句：「我也很奇怪，她為什麼這麼喜歡妳呢？」

歐陽暖坦然一笑，「公主常說，若是她的女兒能夠平安長大，就應該是我這個模樣，我想，這大概就是公主青眼於我的主要原因吧！」

太子妃看她一眼，表情甚是認真地點了點頭道：「大公主識人慧眼遠甚於我，我先前以為，妳不過是刻意討好她，藉以晉身的閨閣女子，然而今天才瞭解到，妳遠不是我以前想像中的那種投機之輩。」

今天歐陽暖所言，簡直是冒險到了極點，可她為了林元馨竟全然不顧。所以太子妃這句讚譽，的確是出自真心，並無虛飾，歐陽暖自然分辨得出，然而她只是靜靜行了一禮。

從集賢館出來，歐陽暖的眼中已是寒潭靜水，漠然、平穩而又幽深，掩住了所有的情緒……

宴會結束，歐陽爵等在馬車前，看見林元馨親自送歐陽暖緩出來，便快步走過去向林元馨行了禮，然後道：「姊姊，咱們回去吧。」他隱約覺得，這個太子府裡頭每一個人都怪怪的，尤其是今天花園裡發生的事情，他總覺得很不對勁，卻說不出哪裡有問題。

林元馨微微一笑，道：「暖兒，快回去吧。」

歐陽暖點點頭，轉身要離開。林元馨突然叫住了她，歐陽暖一愣，回身望著她，林元馨的手突然拉住她，眼中有一種淡淡的疑慮，「暖兒，妳——是不是有什麼事情瞞著我？」

歐陽暖深深吸了一口氣，踏前一步，用力握住了林元馨的手，一字一句道：「表姊，我不能時時刻刻陪在妳身邊，妳——要小心。」說完，快速轉身，上了馬車。車簾放下的那一刻，林元馨竟看到她眼中隱隱的淚光。

山菊同樣聽到了這句話，不由得露出詫異的神情，「林妃，您覺不覺得表小姐變了好多？」

林元馨一直望著馬車絕塵而去，如果可以，她希望歐陽暖不要變，但是她一直在變，從以前怯懦膽小的小女孩，變成現在清麗絕俗的模樣；從安安靜靜不愛說話，變成如今心機深沉的少女。她淡淡地道：「不管她變成什麼樣，都是我最好的妹妹，這一點是永遠不會變的！」她說到最後一句的時候，聲音已有些沙啞，眼圈兒也發紅。

山菊疑惑地瞪大了眼睛，不明白究竟是怎麼回事。

林元馨是善良，可並不愚蠢，她知道歐陽暖不會無緣無故向自己索要那幅畫的，這其中一定有緣故，只怕是蘭芝的死也和這件事有關係……

歐陽家的馬車駛過鬧市區，到了一處拐角，歐陽爵突然下令停了馬車。紅玉掀起了車簾，歐陽暖看見歐陽爵面色古怪地向前方望去，她皺了皺眉頭，順著他的目光看過去，只見一丈開外的地方，肖天燁悠閒地站著，見她掀開車簾，便輕輕點了點頭。雖然他臉上沒有什麼特別的表情，但那個姿勢卻清楚地表明，他是專門先行一步，在此等候歐陽暖的。

「姊姊，不要理他，咱們該回去了。」歐陽爵對肖天燁一直沒有好感，這時候看見對方，刻意壓低聲音對歐陽暖說道。

最初的一瞬間，歐陽暖有些猶豫，但不過片刻之後，她還是坦然地搖了搖頭，「不，我過去跟他說兩句話。」

「我陪妳一起……」這句衝口而出的話只說了半句便停住了，因為歐陽暖輕輕看了他一眼，他立刻明白，姊姊並不希望自己一起去，所以他只好策馬退後了幾步，不再多言。

菖蒲想跟上去，卻被紅玉抓住，拉了回來，「若是需要跟著，小姐自會吩咐，妳老實待著。」

歐陽暖已經走向肖天燁，他看著她走近，面色有些冷淡，春水般的眸子裡卻帶著一種奇異的狂熱情緒。

歐陽暖在離他三步的地方站定，靜靜地道：「世子找我有事？」

肖天燁身形一頓，默然了片刻，直視著她，答道：「我剛才翻來覆去都在想一件事。」

歐陽暖看著他，露出驚訝的神情。肖天燁像是在說給她聽，又像是在自言自語：「我為什麼要救妳呢？在獵場的時候，妳把我氣得半死，還害得我犯了心疾，差點死在當場。後來又逼我扮成女人，害得我丟盡了臉面。按照道理說，我應當恨妳才對，為什麼要救妳呢？」

他說話的時候，眼裡沒有雜質，澄明如鏡，只有微微的困惑，「妳能回答我這個問題嗎？」

歐陽暖搖了搖頭，淡淡一笑，「說實話，你這麼做，我也很難理解。如果今天你看到這一切沒有救下我，我也不會怪你，畢竟……自從你我認識以來，我對你一直不好，你並沒有責任和義務一定要幫忙。也許世子爺你現在已經後悔了……」

「我救妳，是因為我想要這麼做，也沒什麼好後悔的。」肖天燁突然打斷她的話。

歐陽暖心中一頓，面上卻仍帶著微笑，「既然世子爺不後悔，又何必問為什麼呢？」

肖天燁低下頭，默然不語。認真算起因果來，兩人之間除了一些心結以外，也沒什麼抹不開的血海深仇。更重要的是，他突然發現，這種奇怪的情緒似乎是因為自己十分看重歐陽暖，看重到了會為她暴怒的地步，甚至於不計後果地為她出氣。這種虧本的買賣，他居然也做了，如果不是突然瘋了，那就是有某種他不願意承認的原因。明明知道，卻不願意承認！

歐陽暖笑了笑，繼續道：「我該走了。」

肖天燁卻突然上前一步，語速極快地道：「歐陽暖，我猜……是因為我喜歡妳。」

歐陽暖心中劇震，肖天燁的一雙眸子裡只能瞧見她的倒影，直要望到人心裡去似的，讓她的心整個縮成一團。

「我喜歡妳。」他認真看著歐陽暖眼中的震驚，補充道：「我喜歡的人，我一定要得到。」

歐陽暖望著他，良久，壓低了聲音說道：「可是世子爺有沒有想過，我根本不喜歡你。」

「我會努力讓妳喜歡上我。」

「如果努力也沒有用呢？」

「不可能。」

「世子爺，你我立場不同，很多事情不是你想怎麼樣都可以……」

「我不在乎！」肖天燁那雙春水般的眼似極了水底下柔軟的沙子，軟得讓人要沉下去了，然而他的每一句話都充滿了堅定與頑固，「我不需要妳的同意……總有一天，妳會喜歡我的！」

歐陽暖看著他，突然想起那一年的盛宴，她悄悄掩了眉目，避在盛裝錦簇的林氏身後，瞧見了蘇玉樓。

當時，她不必攬鏡自照，也知道自己的臉上染起淡淡嫣紅，悄悄地道：「娘，蘇公子生得真俊朗……」低低的彷彿比夢囈的聲音還輕，怕是連她自己都聽不真切。

後來，她如願成了蘇玉樓的妻子。那時候，她第一次知道，原來一個人可以如此滿心滿意的歡喜和快活。

蘇玉樓……並非沒有對她溫柔的時候，想起往昔的時日，恍如一夢，令她時時喘不過氣來。再後來又怎樣？

他早早背棄了她，她的屍身葬身於冰冷的江水之中。

往昔的良人變成了兇手，這樣的恨，日日夜夜煎熬著她。

她與肖天燁根本不是同一個世界的人，他們之間有太多的距離，立場、家族，她已經犯了一次錯，絕不會再選擇一門註定不被人祝福的婚姻。

無恨無怨，是他們最好的結局，何必再多求，想到這裡，她毫不留戀快步離去，上了馬車。

肖天燁目送馬車消失，表情陰沉。

「世子爺，我們也回去吧？」隱在暗處的侍衛長玄景低聲問道。

肖天燁冷哼一聲，「歐陽暖……妳想這樣甩開我，哪有那麼容易！」

玉妃來到御書房，一眼看見皇帝，他看到她，臉上的神情再不是往日裡的和顏悅色，突然抓起一本奏章，狠狠擲在她的腳下。

皇帝一臉怒意地道：「曹家豎子當真膽大妄為！」

玉妃驚怔，撲通一聲跪下，「陛下！」

皇帝瞪了她一眼，冷哼一聲說：「你們曹家養了個好兒子呀，居然敢到太子府淫辱丫鬟，這是在藐視我皇家的威嚴嗎？」

玉妃難以置信地瞪大了眼睛，跪行幾步來到皇帝腳前哀求道：「都是我爹娘教子無方，讓榮兒犯下彌天大罪，請陛下治妾身之罪，寬恕了他吧！求求您了，陛下！」

皇帝不去看她，只顧向一旁太監下令道：「傳旨！」

玉妃還跪在他身旁哭喊著：「求求您了，陛下！請治妾身之罪，寬恕了榮兒吧……」她早得到消息，想要向皇帝請求饒恕曹榮的罪過，然而太子的動作卻比她更快，已經先一步寫了奏摺呈上來，這樣一來，曹榮的罪名可就大了！

「傳旨！」太監尖尖的聲音有些刺耳地響起，打斷了玉妃的話。

「將曹榮交由三司會審，嚴懲不貸！」

三司會審？老天，那可是重罪犯人才會有的，多數不判死刑也要流放！玉妃聞言，死死抓住皇帝的龍袍，美麗的面孔整個扭曲了。她迅速地看了皇帝身旁最寵信的大太監孔德一眼，孔德平日裡收了玉妃不少的好處，便也不能視若無睹，趕忙道：「陛下，曹公子雖然風流了點，但絕不敢蔑視天家，這件事或許有什麼誤會！」

「誤會？太子難道還能冤枉他不成！」皇帝的臉色一沉，孔德望了望玉妃滿是哀求的臉，想到她送給自己的那塊價值連城的玉玨，只能硬著頭皮接著往下說：「太子殿下事發的時候在宮中，一回去就聽說這件事，想必也沒有徹查……」

「是啊，陛下，妾身的弟弟雖然膽大，卻絕不會冒犯天家的威嚴啊！」玉妃哀戚地道。

「聽說當時是皇長孫正在辦宴會，那麼多人都去了，誰知道是誰栽贓在曹公子身上……」

話沒說完，皇帝猛地一轉身，「啪」的一聲對著孔德的臉打了一巴掌，把孔德打了一個趔趄，踉蹌後退幾步，雙膝跪倒，連連磕頭。孔德一向受到皇帝倚重，在宮裡是個舉足輕重的人物，眾位太監宮女，包括玉妃在內，一時之間都驚得目瞪口呆，臉色發白。

「混帳東西！你是說皇長孫誣陷他嗎？他曹家是什麼東西，皇長孫犯得著誣陷他嗎？」

「奴才混帳，陛下恕罪！」孔德臉上漲得通紅，渾身顫抖著，「奴才死罪，求陛下饒恕！」

皇帝冷笑說道：「你說的不錯，本是舉行宴會，眾目睽睽之下，當眾抓住了曹榮，才真叫鐵證如山！朕已經下了聖旨，命三司會審，嚴懲不貸，你居然還敢說這種話！這叫內監議政，誣皭皇族！太子和皇長孫是什麼人，你這奴才就敢誹謗他們，嗯？反了天了！」

「奴才不敢，奴才有罪，奴才有罪啊！」孔德猛地意識到，皇帝雖然疑心病重，但是在眾人面前，從不會隨便落太子的面子，尤其他特別鍾愛皇長孫，自己本是要為曹榮求情，卻在無意之中犯了個大錯。

皇帝冷冷說道：「來人！拖出去，抽他一百鞭子，看他敢不敢再滿口胡言！」

侍衛在門口的太監們再不敢怠慢，將孔德架了出去。

玉妃的臉色變得慘白，她從這樣的變故中意識到了什麼，還沒說話，卻聽到皇帝冷聲道：「後宮不得干政，平日裡給妳點顏色就看不清自己是誰，居然越來越放肆！在朕跟前就敢妄議朝政，再這麼下去如何了得？傳旨下去，將『後宮干預朝政者斬』的牌子豎在各宮門口，再有妄議朝政者，斬立決！」

從御書房回來的玉妃面色鐵青，全身篩糠般顫抖。

宮女擔心地走近些，伸手想要攙她，卻被猛力推開，幾乎跌坐於地。

玉妃快步向裡面走，劈手將一旁的黃花梨花盆架用力揮倒，花盆飛出去，在殿內的朱紅圓柱上砸出一道深痕，摔在地下，頓時花瓣凋零，枝葉殘破。

宮女們見到平日裡喜怒不形於色的玉妃竟然如此模樣，頓覺汗出如漿，全都跪倒在地上一聲不吭，殿內一片死寂。

「這個小畜生！」玉妃氣到了極點，突覺眼前一黑，向後栽倒，幸而宮女快速扶住，才沒有傷著。旁邊的人立刻取了安神香來，玉妃深深吸了一口氣，原先已經被氣得不行的大腦才漸漸清明。

「娘娘……」宮女音兒為她輕輕撫順了呼吸，扶到座椅坐了，徐徐勸道：「您的身體最為緊要，請娘娘保重。」

旁邊的人連忙拿過手巾，音兒接過，輕手輕腳地為玉妃擦了擦臉，玉妃整個人倚在椅背上，大口大口地喘息。時間一久，方才充盈於胸間的怒氣漸漸消了，取而代之的是心底一片惶急。

「音兒……我身後沒有背景，在宮中本就舉步維艱，他們身為我的家人，不為我籌謀也就罷了，現在竟然闖下這樣的禍事來，妳可知道，榮兒這個小畜生竟然去淫辱太子府的丫鬟，引來東宮如此怨懟，在陛下面前重重參我曹家一本……父親竟然還來求我出面，他們當真以為我無所不能嗎？」

音兒被她問得發愣，一時不知該如何回答。她到玉妃身邊三年，時日不可謂不久，但三年以來，她只見過這位寵妃討好陛下，手段百變，永遠都是千嬌百媚，意氣風發，幾時見過她這般憔悴感慨，軟弱傷心？看到這樣的玉妃，音兒不禁恍惚怔忡，感覺極是陌生。

「娘娘，您打算……」她問了半句，又覺不妥，忙噤了回去。

玉妃咬牙想了半日，面色猶疑不定，也無人敢催問她。足足一盞茶功夫過去，她方吩咐道：「將殿內一切收拾乾淨，今日之事，嚴令不得外傳！」沉吟了一陣後，她又補充了一句：「從現在起，命所有人謹言慎行，一應人等，不得隨意出入，宮外來人一概不見！」

音兒遲疑地問道：「那老爺那邊？」

「包括我爹！」玉妃語氣沉痛，卻也堅決，「他是外人，非領旨也不得入見。」

音兒輕聲道：「娘娘，可是曹少爺……」

玉妃看了她一眼，正要說話，一個宮女突然道：「娘娘，剛有人稟報說，曹夫人跪在宮門外邊，您見不見？」

「……叫她回去，我現在……不想見她……」玉妃閉了閉眼睛，聲音甚是疲累。

曹夫人是玉妃的親生母親，她現在來，一定是為了曹榮的事，他們以為自己是寵妃，卻不知道宮中多少雙眼睛在盯著自己，這次得罪的不是別人，而是太子，太子的背後就是皇后，而徐貴妃更是急切地想要抓自己的把柄，她如今只要說一句話，隨時都有可能陷入萬劫不復的境地。

玉妃嘆了口氣，仰頭望向宮牆上精雕細刻的藤蔓葵荷花草葉紋，深深嘆了一口氣。

曹家早已亂成一團，林元柔冷臉坐在一旁，曹榮的八個妾還有十來個通房全都聚在一起，哭的哭，鬧的鬧，亂成了一鍋粥。

曹剛原本像熱鍋上的螞蟻那樣，在大廳裡轉來轉去，一點主意也拿不出來。一見她們這陣勢，心裡的火不打一處來，便怒喝一聲：「都給我閉嘴，哭什麼，人還沒死呢！」罵完，猛地坐在椅子上，瞪著眼睛望向林元柔，心道從她進門第一天曹榮就鬧著要休妻，接著兩人成日裡為了爭風吃醋的小事鬧得雞飛狗跳，去一回太子府曹榮又犯了大過錯，她不在旁邊陪著竟然自己一個人回來了，這女人真是個喪門星！

「夫人回來了。」這時候，丫鬟進來回稟。

所有人一聽，都充滿期待地望著門口，曹夫人匆匆走進來，曹剛立刻迎上去，「怎麼說？」

曹夫人頹喪地搖頭，「玉兒不肯見，她說，她從此不認有這個弟弟！」

曹剛登時臉色漲紅，心頭怦怦亂跳，手心捏出了冷汗，一時忍不住，暴怒著跳起來道：「這個不孝的女兒，沒用的東西，連她弟弟都見死不救！」

他連聲咒罵著，越罵越是不堪，幾乎將曹玉罵了個狗血噴頭，這時候他已經完全忘記了他們一家是託曹玉的福才能有今天的榮華富貴。罵到最後，他惡狠狠地啐了林元柔一口：「妳這個喪門星，就是妳進了門，我們家才倒了大楣！」

林元柔猛地從椅子上站起來，正要說什麼，卻被曹剛可怕的眼神震懾住，她緩了一口氣，道：「爹，您先別生氣，這件事除了玉妃，還有別的法子。」

曹剛一愣，頓時道：「妳能有什麼法子？」

林元柔環視了一圈周圍，曹剛立刻下令那些侍妾全都下去，再將大廳的門窗全部關好，這才回過頭來，滿臉期待地看著對方。

林元柔冷笑，「我爹已經派人寫了摺子，要狠狠地參曹家一本，說曹家縱子行兇，明面上是傷害婢女，實際上是要危害太子，動搖國本！」

「啊？什麼，妳說什麼？這不是要禍延九族了嗎？妳這個毒婦，妳居然做得出這種事！我家榮兒可是妳的丈夫，妳害死他還不夠，這是要讓我們全家跟著一起倒大楣啊！」曹夫人一聽頓時急了，指著林元柔的鼻子氣得臉色煞白，幾乎說不出話來。

「爹、娘，曹榮再不成器，到底是我的丈夫，我能眼睜睜看著他獲罪嗎？您們先聽我說，我爹說過，當今陛下聰明英武，能謀善斷，可是疑心很重。夫君肆意妄為，風流浪蕩，欺辱丫鬟，這些罪名陛下當然會相信，也一定會將他重重懲辦，但你們別忘了，我爹是秦王一脈，如果把這件事情擴大到太子與秦王之爭上去，陛下肯定會起疑心，只要那摺子一到了陛下那裡，陛下肯定會懷疑是太子身邊的人想要藉機向秦王示威才故意拿曹家下手，這樣一來，夫君反而可以脫罪！」

曹剛瞇起小眼睛，面色嚴峻地想了又想，這才明白過來：「好主意！當真是好主意啊！柔兒，妳要代我多謝親家公啊！」

林元柔露出淡淡的笑容，心中卻想，若非看在自己的面子上，父親怎麼會費心思幫著曹家脫難，當真是一群扶不起的阿斗！遇到事情就知道慌亂，半點主張也沒有，愚蠢至極！

十日後，皇帝果然下旨，將曹榮打了一百個板子，責令閉門思過半年。此事重重提起，輕輕落下，不知情的眾人都以為是玉妃在其中起了作用，卻沒有想到，兵部尚書林文淵才是那個幕後翻雲覆雨的手。

紅玉將這個消息告訴歐陽暖，歐陽暖點點頭，道：「今日這些事情就不要再提了。」

紅玉垂下頭，「是。」

半年前，歐陽暖已經將梨香風光地嫁了出去，如今身邊最倚重的大丫鬟就是紅玉和菖蒲兩人。菖蒲不解地看著歐陽暖，想問什麼，紅玉卻拉住她的袖子，低聲道：「今天是夫人的忌日。」菖蒲一愣，隨即點了點頭，不再提旁的事情，老老實實低著頭，跟著歐陽暖身後進了大殿。

這一次來上香，歐陽暖沒有驚動任何人，只是親自從盒子中取出祭品，一一在林婉清的牌位前擺上，認真地叩首、敬香，一舉一動都無比的虔誠。

紅玉和菖蒲也跟著跪下磕頭上香，歐陽暖微微一笑，淡淡地道：「妳們都出去吧，我想和娘單獨待一會兒。」

紅玉和菖蒲對視一眼，依言退出了殿外，卻也不敢走遠，在院子裡的梧桐樹下靜靜看著。不知過了多久，菖蒲突然驚呼一聲，旁邊的紅玉順著她的目光望過去，卻見到一個華服少年從牆上跳下來，如緞的長髮翻飛在風裡，那張面色稍顯蒼白的臉俊俏到了極致，卻掩飾不住眉眼之間的一絲戾氣。

秦王世子！

紅玉驚怔住了，就在她要發出聲音的時候，有人用鋒利的長劍抵住了兩人的喉嚨，菖蒲一個掙扎就要喊叫，秦王世子卻迅速到了她們跟前，展顏一笑道：「妳們是她的人，只要乖乖聽話，我不會殺人。」說著，揮了揮手，「不必擔心，我不過是和妳們家小姐說說話而已。」

大殿內的歐陽暖，對外面發生的一切毫無所覺。

這些日子以來，她的胸膛裡始終有一種火和疼互相攀附著，燒灼得厲害，幾欲噴薄而出。她知道，那是仇恨，那樣深那樣深的恨，被她牢牢壓抑在心底深處的仇恨。

儘管林氏已經不能再興風作浪，儘管歐陽可已經瘸了雙腿，可是她們都還好好地活著，而林婉清卻已經死了，曾經單純無知的歐陽暖也已經死了，低落的情緒，在這樣的日子裡越發明顯。

許久，有輕微的腳步聲快步靠近。

歐陽暖一驚，那個人卻站在她身後，輕聲道：「為什麼一個人在這裡？」

歐陽暖猛地轉頭，肖天燁笑著看她，笑容比外面的陽光更加耀眼。

「是因為妳娘的忌日不開心嗎？」肖天燁在她身邊坐下，「還是說沒人了解妳，心情不好？」

他居然知道今天是林婉清的忌日。

心中的震驚一閃而過，歐陽暖隨即搖搖頭，只要有心，什麼查不到呢？更何況，這並不是什麼祕密。每年的這一天，她都會來寧國庵上香。

「我知道妳很難過。」肖天燁輕嘆，「但這世上不是只有妳有娘，也不是只有妳娘死了。」

歐陽暖說不出話，這種時候，她不知道該說些什麼好。

「不要不開心了，這不過是常有的事，不用在意……妳、我以後也都是要死的。」肖天燁垂下頭來，聲音出奇的柔和，「笑一個吧，妳笑起來才好看！」

肖天燁伸出手，拍了拍她的肩膀，似乎在安慰，但是出乎他意料的，歐陽暖的身體卻在微微發顫。肖天燁停頓了片刻，突然將她摟入懷中。

歐陽暖心頭巨震，她沒想到肖天燁會有這樣失禮的舉動，也就一時沒來得及推開他。

肖天燁雙臂的力量漸漸加重，擁抱也變得越來越緊。

想要將這個女子牢牢抱在懷裡，他根本不知道這種強烈的占有欲是從何而來，但只要一想歐陽暖根本不喜歡他，他就覺得很頹喪。

對於不愛自己的女人，最好的解決辦法就是與她劃清界限，再不來往。時間長了，就算不能完全忘記，這份感情也會被慢慢沖淡，但他也知道，自己不是會放手的類型。

從小到大，只要他想要的，都是不擇手段，不計代價地去籌謀，不管要付出什麼樣的犧牲，只要得到就好。越是得不到，越是難受，這樣的渴望，幾乎變成一塊巨大的石頭，將他壓到無法呼吸。

「世子爺，這樣於理不合。」歐陽暖稍稍平復了心情，坐直了身子，用力地推開他，淡淡地說道：「您不該在這裡出現。」

「這世上有什麼不該的嗎？我想來，就來了！不管妳是在寧國庵，還是在歐陽府，哪怕是在皇宮，只要我想見妳，就一定要見到！」肖天燁依然看著她，目光微微閃動。

「可是我不想見到您，請您離開！」歐陽暖冷冷地說，她知道，只能這樣斬斷肖天燁的情思，如果她不想給彼此帶來什麼麻煩的話，這是最好的辦法。

肖天燁沒想到她這樣固執，一時自尊心發作，猛地站起來就往外走，但走到門口的時候，他迅速回過頭，看見了歐陽暖發紅的眼圈。

肖天燁立刻回到她旁邊坐下，「不管妳怎麼說，這種時候，我不會離開妳的。」

歐陽暖咬了咬嘴唇，「我沒事，您可以放心。」

「那妳別哭了。」肖天燁轉眼凝視著她，眉頭輕皺著，春水般的眼睛卻讓歐陽暖禁不住心中一跳，「妳讓我離開，只是因為妳要哭，是不是？連哭都要躲起來，歐陽暖，妳不覺得自己很累嗎？為什麼要這麼累？有什麼話妳都不願意與別人說嗎？妳告訴我，妳是活生生的人，還是一個木頭美人，不會哭不會笑，喜怒哀樂全都是假的？」

歐陽暖雙唇緊抿，臉上雖然有笑意，卻是說不出的清冷疏落，「你說的對，我只是個假人而已，沒有愛沒有情，沒有一絲一毫的真心。」

肖天燁一愣，看著她清冷寂寞的眼睛，不由自主伸出手來。他的指尖微涼，似一塊白玉，涼且潤，輕柔拂過歐陽暖的鬢邊。歐陽暖微微側首，避開了。

「妳上一次不是說過，將來若是我需要，妳會回報我的相助嗎？」肖天燁收回手，臉上並沒有怒氣，只是帶著溫柔的笑意，目不轉瞬地望著她，而目光卻狂熱，正是這一絲狂熱洩露了他的本性，「這句話，還算數嗎？」

他在那裡，殿外的陽光從背後灑在他身上，倒讓他整個人的面容看不清，只是那幾個字緩緩的，似砸在心上一般，讓歐陽暖心中微微震動，「世子爺想要我做什麼？只要不危害到爵兒，不妨礙鎮國侯府，我都可以答應你。」

肖天燁微微一笑，淡淡地道：「歐陽暖，妳太小瞧我了，我若是真心想對歐陽爵和鎮國侯府下手，用得著利用妳嗎？今日，我只不過想要妳……陪我走一走。」

肖天燁似乎早有準備，甚至準備好了替換的男裝，「放心，我不會賣了妳的，換上。」

她曾逼他男扮女裝，如今他卻反過來逼她穿著男裝，這其中的淵源還真是說不清了。

聽到肖天燁說要獨自出去走走，玄景和身後的侍衛們俱是一驚，「殿下……」

玄景開口道：「您身分尊貴，若是有什麼閃失，屬下承擔不起！」

肖天燁淡淡一笑，暗黑的眸子在陽光之下越發顯得晶亮逼人，「好了好了，別再囉嗦了，滾得遠遠的，別讓我看見你們。」

眾人噤若寒蟬，玄景露出無可奈何的神情。

歐陽暖從殿內走出來，已經換了一身男裝，連頭髮都打散了，戴上了玉冠。

肖天燁側首微低頭看向她，似笑非笑地瞇起了眼，道：「這樣不是很好嗎？」

紅玉和菖蒲著急地望著歐陽暖，她向她們點了點頭，示意不必擔心，然後對肖天燁道：「世子爺，請別傷害我的丫鬟。」

肖天燁朝她微笑，笑意燦爛，暖如春風，「放心吧，等妳回來，保證妳的丫鬟還好好的。」

原以為只是無目的地走走，不想肖天燁拉著歐陽暖來到寧國庵內的一座很小的偏殿，這偏殿是開放的，卻無一人前來進香，分外冷清。

歐陽暖正在發愣，肖天燁已拉著她來到一座牌位前，她仍舊站著，他上香並下跪祝禱。香火裊娜成一縷薄霧，模糊了他的眉眼。

歐陽暖看著那個描金的牌位，竟是已故的秦王妃，她突然明白了肖天燁剛剛所說的那幾句話的意思。

肖天燁跪在秦王妃的牌位前，轉頭看了身側的歐陽暖一眼，合十雙手對牌位道：「娘，這個女子是我要去娶回來的世子妃，您看，是不是很漂亮？」

歐陽暖默然不語，過了片刻才說：「世子爺，在已故的王妃面前，您不該隨便亂說話。」

肖天燁卻像是沒有聽見，繼續道：「娘，我現在很喜歡她。」停了片刻，又好像不在意地哂道：「不過她好像很討厭我。」說罷，輕輕嘆了口氣，目光落在歐陽暖的臉上。

若說肖天燁和自己有什麼共通之處，那就是同樣幼年喪母，群狼環伺，處境艱難。他的性子如此暴虐，不過是因為幼年失恃的緣故……自己對於他，的確是太過冷漠了些，想到這裡，歐陽暖的眸子裡依稀有了一點點暖意，她笑了出來，眉目間嫣然如畫，「起來吧，不是要出去走走嗎？」

她的聲音透著一種連她自己都沒有察覺到的輕鬆，肖天燁站起來，拍拍身上的灰塵，目的已經達到，對著牌位笑道：「娘，我先走了，下次再來看您。」

出寧國庵的時候，一路下山有零落的幾個攤子，有人在叫賣：「兩位少爺，買護身符吧，可以保佑您家宅平安……」

肖天燁一愣，轉臉看著歐陽暖的時候已經是滿臉的笑容。

小小的攤位，上面掛著幾十個五顏六色的護身符，有的寫著家宅平安，有的寫著富貴榮華，有的寫著金榜題名，有的寫著喜得貴子……無一不是美好的祝願，讓人看了就覺得心情跟著愉悅起來。

賣護身符的是個小女孩，見到肖天燁和歐陽暖，甜甜的臉上笑容更燦爛，「兩位買個護身符吧！這個金榜題名的護身符很靈驗的，前任的狀元郎也在這裡買過護身符呢！」

肖天燁來了興致，問道：「哦，還有什麼樣的？」

小姑娘的眼睛轉了轉，道：「要不，這個求姻緣的吧，也是很好很好的！」

「姻緣？」肖天燁看向歐陽暖，露出別有深意的笑容。

歐陽暖看著他的笑容，心裡千頭萬絮，好像被他這樣的笑攪在一處，大概……這世上沒有女子能抵擋這樣的美男子輕輕一笑吧，更何況，他在對她說話的時候是那樣的小心，那樣的溫柔，簡直要讓她懷疑，如今的肖天燁還是不是當初認識的那個殺人不眨眼的魔頭了。

「金榜題名的我不稀罕，我要一個花好月圓的。」

小姑娘點點頭，道：「兩枚銅錢。」

肖天燁皺眉，他身上從來不帶錢袋，更不可能有銅錢。他看了看手裡那道劣質的護身符，微微一笑，將一個墨綠的蟠龍玉佩放在小姑娘的手心，「我拿這個跟妳換！」

小姑娘嚇了一跳，縱然她沒見過這樣東西，卻也知道十分貴重，嚇得收回了手，連連推脫。

歐陽暖搖了搖頭，覺得肖天燁這樣的舉動十分稚氣，她從懷中取出一顆金珠子，對小姑娘道：「拿著這個吧。」

小姑娘歡天喜地，剛要接過來，卻被肖天燁的手一拍，「誰叫妳收這玉佩！到時候自然會有人來跟妳贖，不許收她的東西！」

小姑娘一愣，委委屈屈地拿了玉佩，用眼睛瞄了瞄肖天燁，心想這個公子長得這樣好看，怎麼這麼凶巴巴的。

歐陽暖失笑，「為什麼我的就不行？」

肖天燁凝視著她的雙眸，認真道：「我娘說過，若非自己親手買下的，就不靈了。」

歐陽暖一愣，看著他緊緊捏在手中的護身符，愕然。

肖天燁卻不管她臉上驚訝的神情，聲音輕輕的，聽不出任何情緒：「歐陽暖，妳討厭的事，我可以幫妳去做；妳恨的人，我可以幫妳去殺！妳要護著歐陽爵，我會保他一生平安；妳想要榮華富貴，我可以為妳去爭，便是那皇后的桂冠，在我眼中也未必遙不可及！嫁給我，有什麼不好呢？」

他的語氣平常，目光中分明有著無盡的繾綣，近乎癡怔地凝睇著歐陽暖。這樣的眼神，如此的允諾，便是她心如鐵石，也不禁微微動容。

嫁給肖天燁，有什麼不好呢？

她拒絕他，是為了鎮國侯府，為了老太君，為了馨表姊，可是對於她自己而言，太子或者燕王，誰能做皇帝，又有什麼關係呢？天下蒼生、黎民社稷、國泰民安，與她何干？說到底，她所關心的，也不過寥寥數人而已。

想到這裡，她不由自主，怔怔地輕聲道：「可惜我們已經站在不同的地方……」

「只要妳肯走過來。」肖天燁打斷她，目光明澈似耀眼陽光下的一泓清泉。

不管他的心思如何詭異莫測，行為如何暴虐殘忍，至少在這一刻，歐陽暖知道，他是認真的。任何女人，聽了這樣的話都會心動，便是歐陽暖，亦是如此。

「我可以嗎……」她的話只說了一半，便自覺失言地收住了，剩下的話被她緊緊咬進唇中，蒼白的唇色變得殷紅。

「為什麼不可以？妳是為了別人活著嗎？」肖天燁的聲音帶著微微的顫動，神情極為專注，「你們歐陽家並不站在任何一方，妳父親還屢次暗地裡向我父王示好，我若是提出娶妳為正妃，他一定不會拒絕。皇祖父和父王那裡，我也會一併解決，這些妳全都不必擔心。」

歐陽暖笑了，「世子這麼有把握我一定會答應？」

肖天燁揚起眉頭，春水般的眼睛裡閃過一絲戾氣，「不答應也得答應！這滿京都的皇子皇孫之中，大多數人都娶了正妃，妳絕不會甘心做側室！尚未迎娶正妃的，也不過寥寥數人而已，妳若是不答應我，其他人妳也一個別想嫁！妳不嫁，我不娶，咱們可以慢慢耗著，耗到妳答應為止！」

這世上，大概沒有人再比肖天燁更霸道了吧，但不知為什麼，聽到這樣的話，歐陽暖卻一句反駁的話都說不出來了……

氣息拂過歐陽暖的耳鬢，她對上他的眼，春水般的眼眸，像是蘸滿了天空的顏色，毫無掩飾的神情。

歐陽暖靜靜望著他，不發一言，隨後轉身向山下走去。

沒有點頭，也沒有搖頭，那就是說明——她已經有所觸動。

肖天燁嘴角勾起一絲淺笑，快步跟了上去。

寧國庵山下有一個鏡泊湖直通外界，走水路要比旱路快上許多，肖天燁早已命人備好了一條船，在湖邊靜靜候著。船身刻著卷雲紋，欄杆精緻無比，兩邊垂下淺紫色的幔帳。

步入船艙，所有座椅、茶几都是用最昂貴的紫檀木製成，上面的錦墊上還滿綴了無數的珍珠寶石，縱然是白日，仍舊發出耀眼的光來。桌上供著一個紅釉描金瓶，其中三兩枝桃花，香氣馥郁，撲鼻而來。

歐陽暖卻沒有去看這富貴中透著雅致的擺設，兀自坐在靠窗的椅子上，看著木格窗外湖邊的景色出神。

從船內望去，湖岸樹木鬱鬱蔥蔥，一眼望不到頭，湖水澄澈如洗，彷彿天空一般靜謐。她靜靜地坐著，神色平常，眼中卻滿是寂寞之意，肖天燁忽然覺得有一種無論如何都無法靠近她的感覺，卻不知這種感覺是從何而來。

桌上原本放著數碟鮮果蜜餞和點心，歐陽暖卻連看也不看。肖天燁微微一笑，輕輕拍了拍手。捲簾後，立刻有四個容色出眾的丫鬟魚貫而入，前三個人手中各捧著一個食盒，走在最後的丫鬟則捧著托盤，裡面放了兩副銀盃、調羹和象牙筷子，觀之十分精巧。

肖天燁揮退了丫鬟，親自打開第一個食盒，笑道：「走了這麼久，妳也該餓了，嘗嘗看。」

上山請香祭奠，丑時起身，寅時出發，卯時到達，沒有時間用早膳，只是簡單用了些金絲蜜棗粥，走了這麼久，的確是餓了。歐陽暖轉頭看向肖天燁，他看起來性情頑劣，實際卻是個心細如髮的男人，很難叫人討厭。

肖天燁指著第一個食盒裡的菜色，微笑道：「這是櫻桃肉，秦王府中最出名的菜色。」

白玉盤中，櫻桃肉一粒粒圓如瑪瑙，翠綠的豆苗圍置在盤邊，更加襯托得櫻桃肉越發紅豔，宛如一盤剛從樹上摘下來令人垂涎欲滴的櫻桃。

歐陽暖只淺嘗了一口，便點頭微笑道：「這樣精緻，想必要費不少的心思。」

肖天燁點點頭，道：「做這道菜別的倒沒什麼，要緊的是準備好新鮮的櫻桃，與肉一起裝在白瓷罐裡，加些清水，讓它入在文火上慢慢地煨著，要足足燉上四個時辰，肉才會酥，櫻桃的香味才能煮出來。」

櫻桃是極為名貴的水果，尋常人家不常見到，便是歐陽府中也不過是偶爾品嘗，然而秦王府卻用來做菜，奢侈可見一斑。歐陽暖見肖天燁說來如同家常便飯，十分平常，顯然沒有將這樣名貴的水果放在心上，不免微微笑著搖頭。

肖天燁見她神色古怪，奇怪地問道：「怎麼了？」

歐陽暖笑道：「沒什麼，只是想起前朝詩人曾經有一首詩形容櫻桃，他說的是『綠蔥蔥，幾顆櫻桃葉底紅』，只是因了這櫻桃肉，只怕要改一改才好。」

肖天燁微微一笑，道：「沒錯，依照我看，倒是應當改成『綠蔥蔥，幾顆櫻桃葉上紅』，更為恰當些。」

兩人相視一笑，言談之中竟似有幾分默契。肖天燁眼中光華流轉，看著歐陽暖目不轉睛，歐陽暖一愣，隨即微微別過頭，彷彿很有興趣的模樣，輕聲道：「第二個食盒呢，裝了什麼？」

肖天燁看著歐陽暖，她的側影很美，映著窗外蓬勃的綠色更顯得清麗；她的聲音很低婉，清動如春水，此刻湖藍色錦衣穿在身上，也別有一番嫵媚而含蓄的韻致。他微微調整了呼吸，笑道：「是雪耳宣蓮湯。」

這一下，連歐陽暖都不由得有些驚訝起來。雪耳是銀耳的一種，然而在大歷朝，它的市價極貴，往往一小勺的雪耳，要花一二百兩銀子才買得到，便是有錢的人願意花錢去購買，也尋不到最好的，因為最佳的雪耳往往送入宮中成為貢品。

「宣蓮是從閩州千里迢迢運過來的，十分難得，必須用雪耳來配，妳嘗嘗看。」肖天燁親手把調羹遞給歐陽暖，歐陽暖喝了一口，只覺得清香滿口，隱隱有一種梨花的香味，脫口道：「這湯裡加了梨花汁？」

「對，是梨花汁，增加幾許鮮味罷了。」肖天燁不以為意地回答，隨手打開第三個食盒，卻見到一陣熱氣騰起，夾雜著清冽的香氣，原來是魚湯。

肖天燁盛了一碗魚，柔聲說道：「妳嘗嘗。」

他的眼睛亮晶晶的，隱約帶著一絲討好的意味，大概秦王世子從未做過這種討好人的事，是以連他自己都沒注意到那語氣有多麼的奇怪，歐陽暖不由自主想要嘆氣，卻又覺得不妥，只能勉強笑了笑，接過小碗低頭品嘗，片刻後，不由得睜大了眼睛。歐陽家也是富貴地，從小到大，珍稀名貴的魚更不知吃過多少，然而一嘗之下，只覺得入口即化，頰齒留香，這魚實在是難得的美味，竟是從未嘗過。

「這是珍珠魚，生長在距離京都兩千里之外的滄河。滄河是一個很奇怪的地方，那裡終年有霧，河水冰涼徹骨，遠望湖面如同結冰。這種珍珠魚只生長在滄河之中，靠著滄河水生存，一旦離了那水便立時死了。用尋常清水煮這些死魚的話，很是難吃，比之一般魚的味道都差遠了。」

歐陽暖一愣，隨即有些吃驚地道：「如果離水即死，那千里迢迢怎麼能夠運到京都？」

肖天燁笑道：「這也不難，只要在運送這魚的時候附帶少量的滄河水就行了，只是活水是流動的，新鮮的，一旦離開水源便成了死水，所以用來運送的水也需要時時更換，麻煩些罷了。妳喜歡吃，以後我會常常派人送到歐陽府上。」

歐陽暖心中一頓，突然聯想到肖天燁今天這樣的舉動隱隱有一種目的，似乎是在告訴她，秦王府的權勢極大，富貴更是常人難以想像……只是這樣一想，她的臉色便微微變了，聲音也有些冷淡：「世子爺不必這樣客氣，歐陽家不過是尋常官宦人家，這樣貴重的東西，實在是無福享受。」

肖天燁一愣，隨即眼睛裡快速劃過一絲受傷的神情，但這樣的情緒他隱藏得極快，幾乎一閃而過，旋即恢復了平靜。如果是旁人對他這樣說話，只怕他要暴怒起來，只是歐陽暖這樣說，他卻沒有發怒，只是雙眸微眯，俊美的臉龐上忽然微蘊笑意，「歐陽暖，妳這是害怕被我打動嗎，所以才用這樣的話來刺我？」

歐陽暖一愣，臉龐上就不自覺浮起了一種奇異的神情，似喜非喜，似怒非怒，叫人半點也猜不出她心中所思所想。

肖天燁眼一轉，隨即以異常溫柔的語氣說著：「我並沒有別的意思，妳不必多想。」說著，突然揚聲道：「來人！」

立刻便有丫鬟快步進來，恭敬地等候他的吩咐。

肖天燁指著魚湯道：「送回去吧。」

丫鬟會意，端著魚湯下去。

肖天燁舉起酒杯，倒了微溫的花釀，淡淡地道：「知道妳不便飲酒，這是花釀，不會醉人。」

歐陽暖沉默不語，只看著那隱隱流動著光彩的碧玉酒杯發怔。

肖天燁的臉色忽然就變了，冷冷地笑道：「妳是怕我做什麼手腳？」他這樣說著，迅速端起酒杯一飲而盡，低聲道：「歐陽暖，妳太小看我了，我肖天燁雖然不擇手段，卻還不是那麼下作的人！」

這話聽在耳中，流淌到肺腑裡，漸漸變成一把火辣辣的刀子，割著胸口，歐陽暖終於將那口氣嘆了出來，她抬眼望向肖天燁，輕聲道：「世子爺誤會了，我並沒有這樣的意思。」

肖天燁驀地探身過來，距離那樣近，呼吸直直地吹進了歐陽暖的頸間，她不禁起了一陣奇異的戰慄。

「我若是想要妳，大可以請陛下賜婚，到時候妳再反對，也不得不從。可我沒有這樣做，妳知道是為什麼嗎？」淺淡的三分笑意自肖天燁的唇邊暈開，話也說得極平緩：「我要的人，必須是從身到心都屬於我，若是只得到了人，不過是具軀殼，又有何用？」

措手不及的直白，卻讓歐陽暖迅速地冷靜下來，她微微一笑，「世子爺的心意，歐陽暖都明白，只是我不明白，我有哪裡值得您如此費心？」

肖天燁面上的笑漸漸收攏，凝視著她，說道：「妳真的不知道？」

她並不答話，只定定地望住他。

肖天燁突然笑了，不可自已，竟止不住地咳嗽起來，緩了半晌的氣，方又說：「是啊，天底下美人多的是，未必找不到比妳出色的，可我獨獨看中了妳，為什麼呢？」這個答案，有時候連他自己都感到迷惑。

這時，丫鬟已經重新將食盒送來。

肖天燁像是完全忘記了剛才的話題，指著那盞碧玉小盅裡道：「還是剛才的那條魚，只不過剔盡了骨頭和鱗甲，和著嫩豆腐一起烹製，做成了魚羹。」

他說來簡單，魚羹卻是很難烹製的食物，要把所有的魚骨全部剔出來，只留魚肉，在極短的時間內和鮮嫩的豆腐一起煮，火候和調料都十分重要。歐陽暖拿起湯匙嘗了一口，肖天燁對著她笑道：「是不是很鮮美？」

歐陽暖點點頭，笑容有幾分真意，這笑容晃得肖天燁心頭也是悠悠一蕩，他輕聲道：「這魚刺也有一種奇妙的用法，聽說滄河邊的人經常用它來占卜，極為靈驗。」

正在說著，他拍了拍手，捲簾外面一直等著伺候的丫鬟便捧了個精緻的玉碟進來，碟子裡蒙著一塊潔白的絲帕，肖天燁親自將帕子掀開，露出裡面的魚骨。

「此魚的魚鰓下有一根短骨，便是用來占卜之用的。」肖天燁指著那形狀如同扇子一樣的魚骨，微笑道：「這魚骨有一別稱，叫做小仙人。」

歐陽暖看了那魚骨一眼，只見其較魚身上其他各部分的骨頭略軟一些，半邊十分平整，當它直立時，看起來真像是一條小小的帆船。

「連擲三次，如其三次之中，能有一次把這根魚骨擲得直立起來，就證明妳的願望可以成真。」他微笑著，閉目片刻，像是在請願，隨後用象牙筷子夾住了這一根魚骨，從桌面向地上擲下去。

魚骨平平地躺在地上，肖天燁皺起眉頭，又擲了兩次，這根魚骨還是平躺著。肖天燁一雙漂亮的眼睛帶著深深的懊惱，雖然他只是故意用這魚骨來玩笑，但是三擲而魚骨仍不立直，畢竟是一件很掃興的事情。

歐陽暖笑著搖了搖頭，道：「看來世子爺的願望難以成真了。」

肖天燁冷笑道：「未必吧。」說著，又連續投擲下去，四次、五次、六次……沒有一次成功。

歐陽暖輕輕一笑，帶著一絲孩童似的頑劣，道：「不如我來試試看。」說著，接過丫鬟遞過來的魚骨，輕輕向下投擲，那魚骨墜落地下，卻是不偏不倚地站直了。

肖天燁黑若點漆的眸子裡，帶著從未見過的溫柔笑意，「這一回算是代我投擲的，我剛才問的可是——」

在魚骨直立的這一瞬間，歐陽暖的容色微微地變了。她的臉龐上不自覺浮起了一種悲哀的神情，肖天燁似是被這悲哀引誘了，忘了剛才要說的話，一點一點傾身下來。

「世子爺！」幾乎就在他的唇落下的同時，歐陽暖陡然側首避過，出聲喚道。

這一聲，將肖天燁自恍惚中喚醒過來，歐陽暖淡淡地道：「到岸了。」說完，率先站起了身，向外走去。

肖天燁看著她飄然行去的背影消失於眼前，將一直握著酒杯的右手伸出去，酒杯早已被他握碎，修長美麗的手漸漸展開，酒杯亦隨之分裂為六七片，薄薄的瓷片，在陽光閃耀著剔透的光，紛紛落入碧綠的湖中。

「處死剛才那個挑魚骨的人。」他站起身，陰沉地道。在面對著歐陽暖的時候，他臉上那和悅的神情，此刻全都消失不見了，像是從來也不曾存在過。

「是。」丫鬟緊張地垂下頭去，她跟著肖天燁多年，深知主子此刻心情極為不好，這種時候誰要是湊上去，下場必定是極慘的。

對岸是位於京都不遠的平城，城中人來人往，十分熱鬧。

歐陽暖沒有再說話，從船上下來，她似乎就陷入了沉默。肖天燁並不催促，兩人就這樣信步走著，像是平常的朋友出遊一般。

此刻，一群華服公子從酒樓裡漫步出來，正在高談闊論：「……蘇兄少年仗義，才高氣豪，是朝中難得的人才！此科必中，前途無量啊！」

「諸位兄長過獎了，蘇某只是……」

話剛說到一半，忽見斜刺裡一個女子突如其來地跑了過來，猛地撲過去拉住其中一位公子的衣擺，顫聲道：「相公……我是嫣娘啊，救我……」

眾人都是一愣，紛紛細看這嫣娘，只見她容貌美麗，眉眼生情，一道蔥綠抹胸低低覆蓋在雪脯之上，只隱隱露出一抹風光，白色腰封、桃紅裙子、粉藍絲條，領口和袖口繡著嬌豔盛開的牡丹花，鬢邊還簪一朵石榴花，燦爛地燒著，映紅了人眼，整個人散發出一種耀眼奪目的綺麗。

只一眼，這邊的肖天燁就皺起了眉頭，輕聲道：「咱們走吧。」

這女子並非良家女子，歐陽暖一眼就看了出來，她與馬車曾經過的那些秦樓楚館上滿樓紅袖飄香的女子是同一種人。歐陽暖微微皺了眉，站在一邊的廊下，卻沒有挪動一步，只因為她在那群華服公子之中看見了一張熟悉的，卻也令她痛恨無比的臉孔。

「看到沒，這嫣娘又來找這探花郎章明了，真是不知羞恥！」

「就是啊，人家都說不認識她了，她還這麼不要臉！」

「青樓女子麼，自然是這樣的！」

「唉，你們聽過那個消息沒，說嫣娘為了替這章明湊足進京趕考的盤纏，自賣其身進入青樓，章明得了資助，才能當上如今這探花郎啊！」

「既然入了青樓，就不該再來找人家，聽說章公子馬上就要迎娶吏部郎中史家的千金了！」人群中竊竊私語著，一字不落全都傳入了歐陽暖的耳中。

嫣娘滿臉是淚，緊緊攥著章明的衣襬，哀聲求道：「相公，我這樣的身分已經不敢再為你的妻子，只求你幫我贖了身……讓我為奴為婢也好……」

那章明一身錦衣，風度翩翩，原本正和眾人暢談，滿面都是笑容，此刻面色大變，一把推開那女子，厲聲道：「妳是何人，怎麼這樣無禮？」

很明顯，他並不打算認下嫣娘。

嫣娘滿面都是惶然，一張芙蓉面一下子變得慘白，這樣的悽惶，使得她眉眼之間的風塵氣息消失無蹤，她顫聲道：「相公……你……你……」她的喉嚨幾乎哽咽，一個字都說不出來，像是無法相信章明的薄情。

旁邊的華服公子們此刻都站到旁邊，冷眼看著章明處理此事，身為探花郎，竟然在大街上和一個風塵女子拉拉扯扯，言語行徑頗為曖昧，這種事情當然是為人不齒的。

章明在這些或嘲諷或鄙夷的目光之中越發暴怒，猛地搧了嫣娘一個巴掌，故作氣憤地道：「下作女子也敢稱我相公，說，是誰收買了妳要將髒水潑於我身上？」

與他一同的華服公子們連忙勸解，嘴裡說著堂而皇之的好話，臉上卻都掩飾不住地露出鄙夷的神色。這鄙夷，有七分對抵死不認的章明，也有三分是給自甘下賤的嫣娘。

這樣的眼光，猶如鞭子，一鞭一鞭抽打在嫣娘的身上，直令她整個人都呆了，一時之間搖搖欲墜，喃喃道：「我供你讀書，供你科考……用我的身子……你說一旦高中，會用八抬大轎來娶我過門……哈哈，原來你就是這樣回報我的嗎？」她越說聲音越高，最後已經帶了一絲淒厲。

章明不再理會，對其他人道：「咱們走吧，別理這個瘋婆子！」

嫣娘還是不甘心，跟著他們跑了一陣，體力不支，倒在地上，就在此時，突然跑出來三名男子，嫣娘一看那三人頓時嚇得臉色大變，轉身就跑，那三人緊追不放，呼喝怒罵，見嫣娘倒地，便跟上去猛踢她，口中罵聲不絕，霎時間不少行人駐足觀看。

「叫妳逃跑！叫妳逃跑！」那為首的男子滿臉橫肉，一身短衫，怒罵道。

「章明！」嫣娘淒厲地喊著，在地上被踢打得滾了個圈，卻還掙扎著站起來要去追問明白。

看到這種情形，圍觀的人群開始騷動不安，同情嫣娘的人為數眾多，只是這幫打手是此處的地頭蛇，誰敢招惹他們呢？

肖天燁看到這一幕，心中並無一絲動容，只低聲道：「妳要救她嗎？」

歐陽暖此刻卻狠狠攥緊了手，手指止不住地顫抖著，面色發白。這世上可憐之人太多，她不能管也管不了，然而，當她看見嫣娘，卻恍如看見了當年的自己。章明啊章明，你何其殘忍，對一個癡心為你的弱女子竟然也能見死不救！歐陽暖不由自主地走了兩步，卻突然停住，站在那裡，整個人似乎僵直了。

此時，嫣娘看到一雙錦靴出現在自己面前，頓時驚喜地抬起頭來。

然而開口救人的並不是她心心念念的章明，而是蘇玉樓，他沉著臉，冷聲道：「住手！當街毆打女子，你們實在是太目無王法了！」

章明一愣，迅速走過來拉蘇玉樓道：「蘇兄，閒事莫管，咱們還有一場宴呢！」

蘇玉樓冷冷地甩開他的手，臉色冷得有如冰霜，「章兄，看在朋友之誼，我要提醒你一句，始亂終棄，豈是君子所為？」

章明一愣，旋即惱羞成怒道：「你也相信這青樓女子滿口胡言亂語！蘇兄，我真是無辜啊！」

「從今往後，我蘇玉樓再不會認你為友，你好自為之吧！」蘇玉樓說完，不再看他，盯著那三個男人道：「還不快放人！」

那男子不怒反笑，「小白臉，我勸你滾遠一點，你再說一句，老子連你也打！」

蘇玉樓忽然淡淡一笑，「你可以試試看！」

那男子和後面兩人對視一眼，率先上來就是一拳，然而拳頭卻被看起來只是個文弱公子的蘇玉樓猛地抓住，不知他是如何動作的，用力一推，那男子立時倒在地上，摔了個狗啃泥，登時勃然大怒，正要糾結另外兩人撲過去，卻有一樣東西砸在他臉上，他立刻跳起來，一把抓住那東西要丟掉，卻突然愣住，張開手一看，卻原來是一整塊金子，頓時張口結舌，那模樣甚是好笑。

蘇玉樓冷笑了一聲，說道：「這位姑娘的贖身錢，你明天可以找京都城內蘇府來要，蘇玉樓恭候大駕！只是，從今往後，再不許為難她！」

那男子的一腔怒火早在看到這錠金子的一刻煙消雲散，只陪笑著道：「是，是，小的遵命！」

旁邊的人群紛紛讚嘆：「天啊，這公子好俊俏呢，心腸又好！」

「這才叫路見不平拔刀相助呢！只是不知道他是誰？」

「連他你都不知道啊，江南首富蘇家的公子！京都有名的才子，這一科的大熱門！」

蘇玉樓淡淡地笑了笑，彷彿並不特別在意旁人的議論，就在這時候，他感覺有一個極陰冷的視線望定了他。

他遠遠望過去，不遠處站著兩個年輕男子，其中一個明眸皓齒十分清秀的模樣，身上穿著湖藍色的衣衫，腰間銀色絲條獵獵飛揚，只是那雙眼睛刻薄寡情，像是帶著一種可怕的冷意。見蘇玉樓望過來，那雙沁了刀子的眼裡立刻蕩漾著若有若無的笑意，似嘲諷似恨意，無法分辨。

他一震，隨即立刻認出了那雙眼睛的主人，這雙時常在他夢中出現的眼睛，他怎麼會忘記？此時此刻，他突然忘記了周遭的一切，快步向那邊走過去，然而其他公子卻拉住了他，連聲道：「哎，蘇兄要往哪裡去？」

蘇玉樓好不容易才擺脫了那群人，卻已經不見了那人的蹤影。

走在路上，肖天燁燦然一笑，用著一種十分溫柔的神情輕輕喚歐陽暖：「妳怎麼了，為什麼一直不說話？」

歐陽暖微啟雙唇，輕聲一句：「我只是覺得，這世上的惡人，似是永遠殺不盡的！」

肖天燁微笑道：「這世上哪有那麼多好人？妳面前站的這一個，就是壞到家了，只不過是看對誰而已。」

歐陽暖微微一笑，沒有答話。

肖天燁繼續說道：「這世上的不平之事這麼多，我卻從來也不會管的，沒有能力保護自己的人，死不足惜。」

歐陽暖頓時停住腳步，輕聲道：「哦？死不足惜？弱者就該死嗎？」

陽光映著肖天燁的臉，那張臉上的笑容看不見一點陰影，說出的話卻是無比狠毒：「量小非君子，無毒不丈夫，章明雖是前科的探花郎，說到底不過是個趨炎附勢之輩，嫣娘自己識人不明，怪得誰來？」

他說的是實話，然而這實話卻像是一把刀子，捅進了她的心口，帶來陣陣驚痛的鮮血。歐陽暖聞言微笑，笑容卻含著一股說不出的冷意，道：「世子爺說的是。」

兩人一路走走停停，最終走到城門口，卻見城樓下面圍了許多人，正指著城樓上說著什麼。

歐陽暖抬起頭，卻見到一個女子穿著桃紅色的衣裙站在城樓上，原本因為距離太遠看不清眉目，然而那顯眼的衣裙，卻讓她立刻聯想到了這是誰，頓時一顆心如同沁入了涼水之中，冰冷刺骨。

那女子淒厲地慘呼：「我本良家女子，章明害我一生，生不能手刃負心人，寧願不得超生，永為厲鬼，世代糾纏！」說著，那女子從五丈高的城樓一仰而下，砰的一聲摔下來，跌死在繁華的大道上。

那鮮紅的血流了一地，像是陡然盛開的紅花，引來圍觀人群的陣陣尖叫。

肖天燁第一時間反應過來，擋在歐陽暖的身前，不欲讓她看見這樣可怕的情景。然而他終究晚了一步，這樣似曾相識的情景，將歐陽暖的神智整個撕裂，所有無法消融的仇恨與絕望奔湧而出。死亡清楚地展現在眼前，積鬱日久的苦痛化為無數毒蛇的牙，啃噬著歐陽暖。在看到這一幕的瞬間，有一種無可抑制的痛，撕扯著全身。這樣的痛，竟然是如此熟悉如此可怕，令歐陽暖猛然掩面，剎那間淚流滿面。

肖天燁抓住她的手，只覺得那雙手沒有一絲一毫人的溫度，冷得像一塊寒冰，幾乎讓他的心也跟著一片冰冷，他急聲道：「妳究竟怎麼了？」

他不明白，他永遠也不會明白，嫣娘的死在歐陽暖的心中掀起了怎樣的波瀾，這樣的波瀾，足以將他今天所做的一切化為烏有。

他還要問，歐陽暖卻再也不能忍受，猛地推開他的手。

肖天燁一時愣住，隨即伸手去拉她，歐陽暖狠命掙脫，轉身快步離開。

遠處的玄景看到這一幕，立刻下令：「快去保護世子！」說著，快步向人群跑過去。

肖天燁追上去，然而圍觀的人卻如同潮水般的從四面八方湧過來，他很快就被人群包圍了，淹沒了。他伸出手來，想抓住歐陽暖的肩膀，但他的手卻被擁擠著的人群推開了。人越來越多，簡直像是趕集一樣，爭著搶著要來看那躺在地上的女屍，誰都想一睹這樣慘烈的場景。

肖天燁並不放棄，他在人群中尋找著歐陽暖，他就要靠近她了，在那至關重要的一刻，突然間一股人流擁了過來……

那些人流把他和歐陽暖衝散了，他們失之交臂。

他眼睜睜看著歐陽暖在自己的眼前消失了……

歐陽暖被人流硬生生擠到了一邊，她抬起眼睛，冷冷地望著向城門口湧去的人群，眼前似乎浮現起當初搶著去看自己被沉江的人們，一時幾乎魔怔，直至耳邊突兀的一聲：「真的是妳？」

聲音並不大，卻滿是驚喜，歐陽暖聞聲回頭，與那人眼神正碰了個對面。

此刻，陽光熱烈而溫柔，然而歐陽暖卻覺得渾身發冷，她看著那男子越來越近，眼眸中暗流洶湧，手指不由自主攥緊了。

「沒想到我還能見到妳……」蘇玉樓一襲極盡華貴的翟紋青色錦衣，唇若丹朱，神采飛揚，他慢慢走近她，像是在走近一個美好的夢，眼神帶著一絲喜悅，「歐陽小姐。」

歐陽暖看著蘇玉樓，臉上的神情帶著一絲奇異。

蘇玉樓第一次離她這樣近，不由自主的臉上有種不自然的表情，過了一會兒，他終於恢復了鎮定，看著她的目光滿是柔和，嘴角微微含笑，頰邊的酒窩在陽光下輕輕蕩漾。

多俊俏的少年郎，歐陽暖看著他，輕輕地笑了，能讓他露出這樣的表情可不是一件容易的事，估計他這輩子還沒有在任何一個女子面前這麼軟聲軟語過吧！

前生，他雖然待她很溫柔，眼睛裡卻沒有這樣的敬畏和憧憬。

他不會是喜歡上自己了吧？

她看著他，笑得雲淡風輕。

蘇玉樓問道：「歐陽小姐怎麼會在這裡？」看了看她身後，「怎麼身邊也不帶個丫鬟？」

這兩年來，她先是在鎮國侯府養傷，後是在歐陽府深居簡出，除非必要的應酬很少出門，他幾乎費盡心思卻也沒辦法接近歐陽暖，卻料不到此刻竟然在大街上碰到了她，更奇怪的是，她這樣的貴族千金，出門必然是前呼後擁，怎麼會連一個伺候的人都沒有？

「今天是我娘的祭日，我來寧國庵拜祭她，後來覺得心情煩悶便出來走走，剛才覺得有些口渴，紅玉她們去為我取水去了。」歐陽暖輕描淡寫地回答。

蘇玉樓見她一身男裝打扮，想起剛才看見她與一名年輕男子站在一起，猜到她必然有所隱瞞，心中不免沉了下去。然而，他心機頗重，將這一點的不愉快很快忘記了，微微一笑，「歐陽小姐剛才是不是嚇著了？」

歐陽暖一怔，隨即意識到他在說嫣娘的事，她看向城門的方向，輕聲道：「是有些可怕。」

蘇玉樓緩緩說：「的確，那位姑娘可惜了。」

可惜？嫣娘的死，在蘇玉樓的口中僅僅是可惜？歐陽暖強壓下心中洶湧的厭惡與憎恨，靜靜地道：「沒什麼可惜的，善有善報，惡有惡報，不是不報，時辰未到而已。」

蘇玉樓神色間卻是深以為然，肅然道：「歐陽小姐說的對，似探花郎這樣始亂終棄，一定會有報應的。」

歐陽暖面上微笑，「但願如此。」

蘇玉樓默然看了歐陽暖半晌，又輕聲道：「歐陽小姐，這兩年來，我娘為我籌謀了很多婚事，但是不管她選了誰家的小姐，都不合我的心意。這些話原本我不該和妳說，但我總想妳能明白，我只希望……妳能在我旁邊……」

原來他一直都沒有死心，當面竟然說得出這樣的話，恐怕是自視太高了，認為他喜歡，別人就一定願意。歐陽暖心中冷冷一笑，不置可否。

蘇玉樓凝望著歐陽暖，輕聲道：「我知道歐陽家的門第，蘇家無法匹配，但除了門第以外，我有自信，比那些公侯之家的公子更配得上妳……」

歐陽暖冷冷地打斷道：「蘇公子，你說完了嗎？我也該回去了。」

蘇玉樓一愣，面上頓時有些受傷的神情，「妳為什麼連說話的機會都不給我，難道妳真的這麼討厭我……」

歐陽暖直視他，「我不討厭你，可你不該這樣和一個女子談論如此輕浮的話，這是對你自己的放縱，也是對我的不敬！」

蘇玉樓一愣，隨即柔聲道：「妳不高興了，因為我實話實說嗎？可平日裡我並沒有接近妳的機會，這只是希望妳明白，我是真心地喜歡妳，我第一次這樣去請求一個小姐！我知道，除了我，妳可以有更好的選擇，但是妳願意就這樣聽從父母之命媒妁之言，選擇一個連妳自己都不認識的男子嗎？妳相信他會疼愛妳、照顧妳，與妳情投意合，舉案齊眉嗎？我卻不同，我有這樣的自信，比任何男子對妳都好！歐陽小姐，妳要是能瞭解我，就該知道我剛才對妳說的每一句話，沒有一句謊言！」

來了，這些話終究還是說出了口。前生他說過同樣的話，感動了足不出戶，嬌羞怯懦的歐陽暖，今生他還想用同樣的言語打動自己，真是笑話，天大的笑話！歐陽暖冷聲道：「蘇公子，你知道你在說什麼嗎？」

蘇玉樓盯著她，語氣十分認真：「小姐也許不知道，我爹從始至終只娶了我娘一個女人，我保證，也會像我爹對我娘一般，一心一意地對待妳！這樣的許諾，我相信那些與歐陽家門當戶對的豪門絕不會給妳！」他靠近一步，目光似火又似冰，折射出他心中翻湧的情緒，「嫁入公侯之家，固然是門當戶對，夫榮妻貴，可是妳知道妳會過著什麼樣的日子嗎？妳的丈夫會一個接著一個的納妾，縱然他不願意，那些規矩利益也會逼著他這麼做！歐陽暖，我知道妳和那些貴族小姐都不一樣，妳願意過那種爭鬥不休的日子嗎？」

夫妻和睦，恩愛白頭，蘇玉樓的許諾，是天下間所有的女子私底下想要，卻都不敢說的要求，因為她們一旦提出來，就會被人說成悍婦，犯了七出之條。如果是別人對歐陽暖說這些話，她縱然不全然信任，也必然會有所動容，可偏偏是他！前生他正是用這樣的承諾打動了自己，欺騙了自己，讓她以為他必然會遵守承諾，一生照顧愛護她。試想一下，如果一個男子真的能夠做到終生不納妾，與妻子恩愛到老，豈不是比任何的榮華富貴更要打動人心嗎？尤其是一顆少女的芳心。可是，當年的歐陽暖卻沒有想到，蘇玉樓確實做到了不納妾，卻想要換妻，還要生生迫死自己的髮妻！

想到這裡，歐陽暖斂了眼中的厭惡，淡淡地望著他，「蘇公子，這些話你不該對我說，說了也無濟於事。我的婚事，並非我自己可以做主的，希望你明白這一點，不要再做無益之舉。」

「妳不相信我？」蘇玉樓一怔，面色雪白。

「不，你能否做到，都與我無關！」歐陽暖直視著他，一字一句地說。

「妳——」蘇玉樓深吸一口氣，面色陰沉地嚇人，他冷聲道：「歐陽暖，我沒想到妳是這樣勢利的女子！」

原來在蘇玉樓的眼中，毫不猶豫地相信他的這番謊言，降格以求與他共譜鴛盟就是良善，拒絕他的求愛就是勢利女子，當真是可笑的邏輯！

「歐陽暖，我即將參加這次的科舉，到那時候，我會讓妳明白，妳錯得有多麼離譜！」蘇玉樓畢竟是個自尊心極強的男人，他再也無法忍受歐陽暖冷淡的目光，迅速地轉過身，大步離去。

科舉嗎？歐陽暖看著他疾速離開的背影淡淡一笑，原來他打的是這樣的念頭。可惜，歐陽家並非戲文裡的知府，她歐陽暖也非對書生一往情深的知府千金，更遑論蘇家根基尚淺，就算他中了狀元又能如何？

貳之章◆親事無妄遭算計

「看樣子，這位蘇公子還是妳的追求者！」身後突然傳來一個冷冷的聲音，歐陽暖回頭，看到肖天燁站在身後。他此刻的表情有些陰沉，見到歐陽暖向他看過來，他微微笑了，「他是想要藉由科舉，脫離商人之子的束縛！」

歐陽暖語氣很淡：「蘇公子文采風流，想要一舉奪魁並非什麼難事。」

肖天燁心頭一跳，認真去看歐陽暖的神情，溫暖的陽光正照在她的臉上，帶著一種奇異的色彩，讓他一時分辨不出她這句話究竟是褒獎還是譏諷。只是……剛才看到她和蘇玉樓並肩而立，似乎在說什麼悄悄話的模樣，他控制不住的臉色青寒，緊抿著唇，眉蹙成從未有過的結，緊得似乎要扼住自己的呼吸和心跳。那一刻，他差點以為自己的心疾被氣得發作了。在他為她擔憂不已的時候，她竟然和別的男子說說笑笑，很是輕鬆的模樣，所以他一直沒有上前，只是站在後面觀察，好在歐陽暖對蘇玉樓說話比對自己還要冷上十分，否則他不能保證蘇玉樓今天能安全地走出這裡。

「世子爺可知道這一屆的主考官是誰？」歐陽暖故作不經意地問道。

「張四維。」肖天燁脫口而出，突然意識到了什麼，語氣變冷道：「此人歷任編修、翰林學士、吏部侍郎、禮部、吏部尚書，現為大學士，最要緊的是，他是出身於越西鹽商世家。」

「正因如此，想必張大學士對於蘇公子會更覺幾分欣賞，這樣一來，他的勝算自然比別人多出三分。」歐陽暖這樣說著，臉上帶著淡淡的笑容。

肖天燁盯著她，冷厲地說：「除了他那張騙人的臉，我看不出他還有什麼過人之處！」他字字鑽心，語氣中的酸意已經難以阻擋。

歐陽暖定神微笑，「世子爺小看蘇公子了，他可不光只有這張臉而已，他可是有江南第一才子之名，這一點，世子還不知道吧。」

聽她這樣誇讚蘇玉樓，肖天燁的表情更加難看，眼中冷冷的寒意一掠而過，頗為不悅，「怎麼，妳竟對他這樣瞭解？」

歐陽暖忍住笑意，認真答道：「這一點早已是街知巷聞的消息，只要稍加留心便會知道，世子爺眼高於頂，自然不會把區區一個商人之子放在眼中了。卻不知道，自古英雄多磨難，從來紈褲少偉男，不說張大學士，就說王賢大都督，他也是商人家庭出身。同樣科舉入官，從刑部主事一直做到大都督，總管延、寧、甘、宣、大、同六鎮軍務，世子爺焉知蘇公子不會成為第二個王都督呢？」

肖天燁凝望她，歐陽暖眸子裡卻藏著水澤盈盈，她先笑了，肖天燁也微笑，道：「妳可知，王賢之能非尋常人可比，蘇玉樓算什麼，也敢與他比肩……」

歐陽暖搖頭，「我說的不過是可能，畢竟蘇公子……」

肖天燁冷下臉，用深沉的嗓音說：「好了，不要在我面前提到別人的名字，我不喜歡！」

那一瞬間，歐陽暖已經從肖天燁的眼中看到了強烈的厭憎情緒，她垂下眼，微微笑了。蘇玉樓，只怕你此番參加科舉，路途不會太順暢了……

有些事情，不必自己動手就能取得最佳的效果，何樂而不為？

肖天燁望著她，似是不想再繼續這個話題，轉而道：「剛才妳為什麼突然跑開？」

蘇玉樓問她是不是害怕，然而肖天燁卻問她為什麼突然跑開，這兩者聽來差不多，卻有本質的區別，至少肖天燁知道自己並非是出於恐懼。歐陽暖依舊笑著，淡淡地道：「鴛鴦織就欲雙飛，終究是沒有飛成，反倒落得個紅顏身死的下場……我只是，心中有些感嘆罷了。」

「不過是所託非人罷了，還有她自己太貪心。若她一心只求夫妻恩愛，不求妻憑夫貴，或許今日丈夫雖然不是探花郎，卻還在她的身邊，也不至於淪落到此地步了。」肖天燁冷淡地說。

歐陽暖的眼中漫上了一層涼薄如霜的清冷，徐徐道：「善始未必能得善終。不知她站在高高的城牆上，是否有一絲後悔。所以佛經才說，一切恩愛會，無常難得久。生世多危懼，命危於晨露。由愛故生憂，由愛故生怖。若離於愛者，無憂亦無怖了，果真如此啊……」

肖天燁在那一刻，突然明白了她所言的意思，這是對他的一種拒絕，雖然委婉，他卻聽得很清楚。與此同時，他聽到了自己心裡的那一聲斷裂。緊接著，他覺出有什麼東西流了出來——那是血。

心裡的血。

一路沉默著，他親自送歐陽暖回去，一直看著她坐上歐陽家的馬車，放下車簾。他在簾外慢慢地，一字一句地道：「妳想叫我死心，絕無可能！」說完，調轉馬頭，揚長而去。

紅玉擔憂地看著面容平靜的歐陽暖，「小姐……」

歐陽暖搖了搖頭，微微合目，「走吧。」

歐陽暖在馬車中換回了女裝，回到歐陽府中，先是去壽安堂向李氏回稟。走到院子裡卻看到丫鬟玉梅走過來，面色有些怪異。

紅玉悄聲問玉梅：「怎麼了？」

玉梅伏在她耳邊輕聲說了幾句話，紅玉一下子愣住了，「此話當真？」

玉梅點了點頭，紅玉立刻快步走到歐陽暖身邊道：「大小姐，二小姐來了。」

歐陽可？自從林氏被禁足，她可是一次也沒有來過壽安堂。歐陽暖隱約覺得有些問題，臉上卻沒有露出驚訝之色，道：「先進去吧。」

玉梅俯身，恭敬地替她掀了簾子。

歐陽暖走進去，就看見歐陽可在李氏面前跪著，嚶嚶哭泣，這時候李氏看見歐陽暖，臉上頓時浮起一絲笑容，「暖兒，妳回來了，來看看妳妹妹，她一來就請罪，跪在這裡不肯起來，妳勸勸她吧。」

歐陽可穿著一襲透著淡淡粉色的素羅衣裙，頭上只戴了兩支碎珠髮簪，眉目悲戚，妝容簡單，跟往日裡那個豔麗多姿的歐陽府二小姐簡直判若兩人。

歐陽暖微微笑道：「妹妹這是怎麼了？怎麼一直跪著呢？快起來吧。」

歐陽可看著歐陽暖，泫然欲泣道：「姊姊，往日裡都是妹妹的不是，是我年紀小不懂事，盡惹祖母和爹爹生氣，還一味胡攪蠻纏，處處與姊姊為難，現在妹妹知道錯了，求姊姊大人大量，原諒妹妹！」

「妹妹這話是怎麼說的，親人之間哪兒有隔夜仇？」歐陽暖心中一頓，臉上的笑容卻親切了兩分，「有什麼話站起來說吧。」

歐陽可仍然跪在地上不肯起，抬起梨花帶雨的一張臉，可憐兮兮地轉頭看著李氏，「祖母，一切都是可兒不好，可兒叫您失望了，以後必然不敢再如此了！」又轉了個身，朝著歐陽暖站立的地方重重磕下頭去，「姊姊，以前全都是我對不起妳，我錯了，求妳別和妹妹計較！」

歐陽暖抬起眼睛，看著站在一旁看戲的李姨娘，笑道：「姨娘，還不快把妹妹扶起來，我一個人攙不動呢！妹妹身子不好，哪裡能一直跪著呢！」

李姨娘一愣，隨即帶著笑容要去攙扶歐陽可，卻被橫伸出來的一隻手攔住了，「怎麼敢勞煩姨娘動手？奴婢來吧。」

說著，這女人將歐陽可從地上扶了起來，歐陽可靠倒在她身上，哭得上氣不接下氣，一副後悔到了極點的樣子。

歐陽暖的目光落到這突然出現的婦人身上，笑容一冷，「芮嬤嬤，妳回來了。」

那被稱為芮嬤嬤的婦人看起來不過三十餘歲，顯得年輕嫵媚，一雙眼睛炯炯有神，端正的鼻子下面，有一張輪廓鮮明的嘴，看起來很有決斷。

她將歐陽可交給旁邊的丫鬟夏雪，隨即跪倒在地，磕頭道：「奴婢見過老太太、大小姐。」

歐陽暖把目光轉向歐陽可，笑道：「可兒，我記得芮嬤嬤三年前就回鄉去了。」

歐陽可一愣，似乎有些忐忑地道：「姊姊，原本跟在我身邊的丫鬟秋月、冬荷都犯了過錯，現在只剩下夏雪和幾個不頂用的小丫鬟，所以我才想讓芮嬤嬤回來。她是我的乳娘，從小服侍慣了的……」說著哀求地看向李氏，「祖母……您千萬不要趕芮嬤嬤回去……」一副擔憂的樣子。

李氏看了歐陽可一眼，淡淡地道：「芮嬤嬤是個妥當的，她願意回來照顧妳，我也放心許多。好了，妳今天也累了，早些回去吧。」說著，揮揮手，一副不想再說的模樣。

歐陽可眼淚汪汪地領著芮嬤嬤告辭出去，歐陽暖看著她的背影，陷入了沉思，歐陽可今天這一齣，是為了將早已回到鄉下的芮嬤嬤留下，還是演出來贏得李氏的信任呢？

李姨娘看向歐陽暖，柔聲地道：「老太太，我有一句話不知道當講不當講……」

李氏笑道：「怎麼了，和我有什麼不能說的？」

李姨娘面露擔憂地道：「老太太，二小姐那個脾氣……不知道會惹出什麼樣的事來，您這麼容易就原諒她了，以後會不會……」

李氏端了神色，嚴肅地道：「妳怎能這樣說？她還是個孩子！原先是因為有個糊塗的娘，現在她知道錯了，也不再跟著她娘瞎攪合！月娥，妳是她的長輩，更應該多包容些才是，何必還死纏著以前那些事情不放？暖兒，妳說是不是呀？」

李氏緊緊盯著歐陽暖，似乎想要在她臉上找出蛛絲馬跡來，歐陽暖語氣和緩地道：「祖母說的是，知錯能改善莫大焉，妹妹年紀小不懂事，做錯些事情在所難免，只要她認錯也就行了。再者說，祖母都原諒她了，咱們還有什麼不原諒的呢？」

李氏的眼睛裡飛快地閃過一絲失望，卻點點頭，臉上露出讚許，「暖兒說的對，就該如此！」

李姨娘還不死心，卻看到李氏微微合上雙目，似乎真是累了的模樣，便也不敢再言語，和歐陽暖一起退了出來。

走出壽安堂，李姨娘端詳著歐陽暖的神色，小心翼翼地道：「二小姐還真是厲害，在老太太跟前跪了一上午，也就換得原諒了。聽說這芮嬤嬤素來是個精明強幹的主，不知道這一次回來有什麼算計，大小姐，您可要千萬小心才是。」

歐陽暖聞言挑了挑眉，「芮嬤嬤本來就是妹妹的乳娘，與她關係是極好的，若不是當初她的丈夫突然沒了，她也不會跑去鄉下守孝，如今她再回來，也是理所當然的事情。李姨娘，既然祖母都已經開了金口，這件事就是板上釘釘了，妳何必多想呢？」

李姨娘陪著笑道：「大小姐，我可是為您著想呀！您想想看，自從夫人被關起來之後，二小姐也跟著恨透了您，依照她的性格，是絕不會善罷甘休的！今天她做小伏低，哭哭啼啼的，若是真的誠心悔過那還好，若不是這樣，只怕裡頭大有名堂了……」

歐陽暖似笑非笑地看著她，「哦，姨娘覺得是這樣嗎？」

「自然如此了，您不知道，今兒早上您出門進香，前腳剛走，二小姐後腳就去壽安堂門口跪著了，老太太剛開始不肯見她，她就一直在那兒跪著，那叫一個淚如雨下啊，跟親娘沒了一樣，哭得可傷心著呢！老太太瞧著實在可憐，這才讓她進了門！要我說，這時間上也實在是太湊巧了，就跟設計好了似的！」

李姨娘說了幾句，見歐陽暖不答腔，只得又道：「大小姐，我進門晚，又礙著身分不好多管，您看這件事……」

歐陽暖避而不答，笑道：「姨娘辛苦了。」又吩咐紅玉：「去將今天在寧國庵裡咱們求來的那串檀木手串取來送給姨娘。」

李姨娘一愣，就聽到歐陽暖笑著說：「這手串是大師開過光的，據說十分靈驗，是我為了姨娘早生貴子特意求的。」

李姨娘笑道：「這怎麼敢當？真是多謝大小姐了！」

歐陽暖認真地看著她，「妹妹年紀小不懂事，芮嬤嬤又剛剛回來，海棠院那裡，還要勞煩姨娘多費心了。」

李姨娘聽在耳中，頓時會意，臉上卻不動聲色，又講了幾句閒話，這才轉身走了。

紅玉將一切看在眼中，擔憂地道：「大小姐，也不知二小姐這一回事不是真心改過了？」

歐陽暖面上浮現出一絲譏誚，「她？只怕江山易改，本性難移！」

「老太太也太寬厚了，這樣就原諒她了，豈不是自找麻煩嗎？」紅玉皺起了眉頭，菖蒲跟在旁邊小雞啄米似的點頭。

歐陽暖望著壽安堂的方向，溫靜的語調裡卻是掩不住淡淡的冷意：「妳都能看明白的事，她能不明白嗎？」

這件事情之中，歐陽可作了一場負荊請罪的大戲，可也要李氏願意陪她演出才行，問題的關鍵就是——李氏這麼做的目的，究竟是為什麼？

晚膳時分，歐陽可意外地出現在大廳裡，換了淡藍色家常衣裙，仍然是素淨低調的裝扮，眼圈紅紅的，一副近鄉情怯的模樣，生怕別人嫌棄她一樣，十足的楚楚可憐。

歐陽爵看到她，臉色慢慢地變了，他轉頭看向歐陽暖，卻見到她笑著站了起來，迎上去道：

「妹妹來了。」

「爹爹……我想陪祖母和您一起用飯。」歐陽可對著歐陽暖怯生生地一笑，隨即看著正位上的歐陽治，眼睛裡流露出更多的驚慌，如同受驚的兔子，彷彿不知該怎麼辦的樣子。

歐陽治一愣，隨即看向李氏，李氏臉上露出笑容，道：「既然人都來了，就一起吃吧。」說著，率先拿起了筷子。

既然李氏都發了話，歐陽治便也點點頭，道：「坐下吧。」

歐陽可很是謙卑地坐在了最下首的位置，神色忐忑不安，時時看李氏和歐陽治的臉色，又不住地抬起頭對歐陽暖姊弟露出討好的笑容。

這樣楚楚可憐的歐陽可，簡直與之前囂張跋扈的模樣判若兩人，歐陽爵不由自主蹙起眉頭。

歐陽暖替歐陽可夾了一塊八寶素魚，柔聲道：「妹妹，多吃一點吧。」

這是歐陽可最討厭的菜色，若是往日，她一定碰也不會碰的，可是現在，她卻笑著舉起筷子將素魚吃了下去，臉上浮起甜美的笑容道：「多謝姊姊。」

歐陽暖點點頭，眼神順勢看向她身後的芮嬤嬤，卻看到對方垂首侍立，一副眼觀鼻鼻觀心的樣子，臉上不由微微露出一絲冷笑。

歐陽治看著她們姊妹和睦，這才點頭道：「這才像話！可兒，前些日子妳實在太胡鬧了，現在可知道錯了？」

「女兒知道錯了，再也不敢犯了……」歐陽可哽咽起來，一雙大眼睛紅紅的，裡面盛滿了淚水，卻是一滴也不敢流出來的模樣，反倒更加惹人憐愛，她單薄瘦弱的肩頭抽動著，顫聲道：「求爹爹原諒我！」

歐陽治冷哼，剛要說話，李氏卻笑道：「瞧瞧你，吃飯就要好好吃飯，教訓孩子到別處去。」

這樣一說，既替歐陽可解了圍，又讓歐陽治明白了自己的態度，果然，歐陽治淡淡地道：「既然妳祖母都發話了，以前的事情就不必提了。妳從今往後……可要痛改前非。」

從始至終，歐陽暖面帶笑容看著歐陽可。倒是李姨娘和嬌杏，像是看著陌生人一樣的盯著歐陽可，眼神十足的驚訝。

用完膳後，各自回去，歐陽爵拉著歐陽暖似乎想要說什麼，歐陽暖卻什麼也沒有向他解釋，因為她已經明白，有些事情，總要他自己領悟才好。若今天這頓飯，他什麼都看不出來，那麼她再多說什麼也是沒有用的。

當天晚上，歐陽可來聽暖閣拜訪。

歐陽暖命人上了茶，柔聲問道：「妹妹來找我是有什麼事？」

「可兒是來給姊姊請罪的。」說著，歐陽可便向著歐陽暖跪了下來，磕了個頭。

「都說了不再怪妳，怎麼好端端的又這樣？」歐陽暖立刻去攙扶她，她卻不肯起身，硬生生將這個頭磕完，才勉強站起來，坐在流雲紋紫檀木椅子上，卻還是一副泫然欲泣的模樣。

方嬤嬤在一旁看著她那神色，心中厭惡到了十分，卻只能笑著道：「二小姐可千萬別再哭了，哭腫了眼睛若是從這裡走出去，別人不知道，還以為大小姐欺負您了呢！」

芮嬤嬤笑道：「方嬤嬤言重了，不過是姊妹之間感情好罷了，別人縱然看見了，也不會亂嚼舌根的，歐陽家可沒有那麼不懂事的下人！」

方嬤嬤一愣，旋即認真地打量起芮嬤嬤來，見她也笑著望向自己，頓時沉了臉不說話了。

歐陽可抽泣著說：「這些日子以來，可兒一直在自我反省，從前真的是太過任性妄為，竟然對著姊姊也說了好多不成體統的話，現如今想起來真是十分後悔。好在姊姊寬宏大量，能原諒妹妹，不然從今往後我心中都不得安寧了。」

歐陽暖看了她一眼，笑道：「妹妹只是天性率真罷了，哪裡就說得上任性妄為了？」她的話像是讓歐陽可很激動，她紅著臉，急切地說：「妹妹在海棠院待了這麼久，變得笨嘴拙舌，連話都不會說，只望姊姊不要嫌棄我，多教導我一些，將來見客的時候才不至於失禮於人。」她的神情就像是那種急於在大人面前表現的孩子，說這句話的時候，眼神無比真誠，絲毫不像是作偽。

菖蒲盯著歐陽可，心道：果真應了那句士別三日當刮目相看，自從這位芮嬤嬤來了以後，二小姐睜眼說瞎話的功力是見長啊！

見歐陽暖含笑不語，歐陽可低下頭去，「可兒知道，如今自己只是個殘廢，誰也不會喜歡我的，我也沒有旁的奢望，更不敢和姊姊爭奪什麼，只是希望將來能有個出路罷了。若是再這樣被關著，一輩子也就這麼毀了，姊姊就當是可憐我，但凡有什麼應酬不要忘了我，便也足夠了。」語氣無限淒淒。

歐陽暖淡淡地望著她，笑道：「咱們是姊妹，有好事我自然不會忘了妳，妹妹何至於此呢？」

歐陽可對芮嬤嬤使了個眼色，芮嬤嬤立刻捧出一幅畫來，笑道：「大小姐，這是二小姐費了好多心思才尋來的，說要送給您。」

歐陽暖只看了一眼，便認出那畫上的名款，「這是……」

歐陽可笑得很溫柔，「這幅雪夜登山圖，是當年的鎮國侯偶然經過一個寺廟留下的，被那住持保管了三十年，如今交給姊姊，也算完璧歸趙了。」

「妹妹真是費心了。」要找這樣一幅畫，不知道要花費多少心思，歐陽可好大的人情，又如此懂得自己的心願……歐陽暖微微笑著，撫摸著這幅畫，露出喜悅的模樣。

歐陽可似是鬆了一口氣道：「姊姊喜歡就好。」

無事獻殷勤必然沒好事！紅玉和方嬤嬤對視一眼，在彼此的眼中都看到了深深的戒備。

「姊姊，妳如今都和誰家的小姐來往？可曾參加什麼聚會？我好久不出門，都不知道她們還記不記得我了。」歐陽可端詳著歐陽暖的神色，語聲怯怯地道。

歐陽暖親和地對著她笑，「妹妹既然出了海棠院，便應當多出門走走，一切都和從前一樣。」

歐陽可微微一笑，顯得天真無邪，「姊姊說的對，我是該多出去走走了。」

歐陽暖看向歐陽可的腿，又不經意地轉開，目光帶著憐惜，輕輕拂來，「妹妹想開了就好。」

歐陽可面色一白，隨即低下頭，絞著手中的帕子。

此刻，歐陽暖的目光輕輕掃過芮嬤嬤，眸子裡帶著映出千轉百迴的流光。

歐陽可離開以後，方嬤嬤對著她的背影冷冷望了一眼，回頭對歐陽暖道：「大小姐，依老奴看，二小姐這一回肯定有什麼目的，您可千萬要小心！」

歐陽暖淡淡一笑，「是真心悔過還是故弄玄虛，只要試一試，也便清楚了。」

方嬤嬤眼睛一亮，就看見歐陽暖向菖蒲招了招手，在她耳邊低語了兩句，菖蒲點點頭，快步離去了。

第二天一大早，嬌杏便在歐陽可去壽安堂的路上攔住了她。今天歐陽可穿著一件鵝黃繡梅花衣裙，烏黑的髮髻上別著一支白玉簪，全身裝扮十分素淨，與往日裡的豔麗大相徑庭，嬌杏臉上笑得和善，「二小姐怎麼打扮得如此素淨？遠遠看來，我都沒有認出您！」

歐陽可看了旁邊的芮嬤嬤一眼，連忙笑道：「姨娘不要拿我取笑，如今我還在思過，平白穿得那麼豔麗，哪裡還有思過的樣子呢？」

嬌杏笑了笑，「二小姐真是謙卑，您好歹是這府上名正言順的千金，哪裡能這麼樸素，豈不是叫外人看了笑話？」

「我說的可是肺腑之言！」歐陽可連忙道。

「我只是說笑，二小姐何必這樣緊張？」說到這裡，嬌杏又嘆息一聲，面上無限惆悵，「二小姐的心思我哪裡能不明白呢？」說著，美麗的眼睛瞟向歐陽可，「夫人被關了這麼久，親娘正在受苦，換做我是二小姐，也沒有裝扮的心情，說起來，我到底是從夫人院子裡出來的，心裡還念著夫人的好，所以才想對您說幾句話，不知您會不會嫌我多管閒事？」

歐陽可看著她，眼睛裡飛快閃過一絲什麼，臉上帶笑道：「姨娘有什麼想說的？」

嬌杏身子稍稍靠近了她些，壓低了聲音：「二小姐，不是姨娘要說，您現在這種示弱的法子雖一時起作用，能夠引來老太太和老爺的憐惜，卻不是長久之道。大小姐的手段很毒辣，您一味地示弱，只會讓她更加囂張，到時，有您的苦頭吃！」

歐陽可眼神微動，「姨娘這話我就不懂了，我現在是真心悔過，怎麼就是故意示弱呢？」

嬌杏笑了笑，顯得高深莫測，低聲道：「二小姐，我是將您當成自己人，為您好才這麼說，有哪裡說的不對，您可不要見怪。」

歐陽可笑著說：「姨娘不用再繞彎子，有什麼話儘管直說。」

嬌杏看了芮嬤嬤一眼，道：「不知道二小姐能不能屏退左右？」

歐陽可毫不猶豫地搖了搖頭，「芮嬤嬤是我身邊最親近的人，沒什麼不能告訴她的。」

芮嬤嬤垂首，從一開始就一言不發，像是完完全全的木頭人。

嬌杏臉上笑容一收，正色道：「既然二小姐如此說，姨娘就有話直說了。二小姐，如今的形勢您也應當清楚，夫人被關在那福瑞院裡頭受苦，李姨娘指示人一日三頓送餿飯，夫人過的日子連最下等的丫鬟都不如。老太太和老爺都向著大小姐，她還有個將來要繼承家業的親弟弟，再加上咱們府裡的下人們最是勢利，見您沒了親娘照顧，腿腳又不靈便，心中根本就瞧不起您……」說到這裡，嬌杏連連搖頭，一副滿是擔憂的樣子。

「說實在的，您在府裡能指望誰？只能指望您自己！您可要好好謀算，千萬不要再被大小姐設計，要不然只怕連立錐之地都沒有了！您若是願意，我倒是有一些好法子能幫幫您……」

歐陽可一愣，眼睛裡立刻流露出憤憤的神色，同仇敵愾的話差點說出口，芮嬤嬤恰到好處地笑道：「瞧瞧姨娘說的這話，倒像是在挑撥小姐們的關係！大小姐可是二小姐的親姊姊，怎麼會害她？妳這樣說，反倒讓人覺得妳別有用心……」

嬌杏冷笑一聲，繼續壓低了聲音說：「芮嬤嬤，妳說這話就是懷疑我了？妳也不想想，府裡頭我跟李姨娘不是一派的，大小姐也瞧不上我這樣的出身，我能指望誰？不過是多找個同盟罷了，妳連我都不相信，還能相信什麼人？」說著，眼中閃過一抹怨毒之色，聲音變得陰沉無比：「二小姐，您對大小姐做小伏低，可是她可曾對您有什麼表示？大小姐這個人，您比我要瞭解得多，她若真是良善的人，夫人為何會變成如今這個樣子？您若是還是一味韜光養晦沒有行動，她早晚將您一併收拾了，到時叫天不應叫地不靈，難道您要過那種日子嗎？與其如此，您還不如同我合作……」

歐陽可本來聽得很入神，對嬌杏唱念俱佳的表現已經信了三分，可是忽然的，芮嬤嬤提高了聲音說道：「姨娘，我知道您是為二小姐好，可是您這樣說實在太不成體統了！」這麼一聲厲喝，嬌杏被她嚇了一大跳，怒道：「亂嚷什麼，我不過是一片好心……」

話還沒有說完，芮嬤嬤不著痕跡地推了歐陽可一把，歐陽可一驚，頓時反應過來，大聲說：「姨娘，我不知道妳說這些話是什麼用意，但是我告訴妳，我相信祖母，相信姊姊！祖母她雖然對我嚴厲得很，但卻全都是為了我好，就說我被禁足的時候，一應用度從來沒有短過我的！姊姊更是端莊善良，識得大體，絕對不是妳口中說的那種心思叵測之人！我知道自己以前的所作所為很過分，如今我也不敢犯那些錯了，也絕對不敢再嫉妒姊姊！我只是想要她們都能原諒我，能有點平靜的日子過，旁的我是再也不會亂想了！祖母和姊姊這樣寬宏大度，一定會對我好的，如果妳再在我面前說她們的壞話，我就回稟了爹爹趕妳出去！」

嬌杏氣得臉漲成豬肝色，憤憤道：「二小姐，我全都是為了您好啊！」

就在這時候，歐陽暖扶著李氏從走廊處走過來，身後還跟著不少丫鬟嬤嬤們。

嬌杏見到，立刻換了一副笑臉，行禮道：「給老太太、大小姐請安！」

李氏素來十分厭惡這個妖裡妖氣的姨娘，此刻冷冷地望了她一眼，目光冷酷。嬌杏打了一個冷顫，下意識地看向歐陽暖，見到她對著自己微微一笑，不由得定了定心，恭敬地行了個禮後告退了。

歐陽可臉色一下子漲紅了，慌慌張張地說：「祖母……我……」

李氏點點頭，笑道：「我雖然沒有聽見王姨娘說了什麼話才激得妳發怒，但剛才卻聽到妳的肺腑之言，祖母心裡頭真是高興得很！好孩子，快過來吧！」說著，向歐陽可伸出手。

歐陽可立刻笑了，趕緊走過去依在李氏身邊，一副歡喜的模樣。

歐陽暖冷眼瞧著，一聲不吭，嬌杏會說這些話，全都是出自她的授意，讓她意外的倒是歐陽可說的話。這番話還真是恰到好處，簡直就像是知道李氏會來一樣……歐陽暖的目光在芮嬤嬤的臉上打了個轉，微微地笑了，這個芮嬤嬤，還真是個有趣的人。

從這一天開始，歐陽可每天都會去壽安堂請安，陪著李氏從天氣冷暖，說到日常飲食，再到養生祕訣，整個人柔柔弱弱，輕聲細語，幾乎變了一個樣子。唯一叫人奇怪的，就是她絕口不提林氏，甚至於連問都沒有問一個字，彷彿徹底將這個人遺忘了一般。

歐陽暖將一切看在眼中，也不去管她。風平浪靜地過了兩天，張嬤嬤突然到聽暖閣來了，一進門就笑道：「大小姐，定遠公家的周老太君和周二夫人來了，老太太讓您去一趟呢！」

歐陽暖不由皺了皺眉，定遠公府與歐陽家素來沒有密切來往，周老太君更是自恃身分，有些瞧不上李氏的，怎麼會突然來拜訪呢？

此刻的壽安堂十分熱鬧，歐陽暖在簾子外面就聽見周二夫人爽朗的笑聲：「老太君早就想要來拜訪，一直抽不出空呢！」

「正是，貴府與我家就隔了兩條街。」李氏笑著道：「是該多走動走動的。」

又聽周二夫人笑著道：「早聽說大小姐有一幅百壽圖，得了老鎮國侯的真傳？這是真的嗎？」

李氏呵呵笑，「這也是外頭以訛傳訛，她小小年紀，哪裡就能比得上老侯爺的功底？不過是勉強能看罷了。」話說得謙虛，聽著卻隱隱含著驕傲。

周老太君笑道：「老太太謙虛了，京都裡頭這些個小姐們，若真正論起德言容功，妳家大小姐可是數一數二呢！」

李氏正要說話，玉蓉笑道：「老太太，大小姐來了！」

「進來吧！」李氏笑著應著，歐陽暖對著玉蓉微微一笑，就走了進去。

周老太君一身米粉色底子福壽吉祥紋樣鑲領上杉、寶藍撒花緞面蔽膝青白色馬面裙，微笑著向歐陽暖望過來。上一回，歐陽暖在寧國庵與她是見過的，所以也不陌生，先上去向她見了禮，隨後望向一邊的周二夫人。只看見對方生得容貌姣好，氣質華貴，一身玫瑰紫圓領對襟裙衫，用銀色滾出寬邊距，金色別針壓領，衣襟左右各有一朵盛開的富麗牡丹，戴了青金石的耳墜。她是周家二房的夫人，說起來，是周芷君的嬸娘。

看見歐陽暖，她立刻笑了起來，「哎呀，我原先以為我們家的芷君就已經天底下難尋了，誰曾想歐陽家還藏了一個這麼清麗的姑娘。」

歐陽暖曲膝向她行禮，周老太君笑道：「那是妳沒見識，我一早跟妳說過，歐陽家大小姐是個頂好的。」

「是我孤陋寡聞啊！」說著，周二夫人攜了歐陽暖的手細細打量，「難怪了，難怪了啊！」她臉上的笑容頗有幾分曖昧，說不清道不明。

這話說出來，歐陽暖雖然還是在笑，眼睛深處的笑容卻沒了。她突然意識到，這一次的拜訪並不單純。歐陽暖一面朝李氏望過去，一面笑道：「祖母，您叫孫女來是……」

李氏笑了，道：「把妳前幾天繡的那屏風拿來給周老太君看。」

歐陽暖一愣，隨即笑著應道：「是。」她輕聲吩咐紅玉去取屏風過來，一回頭卻看到周二夫人笑容滿面地看著自己，心中不由得更加狐疑。

過了一會兒，紅玉手裡捧著那只有半尺高的屏風進來。周老太君放眼望去，只見屏風整體為朱紅金黃亮色構成，著色雍容大氣。

周二夫人不由得站了起來，細細端詳著這件屏風。屏心上是一位笑容可掬的壽星，拄著壽杖，顯得和藹可親。壽星的壽杖下還懸掛有一只壽桃，最奇特的是，這幅壽星圖並不是一幅畫，而是由「福」、「祿」、「壽」三個字以繪畫形式組成的圖案。圖案的整體是一個「福」字，仙鶴和浮雲組成福字的左半邊，拄著壽杖的壽星是福字的右半邊。「祿」、「壽」二字藏在「福」字中間，構思十分巧妙。

周二夫人驚嘆道：「老太君，您看，這幅畫中的仙鶴、壽星、壽杖、壽桃渾然一體，可謂匠心獨運了！」

周老太君看著，不由得滿意地點點頭，笑道：「是啊，心思真是巧！」她心中暗道：好在鎮國侯府嫁入太子府的不是歐陽暖，否則依照她的才情模樣，只怕芷君要費很多心思來壓制她了。

李氏並沒有想到周老太君的心思，只是笑道：「妳們瞧，這屏風上的各樣圖都是暖兒畫出來，特意請師傅來照畫的樣子雕刻的。」

眾人聞言，不禁更加仔細地望去，只見這件屏風最上面雕刻著蝙蝠、荷花、牡丹、喜鵲、梅花這些寓意吉祥的圖案交錯相間，躍然於薄薄的木板之上，栩栩如生。屏風底部共分三行，第一行有六幅圖畫，分別雕刻有花卉、蝴蝶、蝙蝠、祥雲等，精巧別致。第二行有八幅圖畫，在這不大的面積上卻雕刻有十餘名美麗的女子，或繡花或撲蝶或讀書或賞月，形態各異，傳神逼真。第三行有六幅圖畫，雕刻有獅子、鳳凰、花卉等，整件屏風沉穩而充滿靈氣。

周二夫人又是把歐陽暖一通好誇，然而歐陽暖臉上的笑容卻是淡淡的。她總是覺得，這一次周家的人來得很蹊蹺。

看完了屏風，歐陽暖便從壽安堂退了出來，她向紅玉看了一眼，紅玉立刻明白過來，轉身快步離去了。

看到歐陽暖離去，周二夫人才笑了笑，道：「老太太，其實今兒個咱們是無事不登三寶殿。武國公府，老太太是曉得的，那是一等一的富貴公侯之家，武國公夫人託著老太君為她家大公子說一門親事，老太君思來想去，這京都裡頭能配得上大公子的姑娘可不多，最後便想到了您家的大小姐。」

武國公府的大公子，說的當然就是陳景睿。李氏一聽武國公府，心裡頭就是一跳，自從出了陳蘭馨的事情，她就一直暗地裡防備著這武國公府，生怕人家將這筆帳錯賴在歐陽家的頭上，只是她千算萬算，愣是沒有想到陳家會替陳景睿來提親。想到這裡，她臉上帶了三分笑，「二夫人這是在開玩笑嗎？我聽說，陳家大公子可是有未婚妻的人……」

周老太君兀自喝著茶，坐得四平八穩。周二夫人似乎早有準備，笑道：「老太太說的這是哪年的老黃曆了？我也不瞞著您，早年那陳大公子的確訂下了一門親事，就是南安公家的長房小姐，可惜這位小姐福氣太薄，病了幾年還是拖不過天命，終究是沒了。唉，連累了大公子，按說依他的條件，絕不會到今天還未娶妻，全都是因了這徐小姐的緣故，白白浪費了好時光。」

李氏神色複雜地看了周二夫人一眼，猶豫了下，慢慢道：「這事兒是武國公夫人的意思？」

周二夫人笑道：「那是自然的，武國公夫人說是在偶然的場合見到歐陽小姐，見她溫柔可愛，更兼才貌雙全，就動了這個心思，只可惜當時那位徐小姐還在，她也只是想想而已，現在徐小姐沒了，就來央求咱們老太君保媒……」

李氏聞言，頓時皺起眉來，周老太君輕斥道：「妳這說的是什麼話？武國公府可是有情有意的人家，當初徐小姐病重，南安公自己覺得對不住人家，主動提出要退親，可武國公府堅決不肯，說既然已經訂了親，斷然沒有輕易悔婚的道理。唉，可惜了徐小姐，這樣好的人家，她卻沒有福氣嫁過去。」

周二夫人忙道：「是的是的，老太君說的是，剛才我是說得太急，沒說清楚，還請老太太不要怪罪才是！」

李氏臉色和緩了些，語氣卻很淡地道：「陳公子的婚事的確是一波三折，我心中也很是同情，只是您這個要求太突然了，我實在是意外得很。況且這門婚事我一個人還做不了主，總要和她爹娘商量一下。」

周二夫人笑道：「老太太，這門婚事您可得好好斟酌，武國公府的門第，陳公子的前程，端的是顯赫富貴，您就是打著燈籠也找不著啊！」

李氏不冷不熱地道：「周夫人說的是，只是我最疼愛的就是暖兒，若是一味衝著武國公府的門第高、陳公子前途好，就把人嫁過去了，別人豈不是要說我歐陽家貪圖富貴？」

周老太君擱下茶杯，淡淡地笑道：「老太太說的是，選女婿當然是要精挑細選的，妳想要再考慮考慮也無妨。只是，時間可不能太長了，徐小姐剛沒了幾天，武國公府的門上就被媒人踏平了，不知多少人家想要將姑娘提給陳大公子。我家統共就兩個嫡出的，一個嫁進了太子府，一個年紀太小，其他那些丫頭都是庶出，根本配不上武國公的門第，要不然可就輪不到妳在這裡慢慢想啦！」

這話分明是說武國公府願意和歐陽家結親是給了妳家天大的面子，妳就不要拿喬了，小心錯過這個村就沒有這個店了！李氏也是聰明人，只聽一半兒就全明白了，心道：妳家出了個皇長孫的正妃，怎麼輪到我家想要嫁個公侯府就算是高攀了？心中多少有些悶悶不樂，只是礙於周老太君的情面不敢多說什麼，只能訕訕笑著道：「好，那這件事情我們一定會早點給個答覆。」

丫鬟玉梅這時候進來換茶，將一切聽在耳中，心中驚訝，臉上卻什麼也沒表現出來，低著頭又出去了。

又說了一會兒，周老太君起身告辭，李氏親自送到大門口，再回來的時候臉色已經有些陰沉，對張嬤嬤道：「去，去請老爺來，就說我有要緊事商量！」

張嬤嬤應聲去了，回來卻告訴李氏說歐陽治用完午膳就被人請出去了。

歐陽治的確不在家，他此刻坐在武國公府裡，今日是武國公的壽宴，國公府大擺宴席，把各部尚書、權貴全都請來。這些官員們的轎子，把一條大街全都塞滿了。大廳裡更是張燈結綵，布置一新，看起來喜氣洋洋，氣派萬分。

歐陽治喝了酒，吃了飯，看了戲，便和大家一樣要起身告辭，武國公卻向他微微一笑，低聲道：「歐陽侍郎莫走，今天廖尚書沒有來，我有一個口信要託侍郎明日轉告他，請你稍留片刻。」

聽了這話，兵部尚書林文淵看了武國公一眼，壓下滿腹的狐疑，轉身和其他人一起走了，只剩下歐陽治滿是納悶地跟著武國公進了書房。

「國公爺，您有什麼口信要帶，我明日早上帶給廖尚書就是了，請您直說吧。」歐陽治端詳著武國公的神色，小心翼翼地道。對方是國公爺，他只是一個吏部侍郎，自然是得罪不起的。

武國公陳峰微微一笑道：「這不過是托詞罷了，其實我是有事要告訴歐陽侍郎。」

歐陽治滿腹狐疑，卻不知道對方究竟有什麼事情要說，卻聽見陳峰淡淡說道：「一個月前，我奉旨出京辦事，結果在城門口遇到一名女子帶著一個小女孩要出城，守城的士兵經過盤查發現她是一家青樓逃出來的歌妓，便將她們扣了下來，這名女子害怕被捉回去，攔著我的轎子喊冤枉，大概是將我當成京兆尹了……」他說得半真半假，教人分不出究竟是如何發現那女子的。

歐陽治聽到這裡，只覺得頭「轟」的一下，臉變得煞白。陳峰冷眼看著他，見他一副快要暈倒的模樣，便笑道：「歐陽侍郎，這名女子叫做寇兒，她懷中還抱著一個已經七歲的女孩，據她所言，這孩子是她與一位官吏所生，但孩子的親生父親卻不肯承認她的身分，只是給了她一筆錢，打發她回鄉下去生活。」看著歐陽治越發慘白的臉色，陳峰冷冷地一笑，「歐陽侍郎，這男人拋棄親生骨肉，真是太不應該了！你說，是不是？」

歐陽治頭上冒出豆大的汗珠，一時之間，無言可對，愣了好一會兒，才強自鎮定下來，苦笑著說：「也許……也許他是另有苦衷……」

陳峰臉色一變，聲音陡然變得嚴厲：「不止如此！她的那個孩子是在七年前的正月出生的，那時候可是太皇太后的孝期！國喪期間結交青樓，讓那女子懷上身孕，事後又狠心拋棄親生骨肉，更讓她們母女流落在外，這樣的罪名一旦上達天聽，這官員不死也要脫層皮！」

歐陽治只覺得天在旋地在轉，眼前金星亂冒，雙腿一軟，頹然坐在椅子上，喃喃地說道：「別說了別說了，是我，是我的錯啊！我有罪，都是我的罪過！」

「哎，歐陽侍郎，那女子一口咬定是你負心薄情，犯下大錯，我原先只是懷疑，誰知竟然真的是你！你怎麼做得出這種糊塗的事情來？這樣你可叫我如何是好啊？」陳峰見他終於承認了，臉色緩和下來，嘆息了一聲，似乎十分惋惜的模樣。

「國公爺，明天我就上摺子自請懲處！」歐陽治咬牙道。

陳峰又嘆了口氣，「這樣一來，你的前途可就都沒了，弄個不好，只怕連性命都保不住，叫我怎麼忍心……」

歐陽治一愣，隨即觀察著陳峰的神情，心中迅速燃起希望，「國公爺，您能不能放我一馬？」

陳峰微微一笑，道：「歐陽老弟，老實告訴你，我要想跟你過不去，老早就上摺子彈劾你了，何至於等到今天？我今天把你找來，就是為了讓你知道，我心裡還是向著你的，要不然也不會幫你將那婦人暫且安撫下來了……」

國孝逛青樓已經是大罪，竟然還拋棄親生骨肉，更屬天大的醜聞。一旦皇上知道了，定會將他革職問罪，甚至有殺頭的可能。武國公為他隱瞞這樣的事情，到底有什麼目的呢？歐陽治看著陳峰臉上的微笑，只覺得冷汗已經濕透了後背……

歐陽治垂頭喪氣地回到家，一到家就被人告知老太太派人來請，他勉強打起精神，換了常服才去了壽安堂。

李氏早乏了，靠在炕頭微合著眼睛歇息，歐陽治走進去，她立刻睜開眼睛道：「回來了。」

「是，兒子回來了，不知道母親有何事找兒子商量？」

「今兒個，周老太君來替武國公府說項，要將暖兒聘給陳景睿。」李氏盯著他，一個字一個字緩緩道。

歐陽治微驚，坐在椅子上半個字都說不出來，聯想到武國公今日的所作所為，心中頓時一陣陣的打鼓。

李氏沒有看見他的異樣，只是繼續說下去：「暖兒的婚事，咱們原先也是說好了的，要好好挑選一番，普通的人家是斷然不會選的，最好就是嫁個世子郡王，才不算委屈了暖兒。」說到這裡，她的嘴角似有一絲譏諷，「武國公府的確是一等一的公侯世家，就連鎮國侯府的風頭也是斷斷比不上的，只是咱們暖兒才貌雙全，名動京都，將來指不定能有個更好的出路……依照我的意思，根本不必這麼急吼吼地訂下來。」

其實下面的話，李氏不說歐陽治也明白，他當然也想讓歐陽暖攀附皇室，可是如今皇室的影子還沒見到，自己就被武國公府抓住了那麼大的把柄……若是這次拒絕了這門婚事，只怕後果不堪設想……歐陽治想到這裡，隱約猜到一切都是武國公府給自己設下的套，可是對他而言，縱然知道這是個圈套，也是非鑽不可得了。

想到這裡，他陪笑道：「母親的心思，兒子自然是明白的。只是這些日子以來，兒子心裡也一直在琢磨，皇太孫雖好，畢竟是風尖浪口上，其他各大王府，也都是各自站了位的，好不到哪裡去，咱們本就是富貴之家，何必著急上去攀附？萬一弄個不好，滿門都要賠進去。武國公府就不同了，他們家上頭總有太后撐著，又是大公主的夫家，態度向來很中立，誰上位都不會輕易動他家，怎麼看都是京都數一數二的豪門！陳景睿又是國公爺的嫡長子，將來是要襲爵的，聽說廖兒早就有意將女兒嫁過去，可人家愣是看不上，偏偏選中了咱們暖兒，這也是暖兒的福氣，到時候暖兒可就成了國公夫人……」

李氏滿臉驚訝，冷聲打斷：「你當真是糊塗了，難道忘了武國公府的陳蘭馨被迫遠嫁的事情了嗎？這件事雖說和咱們家沒有直接關係，但難保人家把帳算在咱們頭上！他好好的一個國公府，什麼樣人家的閨女娶不到，為什麼這麼急吼吼地跑到咱們府上來提親？萬一是挾怨報復呢？總不能拿孩子一生的幸福來當兒戲！」話說得很好聽，實際上李氏只是捨不得精心安排的一顆棋子最後只落得個公侯之家罷了。

正因為捨不得錦繡前程，才不得不把歐陽暖嫁過去！歐陽治顫聲道：「母親，您回絕了嗎？」

李氏蹙眉道：「我當然不好太過明白地拒絕，只和她說咱們家暖兒還小，要再考慮看看！」

歐陽治含含糊糊地道：「母親，這門婚事我瞧著是極好的，您就點頭了吧……」

李氏一聽，勃然大怒，「我跟你說了這麼多都白說了是不是？這可都是為了咱們家好，統共就這麼個有用的閨女，你不想著把她送進太子府，還想著就這麼嫁出去，你瘋了不成？」

她在情急之下，竟然說出了太子府三個字，一時之間自覺失言，臉色都變了。好在張嬤嬤剛才看主子們談重要的事情，早已將丫鬟們都支開了，不然別人聽見李氏這種心思，只怕要鬧出事端。

歐陽治渾身一震，撲通一聲跪下了，滿臉悔恨道：「母親息怒，我也是沒法子啊……」

張嬤嬤站在簾子後頭，只隱約聽到青樓、庶女幾個字，接著就聽見茶杯摔碎的聲音，然後是劈里啪啦的一陣耳光聲，聽得她心驚膽戰，老太太可好多年沒有生這麼大氣了……老爺究竟做錯了什麼，惹得老太太如此暴怒？

過了大半個時辰，屋子裡終於沒有聲音了。張嬤嬤壯著膽子進去，就看到滿地的碎瓷片，李氏坐在椅子上滿面陰雲，歐陽治戰戰兢兢地跪在地上，她心中一沉，就聽見李氏冷聲喝道：「還不快收拾乾淨！」

李氏於朝局十分關心，她知道，留著歐陽暖固然有機會攀附皇室，但這事兒還沒有影子，成與不成都很難說。就算成了，若是不小心站錯隊也是個大麻煩。武國公府畢竟是京都一等一的公侯世家，且不論他們為什麼要娶歐陽暖，這門姻親結下來對歐陽家絕對沒有壞處，更何況陳景睿文治武功樣樣出色，將來繼承國公府那是板上釘釘的事情。李氏大怒後冷靜下來，稍微思索了一下利弊，便點頭同意這門婚事了，歐陽治生怕她變卦，立刻就派人去定遠公府告訴周老太君，讓武國公府儘早來行納采之禮。

而另一邊，紅玉從玉梅處得到了周老太君是來提親的消息，頓時臉色大變，飛快地回到了聽暖閣，將一切都告訴了歐陽暖。

「小姐，您快拿個主意啊！」紅玉很是著急，可是歐陽暖卻一言不發，目光冷冷地望著紅玉，「妳說，陳家為什麼要娶我呢？」

紅玉心裡咯噔一下，是啊，陳家大公子明明對小姐很怨恨，為什麼上門來提親……

鎮國侯府，榮禧堂。

寧老太君用完了一盞蓮子羹，才問道：「這兩日府裡頭可還太平嗎？」

杜嬤嬤忙躬了躬身說：「回稟老太君，侯爺那裡一切都好，只是二老爺那邊，您是知道的，自曹姑爺出了事，他心裡頭就一直不痛快，所以處置了幾個下人……」

寧老太君冷笑著說：「他就是這麼個性子，不出了這口惡氣是不會甘心的！哼，曹榮那小子才叫咎由自取，打了幾十板子還是輕的！」

就在這時候，外頭傳來了一陣窸窸窣窣的聲音，杜嬤嬤快步走出去，寧老太君只聽見壓低的說話聲，半晌也沒看見杜嬤嬤進來，不由得皺起了眉頭。

過了一會兒，杜嬤嬤拿了張信箋進來，面色也不若剛才那樣輕鬆。寧老太君接過信箋一看，面色頓時變了，冷笑了一聲道：「歐陽家那個老東西打得好算盤，想要把我的外孫女嫁出去呢！」

杜嬤嬤小心翼翼地道：「老太君，剛才表小姐遣人來說，是定遠公府的周老太君保的媒！老太君，您與她一向交好，怎麼這件事連個信兒也不事先透露給您呢？」

寧老太君微微閉目，嘆息了一聲道：「我們雖然交好，卻都有各自的立場和謀算，若是光明正大的，誰也怪不得她。只是，她這件事做得實在太不道地了。」

杜嬤嬤看著老太君的臉色，不由安慰道：「表小姐馬上就要及笄了，生得又出色，難保人家不惦記。聽說最近半年，京都裡頭你一張庚帖我一張庚帖，不住地向著歐陽家送，歐陽老太太房裡那香爐底下，密層層的擱了不知多少張，可是任誰去說，她都咬著不曾鬆口。老奴一直以為她是另有打算的，可如今怎麼就肯點頭了呢？」

寧老太君猛地睜開眼睛，冷聲道：「這一點正是奇怪的地方，暖兒在信中也讓我去試探虛實。事不宜遲，杜嬤嬤，妳拿著我的帖子，去請京都最有名的算命先生來，避著點人，我有要緊事商量。」

「是。」杜嬤嬤快步去了。

武國公府得了消息，三天後便派人納采，按照大歷朝的規矩，納采過後，婚配雙方便要請算命先生來合「八字」，通過占卜來看看男女雙方會不會相沖相剋，以及有沒有其他不宜結成夫妻的地方，然而這不過是例行公事罷了，一般情況下是不會有意外出現的。

歐陽家請來的是京都最負盛名的神算子，據說凡是富貴人家皆以請到他為榮，因為這位先生算命如神，很有神通。

神算子一手提著一柄小銅鑼兒，搖搖晃晃地走進來，便有張嬤嬤親自倒了一杯茶遞給他。他喝了一口，笑道：「老太太有事就問吧，不論是命程還是婚姻，我都能算。只有一條，我是從不奉承的，若有不妥的地方，直言休怪。」

李氏笑道：「要這樣才好呢。」又望李姨娘笑道：「妳也算一算。」

李姨娘笑了一聲，便先替李氏報了生辰，神算子掐指一算，說了一遍福壽雙全的話。李姨娘自己也報了，神算子又說是旺夫益子的相。李氏笑得合不攏嘴，感激道：「先生，其實今日並不是為我們算的，而是為我孫女兒的婚事。」

李氏看了玉梅一眼，玉梅便端著小紅漆木盤子過來，上面的紙箋上寫著陳景睿和歐陽暖的生辰八字。

李氏雖然已經打定主意要把歐陽暖嫁過去，卻還是希望陳景睿將來能夠飛黃騰達的，趕緊道：「先生，你看他將來前程如何？」

神算子便先將八字在嘴裡嘰哩咕嚕念了一遍，又咳嗽兩聲，說道：「嗯，這個命格倒是極好的，兩重金，兩重水，金水相生，不盤不剝，生來富貴侯門，長子嫡孫，又有文昌輔佐，貴官祿財，我神算子保定他將來是一位內閣大臣，前途無量，前途無量啊！」

李氏點頭，笑道：「先生真是厲害，一眼就算出他出身侯門呀！」

李姨娘看著神算子又皺起眉頭，不由得問道：「先生，難不成您還有話要說嗎？」

神算子嘆了口氣道：「唉，這公子命主九宮，命格雖好，卻是極硬的，不管是同什麼人家論婚，至少也有個三妻之命！」

話未說完，李氏臉色發白，說：「先生看清楚些，怎麼會有這個說法呢？」

神算子冷冷地道：「老太太，我是照命上直說的！這位公子若是娶了親，不出一年半載，那新嫁娘保管沒命！妳記著我的話，如有半字不準，妳來割我的舌頭！」

李氏頓時氣得臉色鐵青，便連旁邊嬤嬤丫鬟們一個個都驚呆了，只是不敢當著主人的面嚼舌根，只敢偷偷交換著眼神，心道看來這門婚事是不成了。

李姨娘驚奇道：「先生，這話是怎麼說的，好端端的，新娘子怎麼就活不過一年半載了？您話可不能只說一半，一定要說清楚才是啊！」

神算子面露難色，道：「這還是輕的，若是這位小姐命格輕，別說一年半載，只怕還沒過門就被香消玉殞呢！」

李氏一愣，立刻想起陳景睿前一位未婚妻年紀輕輕就沒了的事情，臉色頓時難看了三分，便送了些金銀打發神算子走了。

好半天，壽安堂的正廳裡都是一片死寂。

李姨娘端詳著老太太的神色，輕聲道：「老太太，這親事怕是結不得了，趁兩家還不曾過禮，您是不是……」

李氏重重咳嗽一聲，強笑道：「月娥，妳年紀不大，怎麼比我這個老人家還要迷信？一個算命先生有什麼見識，不過張著嘴亂說，他有本事能斷人吉凶生死，怎麼會在大街上算命，還不被人當做神仙供起來？就算是真的，武國公府的大公子命硬，我家暖兒命卻金貴，肯定能壓得住他！況且老爺都已經答應了人家，現在聽了這幾句話，平白地去回人家，怕不成個笑話！」

李姨娘陪笑道：「可是老太太，就算都說好了，也不能拿大小姐的性命開玩笑……」

「什麼拿暖兒的性命開玩笑？妳這個姨娘心疼，我這個祖母就不心疼嗎？」李氏冷不丁的火氣上來，覺得胸口隱隱有些發悶，不耐煩地說：「那算命先生不過是隨口一說，這都是說不準的事！妳也不想想，武國公府是什麼樣的人家，陳景睿若是能繼承爵位，暖兒嫁過去也不吃虧！」

李姨娘只是大面上勸說幾句，留著這麼個厲害的大小姐在家裡，她心裡頭也委實害怕，歐陽暖嫁過去，生也好死也好，與她沒有半點干係，她聽了李氏的話，慌忙連連稱是。

李氏見她臉上露出了一絲掩不住的得色，哪裡不知道她在想什麼，心裡暗自冷笑，面上卻淡淡地說：「回頭去一趟聽暖閣，告訴暖兒，從今往後就別出去了，她也該將嫁妝準備起來了。」

「是。」

聽暖閣

歐陽暖坐在廊下刺繡，紅玉輕聲道：「大小姐，奴婢去打聽過了，那神算子剛剛出府。」

歐陽暖點點頭，方嬤嬤好一陣子才低聲開口說：「大小姐，老太太會因此改變主意嗎？」

歐陽暖撫撫繡繃上的牡丹花，似笑非笑道：「祖母這個人最是迷信，但凡這些江湖術士說的，她沒有個不信的道理。她若是就此推掉這門婚事，那便是最好。若不然……」接下去的話她沒有說完，若是不然，只怕這門婚事背後大有學問。李氏寧願冒著徹底犧牲自己這顆棋子的危險都不肯退婚，只能說明歐陽家有非結這門親不可的理由。什麼樣的理由，才能讓李氏捨得放棄自己這顆攀附權貴的棋子呢？這正是歐陽暖百思不得其解的問題。

就在這當口，外間突然傳來了一個低低的稟報聲：「大小姐，李姨娘來了。」

李姨娘一般早晚都會去壽安堂問安，若無召喚，從不來聽暖閣。歐陽暖知道李姨娘剛才也在壽安堂，可是神算子剛走她就到了，這是巧合還是有意？她不禁心中一動，正尋思的時候，李姨娘已經進了院子。

李姨娘一身桃紅上衫、蜜合色的裡襯、芙蓉色繡金線百合裙，髮間一支銜珠金簪，瞧著頗有幾分嬌豔。見其上前盈盈行禮，歐陽暖便笑著叫了一聲李姨娘。

李姨娘緊走幾步，停在了歐陽暖身前，探過頭去，「哎呀，這牡丹可真漂亮，上頭的蝴蝶活靈活現的，大小姐繡來做什麼的？」

歐陽暖飛快地收了最後一針，笑著站起來，「是一塊帕子。」

李姨娘的臉上綻放出溫婉的笑容，「大小姐的繡活越來越好了。」

歐陽暖淡淡一笑，「姨娘謬讚了，當初暖兒的繡工還是靠姨娘指點的呢！」

李姨娘笑道：「如今我忙於府中事物，倒是疏忽了繡活，只怕現在趕不上大小姐了。」

歐陽暖道：「知道姨娘貴人事忙，不知道今天來，可有什麼指教嗎？」

李姨娘深深望著歐陽暖，只見她穿著珊瑚紅百褶裙、石青的絲絛繫出似柳腰肢，如墨青絲上珠玉閃爍，掩唇一笑似乎深意無限，她心中微微一震，感覺自己那點小心思已經被對方看穿了，不由自主臉上就帶了幾分鄭重，「大小姐，您是難得的聰明人，我不妨實話實說吧。武國公府的提親，老太太已經答應了，今天還請了位算命先生來合八字，結果這位先生說陳大公子命硬剋妻，您要是嫁過去只怕有性命之危。要說往日裡老太太一定會因此推了這婚事，畢竟您要是有個萬一，這武國公府的親事攀上了也沒用。可我好說歹說，她卻說總不能讓外人說咱們府失信，死活不肯推卻。」

歐陽暖心中一沉，立刻就肯定了自己原先的猜測，只怕李氏心裡也是不願意，卻不得不為之，歐陽家必定有什麼把柄落在了別人手裡，然而李氏一個足不出戶的老太太，平日裡也不曾得罪過什麼人，根本不會有把柄在別人手上，除非是歐陽治……她這裡正思索著，李姨娘看著她的臉色，小心翼翼地道：「大小姐，老太太還特意讓我來說，讓您以後別出門了，專心在家裡頭繡嫁妝。」

歐陽暖暗暗惱怒，臉上卻不動聲色，道：「多謝姨娘的好意，暖兒都明白了。」

送走李姨娘，紅玉低聲道：「小姐，咱們該怎麼辦？」

有李氏和歐陽治同意，再加上武國公府和陳景睿看起來都沒有什麼問題，這樁婚事怎麼看都是好的，便是求助於老太君，只怕她也沒有藉口發作。現在這種局勢，對自己十分不利。歐陽暖搖了搖頭，髮上別著的一支金鑲玉蝶翅步搖震顫不已，她的臉上卻浮現起一絲淡得看不見的冷笑，「走吧，咱們去壽安堂。」

「大小姐，老奴知道您不願意這門婚事，可如今這當口，您不能犯糊塗！」方嬤嬤心中一急，顧不得尊卑，直接脫口而出。

歐陽暖輕輕拍了拍她的手，低聲道：「女兒家的婚事都是父母之命，媒妁之言，哪兒有我自己說話的分？我不是去找祖母理論的，嬤嬤放心吧。」

「那小姐是想……」

歐陽暖垂下眼瞼，並不回答。

壽安堂

歐陽暖還沒進屋子，就聽見裡頭有說話的聲音，玉梅低聲道：「二小姐在裡頭。」

歐陽暖點點頭，並不急著進去。此刻，李氏正倚在椅背上閉目養神，歐陽可低眉順眼地站在旁邊陪著。她的臉上脂粉不施，頭上珠翠不戴，只著翠綠的裙子，配合那雪白的面色和委屈的眼睛，越發顯得楚楚可憐。

歐陽可怯生生地道：「祖母，可兒繡的那雙鞋，不知是不是合您的心意？」

李氏睜開眼睛看了她一眼，神色淡淡的，「瞧著是費了一番心思的。」她手裡什麼珍貴繡品沒有，歐陽可送的那雙鞋，她連看都沒有看就收了起來。

歐陽可柔柔弱弱地說：「祖母，我知道姊姊的繡藝出眾，絕不敢說和姊姊比繡工，我只是想要為您盡點心意。我有自知之明，德言容功沒有一樣比得上姊姊的，可我也是歐陽家的女兒，將來我也會拚了命給您掙臉，絕不會比姊姊差的，您千萬不要嫌棄我……」

李氏一愣，倒是有些意外，看著她說：「我一直以為妳是個糊塗的，沒想到妳還能說出這番話來！唉，禮重的是心意，不在其他，至於妳的心思，我心裡頭都曉得，妳放心好了，等忙完妳姊姊的婚事，我也會為妳謀一個前程！不說公侯之家，平安富貴總是免不了的，妳不必過分擔憂！」

面對李氏那彷彿能看透自己的眼睛，歐陽可不禁有些慌張，訥訥地道：「祖母，孫女只是想好好孝順您，並沒有其他意思……」

「不用說了。」李氏似笑非笑地說：「妳那糊塗的娘是得罪了我，可我不會把這些仇記在妳身上。妳也是我的孫女，難不成我還要見妳在家待一輩子嗎？說出去，我們歐陽家也會沒面子的。」

歐陽可眼睛裡流露出淡淡的喜色，口中卻道：「可兒要全仗著祖母垂憐了。」

李氏臉上雖然有淡淡的笑容，眼底深處卻有一絲不耐煩。歐陽可跟她玩心計，只怕還嫩了點，沒有那個本事居然還想要學暖兒，實在是太不知高低了些，不說別的，就單說這喜怒不形於色的本事，就還差著十萬八千里。

歐陽可擦了擦眼角並不存在的淚水，彷彿十分感動的模樣，一轉眼卻聽見玉梅回稟道：「老太太，大小姐來給您請安了。」

這個時候來請安？李氏心裡一頓，猜到歐陽暖應該是為了婚事而來，心中不悅，語氣卻是十二分的溫和：「讓她進來吧。」

歐陽暖緩緩走進來，先給李氏請了安，回過頭看著歐陽可，笑道：「妹妹也來了。」

歐陽可忙陪笑道：「給祖母做了一雙鞋子，趕緊著送過來。」

歐陽暖點點頭，裝作聽不懂她的那些小心思，轉而對李氏笑道：「祖母，前些日子馨表姊看我繡的屏風好，說請我再趕一件出來，她要送給太子妃做壽禮。只是樣子什麼的不能跟這件重了，邀我明日過太子府詳談，不知道……」

李氏沉吟片刻，道：「原本是想讓妳在家好好做繡活，可是太子府那一頭也不便退卻，妳去吧。」想想又添了一句：「早去早回。」

李氏雖然已經訂下了歐陽暖的婚事，知道攀附皇室無望，卻很清楚地知道，當今的皇長孫側妃是歐陽暖的表姊，她又和鎮國侯府關係密切，這條線是無論如何不該斷絕的，所以她並沒有過分阻攔，只是又叮囑了幾句。

歐陽可聞言，可憐兮兮地看著歐陽暖，「姊姊，妳要去太子府嗎？」

歐陽暖微微頷首，笑道：「妹妹剛才不是都聽見了嗎？」

歐陽可的眼睛亮了起來，轉頭眼巴巴地望著李氏，似乎豔羨十分，「祖母，不知道太子府裡頭是個什麼樣子，我真是想見識一下呢……」

這話的意思，分明是想要讓李氏同意叫歐陽暖帶她一起去了。李氏心道，旁人家但凡有閨女，自然是要帶出去見識一下，可是妳一個瘸子難不成還想要攀附權貴嗎，何必沒臉沒皮的出去丟人？想到這裡，她心頭已是怒火萬丈，勉強笑道：「天氣熱，妳身子又剛好，還是在家裡歇著吧。」

歐陽可一愣，看了旁邊的芮嬤嬤一眼，立刻道：「孫女實在悶得慌，想出去走走。」

李氏道：「妳姊姊是去見皇長孫的側妃，並不是去玩的，帶著妳算怎麼回事？況且妳身體還沒好利索，若是又病倒，豈不是要叫我心疼？女孩子家不要隨便想著出門，多在家裡頭修身養性才是正經的……」

歐陽可聽得厭煩，幾乎想要立刻開口告辭，卻又不敢，看到芮嬤嬤的臉色，便硬生生忍著。

歐陽暖心中冷笑，原本歐陽可是用來制約自己的，可現在李氏覺得自己馬上就要嫁出去了，歐陽可的利用價值便也沒那麼大了。

第二天用完膳，歐陽暖去壽安堂辭別了李氏，便登上了馬車，一路去了太子府。

墨荷齋是向來走得極熟的了，穿堂入室，如同自己家中一般。還沒有進去，見林元馨站立門口，遠遠便向歐陽暖伸出手來。不知為何，歐陽暖眼中一熱，心中那種沉沉的負重感頓時輕了許多，忙快跑幾步上前，握住了她的手。

林元馨皺起眉頭，仔仔細細看了看歐陽暖，方才勉強笑道：「還好，我還擔心妳家老太太不肯放妳出來，好在她還顧忌著太子府，不至於對妳太過拘束。」

歐陽暖臉上帶著笑容道：「表姊，我一切都好，妳別擔心。」

一邊說話，兩人已經肩並肩地一同走進內室。

兩人剛剛坐下，山菊便上了茶，可是不過片刻功夫，又看到桃夭捧了一個小盅進來，林元馨奇怪道：「這是什麼？我沒吩咐準備這個呀。」

桃夭屈膝行禮，神情略有些古怪，「這是保元湯，正妃說身子重沒有胃口，殿下便吩咐廚房特地作了這道湯替她補身子，正妃說她一個人喝不完，便各屋子裡都分了一些。」

歐陽暖看著桃夭掀開蓋子，林元馨臉上雖然還帶著笑容，眼睛裡卻有說不出的黯淡，她輕聲道：「暖兒，這保元湯是宮中的養顏祕方，原有鯽魚、瘦牛肉、豬蹄、茯苓、紅棗五種原料，很是美味，妳嘗嘗看？」

歐陽暖認真地望著她，柔聲道：「表姊，妳心裡不高興。」

林元馨一愣，隨即嘆了一口氣，「暖兒，皇長孫已經有兩個月沒有踏進我這個屋子一步了。」

歐陽暖大吃一驚，「這是為什麼？」話剛一出口，立刻明白了什麼，「是發生了什麼事？」

林元馨勉強壓住心裡的悲傷，淡淡地道：「沒什麼，我一切都好……」說著，臉上雖然還是笑模樣，眼睛裡卻不受控制的有一滴眼淚落下，正好落入那熱氣騰騰的湯中。

山菊看見自家小姐流淚，頓時克制不住，道：「表小姐，您是不知道，我們小姐被人算計了！」

算計？歐陽暖目光一沉，道：「山菊，這是怎麼回事？」

山菊眼睛裡幾乎要噴出火來，「半個月前，我們小姐身子不適，便請了大夫來診治，診出來的竟然是喜脈，小姐自然是高興得不得了，當即就稟報了太子妃和皇長孫，他們也很是歡喜，送來了不知道多少珍貴的東西要小姐好好養胎，連宮裡頭的皇后娘娘都派了太醫來請平安脈，可是太醫診斷後卻說咱們小姐壓根兒沒有懷孕！剛開始，太子妃和皇長孫並沒有過分責怪，還好言安慰了小姐，說一時誤診也是有的，可是近些日子府裡頭卻突然傳出好多風言風語，說小姐是佯孕爭寵！皇長孫縱然不相信，卻也不得不作出冷落小姐的樣子來給別人看了！」

歐陽暖聞言，不禁心頭巨震，簡直不敢相信自己的耳朵，道：「表姊，這件事老太君和我為何都不知道？」

林元馨咬住嘴唇，道：「這件事情……皇長孫下令太子府裡頭的人再也不許提起，其實我大哥早已知道了，可是老太君年邁，這種事情實在是不能告訴她，他便連妳也瞞著了……」

歐陽暖刷的一下子站起來，目光裡幾乎燃燒起了一團火，「表姊，必定是有人故意讓妳以為自己懷孕，然後再揭穿一切，指證妳佯孕爭寵！這第一個該死的，就是那個誤診的大夫！他必定是收了賄賂才陷害妳！」

林元馨不由得冷笑，「這大夫是太子府用了多年的，向來很受信賴，從來不曾發生過這種事情，可見背後那個人這一回是下了重本的。這樣一來，不只皇長孫疑心我，就連宮裡的皇后娘娘也會一併對我厭棄……那周芷君端的是心狠手辣！」

一開始歐陽暖也覺得是周芷君，可是仔細想來，又似乎有什麼不對……歐陽暖想了想，慢慢地重新坐回了繡凳上，「表姊，我覺得這件事並非周氏所為。妳想想看，宮裡暫且不說，就說府裡的太子妃，這些年她什麼樣的手段沒有見過，佯裝懷孕這種事很容易就會被人拆穿，依妳的為人和地位，沒有必要也不可能去做這種事，我倒覺得，周芷君不會這麼愚蠢，做這種損人不利己的事。」

林元馨聞言，不由一愣，她想了想，慢慢地點頭，道：「妳說的對，若是她的話，的確有些冒險，府裡的女人多，有人在背後搞鬼也是難免的，我會慢慢查的。」

歐陽暖安慰道：「事已至此，表姊不必過分憂慮，太子妃和皇長孫都是聰明人，他們如今也只是作出一個懲治妳的姿態，並不是真的信了這件事。妳查背後黑手的時候，也還是要小心周芷君，縱然這件事不是她一手策劃，卻一定也有她在推波助瀾……」

她的話還沒有說完，林元馨已經振作起來，神情之間多了一分堅定，「我都明白，不管背後是誰在弄鬼，她們想要扳倒我也不是那麼容易的！如今我早已在府裡站穩了腳跟，就算沒有皇長孫的寵愛，我也還是堂堂正正的側妃，太子妃最寵愛的兒媳婦，這一點是無論如何不會改變的！暖兒，妳不必替我擔心，倒是妳的事，老太君已經派人都告訴我了，我知道陳景睿與妳有嫌隙，這一回肯定也沒安什麼好心腸！妳放心，我一定會求皇長孫為妳想辦法！」林元馨略頓一頓，怔怔望著窗外的荷塘，片刻才回轉神來，淡淡地道：「我絕不會讓妳嫁個不稱心的男人！」

歐陽暖一時微愣，隨即道：「這件事情，我可以想別的辦法。」現在這種情況下，讓林元馨去求皇長孫，實在不是什麼好時機，她只能另外想辦法了……

林元馨卻已經站了起來，「不，明郡王還在府中，等他離開，我便會去見皇長孫。」

「明郡王就在府中？」歐陽暖重複了一句，心中飛快地閃過一個念頭，低頭沉思了片刻，猛地抬起頭，對林元馨道：「表姊，我有一個法子，只是要妳幫忙。」

林元馨一愣，不明所以地望著歐陽暖。

肖衍和肖重華走到花園裡，突然聽到一陣琴聲，雖因距離較遠，聽不真切，但音韻清靈，令人陡生超凡脫俗之感。

「這是何人撫琴？果真好意境！」肖衍一愣，隨即問身旁的侍從。

侍從快步離去，過了一會兒來回稟道：「殿下，是從墨荷齋傳來的琴音。」

肖重華仰首細聽了片刻，淡淡地道：「這曲子，倒是有幾分熟悉。」

就在這時候，曲子意境發生了變化，變得哀婉動人，帶了一分說不出道不明的纏綿悱惻。兩人對視一眼，便向墨荷齋的方向走近，卻聽到傳來女子輕柔的歌聲：「懸明月以自照兮，徂清夜於洞房。援雅琴以變調兮，奏愁思之不可長……左右悲而垂淚兮，涕流離而從橫。」琴音這時候發出微微的悲鳴，彷彿主人心中的悲苦而致使琴音變調，而那唱歌女子的嗓音雖然並不非常動聽，卻有一種真切的感情充盈其間，讓人不由得動容。

「忽寢寐而夢想兮，魄若君之在旁……夜曼曼其若歲兮，懷鬱鬱其不可再更。妾人竊自悲兮，究年歲而不敢忘。」聲聲字字，唱的都是離愁，說的都是哀怨，卻一點怨恨都沒有，滿滿的都是情意。

肖衍不由心中一頓，臉上露出若有所思的神情。轉過假山，兩名女子坐在墨荷齋池塘前的亭子裡，唱曲的人正是林元馨，而坐著撫琴的人卻是歐陽暖。肖衍的目光在歐陽暖的身上停留了片刻，很快落在林元馨身上，見她面色蒼白，身形瘦削，雖不十分豔麗，然而那種楚楚之姿卻是十分讓人心動。她也正望著皇長孫，安靜的，帶著一抹若有若無的期許。

肖衍怔怔良久，再也顧不得注意歐陽暖，快步走上前，道：「馨兒，妳身子還好吧？」

林元馨盈盈拜倒，吐氣如蘭，「多謝殿下關心，馨兒一切都好。」

肖衍攙起她道：「不必多禮。」說著，才轉向歐陽暖，「今天歐陽小姐也來了，妳們怎麼這麼好的興致在亭子裡唱歌？」

林元馨淡淡一笑，道：「我們只是打發無聊時光罷了，沒想到會打擾到殿下。對了，今天暖兒是送屏風樣子來的，殿下要不要看一看？」

肖衍看了低首垂目的歐陽暖一眼，點點頭道：「好，那便去看看吧。」

林元馨微微頷首，秋水含煙的眼睛燦燦如星子，肖衍不由自主上前握住了她的手，「走吧。」他們兩人率先進了墨荷齋的正廳，留下肖重華站在涼亭外，看著還站在亭子裡的歐陽暖，眸中帶了淡漠的笑意，「歐陽小姐，好久不見。」

歐陽暖對著他微微點頭，便走下臺階來，突然腳下一浮，肖重華飛快輕輕扶了扶她，口中笑道：「這好像是第二次了。」

她雖然是故意引他們前來，卻並沒有故意摔倒。

歐陽暖一怔，隨即微使暗力，卻怎也掙不開肖重華的手，「郡王，您這是何意？」

肖重華的聲音很淡，卻隱隱有一絲笑意，「不是歐陽小姐引我來的嗎？」

「我不過是想要撮合表姊和皇長孫而已，郡王是自作多情了。」歐陽暖淡淡地道。

肖重華看進她的眼中，只覺得那雙寶石一樣的眸子，黑亮似一泓湖水，顧盼時流光若隱若現，有一種說不出來的特別韻味，會吸引人不由自主地與她相望。

四目相投，兩人都不說話。

在他專注得有些過分的眸光下，歐陽暖偏過了臉。

肖重華只覺心頭似被絲絲細線繞得微微酥麻，讓人回味不止，卻又形容不出那奇特感覺。微微鎮定了心神，他道：「妳想要什麼？」

「我不想嫁給陳景睿。」歐陽暖一字一字地吐出，毫不隱瞞。

肖重華一怔，陳景睿三個字聽得他忍不住皺眉，「武國公府的大公子？」他似不可思議，看著她笑，「他竟然上門向妳提親？」

歐陽暖倏然抬首，迎上肖重華既淡且遠的目光。瞬間，她的臉上便露出笑容，道：「那天的事情，郡王是最清楚的人，您必然知道，他此舉絕非善意。」

肖重華抬起雙眸，神色微見凜冽，「妳家答應了？」

歐陽暖點了點頭。

肖重華眉宇間閃過一抹冷意，但只有短短的一瞬，快到讓人無法察覺，「看來令尊是有把柄在對方的手裡。」

歐陽暖的密睫輕輕顫了顫，眉目間有絲淡淡的涼意，「的確如此。」

肖重華定定地望著她，語聲冷沉：「此事十分棘手。」

歐陽暖對著他，深深行了一禮，「郡王，請您幫我。」

久久沒聽到肖重華的回答，歐陽暖縱然鎮定，卻也不禁一顆心跳得咚咚亂響，心想，雖然肖重華是皇長孫一系，但他不想攪入這場混亂中去也是正常的。如果真是那樣，她便只有破釜沉舟了。

肖重華看著歐陽暖，道：「妳很著急？」

饒是歐陽暖心機再深再鎮定都不禁愣了愣，這叫什麼話？答應就是答應，不答應就是不答應，什麼叫妳著急不著急？女兒家的終身大事，她能不著急嗎？

她看著這位外表冷漠俊美的明郡王，笑容有點不那麼真心，「我一個沒什麼見識的閨閣女子，自然是很著急很著急的了。」她說著，在那兩個「很」字上來回咬了咬。

肖重華一愣，皇室家庭的子弟從小就被嚴厲管束，要喜怒不形於色，真正感情外露的時候很少。尤其是燕王那性格，長年不苟言笑，臉拉得老長，是以上至大哥下至弟弟，個個最不缺的就是端著架子，顯示皇室子弟的高深莫測。對於這一點，肖重華是深有體會。他推己及人，堅持認為凡事從容不迫、見招拆招的歐陽暖也是心機深不可測的，沒想到她在聽到他說話的時候，眼角微微上挑，雙眼透出點訝異來，看起來頗有幾分可愛。平心而論，她比不上蓉郡主傾國傾城，容貌卻極為清麗，很耐看。

肖重華看著她的表情，不覺莞爾，「這件事情，妳為何要捨近求遠呢？」不去求皇長孫反而來找自己，不是繞了遠路嗎？

歐陽暖眨了眨眼睛，不答反問：「聽說太后逼郡王逼得很緊，怕是心急蓉郡主的婚事了吧？」

肖重華笑了，「妳怎麼知道我不願意娶她？」

歐陽暖搖了搖頭，認真道：「郡王若真心願意，早已可以先訂親，何以拖了一年又一年呢？最要緊的是，太后素來喜歡蓉郡主，倘若她有心安排，別說是郡王妃的位子，哪怕皇長孫正妃的位置，也不會是什麼太難的事。如今郡王在孝期，太后縱然有心也不能賜婚，可還有其他人……」說著，微微一笑，「她為什麼不另求別人，反而讓蓉郡主一直這樣乾等著呢？」

「還有呢？繼續說下去！」肖重華語調徐緩，口吻輕柔，也不知是不是錯覺，此刻，他的語氣聽起來很有幾分無奈，沒了平日裡那即便是帶笑也滿是疏離的漠然。

「如今朝中真正握著兵權的兩位王爺，一位是秦王，一位是燕王。」歐陽暖輕咳了一聲，笑道：「太后喜歡蓉郡主不假，可她更喜歡秦王殿下，您說是不是？」

對於她的評價，肖重華笑而不語。

歐陽暖見他沒有發怒也沒有一絲不悅的表現，這才放了心，微微停了片刻，眉間藏匿著一絲狡黠，語焉不詳地從另一個角度開始闡述：「您是天底下少有的明白人，蓉郡主若是嫁入燕王府，對您和燕王來說，都是一件為難的事，我想，您也不希望枕邊人與太后過於親近吧……」

聽她扯來扯去，說來說去，都似乎和她的婚事無關，可是肖重華卻明白了她的意思，他沉默了良久，眸光在陽光下越發銳利，直到垂下眼，微微合上，眼睫毛輕輕顫動，他這才似笑非笑地應了一聲：「這就是妳找上我的理由？」

歐陽暖望著他，一時沒想到他竟然問出這麼一句話，她找上他還能因為什麼？總不能是少女情懷發作，希望英雄救美吧……這個，他還真是敢想！

肖重華說完這句話之後，低低地嘆了一口氣，似是看穿了她的一切打算，將話說得特別慢、特別輕，一字一字敲進她心坎，毫不留情地立馬拆穿了她：「我要推掉這門婚事，自然有別的法子，為何非要將她和陳景睿湊在一起？」

果然，她只是說了幾句，他就明白了她的意思，歐陽暖半點也沒有窘迫，反倒笑容滿面，「郡王的能耐我自然是知道的，只是近來蓉郡主心思似乎不在郡王身上了吧……若是她順利嫁入太子府，將來更是個大麻煩，是不是？更何況，郡王的法子再好，能夠一勞永逸嗎？」

肖重華眉頭不自覺地擰起來，唇邊卻泛起了笑，「哦？」

他幫她的忙，同時徹底解決掉蓉郡主這個麻煩，對他自己、對皇長孫、對她，都是皆大歡喜，何必露出這樣一副晚娘面孔？歐陽暖心中暗暗道。

肖重華深邃的眼眸瞬間籠上了一層看不清來由的情緒，說話的語氣卻和緩下來：「歐陽小姐平日裡都讀些什麼書？」

歐陽暖一愣，沒想到這位郡王的想法跳躍得如此之快，她眨了眨眼睛，幾乎懷疑眼前的男人究竟有沒有聽清楚她剛才所說的一切，還是她說得太含糊不清？他壓根兒沒有聽明白？抑或是聽明白了卻故意裝作不懂？

「歐陽小姐平日裡都讀些什麼書？」肖重華又重複了一遍。

歐陽暖這一回終於相信自己沒有幻聽，明郡王殿下的確是在問一個風馬牛不相及的問題……她眉頭微微挑起，不自覺地看著他，卻發現他正好也在看她，兩人視線相撞，像是某種極易被點燃的火種，瞬間便燒起冷冷的烈焰，不知不覺中便是隱隱的交鋒。

歐陽暖笑了，「不過是——」

「如果是假話，不如不要說。」肖重華眼角揚起了一絲戲謔，言語卻輕得有了幾分低沉。

歐陽暖微微一頓，如實地道：「不過是一些史書，沒有什麼不好說的。」

這一回，真的是實話。肖重華笑了：「妳還在讀史嗎？《史鑒》讀到哪裡了？」

歐陽暖答：「《史鑒》已經讀完了，在讀前朝的《吏書》。」

肖重華又問到《落陣圖》，兩人一問一答說了不少歷史中發生過的故事，似乎與當今毫無關係，仔細聽來卻又帶著一些隱喻。

紅玉和菖蒲站在亭子外頭，一點也沒有聽明白這兩人在打什麼啞謎。

歐陽暖心中明明很著急，卻只能耐下性子慢慢回答他。

就在這時，山菊過來請歐陽暖，道：「太子妃和皇長孫正妃都來了，請小姐過去敘話。」

歐陽暖一愣，隨即望向肖重華，她在等他的答案。

肖重華漆黑的眼瞳又恢復了原本的平靜，宛如無風無浪的潭水一般，沒有淪漪，完全看不出任何情緒了，「既然如此，我先告辭了。」

歐陽暖不由自主的，向前走了一步。

肖重華像是知道她極為細微的動作一樣，突然回頭，深沉如淵的眼眸中有微微的笑意在氾濫，可是他卻沒有任何解釋，只是輕輕點了點頭，薄唇彎成了微笑的弧度，語調近似於安撫：「妳放心。」

山菊疑惑地看著明郡王的背影，不知道他究竟說了什麼，卻聽見歐陽暖的聲音一下子輕快起來：「咱們走吧！」

參之章◆吾家有女折玉郎

墨荷齋，除了太子妃，還有太子的兩位側妃石氏、寧氏都到了。周芷君也到了，臉色紅潤，氣色極好，穿著寬大的衣裙，反倒顯不出微凸的小腹。皇長孫的四名侍妾也在，只是並沒有資格坐下，站在一旁做擺設而已。

太子妃看見歐陽暖，臉上露出笑容道：「歐陽小姐來了，來，過來我這邊。」

眾人都看向歐陽暖，她微笑著低頭向她們行了禮，整個人顯得柔和寬順，說話的時候又如一道春風，輕柔吹過來，讓人覺得很舒服。

比起石氏，寧氏更得太子歡心，再加上她性情活潑，是受寵慣了的，是以她先接話：「這位歐陽小姐生得真是秀氣啊！」

石氏笑道：「可不是，老早就聽說了，可一直無緣得見，妳送給太子妃的香包做得很精緻，繡工也很好啊！」

寧氏聞言，又仔細端詳了一陣，目光之中似乎有一點疑惑，卻笑道：「看歐陽小姐的模樣兒，倒有些像當年鎮國侯府裡頭的小姐。」

太子妃笑著點點頭，道：「可不是，她娘就是鎮國侯府的大小姐。」

寧氏一愣，笑道：「原來是這樣，怪不得這樣相像！當年妳娘也是京都有名的美人兒呢，才貌雙全，性情婉約，出身又好，不知多少媒人踏破了門檻，連燕……」她說到這裡，像是突然想起了什麼，立刻住了口。

當年的舊事，太子妃也是隱約知道一點的，她微微皺了皺眉頭，笑道：「瞧妳們，光顧著說話，也沒給人家孩子見面禮。」

歐陽暖聽到寧氏提起她娘，心中已經起了疑惑，再加上太子妃似乎不願意再提起這個話題，她頓時覺得這其中有什麼隱情，只是礙於人多不好多問，只能微微笑著，裝作沒有聽懂。

石氏給了一個鑲紅寶石的五蝠鐲子，寧氏送了一個碧玉翡翠的手串，似乎因為剛才失言，不好意思的緣故，又取出一個八寶琉璃鳳簪塞給她。歐陽暖收了禮物，又陪著她們坐了一會兒，便起身告辭回去，林元馨也跟著站起來，親自送她出了門。

屋子裡，石氏笑咪咪地對太子妃道：「要是能把這麼漂亮的孩子娶回家來多好？」

聽到這句話，肖衍的神色一下子變了，目光深深地向此刻正和林元馨站在院子裡說話的歐陽暖望去。

太子妃一愣，隨即笑道：「瞧妳這個貪心不足的，這天底下的美人兒還能都招進家裡來啊！」

石氏這句話本來就是玩笑，也沒怎麼放在心上，肖衍卻不動聲色地垂下眼，眸子被睫毛陰影所遮掩，格外的深幽黝暗，隱藏著無盡的波瀾，「您說笑了，只怕歐陽小姐心氣高，看不上太子府才是。」說著，似乎一下子沒了聊天的興致，起身向各人告辭。

周芷君看著肖衍離去的背影，眼底的笑意沉了下來。

石氏莫名被肖衍噎了一下，好一會兒才緩和下來，寧氏為她打圓場地笑道：「是啊，也不知將來歐陽小姐會落在誰家！」

周芷君回以一笑，「這樣漂亮的小姐，落在誰家都是福氣。」說著，臉上的笑容變得莫測高深了起來。這時候，林元馨正好從外面進來，周芷君對著她笑道：「說起來還有件喜事，武國公府託我祖母去歐陽大人府上說親了，林妃知道嗎？」

果然這件事與周芷君有關，林元馨心思電轉，嘴上已經說了：「是這樣嗎？哎呀，要不是您說，我都不知道呢！不對呀，若是這事兒成了，老太君也該告訴我一聲，這麼久沒動靜，怕是沒答應吧？您是不知道，歐陽老太太可寵愛我這個表妹，要多留她兩年呢！」她的表情是如此的真誠，語氣也十分認真：「再者說，不管事情成不成，總是不好亂說的，就算訂親的還有退的，更何況這八字還沒一撇的事兒。」

林元馨臉上的表情十分溫和，這話卻把周芷君的嘴巴堵住了。她是在說，如果周芷君把沒影兒的事情到處傳播，就變成了真正的長舌婦。

周芷君暗暗冷笑，慢慢地道：「母親來看望我的時候提起了這件事，我還道是成了呢……」

太子妃看著她們兩人一來一往說得熱鬧，便垂下眸子，只靜靜坐著喝茶，不發一言，心裡卻輕輕嘆了口氣。

肖重華出了太子府，便有侍從來稟報說太后下了一道懿旨，命他進宮見駕。他微微沉思，便命貼身侍衛帶著一封信趕去大公主府，自己則換了衣服進宮。

太極宮，橙黃色的琉璃瓦、紅色的宮牆、白玉的欄杆、碧綠的池水、優雅的牡丹，互相映襯，格外富麗。

偏東的太陽照在窗紙上，映得南殿一片通黃。案几上的雕花剔金爐裡焚著龍涎香，嫋嫋縷縷淡薄如霧的輕煙緩緩散入殿閣深處，越發沉靜凝香。大殿內有一片臥榻，鋪著薄薄的毛氈，上面蒙上一層繡著牡丹的軟罩。太后倚著繡著富貴牡丹圖的靠枕和扶枕，半坐半躺。蓉郡主取過一只金製煙袋，將頂級的雲煙絲填在煙壺裡。煙壺有兩只，輪換放在煙袋上使用。她裝好煙絲，將煙壺放在煙袋裡，用火石碰出火，點著了紙眉，半跪在地下，用手托著煙壺遞到太后面前。

蓉郡主身上的宮裝閃著絲質的光亮，雲墨秀髮間的小釵顫顫巍巍，隨著她的動作輕輕晃動，在周圍那些同樣裝扮的女官之中，顯得十分美麗，格外突出。太后用嘴咬住煙管，在蓉郡主點火時輕輕地吸著，淡淡的煙霧在空氣中繚繞。這煙絲是南方上供的頂級極雲絲，半點雜質都沒有，一呼一吸後沁入心脾，極其清雅宜人。

明郡王進來後，向太后行了禮，他的髮絲一絲不亂地束在金冠下，年輕的面容上雙眉斜飛，子夜般的雙眸因背著夕照而顯得有絲幽暗，削挺得恰到好處的鼻梁下，薄唇帶著淺淺的笑。

太后慢條斯理地示意蓉郡主將煙袋拿去一邊，自己則啜了口茶，終於開口，似含笑又似感慨，「重華來了啊，唉，好久不見你了。這日子過得好快，一眨眼，你母妃已過世兩年多了。」

「您說的是。」明郡王淡淡地回答。

殿中翠織金秀的帷幕反射著沉甸甸的暗光，照得太后臉上一片光影，她看了他平靜的面容一眼，輕嘆道：「難得兩年多來你都堅持不肯娶親，甚至連訂親都不願意，這份孝心著實可嘉，你母妃在天上看見了，也會感到欣慰的。只是再過一些日子，你的孝期就滿了，還不打算娶妻嗎？」

肖重華微微一笑，正要說話，門外忽然響起一聲唱喏：「皇上駕到。」

大殿外，皇帝大步進來，笑容和煦，「母后。」

太后微微一笑，目光卻落在皇帝身後的大公主身上，臉上的笑意陡然微微一沉。她剛把肖重華找過來，那邊就過來了，還真是太湊巧了。

大公主行了禮，在一旁的紫檀木椅上坐下，微笑道：「皇祖母這裡好熱鬧，是有什麼好事嗎？」

太后淡淡一笑，「只是好久不見重華，讓他來哀家的宮裡頭坐坐。」

皇帝和大公主都在，太后也不避諱，直接道：「皇帝，重華是你最寵愛的孫兒，他的婚事你怎麼也不上心呢！」

皇帝的目光落在肖重華的身上，又看了看面帶微笑垂下頭去的蓉郡主，微微皺了皺眉頭。

大公主燦然一笑，道：「瞧皇祖母說的，他孝期還沒滿呢，哪兒有您這麼著急的！這不是還有大半年嗎？」

太后的臉色一沉，「什麼還有大半年，就算不成親，先訂婚也是好的。」

肖重華微微笑著抬起眼來，不慌不忙地道：「太后，孝期未滿就隨意訂婚，有違祖制，重華怎麼敢呢？」

皇帝點點頭，道：「依大歷的規矩，的確沒有這個先例。」

太后一下子愣住了，她看了看皇帝，又看了看大公主，目光慢慢變得冷下來。說起來，皇帝是她一手帶大的，雖然不是她的親生兒子，卻一直很恭順，可是近年來……他卻做了很多讓她不樂意的事情。

大公主舉起茶杯，遮住了唇邊一絲意味不明的微笑，輕鬆道：「重華，皇祖母是關心你的婚事，只是這孝期未滿，哪怕差一天，都是不能輕易許婚的，不然傳出去，人家還以為你等不及了。當然，男大當婚，女大當嫁，真正說起來，蓉郡主今年也有十八了吧？皇祖母，女孩兒家青春有限，您可千萬不要耽誤了人家啊！」

蓉郡主面上沒有半點不悅，還是掛著謙恭的笑容，可是心裡頭卻慢慢焦急了起來。

太后微微一笑，「她從小跟在我身邊，辦事妥貼，沉穩大方，我也是一時半刻離不得這孩子，想要多留她兩年罷了。」

大公主放下茶杯，反倒嘆了一口氣，「我這幾日倒是聽說一件事情，就是不知該不該說。」

皇帝哂笑，「妳這孩子，什麼時候開始學著賣關子了？」

大公主的唇角輕揚起柔軟的弧度，「京都裡人人都傳說，武國公大公子的書房裡收藏著一幅美人圖，那圖中的美人兒翩然起舞，身形婉轉，美妙無比……」

蓉郡主一愣，看著大公主莫測高深的笑容，心中頓時起了不好的預感。

果然，皇帝似乎很有興趣，追問道：「哦？陳家的小子必定是收藏著心愛之人的畫像了，那是誰家的小姐？」

大公主幽幽一笑，看向太后，目光似能穿透人心，「是蓉郡主。」

肖重華聽在耳中，垂下目光，掩住了唇畔的一絲笑容。那幅畫原本收藏在大公主府裡，陳景睿書房裡的那一幅應當是摹本，只是他收藏那幅畫，為的是那畫中的美人，還是為了那畫畫的美人，誰還能為他辯白呢？對於歐陽暖既痛恨又喜愛的這種隱祕的心思，或許連陳景睿自己都無法說清楚。

蓉郡主驚愕地抬頭，剛想分辯，卻觸上太后驚怒的面容，頓時低頭，不敢再言語。太后不怒反笑，「怎會是蓉兒？她一直在宮裡陪著我，怎麼會輕易讓外面人瞧見？人有相似，或許是別家的小姐也說不定。」

「上一次賞花宴上，我曾請郡主起舞，也許那時候陳公子瞧在眼裡，就動了心思呢！更何況窈窕淑女，君子好逑，蓉郡主正當妙齡，風姿絕俗，陳公子愛慕她，也是在所難免！」她舉眸望著蓉郡主輕笑，「陛下，說起來武國公府門第相當，陳家這位公子又是十分的俊朗英武。」她看也不看蓉郡主，繼續說下去：「對於有情人，皇上是否也該成全一段佳話？」

那一天的宴會，陳景睿並未到場，他不過是事後得知歐陽暖有一幅畫作驚豔當場，才讓人搜羅到而已，這一節，大公主卻完全避而不談。

蓉郡主的臉色一下子變得慘白，她想要說話，可是她能說什麼呢？當初她氣那明郡王不肯將她放在眼中，才在眾人面前展現才藝，誰知卻落下了這樣的話柄，一時之間痛悔難當，連身體都開始微微發顫。

太后強笑道：「這叫什麼佳話，不過是少年人糊塗鬧著玩罷了，真是不懂事！傳出去，連蓉兒的清譽也要受損的！」

肖重華卻淡淡地道：「皇祖父，說起來陳家和蓉郡主還有一段淵源，那天晚上陳小姐特意將自己的馬車讓給了蓉郡主，結果回去的途中遭了匪人，受了很大的驚嚇，好在武國公府護衛眾多，沒有出什麼大事。」

他輕描淡寫地說著，蓉郡主聽來卻是字字驚心。

皇帝原本面上還有些遲疑，這時候聽了這話，頓時點頭道：「這也是一樁緣分，嗯，就將蓉郡主賜婚與陳家這位長公子吧。」

太后臉色陡然變了，她冷冷地望著皇帝、大公主、肖重華，幾乎要望進他們每一個人的心裡去，但皇帝金口玉言，一旦他說了賜婚，就再也沒有挽回的餘地了……就算她是太后，也不能當眾駁回皇帝的話，想到這裡，她手指上戴著的一枚琉璃白玉護甲被生生扼斷在手裡，啪的一聲，零落在地上。

皇帝當做沒有看到，反而微笑著看向肖重華，「你今天可算進宮了，且隨朕來，上回你擺下的那局棋譜，朕總算解開了。」又看向太后，「母后可還有吩咐？」

太后強自按捺著怒意，笑道：「也罷，你就隨皇上去吧。」

「是。」肖重華起身，微微一笑，跟在皇帝身後退出。

大公主看了蓉郡主一眼，展顏一笑，隨之告退。

他們一走，淺淺的笑容自太后臉上褪去，她的目光逐漸變得深沉，把茶盞擱在一邊，重重拍了一下案几，沉下臉，猛然喝道：「還不跪下！」

蓉郡主應聲跪倒，一張臉已經是花容失色，驚嚇萬分。

「妳知錯嗎？」太后冷聲問。

蓉郡主咬住嘴唇，道：「太后，蓉兒知錯。」

太后原本不動聲色的臉已經變得極為憤怒，「哀家平日裡怎麼教導妳的？妳堂堂一個郡主，竟然和那幫輕浮的小姐們一起胡鬧！妳可知道從一開始，妳就被人利用了！」

蓉郡主心中一驚，深深地垂下頭去，再也不敢多說半句。這一場局，究竟是大公主利用了她呢，還是皇上起了疑心，已和大公主聯手對付太后？而明郡王肖重華呢，他在這樣的陰謀裡又扮演什麼樣的角色……蓉郡主越想越是惱恨，幾乎咬碎了一口銀牙，這下太后的籌謀，自己的心思，全都完了……

「太后，只怕大公主他們是聯起手來……」

太后聽後半天不語，最後無奈地端起茶盞。旁邊的宮女慌忙說茶涼了，要替她換一碗。太后不聽，一口氣將碗裡的茶水喝乾了。因為喝得急，嗆了幾下。所有的宮女們都嚇了一跳，同時跪下磕頭請罪，太后理也不理，喝了茶，止住了咳，瞅著趴在地下的蓉郡主半天不說話。一方面她覺得蓉郡主的話確實有道理，另一方面她覺得自己老了，缺少當年的決斷，連這種小事也變得猶疑不決。如果當年顧忌少一點，強行讓肖重華娶了蓉兒，事情何至於鬧成今天這樣……

在瞻前顧後之中，被兩個小輩給耍了，終究是棋差一著啊……

從宮中回來後，肖重華去了後宅的一間屋子中，屋子裡供奉著燕王妃的畫像，燕王妃的牌位已經供奉在正宅，這裡不過是他單獨闢下的地方，留給母妃身邊最信賴的徐姑姑侍奉。

屋子裡有個小小的蒲團，桌上的木魚、鐘磬，花器、香爐、燭臺、無盡燈、供果盤陳設儼然，角落上還有一疊佛經。徐姑姑筆直地跪於蒲團上，神色深沉肅穆，手中正在燃燒的香釋放著縷縷清煙。

肖重華慢慢走近來，並沒有打擾徐姑姑，反而看著燕王妃的畫像，拈香行禮。他跪在拜墊上，雙手合十，喃喃自語：「母妃，我又見到清姨的女兒了。她很聰明，也很美麗，只是您說清姨端莊嫻雅，才氣縱橫，我卻覺得她並不像清姨，反倒有些狡猾……」

徐姑姑對明郡王的舉動有些發怔，隨即道：「郡王，您見到歐陽家的小姐了嗎？」

肖重華點點頭，道：「今天在太子府又碰到了。」

徐姑姑點點頭，眼睛裡不知為何有了淚光，「這孩子從小就沒了親娘照應，王妃在世的時候多次想要看看她，卻礙於身分不能相見，她過世的時候，一直都在說，當年是她對不起婉清小姐啊！」

肖重華沒有回答她，只是站起來，轉過身，看向屋子外面的飛簷高啄，廊腰漫迴，正似勾心鬥角，曲折迂迴的人心。他慢慢地道：「姑姑，我答應過母妃要照應清姨的孩子，我會做到的。」

聽暖閣

方嬤嬤悄悄招手叫紅玉盛了一碗冰糖蓮子羹來，道：「小姐，您剛從太子府回來，一定餓了，吃點東西吧。」然而歐陽暖卻望著窗外出神，手裡的書頁一直沒有翻動，方嬤嬤連叫了她兩句，她才回過神來，輕輕咳了一聲道：「我不餓。」

方嬤嬤輕嘆一聲，動容道：「小姐擔心什麼事情，老奴都知道，只是這件事急是急不來的，小姐不如放寬心。」

歐陽暖淡淡地笑道：「嬤嬤，那件事我自有打算，妳不必為我憂慮。」說完，低頭微微思索了起來，肖重華應該領會了她的意思，但即便如此，這件事也只做成了一半，還有另一半，便是陳景睿手裡的把柄……

當夜，銀白色的月光灑滿前院的每一個角落，院裡的花開得如火如荼，有淡淡的清香飄浮在空氣裡。

歐陽暖因為白天的事情，心中有些不踏實。她站在廊下，仰臉望天，不無驚奇地發現：一個時辰前天空烏雲密布，似要下雨的樣子，此時卻早已陰霾消失，烏雲散盡，滿天明星燦爛，掩映生輝，把門前院子照得晶瑩清澈。

她自言自語道：「人都說萬般皆是天定，我偏不信人力不可扭轉！」

突然聽到院外一聲輕響，歐陽暖抬頭望去，卻見一彎明月下，一道身影立於院牆之上，身形修長，衣袂翻飛。他微微一笑，從牆頭輕身跳下，落地無聲，幾縷頭髮拂過臉頰，襯著他白玉般的臉、春水般的眼睛，顯出一種極致的妖嬈。

只是一眼，歐陽暖已經認出了這個男子，正是身分高貴氣勢囂張的肖天燁無疑。想也知道，除了他之外，誰還敢這麼大膽妄為，半夜三更來翻吏部侍郎家的牆頭，更遑論突破重重院落的封鎖到了聽暖閣。

原先站在身後的菖蒲輕呼一聲，被歐陽暖果斷地阻止了：「沒事，妳先退下吧。」她口中說著，卻狠狠瞪了肖天燁一眼，若非她院子裡如今都是自己人，一個男子深更半夜來爬她的牆頭，傳出去是要害她名聲盡毀嗎？

他信步走到她面前，嘴角有著淺淺的笑意，雙眸如春水一般蕩漾，毫無愧疚之色地向她眨了眨眼睛，藉著月光細細地打量著她，笑道：「越看妳越覺得美！」臉上並沒有輕薄之意，反倒都是讚賞。

歐陽暖看向他，肖天燁黑色的眼眸在月光下光彩熠熠，隱隱的能在裡面瞧見自己的影子，她不怒反笑道：「世子爺半夜三更到訪，不知有何貴幹？」

月光下，她清澈的雙眸波光流轉，笑容明媚嬌豔，肖天燁不禁一怔，隨即裝作沒有發現她笑容下的惱怒，笑道：「我有東西要給妳。」說著，捧出一個匣子，隨手打開，頓時一片明晃晃的，照得歐陽暖的眼睛都花了。

一整匣的珠寶……歐陽暖一怔，隨即皺起眉頭，「這是何意？」

「我去過珍寶閣，覺得那些首飾都配不上妳，所以自己請人訂製了一些，每件天底下都只有一樣。」他隨手拿起一支鑲嵌著薄薄的碧綠翡的金步搖，想了想又丟下，重新拿起一支細巧鏤空牡丹花簪，像是討好一樣地送到她面前，「喜歡嗎？」

李氏也曾經送給她一匣子珠寶，可是只要看一眼，歐陽暖就知道與肖天燁送的珠寶比起來，李氏那些不過是討女孩子喜歡的時興東西。她隨手挑出一個祖母綠寶石的飾品，見那綠寶石通體晶瑩剔透，實在是寶石中的極品，便露出似笑非笑的神情，「世子爺，這樣貴重的寶石，一個吏部侍郎的千金應該配不起吧，您是要讓我惹人懷疑嗎？」

肖天燁眼睛眨也不眨，「那就全都收起來，以後自然有能戴的時候。」

歐陽暖一怔，沒想到他會這樣肆無忌憚地說話，以後？這樣的話太曖昧，不由她不往深處想。

肖天燁的視線落在她秀色纖柔的頸上，稍微頓了頓，便從懷中另取出一件藍色寶石雕琢的雲蝠紋墜，晶瑩剔透，光潔亮麗，其上雕螭龍鈕，墜一側雕蝙蝠、祥雲、靈芝、小螭龍等紋飾，配著細細的金鏈子，看起來巧奪天工。他突然往前一步近身站在她跟前，輕輕笑語：「這鏈子很配妳，戴上我看看。」

歐陽暖嚇了一跳，背部忽然撞到了廊柱，他突如其來的舉止那一剎也引出了她內心深處的些微混亂，不禁慌忙出言謝絕：「不敢有勞世子爺！」

肖天燁不再說什麼，也沒有再靠近，只把手中墜子慢慢遞過去。

歐陽暖不肯去接，他卻固執地望著她，大有她不收下他就絕不離開之意。她望向他手中的寶石墜子，突然發現那顏色在月光下產生了變化，竟似藍中泛出了淡淡的紅光，不由得一愣，「這是……」

「這是碧璽，有辟邪的功用。上一次無意中碰到妳的手，發現妳手都是冰涼的，太醫說，如果能佩戴碧璽，便能暢通血氣，對身體弱，手腳冰涼的人很好！」

歐陽暖看著他的眼睛，有些恍惚，他卻已經將她的手拉出來，將碧璽強行放在她的手心，兩人站的位置如此靠近，近到他幾乎能夠看見她白皙的耳垂泛起了一層淡淡的粉色，漆黑的眼睛彷彿有些羞惱。一種微妙的奇異感從他心間升起，眸光不由自主地落在她的眉睫、粉頰、唇上，剎那間有些癡然，無法移開。

她微微用力，想要將手從他的手中抽出來，然而他卻突然抓住了她的手，那力道雖然溫和卻自有一股不容違逆的氣勢，最後迫得她屈服抬首，眸光與他相接瞬間，他眼底毫不掩飾的跳躍著星芒，似火熱還似深幽無底。

這樣狂妄大膽的注視，毫不掩飾的感情，令她的心頭湧上一絲複雜，羞意更重，同時惱意愈熾，發狠瞪了他一眼，手上使起力來，又飛快地道：「快鬆手，我收下就是！」

肖天燁有些不捨地鬆開手，歐陽暖將手掌合起來，算是收下了禮物，他卻始終站在原地，將她困在他的身體與廊柱之間，歐陽暖挑起眉，「還要幹什麼？」

他看著她的無所適從，柔聲輕哄：「暖兒，和我說說話吧。」

「誰准你這麼叫我？」她的心頭一跳，只覺得熱氣湧上臉頰，在毫無預兆的情況下，臉上竟已經染上一片霞光。

「不用別人批准，我想這樣叫妳。」他看著她，定定的，「什麼時候，妳才能像我喜歡妳這樣的喜歡我呢？」語氣很有些不滿哀怨。

歐陽暖被他的無禮氣得夠嗆，面容一時像火燒過的漲紅，一時又因惱怒至極而發白，「你不要跟我說這些胡攪蠻纏的話！肖天燁，很晚了，我要休息了，快讓開！」

肖天燁簡直像是個無賴一樣地笑著說：「還早呢，再陪我說一會兒吧！」和歐陽暖聊天，看著她臉色泛紅卻還要冷靜自持的模樣，實在是件很有趣的事情。

肖天燁這個人，永遠都不按常理出牌，歐陽暖咬緊牙，看著肖天燁說：「你這是以世子的身分命令我呢？還是以朋友的身分來要求我？」

肖天燁微微一笑，眼中閃過一絲狡黠，說：「有什麼區別？」

歐陽暖道：「若是以世子的身分命令我，那便是在這裡與世子坐到天亮，歐陽暖也不得不從命，但只是從命而已，並無一點開心可言。若是以朋友的身分要求我，既然是朋友，怎麼會考慮不到夜晚無法早點休息，對我身子不好呢？」

肖天燁認真地看著歐陽暖，聽著她所說的每一句話，不禁露出微笑，他早已設想過，他的妻子不一定要有絕世的容顏，也不一定非要琴棋書畫樣樣精通，甚至於，她可以沒有所謂大家閨秀的風範。她可以刁鑽狡黠，可以心狠手辣，可以有自己的處事手段，但她一定要有個性，要堅強，要能打動他的心。從前，他不確定自己能不能找到一個這樣的女子，甚至於很長一段時間，他都有些麻木，無所謂將來娶一個什麼樣的女子，但是此時此刻，他的暖兒就站在他的身邊，讓他覺得如她一般已是足夠，很足夠了。

這樣想著，他輕輕笑道：「莫要太過分。」說著，伸出手，輕點著她的鼻尖，像是警告，那稍稍垂斂下來的眼眸讓人看不清其中閃爍的光芒，「我今天來，還有一件正經事要問妳。」說是正經事，可是他卻說得如此和軟，如同最誘人的情話。

這下子，歐陽暖倒真是有些不解了，他葫蘆裡到底賣的是什麼藥？

「妳是不是有什麼事情瞞著我？」肖天燁望著她，笑得慵懶而邪氣。

歐陽暖一愣，隨即下意識地道：「你指的是什麼？」

肖天燁隱藏在眼底的薄笑，隨著她的困惑而逐漸加深，湛黑的眼眸閃爍著不懷好意的光暈，極淡然的語調聽不出喜怒哀樂：「暖兒，不要把我當成傻子。」

歐陽暖垂下眼簾，睫毛如羽蝶攏翅，在眼波深處劃過一道暗青的陰影，無奈地輕輕喟嘆了一聲，「我聽不懂你在說什麼。」下意識的，她隱瞞了武國公府求婚的事情，依她對肖天燁的瞭解，只覺得若是此事讓他知道，恐怕會引起大波瀾，只是，依照他的權勢，瞞又能瞞幾天呢？

肖天燁聞言靜默片刻，竟似不再追究，微微一笑，「不說也罷。暖兒，我該走了。」說完，便鬆了手。歐陽暖一愣，只覺得他此刻的表現極為詭異，他快速轉身，卻沒有離去，只靜靜地道：「我希望妳知道，不管我做了什麼，都是為了妳。」

歐陽暖站在原地愣了半天，直到紅玉出來尋她，才發現她面色發白地捏緊了手心的碧璽，不由擔心起來，「小姐？」

歐陽暖慢慢回過頭來，眼神裡多了一絲說不清道不明的複雜之色，「我沒事，進去吧。」

武國公府

自從知道歐陽家允婚的事，陳景睿的心頭就湧動著一股因興奮而激盪的情緒，剛才在外面接到父親派人命他速歸的消息，他以為是歐陽家送的庚帖到了，便打馬飛快地趕回來，隨即大步流星地走進大廳，看清裡頭的情景之時，頓時愣了一愣。

大廳裡坐著司禮監太監周康，跟在後頭的除了四個小太監，還有十餘名錦衣衛。正廳之中，陳家男女雲集一堂，陳老太君、父親武國公、母親和其他人一個個都是裝束一新，面容肅穆，大氣都不敢出。

「大公子回來了？成，那就宣旨吧！」周康彈了彈衣角站起身來。

陳老太君在武國公的攙扶下跪了下去，其餘人等自然是緊跟著一一下拜。不知道為什麼，在觸到周康那種帶著奇異笑容的目光時，陳景睿的心頭閃過一絲不好的預感，他忍不住深深吸了一口氣，這才讓自己的心情平靜了下來，跪下聽旨。

「已故中山王柯敬中之女柯蓉，出身名門，溫良恭儉，秉性幽嫻。今賜婚武國公府長子陳景睿，擇吉日完婚，欽此。」

武國公陳峰與夫人對視一眼，從彼此的眼中看到了一絲恐慌。原來他們的一切打算，竟然都在皇帝的眼皮子底下……

直到送走宣旨太監，陳景睿才慢慢站起來，他的目光冷酷無比，臉色變得極為難看，一個字一個字地對陳峰道：「爹，咱們都被歐陽治那個老匹夫給耍了！他假意答應了婚事，只不過是想要穩住咱們！若不是他弄的鬼，怎麼會那麼巧，皇帝偏偏將蓉郡主賜給我！」

陳峰還來不及有所反應，陳景睿已經惱怒地道：「爹，誰不知道那個蓉郡主是個花蝴蝶，太后就是拿她來籠絡明郡王的，皇帝竟也想將她塞給我！」

陳峰黑眉一挑，「景睿，你瘋了？胡言亂語什麼！」隨即命令所有不相干的人都出去。

「不！我清醒得很，我可不會娶別人不要的破鞋！」陳景睿看著大廳裡很快剩下寥寥數人，不由冷笑一聲道。

「你給我住口！」陳峰臉頰抽搐，狠狠地咬牙喝道，可是陳景睿卻冷冷地道：「哪怕這個武國公府我不待了，也不要這種女人……」

陳景墨這時候看到大哥劍拔弩張的表情，委實嚇了一跳。

陳峰大怒，一把揪住陳景睿的脖領，眼睛裡燃燒著他從不曾見過的熊熊烈火，顯得無比的兇狠、可怕。陳景睿看著他揮動右手，料想他就要掄過來狠狠打自己耳光，卻並不懼怕，只是冷笑看著武國公。然而陳峰的那隻手揚到一半卻怎麼也打不下去，他同意定遠公府的提議，一方面是隱隱站在皇長孫一邊，另一方面是這門婚事很有利用價值，原本一切都很順利，卻在最後關頭被皇帝突如其來的賜婚打斷了。蓉郡主不過是個空有名堂的稱號，沒有家族的庇護，身後只有一個垂垂老矣的太后，連帶著還有說不清的麻煩……他心裡頭的惱怒絕不亞於陳景睿，可是他能怎麼樣？抗旨嗎？

「跪下！」就在這時候，陳老太君拿過桌子上的一杯水，「嘩」的一下，狠狠潑在陳景睿頭上，同時冷冷喝斥。

陳景睿一個冷顫，幾乎被水澆得透不過氣來，不由自主地跪倒在地。

陳老太君指著他，叱罵的話像沉重的石頭，一句一句照他頭上砸過來：「你這個窩囊廢！沒眼力見識的東西！往日裡對你的教誨全都忘了嗎？遇到一點事情就這麼沉不住氣，你怎麼配當陳家的子孫？」

陳景睿愣住了，自己的祖母一向對他那樣溫和慈愛充滿期待，此刻她竟然會像火山爆發似的破口大罵：「我告訴你，不管你怎麼想，那是郡主，再不願意你也得娶回來，還得好好供著！」

陳景睿的頭上、臉上、身上都濕淋淋，起初驚呆得如同木雞，繼而羞愧得滿臉通紅，到後來，臉色已經恢復了平靜。他剛才的暴怒不過是因為想起那些人對蓉郡主暗地裡的議論，他們無數次在他面前描繪過這位郡主對明郡王獻媚，與皇長孫眉目傳情……他無法忍受娶回來這樣一個女人，但這一刻，他突然清醒了。他慢慢地環視了一圈表情各異的眾人，冷笑了一聲，站起來快步向後堂走去。

武國公夫人擔憂地望著他，陳峰搖了搖手，「隨他去吧。」

陳景睿一路面色陰沉地回到書房，陳景墨快步跟上來，見到他這樣的臉色，頓時勸說道：「大哥，郡主也是個美人兒，你有什麼不滿意的？」

陳景睿俊臉上露出一絲冷笑，覓了張椅子坐下，「可惜她行為不檢點。」

陳景墨搖了搖頭，嘆息道：「哪兒有那麼嚴重？不過是愛出風頭了些。你原先要娶回家的歐陽暖，不一樣是名動京都的大美人嗎？現在換了個更漂亮的，有什麼不好？何必理會別人怎麼說？」

別人怎麼說？他親眼看到過蓉郡主的馬車停在太子府的後門，若是光明正大，何必從後門進去？簡直是可笑！這樣的女人居然要嫁入陳家！陳景睿這樣想著，面色更加難看，「且不說我對柯蓉這樣人盡可夫的殘花敗柳毫無興趣，你以為我娶歐陽暖是喜歡她？」

陳景墨充滿疑惑的目光望向陳景睿，他實在不明白大哥為什麼對歐陽暖這樣執著。

對於這個愚鈍的弟弟，陳景睿咬了咬牙，像是要發作，卻又最終不得不隱忍了。好半晌，他突然開口：「這件事既然籌謀不成，也就罷了！只是我心裡不舒坦，她也別想稱心如意！」說完，臉上露出一絲冷酷的笑容。

陳景墨見狀，皺起了眉頭。

就在這時候，一個護衛突然慌慌張張地衝進書房：「大少爺，大少爺，那兩個人……那兩個人不翼而飛了……」

陳景墨一愣，不明所以地看了陳景睿一眼，對方猛地站起來，臉色越發的陰霾，眉頭幾乎擰在了一起，顯現出從未有過的駭人，「你說什麼？」

那侍衛跪倒在地，瑟瑟發抖，他也不明白，在重重守衛之下，那兩個人怎麼會突然消失了……世上竟然有這樣稀奇的事……

聽暖閣正廳

一縷清冽的芳香自香鼎中裊裊而出，沁人心脾，紅玉和菖蒲都安靜地侍立在一旁。窗外，風聲漸大，風吹動未關緊的窗戶，答答作響。紅玉走到窗邊，小心慢慢將窗戶關緊，便又垂首站在一旁，安靜地陪著。

歐陽暖不信地望著歐陽爵，「你是說，爹爹有外室？」

歐陽爵點頭，少年的眼眸深得似秋夜的寒星，「姊姊，表哥的人已經將此事查清楚了，這名女子出身青樓，還生了一個女兒。按照日子算起來，這個孩子是在太皇太后孝期時有的，爹這一次，惹了很大的麻煩。」他在說起歐陽治的時候，眼睛裡有一絲冷光閃過。

歐陽暖沒有回答，只是沉默，好一會兒之後，她才嘆了一口氣，喃喃地低語著，連呼吸吐納中似乎都溢滿苦澀的味道，從中強擠出的每字每句已然嘶啞酸澀且冰涼：「我只是……」為娘感到惋惜，她怎麼會嫁給這樣一個男人？為什麼？這個男人，不但害得林婉清殞命，這十多年來從未庇護過她和爵兒一天，這就罷了，他還要因為自己犯下的錯誤賠上她的人生。好好好，這樣的父親，當真是天底下最好的父親了！好得叫她無話可說，無言以對。

「姊姊，我聽說聖上已經去武國公府宣旨了，可能陳景睿馬上就會惱羞成怒，他一定會拿這件事情來做文章的！」歐陽爵面有猶豫之色，「可惜表哥沒辦法查探出他究竟將人藏在哪裡，不然咱們可以先下手為強！」

歐陽暖盯著他，緩緩地道：「找到了也沒有用，你莫要忘了，這女子曾經在青樓待過，那裡的老鴇、龜奴可能都見過爹爹，到時候人證物證俱在，他怎樣都逃脫不了罪責，連帶著歐陽家都要受到牽連。」

歐陽爵心頭迅速轉動著念頭，開口道：「或者……咱們可以想法子請人幫忙壓制武國公府。」

歐陽暖呼吸漸重，終咬了咬牙，點頭道：「不，讓我再想想……」歐陽治的自私薄情，她早就知道，但他如此膽大包天是她沒有想到的，更何況，要壓制武國公府，絕不會是簡單的事情。

歐陽爵實在看不下去了，猛地站起身，快步走上前抓住歐陽暖的手，「姊姊，我們離開京都好不好，不要管那個自私自利的爹，他心中根本沒有我們！妳何必在這裡想方設法為他遮掩？一切都和咱們沒有關係！」

看著目光晶瑩，滿臉期待的歐陽爵，歐陽暖一愣，隨即心中微微動容，爵兒說的對，這樣的父親並不值得自己殫精竭慮地幫助他，就讓武國公府徹底打垮他，對他們姊弟而言，也算是徹底的解脫。然而，她的眼前忽然閃現林婉清去世前的殷殷囑咐，忽而是蘇玉樓那張令人憎恨的臉，忽而又是林元馨的笑容，剎那之間，她的腦海中竟然還浮現出肖天燁昨晚說過的話……一時心情複雜難言。她知道，這個提議很好很好，可是她有太多放不下的東西。最重要的是，她不是不想放下，是不能放下。

所以，她緩慢卻堅定地搖了搖頭，反握住歐陽爵的手，微笑著道：「爵兒，離開這裡，你就只是一個平凡的少年，歐陽家的一切都要拋棄，全部都要從頭再來，你願意嗎？」

歐陽爵點點頭，鄭重中帶著肅然，「我願意！總比眼睜睜看著姊姊不開心要好！」

歐陽暖搖了搖頭，「這些你都可以不要，可是外祖母呢？鎮國侯府的親人呢？你也不要嗎？」

歐陽爵咬住嘴唇，黑亮的眼睛飛快地閃過一絲決絕，「只要姊姊好好的，我都可以不要！」

歐陽暖的目光微微一凜，有那麼一刻，她微微地蹙起蛾眉，臉上是一閃即逝的動容，但隨即，冷淡又一絲一絲地浮回靨上，自然平靜得猶如靜謐的湖水，「你可以，但是我不能！方嬤嬤提起過，娘死的時候曾經說，她已經做出讓老太君傷心失望的事，希望我過得幸福順遂，不要再重蹈覆轍。爵兒，你想想看，若是我走了，是要丟下那些真心關愛我們姊弟的人不管嗎？還有那些陷害咱們、逼得我們無路可走的仇人？與其想著逃跑，不如想想怎麼能活得更風光更快活，讓咱們的仇人付出應有的代價不是更痛快？這才是一個男子漢應該考慮的事！」

歐陽爵默默地聽著，唇邊帶著一抹苦笑，良久凝望著眼前的姊姊，慢慢的，他的眼中升起一種難以言喻的犀利光彩，如劍似戟，「姊姊，不管妳做什麼樣的決定，我都陪著妳！」

歐陽暖點點頭，剛要說話，就在這時候，小丫鬟進來稟報說：「大小姐，老爺請您去書房。」

歐陽暖和歐陽爵對視一眼，歐陽爵迅速地道：「姊姊，我陪妳一起去。」他的手指在微微地發顫，但聲音卻無比的堅定，歐陽暖點了點頭，「好。」

歐陽治在書房裡走來走去，坐立不安。

歐陽暖站在門口看到他的神情，不由得露出一絲冷笑，等他向自己看過來，她的臉上卻已經是一片恭順溫柔的微笑了。

歐陽治看見歐陽暖微笑著站在門口，不由得一愣。如今的歐陽暖身形窈窕，烏髮雪膚，溫柔可人，端雅大方，她長得與婉清這樣相似，倒是出乎他的意料之外。

看著眼前的少女，他不由得有一陣的恍惚，別人都以為婉清是破格下嫁，連他都曾經以為她看中了自己的才氣，卻沒有人知道婚後婉清對他的冷淡，那種冷淡，總是令他由心底生出一種戰慄與憎惡。

歐陽暖微笑著向他行禮，歐陽治趕緊虛扶一把，笑道：「起來吧。」

「謝過爹爹。」歐陽暖臉上帶著淡淡的笑容，看起來很是乖巧溫順。

歐陽治看了一眼站在女兒身後的兒子，壓制住心頭的焦躁，對歐陽暖故意淡淡地問道：「妳這些日子都在做些什麼？」他平日裡根本不會多問多管歐陽暖什麼事，不過是因為今天有重要的事情需要她的幫忙才要這樣說兩句，以示親近。

歐陽暖笑道：「回爹爹的話，表姊請女兒繡一幅屏風，這兩日正在趕工，希望不會誤了太子妃的壽宴。」

聽到太子妃三個字，歐陽治的眼睛一亮，他忙道：「應該的，妳就該多和太子府走動走動！」

果然進入正題了，歐陽爵站在一旁，冷冷地看著自己的父親唱作俱佳的表演，心中不由冷笑，他突然明白姊姊不走的原因。其實留下來看這一家子上竄下跳的小丑，不也是一件可樂的事情嗎？歐陽治之所以把歐陽暖叫到書房來，想必是聽聞了皇帝賜婚的消息，擔心武國公府將他的事情牽扯出來，想要讓歐陽暖找皇長孫想辦法罷了，卻還要端出一副慈父的樣子，端的是可笑。他看向歐陽暖，卻見到她臉上一派溫和冷靜的笑容，他意識到，在姊姊的心中，早已經沒有對歐陽治這個父親的尊重和敬愛，也就不存在一絲一毫的傷心失望了。想到這裡，他的唇畔慢慢爬上一絲微笑。

歐陽治搓了搓手，突然瞪眼望向歐陽爵，「你還在這裡幹什麼？」

歐陽爵淡淡一笑，「回爹爹的話，兒子在聽暖閣陪姊姊說話，聽見爹爹有事召見，怕您有什麼吩咐，便跟著一起來了。」

歐陽治一愣，沒想到歐陽爵說起話來竟然這麼溜，讓他一時之間不知道該怎麼打發他出去，就在這時候，管家孫和快步走進來，躬身道：「老爺，昨天夜裡忽然有人送了一只大箱子來，奴才本來不敢收，可是送東西來的人卻說，這是老爺的一位好朋友特別送來的。」他一邊說著，一邊小心觀察著歐陽治面上的表情，終是道：「夜裡太晚了，奴才就沒敢打擾您休息，堅持沒說出對方是誰之前不能收，誰知他們將箱子放在後門口就走了。奴才擔心天亮以後別人看見反而覺得奇怪，只好自作主張先抬了進來。」

「給我？」歐陽治的臉上露出狐疑的神色，隨即以為是什麼人送來的禮物，毫不在意地揮了揮手，「抬進來吧。」

歐陽暖看著兩個健壯的僕從抬進來一個大的黑漆木箱子，兩個人累得氣喘吁吁，大汗淋漓，彷彿抬得要斷氣了似的。箱子上面果真寫著歐陽侍郎親啟幾個字，不知為何，她的心中突然升起了一種奇怪的感覺……這箱子如果真的是昨夜送進來的，只怕和肖天燁有什麼關聯。

箱子沒有上鎖，卻被封條封得密不透風。

歐陽治皺眉，許久才道：「這裡面是什麼？」

孫總管道：「沒有您的吩咐，奴才不敢打開。」

「好了，全都下去吧。」

孫總管低聲應了一聲，便和所有下人都離開了。

歐陽暖笑道：「爹爹，我們也先告辭了。」

歐陽治看著那口大箱子，隨意地點了點頭。

歐陽暖便和歐陽爵一前一後出了書房，歐陽爵不斷回頭張望，生平第一次，他覺得好奇，這一只箱子裡會是什麼呢？

書房裡，歐陽治打開了箱子。在低下頭的那一瞬間，他臉色變得慘白，隨即一聲慘叫。

歐陽暖姊弟剛走到院子裡，聽到這一聲，對視一眼，快速回頭向書房走去，進門一看，歐陽治整個人癱軟在地上，嚇得面無人色，不停地發抖，甚至能聽到他的牙齒格格作響。

歐陽爵察覺到不對勁，走上前一步，不由得大駭。

箱子裡裝的並不是金銀珠寶，而是兩顆人頭。

一個年輕女子和一個小女孩的頭顱。

將這一切看在眼裡的歐陽暖怔怔地站著，面上的顏色褪得乾乾淨淨，變得像是一張白紙。

「她是……」歐陽爵喃喃地道，說完了這句話，就一句話都說不出來了。因為他很快意識到，箱子裡的人，一個是那個青樓女子，一個是他同父異母的妹妹。

竟然死了，這樣死在他面前！

究竟是誰，是誰殺了他們？

又是誰，居然將這只箱子送到了歐陽府？

「回去吧！」歐陽爵聽見歐陽暖這樣說道。她在說話的時候，那奇異的神情，讓歐陽爵連看都不敢看上一眼。

歐陽暖越走越快，進了角門穿過月牙門，並不往北回聽暖閣，只轉南自穿廊往映月樓行去。歐陽爵面色一變，快速跟在她身後，幾次都快被她甩脫，不由得心中凜然。

映月樓是當年林婉清的居所，林婉如嫁過來的時候，歐陽治一度想要單獨闢出來給她居住，然而她卻表示為了敬重，情願住在福瑞院。當時歐陽暖和其他人一樣，都為她的行為很是感動，但現在想來，不過是沽名釣譽之舉，既免了住進舊院子，又能贏得眾人的服氣，當真好算盤。

映月樓雖久無人居，卻仍打掃得十分乾淨。丫鬟嬤嬤們看見大小姐來了，頓時臉色變了，誠惶誠恐地在後面跟著。

歐陽暖望住那緊閉的門扉半晌，才對身後眾人淡淡地道：「妳們都下去吧？」

眾人偷偷覷她的神色，不敢再出聲，悄無聲息地出了映月樓。

所有人都退了出去，歐陽暖一直微笑的臉才平靜下來，她慢慢地推門進去，卻也不進內室，只是坐在廳內林婉清生前常坐的椅子上。就在剛才看見那一幕的剎那，她的心被不知什麼尖銳物體狠狠刺入，扎得極是疼痛。

午後的陽光順著雕刻寶相花紋的窗櫺照進來，灑在歐陽暖身上。過了很久，她才突然發現，自己渾身都僵冷得可怕。想笑，終究無法笑出，只能壓抑住不知是哭還是笑的哽咽，喃喃自語：「是他……」她知道，今天這件事一定是肖天燁所為。儘管她一直不希望他知道此事，可他還是知道了。

肖天燁其人，乖戾任性，暴虐無情，心思轉動之間就有殺人之念。當初她瞞著他，是因為有一種預感，一旦他管了這件事，絕沒有善終的道理。

但到了今天，她卻不能說他錯了。

只要那兩個人在世上存活一天，都會帶來不可計數的後患，隨時有人可能將她們當作把柄來威脅，最好的解決辦法，就是讓那兩個人悄無聲息地在這個世界上消失。就算她從未動過手，不可否認，她心底深處也是希望那兩個人根本不曾存在過……然而，她卻沒有真的想要她們死。說她天真也罷，愚蠢也罷，她自始至終地認為，如果可以將她們藏匿到別人都找不到的地方去，或許事情可以平息，儘管她知道這樣做只是治標不治本的法子。

她漸漸彎下身子，頭枕貼在冰涼的桌子上，上好的紫檀木被肌膚的溫熱浸潤，起先變暖，然後依舊冰涼如昔，似乎不論多久，都沒辦法變得溫暖。淚水一點一點的打濕了桌面，幾乎蔓延開來。也不知過了多久，隱隱的耳畔傳來衣物的窸窣聲，歐陽暖恍如未覺，依舊伏在那裡。片刻之後，一雙手臂便從身後環住了歐陽暖，背後的胸膛並不寬闊，卻很溫暖。良久之後，歐陽爵才說：「姊姊，不要傷心。」

他的聲音很堅強，歐陽暖幾乎覺得迷惘，什麼時候，弟弟已經可以反過來安慰她了呢？或者，男子的頭腦，天生就要更理智一些。

歐陽爵輕輕抱住自己的姊姊，慢慢地道：「我小的時候，甚至是現在也會想，要是娘一直活著，能夠陪在我的身邊有多好。她的肩膀雖然並不結實，卻會為子女遮擋住外面所有的風雨，遮蔽住外面所有的汙穢，就算她什麼都不做，我也會覺得有所依靠……那樣該有多幸福？」他嘆了口氣，「可是後來，我知道娘不可能再回來了，我只有姊姊妳了，妳才是最重要的人。同樣的，姊姊心裡，我也會是最重要的人，對不對？」

「既然如此，不要為不相干的人傷心！」

「那對母女，跟咱們一點關係都沒有，甚至於，她們的存在對咱們是一種威脅！」

「不要為她們難過，一點難過也不要有！」

歐陽爵的話聽起來冷酷無情，卻有一滴滾燙的眼淚滑入歐陽暖的衣領，她輕輕地嘆了一口氣，「爵兒，姊姊都明白。」

七月二十四為太子妃的壽辰，太子府在京都郊外的莊園早早準備起來，特地備下了遊船，女眷們都穿戴著鮮豔綺羅，亦步亦趨地跟著太子妃一同上船去，賞玩祝壽。

這一座別院名喚煙雨山莊，據說當初是燕王斥資建造，每當陰雨時節，細雨濛濛，在這座山莊後院的小樓上登樓遠眺，彷彿遠山近水盡在輕紗薄霧籠罩之中，如入仙境。最為奇特的是，山莊裡還別出心裁地開闢了一口活水，遍植荷花，泛舟湖上，趣味十足。水源直通京都郊外最大的湖泊，山莊內隨處可聞水聲潺潺。這樣美麗的山莊，不知耗費了多少心思財力，可是燕王建好之後，不知為何又轉送給了太子，於是如今就作為太子府的女眷們避暑所用。

男賓們都在山莊內參加飲宴，女眷們則紛紛上船避暑。天氣微熱，從朗朗陽光下走過，大多數女眷的臉上都有汗水滲出，紛紛取出絹帕來擦拭，生怕弄花了妝容。林元馨靠著歐陽暖，只覺得她的身體微涼，很是舒服，便特意摸了摸她的手，不由驚奇道：「暖兒，妳怎麼一點都不怕熱呢？」

歐陽暖穿著碧絲長裙，肩頭的地方繡著潔白的花瓣，顏色初始幾近透明，越往下便越深，待到袖口時，已成了純粹的潔白了，這點點的花瓣繡在薄衫上，疏落有致，頗為動人。此時，一層金色的陽光覆上她的睫毛，似一隻輕盈的蝴蝶停駐在她的眼眸，十分恬靜。她聞言微微一笑，「我是不怕熱的，倒是冬天很怕冷。」

紅玉湊趣道：「林妃，您是不知道啊，小姐十分畏寒，要現在是冬天，小姐一定會躲在屋子裡不肯出來的。」

林元馨一襲華貴紫衣，精細挽成的髻上，配著點翠累絲金鳳閃耀著月影般耀耀光華，她的面容如同彩霞一般美麗，一度黯淡的容色已經在不知不覺中重新豔麗了起來，只是這樣的豔麗，與皇長孫已經沒有多大關聯了，不過是因為她早已想開罷了。聽到紅玉的話，她真心地笑了，從嫁入太子府以來，只有看到家人，她才能真正的笑出來，「這樣一來，夏天豈不是可以抱著暖兒當冰塊用了？」

這時候，兩人已經進入半開放式的船艙，大多數的女眷已經在裡面了。只見地面滿鋪水色的涼席，上面雕刻著奇異奪目的紋案，屋子正中擺著一張瑞獸飛鳥的紫檀桌，桌面鑲嵌著一塊完整的翡翠，流暢自如的表面紋路被描金粉飾得非凡華貴，桌面擺著一樽鎏金饕餮香龕，鏤空刻著張開大口的饕餮紋，龕頂上細細刻著的牡丹花精緻而富麗。整個船艙的木窗上都鑲著稀有的七彩琉璃，陽光從窗外透進來，幾乎讓人有一種炫目的感覺。窗戶旁邊的六角架上擺著三足水仙盆，裡面盛放著美麗的蘭花，這樣觀來，艙房裡大小各異的擺設無不華貴絕倫，叫人驚嘆。

這樣的華貴，是不是有些不妥？歐陽暖的目光看向旁邊的林元馨，對方卻微微笑道：「很奢侈是不是？不過這並不是太子府建造的，而是燕王叔的手筆。當年連陛下都說，他素來節儉，難得奢侈一回，不知是著了什麼瘋魔……奇怪的是，煙雨山莊和這條船造好後不久，他就將這些都送給了太子，經過這麼多年，這條船也經過不斷地修整完善，但是每一次都是燕王叔親自看著呢，從不假手於人……」

歐陽暖點點頭，這件事的確很奇怪，禮物送出了門就是別人的，他卻每次都還負責送出後的修整，未免太盡心了些……

將她們送到船艙內，各人帶來的丫鬟們便由人領著下去了，艙房裡面自然有人服侍。

太子妃坐在正位上，穿著大袖的織金刺繡妝花的衣裳，袖口與領內微露一層紅紗中衣滾邊，袖口亦有繁複的撚金刺繡，白底杏黃寶相紋的紗質披帛無聲地委曳於地，襯得她姿態越發端莊寧和。一旁坐著同樣盛裝的大公主，見到歐陽暖，臉上微微露出一絲笑容。

已有了七個月身孕的周芷君，坐在太子妃下首，一身銀白勾勒牡丹花紋的衣衫，外披一層半透明的淺櫻紅縐紗，頭上戴著一支鎏金掐絲點翠鳳步搖，滿飾鏤空金銀花，長長的珠絡垂在面頰兩側，手中泥金芍藥五彩紈扇輕輕搧著，臉龐並不因懷有身孕而變得臃腫，神色間倒添了一種嫵媚，格外醒目。其他女眷們也都坐在一旁，喝茶說話。

林元馨帶著歐陽暖上去行禮，太子妃和顏悅色道：「不必多禮了，快坐下吧。」

歐陽暖抬起頭，卻看到大公主向自己眨了眨眼睛，她微微一愣，被林元馨拉到一旁坐下。

她們坐下之時，一個年輕女子向她們打了個招呼。她身穿一色縷金百蝶桃紅衣裙，鬢上一支金雀兒寶石押髮，綴細細一綹流蘇，雖並不特別美麗，眉眼卻很溫和，令人觀之可親。林元馨一見到她，笑容立刻深了些：「大嫂。」

這名女子正是鎮國侯林之染的妻子——鄭榮華。

鄭榮華點點頭，笑道：「林妃安好，婆婆今日本想過來，昭兒纏著她鬧騰，她便沒能成行，讓我來與太子妃和您告罪一聲。」

林華昭是林之染的長子，今年還未滿一歲，生得粉雕玉琢很是可愛，林元馨笑了，「娘每次來都張口閉口的昭兒，聽說這孩子甚是活潑，大嫂改日將他也帶過來給我看看。」

提起兒子，鄭榮華滿臉都是歡欣，又說了幾句，突然低聲對歐陽暖道：「對了，妳表哥託我給妳帶了一塊暖玉，到了冬天配著十分溫暖的，待會兒拿給妳。」

鄭榮華是爽朗的性子，顧盼間也得體大方，頗有大家閨秀的風範，她明知道丈夫對這位小表妹有一份特別的感情，卻從來也不曾掛懷，她覺得，即便他心中再喜歡，歐陽暖也絕不會嫁給他，既然如此，何必在意呢？況且，誰在年輕的時候都會有那一分隱祕的情懷，既然都過去了，她又何必追根究柢，引得丈夫不開心。再者，嫁入鎮國侯府，夫妻之間雖不說甜蜜，卻也是相敬如賓，互相敬重，這樣便已足夠。所以她說這句話，完全是出自真心，並沒有一絲不悅或者試探之意。

歐陽暖看得出這份真心，所以她一愣，隨即微笑道：「多謝表嫂費心了。」

就在這時候，那邊的周芷君撫住腹，哎呀一聲。

太子妃關切地問：「怎麼了？」

周芷君微微笑了，似乎很不好意思，含羞道：「沒事，只是腹中的孩子頑皮。」

旁邊的周大夫人立刻笑了出來，「這一回肯定是個男孩兒！」

就連穩重的周老太君也掩不住眉眼間的喜悅之色，道：「是啊，看這模樣，的確是個男孩！」

太子妃雖然並不很喜歡周芷君，對她肚子裡的孩子卻還是很期待，看到這情形，不由微笑道：「承妳們二位的吉言了。」

鄭榮華不自覺地望向林元馨，卻見到她微側過臉去和歐陽暖說話，似乎半點也沒看見那情形，心中才微微鬆了口氣。

大公主微笑的眼睛，淡淡掃過歐陽暖。

歐陽暖此刻捧著茶盞，濃密的睫靜靜下垂，端凝得彷彿冰雪刻成的，帶著一絲特別的美態。她察覺到大公主的目光，略抬起眼睛，對方已經移開了看向她的眼神，反倒叫她心中奇怪起來。

窗外的陽光已經開始熱烈起來，湖中遠遠近近遍種數萬株荷花，湖水波光粼粼，荷花含露凝芳，一派美不勝收的景象。就在這時候，大公主站了起來，狀若隨意地道：「船艙內悶熱，我出去走走。」

立刻有幾位小姐說要陪同，大公主眼波一橫，「不必了，歐陽小姐跟我去就好了。」

大公主喜歡歐陽暖已經是人盡皆知的事情，她也從不在任何場合掩飾這樣的寵愛，因為她毫不在意別人的看法。的確，她這樣的身分，根本不需要在意。眾人或嫉妒或羨慕的眼神落在歐陽暖的身上，她含笑站起來，陪著大公主出去了。

艙內一時陷入詭異的安靜，直到太子妃笑著向周老太君問起別的，眾位女眷才重新開始喝茶聊天，彷彿剛才那一幕沒有發生過。

大公主帶著歐陽暖出了船艙，站在甲板上看外面的景致，此時湖中的荷花彌漫著一種開到極盛的香氣，湖邊的殿閣樓台掩映於風霧中，湖水綺豔如同流光。大公主看著眼前的情景，很久都不出聲，直到歐陽暖心中起了疑惑，她才慢慢道：「我的成君，她的眼睛和妳真像，一樣的黑白分明，機靈可愛。」

歐陽暖一愣，大公主卻已接著說道：「只是，妳要真是我的女兒，便不會養成這個樣子了。」

陶姑姑垂首立在一旁，面上平靜無波，心裡卻嘆了一口氣。若是歐陽暖是大公主的女兒，何至於活得如此小心翼翼，戰戰兢兢，公主怎麼會讓她受一點的委屈？

歐陽暖心中惶惑，索性乾脆不吭聲，沒想到大公主突然伸出一隻手來。她微微一愣，那隻手突然緊緊握住了她的手。

「公主……殿下。」

「武國公府的事情，妳連提也不曾向我提起過，是因為事情特殊不想張揚，還是其他緣由？」

歐陽暖不自然地看了陶姑姑一眼，見她站在那兒並不做聲，索性直接說道：「回稟殿下，小女博得您的青睞已是命中的幸運，不想因為這些牽扯讓殿下以為小女接近您只是為了利益，更不想給您招惹麻煩。」

「是不想給我惹麻煩嗎？」大公主臉上的笑意更深了些，突然輕輕地笑了起來，「剛剛還說妳像成君，現在看來，最像我。我不愛攀附別人，更不願意看別人的臉色過日子，能夠憑自己的本事過得更好，這才是正理。暖兒，我喜歡妳這個性子！」

說到這裡的時候，大公主的目光中充滿了慈愛，歐陽暖想到對方唯一的女兒那樣夭折了，心中不知不覺生出了更多的同情，對她也是發自真心的親近。

大公主似乎想起了什麼，拍了拍她的手，隨即鬆開，徑直向前走了幾步，看著遠處，再遠便是望不透的高遠的天，她的聲音遙遙的傳來：「暖兒，陛下為允郡王賜婚了，妳可知道？」

皇帝為周王府的允郡王和宣城公朱家的三小姐朱凝碧賜婚，這件事歐陽暖是有所耳聞的，所以她輕輕點了點頭，眼前卻不由自主浮現那個眼睛亮亮的少年來。

肖清寒曾經追在她身後追了足足兩年，如今怕是要被朱凝碧那個嬌蠻的小妻子纏住了，想起這件事，歐陽暖的唇邊露出微笑。

「可是清寒這個孩子卻很不知道好歹，不但抗旨拒婚，還鬧到朱家去要退婚，朱凝碧不堪受辱，鬧出要上吊自殺的事情來……這些事情，妳不知道吧？」

歐陽暖一愣，隨即愕然。

「後來這小子是被他父王綁著進新房的，據說直到今天都和朱凝碧分房而睡，感情很不好……妳可知道，他是為了誰？」

歐陽暖聽了這些話，真真是說不出話來了。那個眼睛亮亮的少年，滿口說著喜歡，她一直以為對方不過是年少無知鬧著玩，卻沒想到他竟然這樣認真，認真到連皇帝的旨意都敢違抗。

說到底，是她輕看了他的心意……歐陽暖心中一震，臉上卻不能表露出分毫，只是淡淡一笑，彷彿毫無察覺，「不管允郡王是為了誰，將來他總會明白的。」

明白他與她的不可能，明白天意不可違。

大公主笑了，「我知道，妳是瞧不上那個孩子的，可他倒是一片真心。」

歐陽暖一時有些怔忪，她雖然低估了肖清寒的心意，卻從沒有半點瞧不上他的意思。她一直在為自己的人生謀劃，可是肖清寒卻從來都不是她選擇的人。因為她清楚明白，他的人生和她完全不同。她的命運，便是要復仇，然後護著弟弟好好地活下去，而他，他的人生太過明朗，彷彿錦繡長卷，才剛剛展露一角，有太多的未知和可能，她不可以這樣打斷。

最重要的是，每次看到肖清寒，她都會不由自主想到爵兒，一個像是弟弟一樣明朗的少年，他的愛慕，不過是一個美好的意外，太危險，她寧可敬而遠之。

歐陽暖淡淡地道：「小女自知身分，絕不會作非分之想，更談不上看輕允郡王。」

荷花的清甜香郁如雨漸落，無聲無息，裊裊縈繞於鬢角鼻尖，令人迷醉。

大公主望向遮天蔽日的荷葉，目光微微動容，卻突然變了話題：「暖兒，這煙雨山莊是燕王所建，卻送給了太子，妳可知道為什麼嗎？」

歐陽暖心中微微一動，面上卻是一片茫然，只能輕輕搖了搖頭。

大公主嘆了口氣，精緻的面孔不知何時籠上了一層烏雲，「因為當年他們喜歡上同一個女子，陛下得知後十分震怒，這名女子為了避免兄弟相爭的局面出現，趁著燕王出征，太子治水，兩人都不在京都的時候快速嫁給了別人。燕王回來後，便將這所精心建造的山莊送給了太子，這山莊，想來是他送給心愛之人的禮物。不過，這件事已經過去很多年了，十分隱祕，連我從前都不知道……現在想來，這女子很聰明，若是她再那般下去，只怕會被陛下處死，甚至會連累整個家族。」說到這裡，突然看了歐陽暖一眼，笑道：「暖兒生得這樣美貌，將來只怕也要引來無盡的爭奪，不如妳直接告訴我喜歡什麼人，我做主將妳嫁給他，這樣可以避免別人爭搶……」

歐陽暖驚愕地看著大公主，只覺得她今日說的話無一不奇怪，怎麼好端端的，她竟然提到了自己的婚事……這究竟……

大公主看她吃驚的表情，眼睛裡流露出一絲溫暖，似是安撫，「美貌和才情帶來的不只是別人的愛慕，更可能帶來無盡的禍患，暖兒，我希望妳明白這一點。」

歐陽暖微微一顫，微笑低首道：「是。」

她的心中此刻已有說不清道不明的複雜，大公主今天所說的一切，究竟是什麼意思？是在提醒她不要過分像蓉郡主那樣表現自己，還是要……

大公主看她神色，眼睛裡有一種淡淡的憐惜，口中笑道：「不論如何，我總會護著妳的。現在，我要去後面的客房休息，妳和我一起去嗎？」

船的第二層是為貴客休憩準備的精緻艙房，歐陽暖搖了搖頭，「小女就不打擾殿下休息了。」

大公主笑著點頭，正當盛年的她眼角皺紋如魚尾密密掃開。許是歐陽暖的錯覺吧，她竟覺得那笑容裡竟有一絲莫名的哀傷與倦怠，讓人不忍直視。

大公主在陶姑姑的陪伴下離去了，歐陽暖不想回那個滿是鶯聲燕語的船艙，索性在甲板上信步地走，無意識之中竟然走到了船尾。

眼前的一片美景幾乎令人驚異，湖中團團荷葉株株皆碩大如滿月，映得整片湖水都成一片濃綠。驀然，一艘小舟破水而出，劃出湖水的瞬間帶起陣陣漣漪，小舟上站著一個男子，歐陽暖一愣，那人已經飛快地跳上船來，笑盈盈地望著她。

歐陽暖盯著眼前的人，一時不知道是怒還是驚。

「怎麼，看見我不高興？」肖天燁眼眸中似有流星劃過，唇角含笑，從懷中取出一枝荷花丟給她，歐陽暖倉促之間接住，卻被水花濺了一臉，霎時之間，芳香盈盈於懷。

她看著他，卻還是不說話，只靜靜地用一種陌生的眼神望著他。

「為什麼不說話？」肖天燁略一怔忡，春水般的眼中滿是鎖不住的情緒，「妳都知道了？」

歐陽暖點頭，「世子爺做得那樣高調，我不想知道也難。」

肖天燁挑眉，「妳在生氣？」

歐陽暖搖搖頭，輕聲道：「世子爺這樣做，也是為了我，我沒有資格生氣。」

肖天燁冷笑一聲，「可妳就是生氣了。為什麼？因為我殺了人？妳可知道，若是讓那兩個人活著，永遠都會留下禍患，這世上只有死人才不會洩露祕密。」

他說話的語氣那樣的理所當然，一絲一毫的愧疚也沒有。的確如此，不管是他，還是其他皇孫公子，他們所受到的教育就是如此，斬草不除根，永遠都是個後患。歐陽暖點頭喟嘆：「是，只有死人不會洩露祕密，可我並沒有求世子爺幫忙，你為何要管這樣的事？」

他盯著她，眸光似流光清淺掠過她臉龐，「因為我要是丟下妳不管，妳必然會心慈手軟，留下這個禍根。」

歐陽暖沉默以對，片刻又如常微笑，「那就多謝世子爺了。」

肖天燁臉上的表情雲淡風輕，彷彿是在說著一件和自己無關的事，「留著她們，徒惹是非無窮。我不能冒這樣的險，更不能失去妳。」

歐陽暖聽見他說話，心中微微動容，面上卻只能淡淡地道：「世子爺言重了。」他這樣為她，她又能如何回報他呢？嘆息低微得只有自己能聽見，她勉強道：「不管如何，我還是要多謝你。」

肖天燁心道：我為妳做的又何止這一件，他為了堵住知情者的口，不知壞了多少人的性命，才算真正解決了這件事……但他深知，歐陽暖不會高興聽到這些。他垂下眼眸，衣裳下襬邊緣被湖水濡濕，有近乎透明的質感，聲音慢慢低了下去，也似被湖水濡濕了一般，「做這些都是我願意的，何用妳謝我？」

縱然不贊同他的做法，歐陽暖內心也有莫名的感動，剛想要說什麼，在這時候，她卻看著那道頎長的影子慢慢移近，幾乎遮蔽了她眼前所有的光，無法動彈絲毫。

他的呼吸近在咫尺，隱約的荷花香氣繚繞間，卻是難以想像的高溫。

而她卻在發抖，細微地止不住地顫抖。

他愣住，聲音裡含了一層霜雪，似驚訝似怒意：「妳怕我？」

歐陽暖還未回答，卻忽然聽見有人的聲響。一時慌亂，連忙要推他快點離開，卻因為心急沒有察覺到，忽地腳下軟綿綿一滑，整個人身體前傾，不小心觸到一個溫熱的所在，一下子跌進了他懷中。她大驚之下幾乎叫不出聲來，一顆心要跳出喉嚨，連忙倒退一步，他卻愕然，反應過來之後，一雙眼睛亮得像是星辰一樣，微微含笑，「原來不是怕我，是投懷送抱來了。」

歐陽暖登時面紅耳赤，幾乎要被他這樣無賴的表情氣死，可這時候那邊已經傳來聲音：「暖兒，暖兒，妳在嗎？」

是林元馨的聲音！一股心焦狂竄於胸腔之內，歐陽暖閉目低呼，暗暗叫苦，萬一被人發現肖天燁，自己可就要被人認為與他私會了，到時候要如何面對表姊她們……

在片刻之間，肖天燁已經飛快地跳下了船，一眨眼的功夫，他人就不見了。歐陽暖微微一愣，林元馨也在這時候轉過船艙，驚喜地發現了她，「妳在這裡啊！快回去吧，陛下派使者來宣旨呢！」

歐陽暖整個人幾乎被她拉著走，她下意識地回頭看了一眼，卻根本找不著肖天燁的蹤影了，究竟他是藏身於船身之外，還是隱匿在重重荷葉之中，她也無法分辨得出……

「這荷花……」林元馨奇怪地問道。

歐陽暖悄悄將荷花別在身後，笑道：「剛才見到一個丫鬟摘的，我便拿來了。」

林元馨點點頭，並沒有過分疑心，拉著歐陽暖進了船艙。

船艙內，來的是司禮監太監周康，但令人驚訝的是，他的身邊還站著一身華服，面如冠玉的明郡王。他看著歐陽暖，目光含笑。

這不大的船艙，因為明郡王的出現，陡然明亮了起來。

周康捧著誥旨滿臉肅穆。

大公主也已經趕到了，此刻就看著歐陽暖微笑，那笑容似乎別有深意。

周康當然是給太子妃送來了陛下的賞賜，只是他還帶了一道皇帝的旨意。

所有人拜伏之後，便只聽上首傳來了周康抑揚頓挫的聲音。

「大公主義女歐陽暖，毓靈河漢，稟訓天人，蕙問清淑，蘭儀婉順，延賞推恩，宜加榮於湯沐，封永安郡主。」

這旨意念完，地上跪著的眾人全都愣住了，就連歐陽暖亦然，皇帝的賜封，竟然以這樣戲劇化的方式，在這樣的時刻到來。

大歷朝的規矩，便是公主的親生女兒也是沒有封號的，除非皇帝賜予……永安郡主……陛下冊封，這是何等的榮耀。這絕不是大公主所說的收一個乾女兒那麼容易的事情，此事經過皇帝的賜封，就相當於是正式的過繼，從今往後，即便是李氏或者歐陽治，都沒有資格再過問她的婚事。

叩頭謝恩後，歐陽暖望向大公主，卻見她微微笑著看向她，並沒有一句的解釋。在這麼一大群瞠目結舌的人當中，還是林元馨反應更快些，她興奮地拉住歐陽暖的手，低聲道：「暖兒，妳變成金枝玉葉了……」

突如其來的聖旨，讓所有人都愣住了。

原本一直安靜地坐著飲茶的錢香玉在看到明郡王的時候，臉色就變了，她瞥了歐陽暖一眼，背對著光亮，五官隱藏著一絲說不出的陰沉。

所有人都笑著向大公主和歐陽暖祝賀，表情十分的真誠，只是眼中的情緒卻是各異。歐陽暖說到底不過是個吏部侍郎的女兒，轉眼之間卻成了大公主的掌上明珠，聖上還特地賜給她一個永安郡主的封號，身分立刻就變得不一樣了。

「陛下冊封的郡主，歐陽小姐，這可真是少見的好運氣。」錢香玉冷眼瞧著歐陽暖，特地湊到她面前，彷彿是在與她說悄悄話的模樣：「哦，對了，歐陽小姐，不知妳攀上了高枝後……」她詭譎地眨眨眼，言語間多多少少帶著點風涼的意味，令人無法忽視，「是不是想要接著嫁入皇室？」

風光之後，被人妒忌是無法迴避的，歐陽暖深吸一口氣，笑盈盈地看著眼前這位中極殿大學士府上的千金，「錢小姐，我從未有過這樣的念頭，只怕這樣想的人，是妳才對。」

「妳——」錢香玉似是不信她居然敢辯駁，動了動嘴，似乎還想繼續說下去，不料，這時候有一人進了船艙，笑容滿面地朗聲道：「皇姊，知道妳多了一個女兒，我特來祝賀。」

眾人紛紛神色恭肅地上前拜倒，齊聲道：「見過太子殿下。」

歐陽暖也隨之拜倒，但卻悄悄抬眼望去，只見這位當年曾被喻為芝蘭玉樹的美男子如今已經上了年紀，但面龐和五官依然保留著青年時的英俊，體型也還保持得很好，胖瘦適中，矯健有力。此時他身著一套半舊的常服，除了腰間一條玉帶外別無華貴的飾物，卻透著一股讓人無法忽視的雍容。

「起來吧。」太子抬了抬手，目光落在肖重華身上，笑道：「你父王慣會偷懶，我怎麼邀請他都不來，改天我專程去請他……」

「父王說了一準來的，可是大清早就被陛下召進宮去了。」肖重華笑著解釋道。

太子點點頭，眼睛看向船艙裡的女孩子們，這時聽他說：「哪個是皇姊認下的女兒？」

林元馨將歐陽暖推出來，歐陽暖微微一愣，隨即面帶笑容，盈盈向太子見禮。她的袖襬點點流瀉，映著潔白如玉的皮膚，相得益彰，更添三分清麗。

太子看到那張如瓷般細膩白潔的面孔，尖尖的下巴、大大的杏眼、彎彎的黛眉，簡直如記憶裡的一模一樣……他微微一愣，忍不住問了一句：「妳是誰家的女兒？」

歐陽暖靜靜地回答：「家父是吏部侍郎歐陽治。」單從太子這句話，就知道皇帝這道聖旨連他都不知道，若是早就知道，早已派人去將她歐陽家上上下下查個一清二楚，怎麼可能當面來問。

太子的面色一變，卻很快平靜下來，「原來是他。」他轉過眼睛看向大公主，對方卻滿臉的微笑，看不出一絲異樣，他的心情一下子就複雜了起來。

他問歐陽暖：「以前怎麼沒見過妳？」

歐陽暖心說，太子府那麼大，縱然自己經常來，也是女眷，哪裡能隨隨便便就看見太子呢？只是這話卻不能用來回太子，她微笑道：「殿下事務繁忙，所以才沒見過。」

肖重華笑了，歐陽暖說話的時候他一直在觀察。她每次說奉承話的時候，眼睛都要眨一眨，可見並非出自真心。太子的確沒有見過歐陽暖，若是見過，肯定不會記不住。好在她沒有說您事務繁忙，許是見過了沒記住，那樣就真的是假話了。

皇帝冊封歐陽暖為郡主的事情，肖重華的確是在後面猛推了一把。他原先也考慮過解決掉歐陽治的那個把柄，可是真的要下手，那就太血腥太不好掩飾了，和平地解決不是更好？只要歐陽暖變成了大公主的女兒，便是吏部侍郎倒臺，她也還有一個公主作母親，到時候想要護著歐陽爵也不是什麼難事。

肖重華坐在旁邊慢悠悠地喝茶，不再把視線放到歐陽暖身上，只是依舊注意著那邊的動靜。這時候所有人都已經坐下來，太子妃讓出了正位給太子，歐陽暖站在一旁陪著他們說話，其他人面帶笑容心懷鬼胎地聽著。

說到底，皇室才是主子，其他人出身再高貴都只是僕從，大家看著歐陽暖從她們中的一員變成了皇室成員，心中的羨慕嫉妒恨肯定是少不了的，只是誰敢在臉上表現出來呢，又不是不要命了。

太子認真聽歐陽暖說話，問了不少問題。這些問題，有些是當年他曾經問過林婉清的，不自覺就帶出來問歐陽暖了。歐陽暖一一回答了，太子一聽，便有些吃驚。他原來以為這丫頭是婉清的女兒，容貌這麼相似，性子也該是一樣的，沒想到這丫頭卻和清高的婉清不一樣。想當年他不過多問了幾句，婉清就冷了臉不理睬了，如今這丫頭說話頗有見地不說，性子更是十分溫和，簡直和林婉清相差了十萬八千里。

其實這也不難理解，林婉清是老侯爺夫婦的掌上明珠，在蜜罐子裡頭泡大的，生得美貌又有才情，自然不用處處小心翼翼，歐陽暖卻生活在群狼環飼的環境，若是一個不小心，被吃得骨頭渣子都不剩了，哪裡還有命來清高？

皇長孫並不知道當年的事情，他只是盯著歐陽暖，心道這個丫頭真是表裡不一得很，拒絕他的時候一臉義正辭嚴，轉眼又言笑晏晏，彷彿什麼都沒發生的樣子，看樣子她是當真沒把他的話放在心裡了。

看到這一幕，肖重華的唇角勾起一抹笑，挑挑眉。這丫頭倒是站得住，當皇長孫是空氣。接著，他笑得更愉快，那丫頭頭上開始冒汗了，這裡太多人盯著她看了，看得她實在站不住了吧？這是自然的，這些人的目光中含意太複雜，她是頂不住的。

太子妃顯然也發現了太子對歐陽暖的異常溫和，不過她沒往深處想，因為歐陽暖的確很招人喜歡，便開口替她解了圍：「殿下，您別嚇壞了人家姑娘，趕緊放人吧，沒看到皇姊在瞪您嗎？」

大公主微笑道：「以後都是一家人，何必這樣著急，以後多的是機會說話。」

眾人聞言又是一愣，暗道：的確如此啊，只要皇家真正承認了這個郡主，歐陽暖就再也不是普通的官家千金了。一個美貌多才的名門千金，與一個皇室看重的郡主，那是完全不同的意義，一時之間，眾人看向歐陽暖的目光，立刻多了幾分考量和評估。

錢香玉滿是嫉妒地看著歐陽暖被眾人簇擁著，低聲道：「有什麼好得意的，不過是個義女！」

徐明熙靠得很近，聽見了這話，不免搖著扇子悄悄笑道：「義女也分很多種，像是這樣經過陛下冊封的，就等同於皇室的郡主，跟蓉郡主也是不相上下的。不，或許還更好些。」

太子看到後頭不少人目光詭異，不由微微一笑，「今天這宴會真熱鬧，我要是不來還不知道，滿京都的漂亮小姐都被請來了吧。」這話說得彷彿現在才發現一堆如花似玉的小姑娘似的。

太子妃笑了，「是啊，各家的小姐們都在，賞心悅目得很。我看著她們就高興，心裡也舒坦著呢。」

太子知道在眾人面前過分關注歐陽暖其實不是一件好事，尤其她現在還在風尖浪口上，所以他揮揮手，放了歐陽暖，開始逐一問其他的小姑娘兩句話，在問到徐明熙的時候，他多問了好幾句，語氣也更加溫和。

「妳是南安公家的？妳祖父近來身體如何？」

徐明熙笑道：「多謝殿下關心，祖父身子還算硬朗。」

「妳的哥哥們都不錯，妳伯父到了明州任上吧？有沒有書信回來？」

徐明熙一一笑著回答了，一眾小姐之中，太子都是一碗水端平，唯獨對她多問了幾句，這也足夠引起別人的關注了。

周芷君看著徐明熙掩飾不住的笑容，心中冷笑，徐家是徐貴妃的娘家，和太子一派那是十分不睦的，這樣的關注，倒像是太子故意為之。

就在這時候，丫鬟來回稟說船已經到岸了，請諸位移步上岸。眾人紛紛起身，簇擁著太子他們離去。

林元馨趁著別人不注意，悄悄對歐陽暖道：「暖兒，這回妳可揚眉吐氣了。」

歐陽暖笑道：「表姊，哪兒有那麼容易的事，我只是大公主的義女而已。」

林元馨嗔道：「妳這丫頭，是真不懂還是假不懂？成了公主的義女，妳將來的前程可就不同了，尋常人家那是想也不要想的。」

歐陽暖嘆了口氣，道：「這個道理我何嘗不明白，不過有利有弊罷了。」

林元馨一愣，旋即道：「說得也是，將來妳的婚事多是要陛下指婚了。可這樣也是有好處的，現在妳是大公主的女兒，這份榮耀走到哪裡都不怕，管他是什麼夫家也輕易動不得妳。要是歐陽家自己說親，就沒這樣的風光體面。」

歐陽暖細細思量著這句話，心中輕輕鬆了一口氣，這一回也算是因禍得福吧？

「在說什麼悄悄話呢？」一個男子的聲音打斷了她們的對話。

歐陽暖見是肖衍，便垂下眼睛，不再說話。

林元馨笑道：「殿下不在前頭陪著太子，怎麼跑到這裡來了？」

肖衍看了一眼前面被眾人包圍的太子，苦笑道：「我倒是想去，可人家把我擠出來了。」

林元馨眉眼帶笑，溫柔可人，「那您也該去攙扶著周姊姊。」

肖衍笑道：「她身邊有的是人伺候，我來陪著妳們吧。」說著，對歐陽暖道：「林妃房裡的那幅觀音圖，是妳作的吧？」

歐陽暖淡淡笑道：「不過是我一時興起的塗鴉之作，上不得大雅之堂，請殿下莫要怪罪。」那幅含毒的觀音圖換下後，她特地重新繪了一幅送過來。

「難怪和原先的畫法不一樣。」肖衍微微一笑，臉上的神情很溫和，「聽聞妳最擅長山水，我書房裡也缺一幅畫，不知道妳可有時間來畫一幅？」

歐陽暖一愣，低聲道：「殿下，我的畫作上不得檯面，聽聞正妃最擅長的是書畫，不如……」

肖衍不以為然，只含笑道：「她的畫多崇尚鮮豔輝煌的色彩，書房是清靜的地方，掛她的畫並不合適。」

歐陽暖淡淡地道：「小女是外臣之女，若是贈畫給您，恐引人流言蜚語。」

肖衍一怔，隨即微笑注視她，「這叫什麼話，妳如今是姑母的女兒，就是我的表妹，便是送我一幅畫，誰又能說什麼閒話？妳百般推脫，是根本不想送嗎？」

林元馨唯恐肖衍遷怒歐陽暖，忙道：「她哪裡是不願意，只是怕殿下嫌棄。」她推一推歐陽暖，「殿下肯青眼看待，妳下次畫一幅送來就是了，稍後我再於上題一首詩，這樣誰也說不了什麼話的。」

歐陽暖微微欠身，不卑不亢道：「小女已經是好久不作畫了，恐汙了殿下的眼睛。」

肖衍的臉色慢慢沉下來。

林元馨剛要打岔，那邊太子妃卻派人來傳她，她心中擔憂，只是不能在臉上表現出來，只能給了歐陽暖一個讓她仔細些的眼神，快步去了。

不知不覺中，歐陽暖和肖衍已經落在了人群的最後。

歐陽暖眉頭一皺，不由自主加快了腳下的步子。

「歐陽暖，妳在躲我。」肖衍看似是有些漫不經心，眼睫之下，深邃的眸中卻似有一簇極明亮的火光，無名的暗流靜靜劃過心底，盪起陣陣漣漪，「看來，妳是想要另攀高枝。」

歐陽暖的心跳一下就亂了規律。

「殿下，不知您此言何意？」歐陽暖明明心中驚訝，卻不得不壓低了聲音，斂了眉眼，臉上的表情淡淡的，宛若聽不懂一樣。

「我說過，我喜歡妳，想娶妳，可是妳上一次卻明確地拒絕了我。當時妳曾經說過，是不想要讓妳表姊傷心，現在看來，只怕是別有緣故。」

肖衍這話說得很嚴重，歐陽暖的面容籠罩上一層寒霜，並不作聲。

肖衍冷冷一笑，剛才和煦的笑容全都不見了，「這次的冊封，明郡王出了很大的力，妳說說，他為什麼要幫妳呢？」

「殿下，明郡王幫的人不是我，只是長公主而已，這完全是您的誤會。」

「哦？是我的誤會？」肖衍笑容冷淡，「重華從不多管閒事的。」

「我與明郡王萍水相逢，他根本沒有必要為我至此，的確是皇長孫殿下誤會了。」話語到了最後，歐陽暖一字一字咬得極重。

「回答我，妳究竟想要什麼樣的良人？」肖衍顯然並不相信，卻也不再繼續剛才的話題，反而輕輕地問著，像是情人間的昵語，有說不出的曖昧。這時候，他們已經下了船，距離前面的人群越來越近。風拂起歐陽暖的髮絲，肖衍清冷的眼忽然就帶了幾分極多情卻又極無情的顏色，攝人心魄，「妳如今是姑母的女兒，我這位表兄當然要關心一下妳的終身大事，妳不妨照實回答。」

歐陽暖垂下眼睛，慢慢地道：「若是可以，我希望能嫁給一個合適的人。」

「合適的人？」肖衍的眼眸中閃過一絲難以琢磨的複雜神色，垂眼掩住眼底的漩渦，眉頭輕皺又展開。

「對。」歐陽暖微微一笑，「嫁給一個適意的人，受到親友的祝福，過安穩的日子，這不是所有女子心中所求的嗎？」上一輩子，她以為嫁給蘇玉樓便能有安穩幸福的生活，最終不過是笑話一場，這一輩子，她當然要精挑細選，找一門真正對彼此有利的婚姻。

「所謂合適，才是天底下最難的。」肖衍清雋的眉眼突然就黯了下來，神色中有著疑慮，他退後一步，不過瞬間，面色便恢復了平靜，「我會為妳好好留意的。」語畢，逕自走了。

就在這時候，歐陽暖突然發現，肖重華不知何時竟然站在離他們不過數步之遙的地方，那極俊美的臉上，面色一片沉靜。在陽光下，他整個人看起來有股沉穩安定的氣質，猶如是一塊泛著溫潤光澤的上好古玉，迷人卻也不炫目，含蓄卻不容忽視，無聲地散發著獨特的光彩。

看他那表情，應該是聽到了她與肖衍方才的談話。

歐陽暖滿臉錯愕，肖重華淡然地看了她一眼，像是別有深意，爾後，便笑著等她走過去。

歐陽暖心中暗暗叫苦，今天若非太子來了，被人團團包圍的就會是肖衍和肖重華，他們倆也就不會一個接一個來找自己麻煩。

「多謝郡王相助。」歐陽暖不能躲避，只能徑直走到他近處，含笑道。

肖重華面目平靜，一派淡定從容的樣子，黑黝的眸子平眺別處，「不必多禮，妳應該感激的人是姑母。她一聽說妳有為難，立刻就趕進宮裡去，很多事情我不方便開口，她全都替妳解決了，包括武國公府的婚事，也包括今天陛下的冊封。」

歐陽暖當然明白大公主的好意，但肖重華同樣伸出了援手，便簡短地道：「不管如何，兩位的恩情，歐陽暖銘記在心。」

「姑母說過，妳什麼都想靠自己。」肖重華信步往前走去，卻意味深長地回頭看了她一眼，眉頭稍稍一蹙，接著又不動聲色地舒展開，只管繼續往前走，「不過，靠自己不是逞強就行的。」

歐陽暖聞言，暗暗嘆了一口氣，她不是不想依靠別人，只是到了關鍵的時候，她最相信的人只有自己。

「這次的劫的確已經解了，但不是我一個人解的。」肖重華瞥了她一眼，黑眸閃過幽暗的光芒，深沉得教人猜不出情緒，「或者說，表面是我解的，但實際上，另一個人功不可沒。」

歐陽暖聞言，心裡一跳，手心裡全是汗，又瑟縮了一下，「郡王在說什麼，我有點糊塗了。」

「妳如今已經是郡主，歐陽侍郎的把柄若是被人揭出來，雖不會對妳造成實質性的傷害，卻多少要引來些非議。」看著歐陽暖的表情，肖重華淡淡一笑，「某人花了不知多少力氣，才將侍郎種下的毒刺拔出，我做的，也不過就是將最後的餘毒清除罷了。」

歐陽暖聽得懂這個「某人」指的是肖天燁，可肖重華也僅僅是淡淡一笑，絲毫不打算追究。她有些發怔，一時之間還不明白他為什麼要提起這件事。依照他的性格，便是知道了什麼，也該是故作不知的。

「妳如今是姑母的女兒，眾人皆知大公主與太子來往密切，如此一來，所有人的目光都會盯著妳，不論那人是否真心，妳還是有所保留較為穩妥。」肖重華幽幽嘆口氣，那看似平靜清逸的黑眸底，蘊藏著內斂的風采，「而且，以後若是有什麼麻煩，盡可以去找姑母說，她現在是妳的母親，再也不是外人了。」

歐陽暖怔怔地點點頭，看著他那深沉的眉眼，突然一下就明白了他所有的意圖。

他明知道肖天燁做的事，猜到自己必然和對方有所來往，卻並不點破，一方面是在給自己留下一點餘地，另一方面也是在間接提醒自己，不要與秦王世子過從甚密，免得招惹麻煩，還告訴她以後如果有麻煩完全不必通過肖天燁，僅僅是大公主就可以解決。他彷彿知道她的每一個想法，讓她在他的面前有一種無所遁形的感覺，肖重華，他把人性的弱點拿捏得如此到位，真的是一個很可怕的男人。

從某種意義上來說，他和肖天燁有某種共同點。比如，他們都是她無法掌控的人……這就是她從未將他們兩人列為考慮人選的重要原因，這一世，她需要的是一個可以掌控在手心裡的男人。

很顯然，這兩個人都不是最佳選擇。

肖天燁要的是她的心，為此不惜殫精竭慮費盡心思。而肖重華，她卻完全不知道對方想要什麼，從這一點上來說，他比肖天燁更可怕。歐陽暖想到這裡，微微垂下眼睛，流蘇耳環長長墜下成柔美的姿態，聲音蒙上一層輕霧：「我明白。」

肖重華笑道：「我沒有別的意思，妳不必多心。京都這許多千金小姐，要說心思玲瓏，沒人能勝過妳。只是木秀於林風必摧之，不論什麼事，都要小心謹慎，尤其是妳這段日子的風光太盛，容易招忌。」

歐陽暖心中一震，低首細細品味他這句話，心頭的疏遠漸漸淡去，反倒生出一絲因溫情而生的漣漪，輕輕道：「多謝郡王提醒。」

肆之章◆誘妹入套分雲泥

苑中的碧玉亭裡，肖天燁和肖凌風在亭子裡坐著飲酒。

「好了，別喝了。」肖凌風按住肖天燁拿酒的手，「宴上還有那麼多人，你想要讓別人看你的笑話嗎？」

肖天燁仍是把酒取到了面前，自斟自飲。

好不容易見到她，她卻沒有半點高興的樣子，他知道，她是在怪他冷酷無情，甚至於在他碰到她的時候，他竟然發現她的身體微微顫抖，這讓他領悟了一個現實——她怕他？他第一次費盡心機地追求一個女子，本以為在她的心中，他多多少少會有一點的位置。沒想到他與她之間，就這樣被她一個動作打回了原形，做得那樣決絕，不留一點餘地。儘管不敢置信，但這卻是真的，雖然他後來用笑容掩飾了真心，卻怎麼也騙不過自己那一刻心中受傷的感覺。

她竟然怕他！哪怕沒有一句責怪，沒有半個怒容，單只是她怕他這個事實，已經讓他急怒交加。肖天燁以手撫按胸口，內裡隱隱作痛，他想告訴她，他只是為了讓她安全而已。

即便再來一次，他也非要除掉那些人不可。

肖天燁仰首傾盡杯中物。

肖凌風盯著他，目光裡滿是不解，「我搞不懂，你不過是不服這口氣罷了，難不成真的看上她了？這種女子除了那張臉，到底有哪裡好啊？京城裡多的是才貌雙全的大家閨秀，你要什麼樣的女人沒有，何必非要選這麼一個人？」

肖天燁放下杯子，良久，神情似乎有些苦惱，「我也不明白怎麼就喜歡上她了。」他也問過自己為什麼，始終找不出原因，也想不到答案，始終想不明白，只能用鬼迷心竅來解釋。

「夜路走多了也會撞到鬼。」肖凌風笑，「還是個難纏的女鬼。」

肖天燁點頭，「我也是這樣想。」

他是個心狠手辣的人，若是知道有今天，當初在獵場的時候，他一定毫不猶豫殺了她，絕除這個後患，也免得落到今天這樣的地步。

喝完了酒，他趴在石桌上笑，眼底瑩澤著一絲悲傷，「我心裡有點害怕。」

肖天燁外表十分風雅，看起來頗有些任性，行事手段卻極為厲害，每走一步都是步步為營，更兼性情乖張得讓人摸不清深淺，就連秦王都有些忌憚他，往日裡還從未見他如此失落過，肖凌風一愣，有點說不出話來。

「我怕自己再怎麼努力，她都不會屬於我。」肖天燁這樣說，表情落寞。

肖凌風覺得心驚，他突然意識到，這個和自己從小一起長大的兄弟已經在不知不覺中發生了變化，從前他殺人連眼睛都不眨一下，現在他卻為了歐陽暖些微的抗拒而在這裡失落……他已經不再是從前那個沒有感情的秦王世子，他的一顆心已經完全失去，再也不屬於他自己。

「秦王叔已經開始有所動靜，他遲早會逼你成家立室。」肖凌風慢慢道：「你想清楚歐陽暖的立場，你們是不可能在一起的。」

肖天燁丟了酒壺，突然站了起來，望著他冷笑，「我偏不信！這世上沒什麼是不可能的，只要我情願，她點頭，又有什麼不可以？」

太子妃的壽宴有驚無險地過去了，歐陽暖回到府上，將消息告訴了李氏。

「妳說什麼？」李氏愣住，隔了許久方才艱難地道：「妳說陛下冊封妳為永安郡主？」

歐陽暖點了點頭，心中對於李氏的反應著實有些沒把握，一旁李姨娘的表情已經全變了，震驚、錯愕，難以形容。

歐陽可雖然在極力壓制，卻已經控制不住，整張臉嫉妒得扭曲了起來。

李氏的笑容一下子變得很深，「老天保佑，這真是天大的好事，從今往後，有了郡主的名頭，還怕將來沒有好出路？暖兒啊，妳這孩子果然是有福分的，不但能為家裡排憂解難，將來還能提攜妳爹和妳弟弟，太好了，當真是太好了！」

李氏的喜形於色讓歐陽暖一愣，隨即便明白過來。祖母只怕是將這個郡主的頭銜當成將來可以更進一步的階梯了，只怕太過高興，一時忘了自己的婚事再也不可能由著他們擺布。

她並不點破，一如往常地陪著李氏說了幾句話，便回到了聽暖閣，一天下來應付各色人等，她已經很累很累了。

歐陽爵卻在聽暖閣等著她，並且告訴了她一個意料之外卻又在她預想之中的消息。

蘇玉樓出事了。

會試過後，蘇玉樓在京都大放光彩，一時之間成為豪門世家府上的常客，人人都道他有狀元之相。在殿試之上，皇帝親自測試諸位學子的才華，果真對蘇玉樓大加讚賞，並欽點他為殿試頭名。

誰知這時候御史張九延卻上奏，重重參了會試主考張四維一本，說他收受賄賂，貪贓舞弊。

一時滿殿皆驚。

大歷朝，每屆三年一次的會試採取彌錄滕封制，對所有考卷進行彌封，統一交給謄錄官，再分給謄錄生將試卷如實謄寫一遍。謄寫完畢，再由對讀官交各位對讀生負責校對謄錄是否正確無誤，最後轉交閱卷官，才開始閱卷、評卷、棄取等其他環節。按道理說是很難再出現作弊的情況，卻有一名江南士子名喚羅同的，重金收買了主考張四維，與其約定，考試時的第一篇文章最後用「夫」字結尾；第二篇用「矣」字結尾；第三篇用「罷」字結尾；詩則用「莫邪」結尾。結果，張四維果真取中了這名考生為貢士，事發的時候，他還在殿試上被點為同進士出身，正是洋洋得意的時候，一下子被御史的這封奏章打進了地獄。

皇帝立刻召見內閣大臣、各部尚書等議處此事，經過查證，事情屬實。皇帝勃然大怒，當朝判了張四維和羅同斬立決，並將判卷的考官七人就地免職。蘇玉樓原本與此事無關，可不幸的是，他與這位叫羅同的考生是同鄉，並且過從甚密，一時之間，他的狀元之位就十足引人懷疑了。雖然並無證據證明他與羅同一樣賄賂了考官，可盛怒之下的皇帝還是革除了他的功名，並且勒令其永生不得參與科考……這樣一來，蘇玉樓踏入仕途的夢想，算是徹底斷絕了。

歐陽暖聽完這個消息，彷彿是怔了一瞬，隨即唇邊慢慢浮起一縷微笑。這世上，能把事情做得這樣狠的人，也只有那個人了，偏偏他每次都能找到對手的弱點，該說他是毒辣好呢，還是敏銳呢……

讓蘇玉樓一輩子不能參加科考，比要了他的命還難受，而且這僅僅是個開始而已，依照肖天燁的性子，蘇玉樓絕沒有好果子吃。人家做完了初一，她得做十五才是錦上添花。歐陽暖站起身，微笑道：「紅玉，咱們也該去海棠院看看妹妹了。」

才到海棠院門口，便聽得呼號哭泣之聲連綿不絕。

歐陽暖剛進院子，芮嬤嬤就迎上來，滿面笑容道：「大小姐，您來了，奴婢這就進去通報。」

歐陽暖面帶笑容地拉住了她的手，道：「芮嬤嬤怎麼如此客氣，我是來妹妹的院子，哪裡用得著通報？還是我和妳一塊兒進去吧。」

芮嬤嬤想要把手抽回來，歐陽暖卻微笑著望向她，芮嬤嬤心裡一突，低下頭去，「是。」

芮嬤嬤在離開歐陽府之前，上上下下對夫人和二小姐都是讚不絕口，提起大小姐都像是沒她這個人一樣，不過短短兩年，等她再回來，所有人對於歐陽暖和歐陽可的評價剛好掉了個兒。要知道歐陽可這樣的小姐，一出生就是人人豔羨的名門閨秀，可謂一帆風順，在她的眼裡，奴婢們和她完全就是兩個世界的人，甚至根本不是人，所以她對身邊人有種視若無睹的漠然，不可能去主動關心瞭解她們的喜怒哀樂和所思所想。可是芮嬤嬤發現，出身比歐陽可更高貴的歐陽暖卻不是這樣的，她溫和親切，對人人都帶笑臉，因此奴婢們對她的印象都很好。

芮嬤嬤很明白，奴婢們雖然沒有一言九鼎的力量，卻是重要的消息來源，歐陽暖對下人賞賜起來毫不吝嗇，配以她謙虛誠懇的態度，的確非常打動人心。她本來便是老太太身前的紅人，出於趨炎附勢的心態，她也是人人巴結的對象，如此很快便組建起一個很有效的情報網，只怕如今海棠院的一舉一動都會在第一時間傳入她的耳中。

芮嬤嬤在心驚之餘，也只能暗自嘆息。

進了屋子，卻見到歐陽可面紅耳赤，蓬亂著髮髻，手裡高高舉著一把拂塵，一記一記地狠狠打著地下跪著的夏雪。

旁邊的丫鬟、嬤嬤們跪了一地，低頭垂手一個都不敢吭聲。

她打得興起，還惡狠狠地道：「妳成天在我跟前亂嚼舌根，什麼蘇公子再也不能振作了，這話是妳配說的嗎？」話未說完，隨手抓了一個青瓷花瓶用力砸在地上。

飛濺的碎瓷如雪花一般潔白，驟然炸了開來，四處飛射，引來一陣躲避。夏雪捂住臉，嚇得痛哭起來。

「妹妹這是怎麼了，發這麼大的脾氣？」

歐陽可猛地瞧見歐陽暖站在門口，一時也愣住了，訕訕的不知怎麼才好，手裡的拂塵拿著也不是，丟下也不是。

歐陽暖走上前，從她手中拿下拂塵，低聲勸著：「生氣也就罷了，可千萬別傷著自己的手。」

夏雪不敢抬頭，只嗚嗚咽咽地抽泣，也不敢哭得很大聲。

歐陽可看了一旁的芮嬤嬤一眼，然後勉強笑著行禮道：「多謝姊姊關懷，不過是丫鬟不懂事，我教訓她而已。」

歐陽暖面上是一派驚訝的神色，指著地上的夏雪道：「這丫鬟向來體貼的，今天是犯了什麼錯，惹妳這樣生氣？」

夏雪不過是將蘇玉樓出事的消息告訴歐陽可，隨口說了一句這一回蘇公子的前程怕是完了，歐陽可就大發雷霆，將芮嬤嬤平日裡的教導全都忘光了，拉住夏雪就是一頓毒打。只是這話卻不能讓歐陽暖知道。歐陽可怯怯地道：「她把姊姊送我的翡翠玉簪打碎了，我氣急了才打了她兩下。」

歐陽暖笑了笑，並不追根究柢，只是親自把夏雪拉起來，道：「好了，妳主子是一時發怒才這樣責罰妳，快下去吧。」

夏雪訥訥地看向歐陽可，對方冷冷一個眼刀子過去，夏雪一個激靈，道：「是。」說著，便偷偷擦乾了眼淚，退了下去。

歐陽暖環視表情各異的眾人，「我只是來找妹妹說說話，妳們把東西收拾好，都下去吧。」芮嬤嬤看著海棠院裡的丫鬟、嬤嬤們悄無聲息地收拾了地上的碎片，一個接一個地走出去，心中更加驚訝，她萬萬想不到，這海棠院裡頭的丫鬟、嬤嬤們這樣聽從歐陽暖的話……怕不只是海棠院，短短的兩年間，整個府裡頭的夫人留下的人全都被換了個乾乾淨淨。

歐陽可穿著鵝黃色的上衫，繫一條月白色的長裙，耳邊掛著的是長長的明月鐺，看起來身姿婀娜，眉清目秀，只是髮髻微微蓬亂，臉上還留著剛才暴怒後的紅暈。她看著歐陽暖，剛才那絲狠辣全都不見了，怯怯地露出一個笑容來。

丫鬟送來茶水和點心，歐陽可周到地陪在一旁和歐陽暖說話。看她如今嬌弱可愛的模樣，旁人絕想不到她剛才打丫鬟會打得那麼狠。

歐陽暖閒談了幾句話，彷彿無意之中提起了一件事：「妹妹，聽李姨娘說，這兩日太平侯張家的大夫人到咱們府上來過。」

「太平侯張家？」歐陽可頓時一愣，不知道她為什麼會主動提起這件事。

芮嬤嬤緊緊盯著歐陽暖的臉，想要在她臉上看出點什麼來，偏偏一無所獲。

歐陽暖說了半句，端起茶來，方嬤嬤看著那邊的主僕二人面上都露出吃驚的神色，笑道：「張大夫人跟湘王妃感情可是很要好的，聽說半年前她替湘王家的二公子去崔家提親，結果崔家沒肯應，還把張大夫人奚落了一番呢。」

「崔家？是給崔幽若姊姊說親？」歐陽可遲疑地問。

「不是幽若，是她叔父的女兒崔幽蘭，以前老太太做壽她也跟著來過的，只是不愛說話，妳沒注意到罷了。」

歐陽可的腦海裡立刻浮現出一個瘦瘦小小，姿色平庸的女子來，臉上頓時露出驚訝的神情，「湘王怎麼會越過幽若去向她求親？再說那崔小姐十分平常，說話還有些結巴，父兄也不得力，有這樣好的婚事應該高興才對。聽剛才嬤嬤說的話，似乎還被拒絕了……這是怎麼回事？」

歐陽暖微微一笑，「這是自然的，妹妹不知道，那湘王二公子身體不好……」

「身體不好？」不管有什麼毛病，成年後也終究是堂堂的郡王身分，怎麼會被崔家那種人家拒絕？這無論如何都說不通啊。

「二小姐，奴婢聽說，湘王的二公子是個不懂人事的……」方嬤嬤一副閒話家常的模樣道。

「這話怎麼說？」歐陽可愣了一下。

「據奴婢所知，二公子是個癡呆兒，今年十五了，連如廁都不會自己脫褲子！」

歐陽可一愣，湘王二公子天性愚鈍，被管束著從不出門，這事她也有所耳聞，但不知道癡呆到這個地步。

「這怎麼可能？」芮嬤嬤脫口道。

「芮嬤嬤，這可不是瞎說的，妳出去打聽打聽，不少人都知道這事兒呢。」方嬤嬤滿臉笑容，一口篤定地道。

湘王的二公子一直是他的一塊心病，因為是癡呆兒，門當戶對的人家自然不肯將女兒嫁過去，花錢從平民百姓家買一個又怕丟了王府的面子，因此才想在尋常官宦人家尋一個不出眾或是有點瑕疵的姑娘，誰知還是被崔家拒絕了。

「我明白了。」歐陽可恍然大悟，「崔家一定是聽到什麼風聲，才拒絕了湘王，他們家也真大膽，若是一般人家，就算不願意也不敢輕易推拒啊，畢竟湘王那樣的人家……」

歐陽暖的嘴角輕輕向上揚了揚，「妹妹說的不錯，只是崔家到底是翰林府，多少還有些清貴之氣，自然是不肯的，換了別人家可就不一定了。」

「是啊，二小姐，您是不知道，說起那位崔幽蘭小姐的婚事，也是一波三折了。」方嬤嬤感嘆地道：「大小姐說那崔家清貴，說到底也不過是嫌棄那湘王家的二公子是個傻子罷了。上次崔幽若小姐不是還向您抱怨說她表妹搶了她的婚事嗎？」

歐陽可臉上的吃驚怎樣都掩飾不住，什麼時候京都裡發生了這麼多事情，她竟然一無所知，這麼想著，就陪笑道：「方嬤嬤，妳剛才說崔幽蘭搶了幽若姊姊的婚事，這怎麼回事？」

歐陽暖臉色微微一沉，聲音清冽冷澈地道：「嬤嬤，妳糊塗了嗎？有些話說說是無妨的，崔姊姊的事情怎麼也能拿出來消遣！」

方嬤嬤連忙告罪，滿臉的惶恐。

「姊姊何必怪她？是我要聽的，咱們姊妹之間，又有什麼不能說的呢？」歐陽可笑道，滿臉都是天真，只是這一抹天真，在歐陽暖看來卻是極端可笑罷了。

誰在演戲給誰看，彼此心裡頭都明白。

歐陽暖長長的睫毛微微覆下，語氣低沉中有些嘆息：「說起來，崔姊姊也真是可憐，本來崔翰林為她許了宣城公朱家二房的三少爺，聽說那位三少爺才識很好，人又溫文爾雅，與崔姊姊十分匹配，這也是一門極好的親事了。可惜上一回崔家飲宴的時候，崔姊姊因為要避諱就沒有參加，崔幽蘭藉此機會接近那位朱三少爺，竟搶走了這門婚事。」

「啊？」歐陽可的心一度跳得厲害，遲疑片刻，方問：「崔幽蘭相貌才情都與她表姊相差很遠，朱三公子既然出身名門又懂學識，怎麼能被她誆騙呢？」

歐陽暖嘆了一口氣，卻是不肯再說下去了。

歐陽可對這件事情十分好奇，然而對方不肯說，她也無可奈何。

「對了，剛才姊姊說，張大夫人也上咱們府上來了？」歐陽可很快將整件事情想了一遍，隨即想到了這一點，迅速和芮嬤嬤對視一眼，臉色都微微變了。

歐陽暖點點頭，道：「是啊，和祖母說了好一會兒的話，還一起用了午膳。」

芮嬤嬤的臉色變得更難看了，歐陽家一共只有兩個適齡的小姐，歐陽暖如今變成了郡主，這身價就大不一樣了，李氏壓根兒動不了她，那就只剩下歐陽可……若是以前，李氏恐怕還會猶豫，如今歐陽可沒有娘護著，又跛了足，老太太恐怕巴不得把她推出去才好，哪裡會顧得上新郎官是不是傻子！想到這裡，她試探著看向歐陽暖，「大小姐，依您看，張大夫人來，會不會是舊事重提？」

「舊事重提？」歐陽暖微微蹙眉，似乎很是驚訝的樣子，「哎呀，難道妳說的是婚事？這個麼，我還從沒往這上面想過，應該……不會吧。」

旁邊的歐陽可眼睛裡也露出了不敢置信的神情，她知道，歐陽暖沒有必要說這樣的謊，張大夫人的確是來過府上，至於來幹什麼，現在還用問嗎？

歐陽暖明知道自己的話在對方心裡翻起了波浪，臉上卻半點也沒有表露出來，只是微笑道：「妹妹放心好了，祖母這麼疼愛妳，絕不會將妳許給那種傻子的。」

她這麼說著，眼睛裡卻微微露出一絲笑意，令人頗費思量。

看到歐陽可臉色難看，歐陽暖似乎想起了什麼，嘆息道：「話說回來，身為女子，談起嫁娶來，都是父母說了算數，姑娘家自己是做不得主的，便真是嫁給一個傻子，又能如何呢？好在湘王家門第高，嫁過去也不至於受什麼委屈……」

「姊姊說的什麼話，若是要嫁人，門第我是不在意的，只是必定要揀一個絕好的人物，模樣、才情，一件也少不得。至於家資富厚，還在其次。」歐陽可很順地說著，一說出來臉卻紅了，盯著歐陽暖生怕對方抓她的話柄。

歐陽暖像是沒聽懂她說什麼，面色如常地道：「聽妹妹的話，倒是想要嫁個才子？」

歐陽可臉色更紅了，眼睛裡頭含著一絲試探，「姊姊，我如是嫁人，的確想要嫁一個才子。妳想想，男子的見解一高，那琴瑟之間，必然不俗。我雖然才情不好，卻是聽見人家念文章的聲音就很覺入耳，若是嫁給才子，他在燈下讀書，我在旁邊靜聽，這就是我的心願了。那些個什麼高門大戶的公子，卻未必是合心意的，我也瞧不上。」

這一點倒跟前世一模一樣。前生林氏不知道給歐陽可相看了多少人家，她卻非看中一個低賤的商戶之子，恐怕林氏也氣得夠嗆。

歐陽暖笑起來，道：「原來妹妹喜歡書呆子，將來保不齊要做個狀元夫人，可喜可賀。」

歐陽可被這一句話勾起心思，想到被奪了狀元之位的蘇玉樓，一時有點恨歐陽暖說話太厲害，自己不知不覺被她繞進去，便不吭聲了。

這時候，紅玉輕聲提醒時候不早了，歐陽暖站起身道：「我也該回去了，妹妹早些安歇吧。」

歐陽可也跟著站起來，重新端起滿臉笑容地把人送到門口。

回來之後她卻沉了臉，對夏雪喝斥道：「快去打聽一下張家大夫人來與祖母說了些什麼！對了，還要問問那崔幽蘭是怎麼回事？」

夏雪低頭去了，芮嬤嬤憂心忡忡地望著歐陽暖離去的背影，心頭總有一種說不出的奇怪，大小姐今天來，是為了提醒二小姐老太太有意將她許給一個傻子嗎？她會這樣好心？可若二小姐真的嫁給湘王二公子，這一輩子可都毀了。芮嬤嬤覺得，不管歐陽暖是出於什麼用心，這件事都一定要弄清楚。

夏雪出去了兩個時辰，歐陽可都在屋子裡坐立不安地等待著。等到夏雪回來，她劈頭就是一頓臭罵，好半天才被芮嬤嬤勸阻了。夏雪跪在地上，一點一點將打聽到的消息告訴她。

「張大夫人在老太太屋子裡說話，屏退了眾人，誰也不知道說了些什麼，只知道那天中午老太太挺高興，還特地留了張大夫人用午膳，用完午膳老太太親自送她到門口。」

「沒用的東西！」說的都跟歐陽暖透露的消息差不多，但卻沒什麼更有用的訊息了，「那崔小姐的事情又怎麼說？」

夏雪道：「那位崔小姐裝作身子不適，故意摔在朱三少爺面前，說她有病，心口疼，喘不過氣，朱三少爺竟就當了真，好心將她扶起來，立刻就轉身去找人來幫她。誰知別人來了以後，她卻對眾人說三少爺對她無禮，本來大家都不信，可她手裡頭卻攥著三少爺的玉佩，還說如果朱家不肯上門提親，她就要吊死在朱家大門口，讓京都所有人都知道朱家是背信棄義，欺負弱女的人家。朱家三房之間鬥得一向很厲害，總不能把這把柄給別人握在手裡，朱家二夫人沒法子，便將原本說給崔幽若的婚事硬是換給了崔幽蘭。」

「原來是這樣，這崔幽蘭實在是太沒規矩了，這樣沒過門先惹了婆婆和丈夫的厭惡，將來還怎麼立足！」芮嬤嬤冷冷地說。

歐陽可卻喃喃道：「可她這樣的女子若是不施展手段，怎麼可能嫁得這麼好……」

「二小姐，您糊塗了，這可不是鬧著玩的事情！京都裡頭名門世家誰都是連著聲氣的，這位崔小姐這麼幹，將來是別想抬起頭來做人啦！」

「哼，只要能嫁給喜歡的人，縱然不能抬起頭又如何？橫豎又不是在一個家裡吃飯的！」歐陽可平日裡都很聽芮嬤嬤的話，可是今天卻出乎意料的固執。

芮嬤嬤嘆了口氣，道：「二小姐，您先別著急呀，奴婢猜想，大小姐不會那麼好心來提醒您，肯定別有內情，您可別被她幾句話一攛掇就上當了！」

然而，歐陽可卻低著頭不說話，夏雪偷偷瞧著她的神情，芮嬤嬤發覺了，狠狠瞪了她一眼，夏雪立刻低下頭，悄悄出去了。

夏雪剛走到院子裡，就聽芮嬤嬤透著窗子喊道：「夏雪，去廚房把二小姐的蓮子羹端過來！」

夏雪匆匆忙忙地應了一聲，快步出了院子。

一路出海棠院，夏雪向廚房走去，進了廚房便大聲問道：「趙嬤嬤，二小姐的蓮子羹呢？」

趙嬤嬤笑盈盈地回答：「原本要做的，可巧老太太臨時吩咐下來要先燉上雪蛤粥，管灶火的嬸子又告了假，這才耽擱了時辰，妳先進來等一等吧。」說著，便將夏雪迎了進去。

原本在後頭跟著夏雪的人影這才悄悄走了，夏雪從廚房裡頭探出個頭來看了一眼，冷笑一聲，轉頭對趙嬤嬤道：「妳替我看著。」

趙嬤嬤笑道：「老奴曉得，姑娘放心吧。」

夏雪穿過廚房，從小側門出去，直奔聽暖閣而去。紅玉早已在門口等著她，一路引入內室。

夏雪一進門，便盈盈向歐陽暖拜倒。

歐陽暖親自將她攙扶起來，「傷得重嗎？」

紅玉拉起夏雪的衣袖道：「小姐，您瞧，二小姐責打夏雪不是頭一回了，一有什麼就拿她出氣，打得身上都沒塊好肉了。」

夏雪的身上青一塊紫一塊，乍看之下觸目驚心，歐陽暖眉心微微一動，冷笑道：「她越來越不像個樣子了。」隨即轉頭喚菖蒲：「去拿藥來。」

夏雪眼睛裡劃過一絲痛恨，道：「奴婢一直跟著二小姐，常常挨她的打，有一回硬是把一根雞毛撣子給打斷了，與那些比起來，今天這些不算什麼，奴婢都已經習慣了。」

歐陽暖嘆了口氣，這時候菖蒲從匣子裡拿了藥，給夏雪擦了。

夏雪盯著歐陽暖，道：「大小姐，芮嬤嬤疑心大，剛才她還派人跟著奴婢到廚房，好在奴婢早有防範，否則被她發現，只怕要給大小姐惹來麻煩。」

芮嬤嬤的確很精明，歐陽暖微微沉吟，片刻後道：「日後謹慎一些，不要露了行跡。」

「是。」夏雪應了，隨即道：「大小姐，奴婢瞧著今天二小姐像是心思活動了。」

歐陽暖並不如夏雪期待般歡喜，靜了片刻，才道：「芮嬤嬤很精明，有她在海棠院，總是束手束腳的。」

夏雪笑道：「大小姐不必過分憂心，依奴婢看來，二小姐如今不過是想要藉芮嬤嬤的計策出頭，對她也未必就有多真心。」

方嬤嬤挑眉輕輕冷笑一聲，道：「大小姐，您為什麼要提醒她張大夫人的事情呢，讓老太太促成這門婚事對您來說不是更好？」

歐陽暖眼中閃著奇異的光芒，搖頭道：「可惜祖母沒答應。」

「沒答應？這又是為什麼？」方嬤嬤吃驚道。

歐陽暖微微一笑，「爹爹還指望著二舅舅在秦王跟前替他美言幾句，所以才留著林氏的正妻之位，又怎麼會上趕著把女兒嫁給一個傻子，他就不怕別人說他為了攀附權貴連女兒都能賣了嗎？歐陽家還是要臉的，就算是賣，他也會賣得神不知鬼不覺，不會做虧本買賣。」頓了頓，又輕柔道：「夏雪，歐陽可的性子，若是沒有芮嬤嬤在身旁提點，一定會闖禍的，妳明白了嗎？」

夏雪愣了愣，旋即明白過來，翹起嘴角道：「是，奴婢明白。」

三天後的一個早晨，夏雪一如往常給歐陽可梳頭，歐陽可盯著鏡子裡花容月貌的自己，臉色卻很不好，道：「妳快幫我瞧瞧這頭髮裡，怎麼這般癢？是不是長了疙瘩？我怎麼摸不到？」

夏雪壓下心頭的笑，用手撥開她的頭髮露出頭皮，故作驚訝道：「哎呀，怎麼會這樣？」

芮嬤嬤昨兒個頭皮癢了一夜，心裡頭很不舒坦，正皺著眉站在一旁指揮小丫鬟們送熱水進來給歐陽可洗漱，這時候聽見這一聲，頓時惱了，「什麼事情大驚小怪的！」她快步走過來，狠狠瞪了夏雪一眼，就往歐陽可頭上瞧去，一看之下大為吃驚，隨即狠狠給了夏雪一個巴掌，「讓妳服侍小姐的，妳怎麼服侍的？小姐頭上是怎麼回事？這點小事都做不好，要妳何用？」

夏雪捂著臉，不敢說話。歐陽可皺眉道：「到底怎麼回事？為什麼這麼癢？」

芮嬤嬤忐忑道：「小姐，這是頭蝨啊！好端端的，沒靠近那些下等人，怎麼就長了這東西？」

頭蝨？歐陽可一愣，隨即勃然大怒。女孩兒家染上頭蝨便極難根除，不但奇癢難耐，原本烏黑的頭髮也會因為長了蝨子而結滿黃黃白白的虱卵子，要多噁心有多噁心。她的一頭烏絲平時費盡心思精心養著，別人連碰一下她都捨不得，現在卻生出這種東西，這樣一來，豈不是遭了大罪？

芮嬤嬤氣急，又劈手給了夏雪一個巴掌道：「沒用的東西，還不快去燒了熱湯放草藥給二小姐泡！」說完哄著歐陽可道：「小姐，您別太擔心，多泡幾次，再用篦子梳頭，便不會癢了。」

就在這時候，一旁伺候的小丫鬟卻目瞪口呆地指著芮嬤嬤道：「嬤嬤，您的頭上也有！」

芮嬤嬤一聽，不敢置信地對著銅鏡一瞧，頭皮上竟然真的有不少的白色小點，她嚇了一跳，頓時語塞。

歐陽可猛地站了起來，面色青白，「嬤嬤，竟然是妳！妳怎麼能把這樣的髒東西帶進來？還不快出去！」

芮嬤嬤壓根兒不知道怎麼回事，她在小姐房間裡伺候，平日裡自然很注重清潔，實在是想不出究竟是在哪裡招惹了頭蝨。她又怎麼會想到，夏雪在她的枕頭上動了手腳呢？

歐陽可雖然看在芮嬤嬤是她乳娘的分上沒有打罵，卻也將芮嬤嬤趕到別的院子裡去，表示如果她的頭蝨不除了，堅決不肯讓她近身。如此一來，芮嬤嬤最少有十天半個月見不到歐陽可，她再三求情，歐陽可都堅持不聽，沒奈何，只能先收拾了包袱去別的院子安置，只等頭蝨除乾淨了再來房裡伺候。臨行前，她將所有丫鬟、嬤嬤們狠狠罵了一通，要求她們院子裡發生任何事情都要向她彙報，這才一步三回頭地走了。

夏雪看著她的背影，嘴角露出一絲冷笑。

入夜，曹府。

曹榮自從舌頭短了半截，說話變得含糊不清，又被肖天燁差點踩斷了命根子，再加上被皇帝禁足，心中又懼又怕，便老老實實在家待了一段日子。後來見一切風平浪靜，皇帝也沒有再追究的意思，心思便活絡了起來。

自從他那處不聽話開始，他就開始到處找法子治療，不知請了多少名醫吃了多少藥，連宮中御醫都請來了，這毛病還是不見好。可他還是不死心，一遍一遍又一遍地嘗試。他不能在那些小妾面前失掉了尊嚴，所以他只能逼迫著林元柔來辦這件事。

他感覺到了林元柔的那隻手是在怎樣揉搓著他那軟弱的慾望，那麼柔軟而又冰冷的手把他弄得很疼，但他竭力忍著。他努力地鼓勵自己，想起往日裡的雄風，他這樣努力著努力著，果真激情又緩緩到來，他不再顫抖，也不再覺得寒冷。然而就在他這樣努力著，突然間地全洩了出來……連他自己都聞到了那頹敗的氣味，他知道他還是不行，他完了。

林元柔坐了起來，猛地推開了依然在那裡抽搐不已的曹榮。她已經無法忍受日復一日的這種折磨，一下子變得臉色鐵青，「你走開，別碰我！你是個廢物，快滾，滾出去！以後再不許你弄髒我的床……」

林元柔的憤怒讓曹榮覺得無地自容，他像是一條喪家犬一樣的跑出門，對著站在牆角的小廝猛地踢了一腳。

「爺，您別生氣啊！爺，奴才幫您打聽過了，有個法子能讓您好起來……」

曹榮瞪大眼睛盯著這個叫桐木的小廝，對方滿臉的真誠，「爺，奴才有個朋友是一位方士，他練的丹很有效……您要不要試試看……」

曹榮惡狠狠地瞪著他，那目光像是在說如果沒有效果就殺了你一樣可怕。

桐木的表情變得惶恐，「您放心，奴才絕不敢撒謊的，靈不靈，您試試就知道！」

曹榮點點頭，過了片刻又含糊地道：「歐……陽……」他說的話，別人都聽不明白，唯獨這個善解人意的小廝很清楚，他立刻道：「主子放心，歐陽家那邊的動靜奴才一直都聽著，要是那歐陽小姐出府，一定來稟報您。」

曹榮眼睛裡滿是仇恨，心情波蕩起伏，久久難以平靜，以致於他完全忽略了桐木眼睛裡的冷芒，忽視了近在身邊的危險……

聽暖閣

歐陽暖穿著淺綠色銀紋百蝶穿花的上衫，一襲鵝黃繡白玉蘭的長裙，頭上一支金簪子垂著細細幾縷流蘇，看起來清新雅致，十分閒適。她正斜倚在榻上看書，就聽見紅玉進來稟報道：「大小姐，夏雪傳了消息來。」

「說。」歐陽暖手中的書翻過一頁，頭也不抬。

「二小姐趁著芮嬤嬤不在，命夏雪想法子送書信出府……」

「哦？」歐陽暖抬眸，慢慢坐直身子，道：「送給蘇玉樓？」

「小姐猜得真準，二小姐接連送了三封信出去，都是要請蘇公子見面的，可偏偏他就是不肯應承，完全不理會呢！」

歐陽暖冷笑一聲，道：「她還是不肯死心吧！」

「是，她今天又寫了第四封信要讓夏雪傳出去，只是依奴婢看來，把握卻是不大，蘇公子自從舞弊案後就十分沮喪，聽說蘇夫人有打算回江南去，這種時候他哪兒有心情兒女情長？」

歐陽暖聽到這裡，輕笑道：「他沒有心情，豈不是浪費了妹妹的一片真心？咱們總是要想法子成全他們這一對有情人才是。妳去告訴夏雪，讓她再傳給蘇玉樓一個口訊，就說二小姐說的，她有心效仿娥皇女英，只是不知道蘇公子給不給這樣的機會。」

紅玉一愣，道：「小姐，這樣說豈不是……」

歐陽暖凝望著窗紗外明燦燦的陽光，道：「嘴巴長在她的身上，她要作出什麼許諾，與我都是無關的，妳懂了嗎？」

紅玉明白過來，點了點頭，接著道：「夏雪還說二小姐這一次約了初一，她是想要趁著和老太太一起去水月庵禮佛的機會與蘇公子見面……」

歐陽暖笑道：「連祖母都敢糊弄，這丫頭當真是色膽包天。」

紅玉笑道：「二小姐是受了崔小姐的啟發。」

歐陽暖微微含笑，「歐陽可恨我入骨，覺得我必定處處針對她，偏偏這段日子以來我一直沒有行動，她才會有所鬆懈，叫咱們有跡可尋。」又冷笑道：「咱們就拿她的癡心來做一齣好戲。」

紅玉輕輕道：「小姐心裡頭可是已有了盤算？」

「不錯。」歐陽暖招手示意她到身前，耳語幾句。

紅玉聽罷微笑，「果然好計，咱們就等著讓那些人自食惡果吧。」

上香的前一天，歐陽暖傷了腳。

方嬤嬤派人回了老太太，李氏聽說歐陽暖受傷，連忙請了大夫看過，開了活血化瘀的藥油。

大夫走後，李氏坐在床邊看著歐陽暖高高腫起的腳踝，滿臉都是憐愛之色，嘆口氣道：「好好的，怎麼扭了腳？」轉頭又生氣地責備方嬤嬤和紅玉等人：「妳們是怎麼伺候的？」

一眾丫鬟、嬤嬤聞言跪了下來，磕頭道：「請老太太責罰。」

歐陽暖連忙道：「不關她們的事，是我在花園裡走的時候不小心。」

李氏皺眉，「妳平日裡都很謹慎的，怎麼沒事還能把腳踝扭了？唉，千萬不要留下什麼毛病，跟妳妹妹似的就糟了……」

「祖母，不會的，大夫不是說了，只是輕微扭傷。」歐陽暖笑著寬慰道。

李姨娘也笑著說：「郡主福氣大，不過是一點小傷，肯定不礙事的，老太太，您就放心吧。」

她改口改得很順，歐陽暖抬頭笑著看了她一眼。

不論她們怎麼說，李氏的臉色還是很不好看。

「祖母，您別怪姊姊，是我突然叫她，才害她摔下臺階的。」歐陽爵穿一身絲質藍袍，腰帶上懸著七寶小刀、流蘇纓穗等雜珍，烏黑的頭髮泛著光亮，象牙般的面龐染上淡淡紅暈，一雙明亮的眼睛彷彿含水的星星。他繼承了父母出眾的相貌，不笑的時候，看起來臉上也是帶著笑容的。

李氏捨不得責備孫子，卻也不能一句話不說，便嗔道：「你呀，這麼大了還跟你姊姊鬧！好在這一回沒摔出毛病，要是真的有事，看你怎麼賠大公主一個女兒！」

她說這句話的時候，語氣是很酸的，歐陽暖成為了郡主，要嚴格說起來，沒有封號的自己，見到她也應當行禮，好在歐陽暖從未計較過這個，平日裡該是如何現在還是如何，才叫她心裡那股酸水沒有翻出天去，但這口酸氣沒地方出，總還是三不五時翻攪一下。

歐陽暖笑道：「祖母說笑了，爵兒年紀還小，頑皮一點，我又怎麼不能體諒呢？」

李氏笑道：「妳呀，就慣著他吧，還不知道將來要把他慣成什麼樣子！」又責備孫子：「從今往後，再不可這麼莽撞！」

歐陽爵低頭道：「祖母說的是，全是孫兒的錯，以後再不會了。」

李氏鬆了口氣似的點點頭，「暖兒今天受了驚，明兒就別跟著去上香了，在家好好歇著吧。」

「是，多謝祖母體恤。」歐陽暖柔順地回答。

看著李氏被眾人簇擁著走出去，歐陽爵忍不住笑了起來。

歐陽暖瞪了他一眼，他半點也不害怕，快步走過來趴在床邊，嘴角高高翹起，「姊姊，這樣一來，妳就不必去上香了。」

歐陽暖微微一笑，「話是沒錯，只是連累了你好端端的還挨罵。」

歐陽爵笑得眼睛亮晶晶的，「我沒關係的！但是，姊，妳裝一裝就好了，幹麼真的要扭傷自己呢？這一扭傷總要養個七八天啊，多難受！」
方嬤嬤在一旁笑道：「大少爺，上香的日子是不能隨便更改的，若是大小姐說不去，就是對神靈不敬！你沒看老太太特意請了她信得過的大夫來嗎？你當她是好糊弄的？」
歐陽爵搖搖頭，笑道：「姊姊做事太謹慎了，現在妳都是郡主了，她們還能拿妳怎麼樣？」
歐陽暖輕輕笑了笑，「郡主的身分的確很高，可我畢竟出身歐陽府中，若是傳出去，叫人以為我數典忘本，和祖母不睦，對咱們也沒有好處。」
歐陽爵點點頭，關切道：「那姊姊這傷還痛嗎？」
「不要緊，只是輕微地扭了一下，剛剛擦了一次藥油，一點也不痛了。」實際上傷口還是有些隱隱作痛的，歐陽暖怕歐陽爵擔心，便這樣回答。
「明天你還要去學堂，早些回去休息吧。」
歐陽爵順從地點點頭，站起來向外頭走了幾步，又突然站住，回頭對歐陽暖道：「姊，還有一件事很奇怪，最近咱們門口多了幾個生面孔，每次看見人就躲，有一次我差點抓住了一個，可惜被他溜掉了。照我看不知道是什麼人派來來盯梢的，妳若是出門，可千萬要小心。」
歐陽暖聞言，眼睛裡閃過一絲冷芒，卻是笑著道：「我如今傷了腳，好些日子都不會出門的，你放心吧。」
歐陽爵這才放心地離開，紅玉看了他的背影一眼，擔心地對著歐陽暖道：「大小姐，大少爺說得很有道理，您看，是不是派人去查一查……」
歐陽暖冷笑一聲，「不必查我也知道是誰來找麻煩。妳想想看，曹榮吃了那麼多苦頭，卻礙於我如今的身分不敢發作，壓抑得狠了，總是要找人出氣的。紅玉，從今天開始，多派人保護在爵兒身邊吧。」

「大少爺那裡不是有您重金請來的護衛嗎？他如今又很小心，暫時不會有什麼問題的，倒是咱們該早有防範呢！」紅玉還是不放心。

曹榮既然不肯放手，她自然要送他一份大禮，只是吞不吞得下，還要看他自己的本事了。想到這裡，歐陽暖的唇輕輕彎了起來，彷彿是一朵蓓蕾微微綻開，含著一絲冷意。

入夜時分，天剛下了一場細雨，歐陽暖因晚膳沒有出去用，所以並未如何梳妝，髮上只戴了一根晶瑩的梅花簪，幾縷散髮落在額前，劃下淡色陰影，更襯得眉目宛然。

湖色裡帳挽起一半，另一半隱隱如漣漪垂下，她斜倚在床頭看書，紅玉守在燈下做針線，屋子裡隱約聽到廊下水珠落下的聲音，十分靜謐。

肖天燁從老路翻牆進來，一路避過巡夜的丫鬟、嬤嬤們，悄悄潛入了聽暖閣，他的眼角若有若無地往院子一角掃去，就一眼見一個丫鬟蹲著煽爐子，濃濃一股藥香。

肖天燁一愣，便快步繞到歐陽暖屋子的後面，輕輕敲了敲她的窗戶。

歐陽暖聽到窗櫺咯咯有聲，不由自主皺起了眉，紅玉顯然也聽見了，嚇了一大跳。歐陽暖示意紅玉上去開窗子，隨即就看到肖天燁跳了進來，他寶石般璀璨的雙眸中有熠熠的光芒，使得昏昏的屋內一瞬間亮了起來。

這一刻，歐陽暖只覺得天地間寂靜無聲，時光都彷彿靜如止水，只有他臉上的一縷笑，才是鮮活的，她微微一怔，隨後笑了。

「敢情世子爺把我這裡當做集市，想什麼時候來就什麼時候來？」歐陽暖一雙明眸乍看嗔怒，細看卻微微含笑。

紅玉低頭一瞧，許是因為下過雨的緣故，肖天燁的靴子濕了，在地上兀自滴水，他卻像是沒感覺到一樣，對歐陽暖問道：「出什麼事了？」

歐陽暖一愣，隨即用薄被蒙住了腳，皺眉道：「沒事，只是扭了腳踝。」

肖天燁雙目炯炯一閃，隨即有些手足無措的緊張，快步走過去，上前抓住她的肩胛，一字字焦急道：「到底是怎麼了？」

「快放手！你怎敢如此無禮？」歐陽暖沒料到他突然上來，只得狠狠瞪住他，雙目彷彿有火噴出，一伸手狠狠推上去。他猝不及防，輕輕倒退一步，不由得失笑，「這麼兇悍，看來是沒事了。」

紅玉立刻走過去擋在歐陽暖面前，冷聲道：「請世子爺退出去！」

肖天燁一愣，隨即盯著紅玉瞧，表情似笑非笑，「一個小小的丫鬟也敢攔在我面前？」

紅玉垂下頭去，身子微微發抖，卻是半步也不肯退讓，屋子裡一時之間陷入僵持的狀態。末了，肖天燁突然笑了，攤手道：「我沒有惡意，不必這樣緊張。既然不給我看，我出去便是了。」說著，作勢要轉身，紅玉這才微微鬆了口氣，誰知肖天燁旋即一個箭步繞過她，猛地掀開了薄被，頓時吃了一驚，「腳踝怎麼腫成這樣？」還不等歐陽暖回答，他快速取出隨身所帶的藥膏，關切道：「我隨身帶著的也就是這些藥了，將就著用吧，我明日再送好的傷藥來。」

歐陽暖一愣，倒忘了生氣，看著那瓷瓶有些奇怪道：「你身上怎麼隨身帶這個？」

「想我死的人太多了，不得不防著點。」肖天燁微微皺眉，但仍是笑著道。

「你這是金創藥，治皮外傷的，我卻是扭傷，不合用的，你拿回去吧。」歐陽暖卻不去取那藥瓶，只這樣道。

肖天燁笑得可愛，「不礙事的，這瓶子裡的藥是宮內珍藏，有活血化瘀的強效，總比你們府上大夫開的藥好些。」

歐陽暖看他堅持，也就不再拒絕，溫言向他道：「你在內室說話多有不便，請出去稍候片刻，我收拾一下，再出去與你說話。」

肖天燁燦爛一笑，露出潔白整齊的牙齒，有一點點頑皮的孩子氣，「好，我在外面等妳！」

看他走出去，歐陽暖才鬆了口氣，看到紅玉額頭上滿是冷汗，不由笑道：「怎麼了？」

紅玉深深吐出一口氣來：「小姐，您別看這位世子爺對您笑嘻嘻的，奴婢總覺得他好可怕。」

歐陽暖想一想，驀地想起與肖天燁初見時，他因惱怒而要殺了自己姊弟的情景，不覺側頭含笑：「不必怕，沒關係的。」

紅玉為歐陽暖重新換了月白色菱形花紋上衣、淺紫色柔絹曳地長裙，又重新挽了髮髻，扶正了白玉簪子，小心翼翼地替她穿了繡鞋，才扶著她走出來。

歐陽暖的腳一落地，就是一陣劇痛，她卻強忍著沒有露出痛苦的表情，一步步走出去，儀態自然地在桌前坐下，看向隨意靠在美人榻上的肖天燁，「讓你久等了。」

肖天燁看著歐陽暖，莞爾一笑，「妳不必去梳妝打扮，在我面前，隨意一點就好。」

歐陽暖一愣，隨即笑了，「禮數總是不可廢的。」

肖天燁挑眉，「我半夜翻牆而入，也不算什麼正經客人，是不是？所以妳也別太勉強自己，怎麼舒服就怎麼來好了。明明腳很痛，這樣忍著不難受嗎？」

歐陽暖輕輕慨嘆道：「世子爺若是沒突然來訪，我又何必累著自己？」

肖天燁哂笑，「如此說來，倒全是我的錯了。妳怎麼不說妳顧慮太多，什麼都放不下？」他看著歐陽暖，心頭有一種細微不可知的脈脈溫情悄悄而生，「但妳若真是那種什麼都不顧慮的人，當初只怕就會殺了我。嚴格說起來，還要謝謝當初妳救了我一命，並沒有把我丟著等死。」

歐陽暖想到當時肖天燁心疾發作的模樣，微微一笑，「其實當日我是很想這樣做的，只不過礙於身分而已。」她凝神想一想，「現在還是有點後悔的。」

肖天燁緩緩露出一抹溫柔的笑意，彷彿是拆穿了別人心事的小孩子，那笑意裡帶了一點羞澀，又有一點促狹，如漣漪般在他好看的唇角輕輕蕩漾開來，眼神明亮，「後悔也晚了。」

他凝視著她的雙眸，眼睛閃閃發亮。俊美臉孔上的感情，如清明的朗月，清澈地照到她心上，投下一絲光亮的影子。

那目光看得歐陽暖情不自禁想要低下去，稍稍頓了頓，她冷然道：「世子爺今天晚上突然到訪，是有什麼急事吧？」

肖天燁「嗤」的一笑，道：「妳就是煞風景，也罷，今天本來就是有正經事找妳，明天妳要去水月庵上香吧？」

歐陽暖聽著，眉頭微微挑起，唇畔帶了點笑意，靜靜聽他說下去。

「曹夫人與那水月庵的住持交好，曹榮要想在那裡埋伏是十分容易的。」肖天燁簡短道：「若是換了旁人，如今妳有了郡主的尊位，他就該夾起尾巴做人，怕妳找他麻煩才是真的，可偏偏這傢伙是個蠢東西，上回那件事，他記恨妳，心心念念想要向妳報復，這一回可算找到機會了。」

歐陽暖低頭，神情反而平靜，「世子爺這樣篤定，是在曹家安排了人嗎？」

「沒錯，那個人傳回消息說，曹榮打聽到妳明天要去水月庵，預備要在那裡動手。」肖天燁皺起眉頭。

歐陽暖點點頭，道：「這樣才好。」與她預料得一絲不差。

「妳又在打什麼鬼主意？」肖天燁微微挑起飛揚的眉毛，有些捉摸不透她的想法。

「多謝世子爺特地前來提醒的好意，只可惜，明天我是去不成了。」歐陽暖垂下眼睛。

「不去？」肖天燁的目光也隨之落在她的腳上，旋即拊掌而笑：「好，如此甚好！」

「世子爺的人在曹榮身邊，僅僅是監視他嗎？」突如其來的，歐陽暖問了這一句，目光凝視著肖天燁。

「果然瞞不住妳，沒錯，我還安排曹榮服用了金丹，短期看是能重拾閨房之樂，早晚有一天……他會爆陽而死。」肖天燁的語氣肯定而隨和，紅玉在旁邊聽得膽戰心驚，只覺得這位世子爺外表俊俏，內裡實在是可怕得很，不動聲色之間就讓人沒了命。

歐陽暖的笑顏在幽暗的瞬間閃亮起來，好似珍珠淡淡的輝芒流轉，「這樣刁鑽的法子，也只有世子爺想得出。」

「如果是尋常毒藥，不是太便宜他了嗎？對付色膽包天的人，就是要以毒攻毒才好。」肖天燁笑道。

紅玉看著小姐與這位世子爺這樣舒暢自然地說話，心中越發惶惑，不明白向來溫和的小姐怎麼會和這種可怕的魔王打交道。可是燭光之中看著他們兩人，竟隱隱有一絲古怪的和諧氣氛，彷彿天生就該如此一般。

良久，歐陽暖拂一拂鬢角落下的髮絲，低聲道：「這樣一來，這棋就盤活了。」

紅玉聽不懂小姐說的這句話，正自疑惑得很，卻看到肖天燁的唇畔綻放出一絲了然的笑容，心中便更加奇怪了……

第二天一早，歐陽可聽說歐陽暖腳受傷了不能成行，差一點控制不住喜形於色，她的計畫正是要人越少越好，多個心思細膩的歐陽暖於她而言總是麻煩的，所以她精心裝扮了，跟著李氏上了馬車，一路輕車簡從出了歐陽府。

到了水月庵，李氏和歐陽可才一下馬車，那庵裡面的住持寂聽便滿面笑容地迎接出來，身後又隨著兩個小徒弟。李氏客氣地與她說了兩句，寂聽又望著歐陽可笑道：「嘖嘖，老夫人真有福氣，這一位小姐真是跟菩薩跟前的玉女一樣俊俏呢！」

歐陽可自從跛足後就足不出戶，外頭人尋常見不到她，也就漸漸將她遺忘了，所以寂聽此刻以為，眼前嬌滴滴的歐陽可便是傳說中歐陽家大小姐歐陽暖。

李氏笑道：「不敢當的，師傅快不要這樣說。」一邊說著，一邊人前呼後擁地進了庵門，轉過彌勒佛龕子背後，便是長長的一條甬道，中間鵝卵石砌成的路，路旁用竹枝子編作短籬，一塊一塊地攔著，裡面種滿了桃杏叢樹，腳下蒼苔微潤，園中粉蝶亂飛，甚至還養了兩隻仙鶴，看起來頗有幾分世外桃源的意思。

與寧國庵的雄偉比起來，水月庵不過是座小庵，只是寧國庵距離京都太遠，相比而言，不少達官貴人還是願意來水月庵，故而這裡的香火十分旺盛。

歐陽可一路扶著李氏，十足孝順的模樣。一時甬道走盡，走上了臺階，那佛殿上香燭齊明，還有幾個尼姑，披著袈裟，撞鐘擂鼓。

李氏便也端莊襝衽，在佛前認真拜過了，又命歐陽可行禮。拜完佛，李氏便如同往常一樣預備去禪房聽寂聽講經，吩咐歐陽可去廂房等候，還特地關照不許亂走，並派兩個丫鬟陪著她。

禪房裡，寂聽和李氏說了兩句話，便站起來說：「老太太今天要留下用膳，我得親自去廚房裡吩咐她們，準備幾樣可口的素齋。」

李氏就是喜歡別人把她高高供著，這樣一聽，也就笑著點點頭。

寂聽走了出去，卻不是去廚房，而是悄悄地喊過一個最親近的小徒弟說：「妳去把歐陽小姐引到後院廂房去。」

小尼姑靈妙應了一聲，快步去了。

歐陽可在庵內信步地走，走到一棵老槐樹面前時，彷彿隨意地往頭上一摸，突然驚呼道：「我的金簪呢？怎麼不見了？」

被李氏派來跟著歐陽可的玉蓉和玉梅對視一眼，玉梅笑道：「二小姐丟了簪子？哪兒丟的？」

「哎呀，我也不知道，許是在下馬車的地方丟了呢！這可怎麼辦呢，這金簪還是祖母賜給我的，要是找不著……」歐陽可臉上露出焦急的神色，滿臉忐忑地看著兩人，「夏雪是個笨手笨腳的，要不然，請二位姊姊幫我順著來路找一找吧！」

玉蓉臉上露出遲疑，很是不安，「可是老太太吩咐過，讓奴婢們寸步不離地跟著小姐的……」

歐陽可笑道：「怎麼會呢？是我請妳們幫忙的，祖母知道也不會怪罪。更何況這裡是尼姑庵，又沒有外人，怕什麼呢？妳們快去吧。」

玉蓉還要說什麼，玉梅卻悄悄扯了扯她的袖子，玉蓉一愣，就聽到玉梅笑道：「既然如此，奴婢們就順著來時的路尋回去，二小姐可千萬不要亂跑，奴婢們去去就回。」說著，便拉著玉蓉一道走了。

歐陽可見她們都離去，這才掩飾不住臉上焦急的神色，心不在焉地四處張望。她身後的夏雪低下頭，悄悄掩住了唇畔的一絲冷笑。

歐陽可正在著急，突然聽見身後的腳步聲，頓時一喜回過頭來，卻看到靈妙滿頭是汗地追上來：「歐陽小姐！」

歐陽可心中不耐得很，臉上卻還是笑吟吟地道：「怎麼了，小師傅，有什麼事嗎？」

靈妙眼睛珠子轉了轉，笑道：「住持怕您不認識路，讓我帶著小姐去後院廂房裡頭歇息。」

後院廂房？歐陽可一愣，隨即問道：「一般客人都會去那裡等候歇息嗎？」

靈妙笑道：「水月庵一般客人是進不來的，進來的都是女客呢，小姐放心好了。」

歐陽可卻不是這樣想，她想到蘇玉樓自然會有法子進來，只是他畢竟是男賓，不好大搖大擺在水月庵中出現，要是已經來了，人一定就在廂房。這樣一想，臉上便帶出笑容道：「那就請小師傅帶路吧。」

靈妙引著歐陽可入了後院，只見院子裡一排整齊的廂房，卻是十分安靜，彷彿一個人都沒有。靈妙把她引進院子，便指著其中一間道：「小姐請進去吧，裡頭自然有人伺候茶水。師傅待會兒還要找小尼，小尼便先去了。」

歐陽可口中胡亂應了，竟沒注意到靈妙眼中奇妙的神情。

這水月庵表面看來道貌岸然，實際上藏汙納垢，尤其是這住持最是貪財好利，手底下的尼姑們便也有樣學樣。曹榮可以收買寂聽，歐陽暖自然可以讓靈妙效忠於她，不過是螳螂捕蟬，黃雀在後罷了。

「妳在外面等著！」歐陽可看到屋子裡人影一閃，頓時壓抑不住心頭喜悅，對夏雪吩咐道。

「是。」夏雪低頭應道，便老老實實地守在院子裡。

歐陽可此刻眼前心裡都只有蘇玉樓一個人，她快步進了屋子，剛一進去，就被一個人猛地抱住了。歐陽可心頭狂喜，抬起頭一看，卻傻眼了。眼前哪裡是俊美絕倫的蘇玉樓，分明是表姊的丈夫曹榮。曹榮也愣住了，他以為進來的人是歐陽暖，卻沒想到竟然是別人。

林元柔出嫁那一天，歐陽可曾經隔著紗簾看過這位新郎官，當時還為表姊嫁了這麼個人惋惜，誰知此刻就被他抱個滿懷，頓時想也不想就要尖叫起來。曹榮一把捂住她的嘴巴，狠狠給了她一個巴掌。他本以為寂聽那老尼姑騙他，可後來突然想起，歐陽暖曾經和他說過，她有個美貌絕倫的妹妹，這麼說，今天來的所謂歐陽小姐就是她了。他惡狠狠地盯著歐陽可，心道這長相哪裡說得上美貌絕倫，也就是個清粥小菜！然而，他眼前突然閃現歐陽暖那清麗脫俗的臉，一股仇恨和憤怒的火焰從心頭升起，他喘著粗氣，臉上的肌肉扭曲著撲了上去，一個聲音在他心頭響起：「歐陽家沒一個好東西，誰來都一樣！」

李氏在禪房聽寂聽講了一上午的經文，到了中午，飢腸轆轆，便準備去用膳，派張嬤嬤出去尋歐陽可來。

此刻，歐陽可方才失魂落魄地走出廂房，看見夏雪還守在門口，頓時臉色青白交加，不問青紅皂白上去就是一個巴掌，打得夏雪一個趔趄，「沒用的東西！」

夏雪立刻低下頭，聲音惶恐地道：「小姐，您這是怎麼了？」

「妳……妳剛才就沒聽到什麼……」

夏雪驚訝道：「小姐不是在裡面歇息嗎？奴婢什麼也沒聽到。」

歐陽可突然失聲痛哭起來。

猛聽院子外面的門，嗶剝一聲，玉梅突然走進來，滿頭是汗的模樣，望著歐陽可說道：「這院子裡的尼姑也太不懂事了，如何引著二小姐到這裡來也不告訴一聲？老太太此時急得不得了，遍處找尋，幸虧奴婢剛才瞧見那小尼姑，才知道小姐在這裡！二小姐真是把奴婢嚇死了，快快隨奴婢回去吧！」

歐陽可見是玉梅，頓時嚇得手足無措，整個人幾乎是被玉梅推著走。

進了禪房，李氏皺起眉頭盯著她，問道：「哪裡去了？」

歐陽可支支吾吾說不出話來，眼睛裡滿是驚慌。

玉梅笑道：「老太太不必著急，二小姐是去了廂房歇息。」

李氏點點頭，冷哼一聲，也不再追問。

當天回到海棠院，歐陽可失魂落魄，面如白蠟，整個人都跟丟了心魂一樣。

夏雪心知肚明，卻故作不知，正好芮嬤嬤不放心，又跑過來看望歐陽可，拉著丫鬟、嬤嬤們問長問短，一聽歐陽可病了，立刻顧不得避忌進了屋子，摸著歐陽可的頭，也不發熱，握她的手卻是冰冷的，芮嬤嬤一驚，「二小姐，您這是怎麼了？」

歐陽可不言不語，睜著兩眼，望了芮嬤嬤一望，忽然哇的一聲哭出來，悲悲切切地說了一句：「完了，全都完了！」說過這話，便又嚎啕大哭。

芮嬤嬤疑心大起，可偏偏不管她怎麼問，歐陽可死活不肯說緣由，正在僵持著，卻聽見丫鬟稟報說歐陽暖來了。芮嬤嬤咬牙，頓時上去把歐陽可臉上的淚水擦乾了，急切道：「送命的閻王來了，小姐不管有什麼委屈，都不許在大小姐跟前露出來啊！」

歐陽暖走得很慢，因為她的腳踝還帶著傷，雖然抹了肖天燁送來的藥，傷已經好了大半，只是在別人面前，她還是走得很辛苦。一進門，方嬤嬤就笑道：「二小姐，大小姐聽說您身子不舒服，非要親自來看望您呢！」

歐陽可急急忙忙擦掉了眼淚，站起來道：「姊姊……」

歐陽暖在椅子上坐下來，看著歐陽可，見到她雙目呆滯無神，眼圈紅紅的，滿面都是慘白，半點也不見以往驕縱刁蠻的樣子，不由暗地裡冷笑，臉上卻關切道：「妹妹怎麼了，好好地去上香，怎麼就身子不適呢？」

歐陽可哪裡敢說什麼，明明心中恨透了歐陽暖，卻生怕她瞧出端倪來，臉上只能強笑，「只是受了風，休息一下就好了。」

歐陽暖抿嘴一笑，「那就好。妹妹回來得晚，不曾碰著蘇老爺和蘇夫人，他們可是一直坐到剛剛才走的呢。」

「蘇家人？」歐陽可心頭一跳，控制不住地問道：「怎麼會？祖母不在家，娘也……」她說到一半兒，就不再往下說了，林氏已經被軟禁起來，蘇夫人來找誰？又怎麼會坐到剛才？

歐陽暖卻是不著急的模樣，捧起茶盞喝了一口，才慢悠悠地道：「他們知道爹爹和京兆尹周大人交好，是特地來找爹求情的，想要請爹爹幫忙疏通，救下蘇公子。」

「蘇公子？」歐陽可瞠目結舌，顧不得對歐陽暖的強烈憎恨，顫聲道：「蘇公子怎麼了？」

芮嬤嬤一看歐陽可這副被人牽著走的樣子，恨鐵不成鋼地瞪了她一眼，可惜歐陽可完全不理會，只瞪大眼睛盯著歐陽暖。

歐陽暖等的就是這一問，她故作神祕地嘆息，說：「妹妹不知道，蘇公子真是可憐呀。」

「到底怎麼回事？」歐陽可心裡十分緊張，急得臉都紅了，卻看到歐陽暖一臉的似笑非笑，頓時察覺了自己失態，跑到一旁端起茶几上的一盞涼茶，一仰脖喝了下去，這才定下心來，鼓起勇氣問道。

「唉……」歐陽暖的聲音裡很是惋惜，「我真從來沒聽說過這種可怕的事情！蘇公子在京都一家客棧的房間裡被人捉住，官差在他客房的床底下發現了一具女屍，據說呀，那女子是一家青樓裡的歌姬！」

歌姬是歐陽暖一早安排好的，是一家青樓裡面得急病而死的年輕女子，只要仵作驗屍後，自然知道歌姬的死和蘇玉樓無關，只可惜縱然是無關，蘇玉樓也不可能全身而退，京兆尹定要敲蘇家一筆，不會輕易讓他出來。

紅玉低垂著頭不說話，其實心中卻很奇怪，她們費盡心思才找到了女屍，原有一具被酒客謀殺的，歐陽暖卻不肯用，偏偏留下了那個得病而死的，這樣一來，蘇玉樓豈不是會被放出來？只是歐陽暖不說，紅玉也猜不出她心中究竟在想些什麼。

「妳胡說！」歐陽可如遭雷擊，眉毛直豎起來，眸子射出怕人的寒光。

芮嬤嬤一把抓住歐陽可的手，強迫她冷靜下來。歐陽可大怒，把芮嬤嬤一推，芮嬤嬤踉踉蹌蹌倒退幾步，抬眼見歐陽暖正冷笑著望向自己，心頭一個激靈，趕緊跪倒。歐陽可眼睛冒火，直逼到歐陽暖跟前，就在這時候，菖蒲卻擋在了歐陽暖面前，道：「二小姐，您這是要幹什麼！」

歐陽可臉色鐵青地喊道：「歐陽暖，妳撒謊！」

歐陽暖微微一笑，「我何必撒這種謊？蘇家與我們家沒什麼關係，爹爹用晚膳的時候還只當是個笑話，說給咱們解悶的，沒曾想妹妹生這麼大的氣……如今京兆尹大人因為在自己的眼皮子底下發生這種事並不光彩，所以沒有聲張，只把蘇公子拘起來悄悄地調查。妹妹千萬別生氣。怪我心直口快，藏不住事兒，妳就別再問了吧……」

「不可能！」歐陽可眼睛發直，臉色非常可怕。

歐陽暖看著眼前的歐陽可，彷彿看到當年那個拚命哀求丈夫的悲戚女子……當初她有多痛，今天就要歐陽可有多痛，不，她要她更痛上一百倍、一千倍，真正嘗到什麼叫心如刀割，肝腸寸斷！她心頭冷笑，眉尖亦藏了隱忍的恨意，臉上的笑容異常溫柔，「是不是真的，妹妹一問爹爹便知道了。」

歐陽可不等她說完，已經衝了出去，跛足在心急之下越發襯得十分明顯。

芮嬤嬤驚恐地抬眸望著，正要爬起來追出去，卻聽到一聲冷冷的喝斥：「跪下！」

芮嬤嬤挺起腰桿，揚起眉頭，倏地冷笑，「大小姐，奴婢到底是海棠院的人，還輪不到您來使喚我吧！」

歐陽暖淡淡地道：「我怎麼敢使喚嬤嬤您呢？只不過有一句話要說而已。彤兒真的很乖巧，這麼可愛的女孩子，將來該有個好出路，芮嬤嬤，妳說是不是？」

一聽這話，芮嬤嬤登時心中劇震，彤兒是她最小的女兒，也是她最愛的孩子，腦海中已轉過無數念頭，最終俯首道：「請大小姐饒恕。」

歐陽暖站起身，慢慢走了出去，這一次，她沒有要任何人的攙扶。曳地長裙如浮雲輕輕拂過蒙塵的地面，踏著滿地的輕淺月華徐徐下了臺階。

很多年前，她曾經把歐陽可當做親妹妹，發自真心地疼愛她，但凡自己有的，絕不會少了可兒那一份。哪怕自己只有一份，歐陽可想要，也會毫不猶豫送給她。那時候，她是真的以為，有這樣乖巧可愛的妹妹，有這樣溫柔體貼的繼母，是天底下最幸運的事，然後呢？發生了什麼……廊下絹紅的燈籠在風裡輕輕搖晃，似淡漠寂靜的鬼影，叫人心裡一陣陣的發涼，歐陽暖抬頭遠遠看天空星子，微微笑了，「好好照顧二小姐，別讓她少了半根頭髮。」

第二天一早，歐陽暖剛洗漱完畢準備用早膳，就看見歐陽爵興沖沖地闖了進來，滿面興奮，「姊，我剛聽說一件事！」

歐陽暖手捧著一盞燕窩，輕輕攪動著道：「什麼事這麼高興？」

歐陽爵眼睛閃閃發亮，「歐陽可昨兒夜裡不知道發什麼瘋，跑到爹爹書房大鬧了一場，非要爹爹去救那蘇玉樓，爹爹不理她，她回去後就上吊了。」

歐陽可上吊自然是為了威脅歐陽治，只是她定然想不到對方鐵石心腸，這吊自然也是白上了。

歐陽暖微微勾起唇畔，淡淡微笑道：「被人救下來了？」

歐陽爵一愣，隨即道：「姊姊怎麼知道？」

歐陽暖淡淡地道：「院子裡那麼多人，自然不會讓她死的，況且她若是真的死了，現在我還能坐在這裡安穩喝茶嗎？」

歐陽爵眼睛亮閃閃的，還頗有些惋惜道：「聽說她把丫鬟嬤嬤們支出去，自己悄悄把簾幕都放下來，疊起兩張椅子，把自己的腰帶解下，站到椅子上，便在那樑上套了一個圈兒，可她偏偏笨得很，只管把頭套入圈裡，打的圈又太小，只勉強勒住她的下頦，她又禁不住疼痛，頭一仰撲通一聲，便從上面滑下來，驚動了外面的丫鬟們……妳說她這是何苦？」

「何苦？為了她的蘇公子，她便是真的要死，也是心甘情願的。」這個早已是舊聞了，昨天晚上歐陽暖便已經知道，歐陽可吩咐夏雪藏在暗處，只等她上吊便出來救下她，還要大聲呼救引來眾人。想到這裡，歐陽暖放下燕窩，站起身道：「祖母那兒想必已經得到信兒了，咱們去看看吧。」

兩人到了海棠院門口，只看到院子裡的走廊上站了不少丫鬟嬤嬤們，走近了瞧時，才見玉梅正站在門口與芮嬤嬤說話。

玉梅一看見歐陽暖，忙趨前說道：「大小姐您來了！」

「嗯。」歐陽暖朝她點了點頭。

正在說話間，李氏被張嬤嬤扶著從屋子裡走出來，滿臉的陰沉，「芮嬤嬤，從今兒起，她要上吊要跳井都由著她，完全不必理會！」她一邊吩咐跪在一旁面無表情的芮嬤嬤，一邊看了歐陽暖一眼，慢慢說道：「暖兒，就當她死了吧，妳也不必看她，回去吧！」

歐陽爵遲疑道：「祖母，剛才不是還說人救回來了嗎？」

李氏止了步，身子不動，轉臉道：「這種東西壓根兒就不必救她，張口閉口都是蘇公子，還不如讓她死了乾淨，也省得活著丟人現眼！」

歐陽暖聞言，慢慢地說道：「祖母，妹妹還活著就好，她年紀小不懂事，您別生她的氣，過段日子就好了。」

李氏只略一怔，臉上已帶了冷笑，「她早已無可救藥了！」

歐陽暖笑著道：「祖母，您最是體貼寬和的，只要人一息尚存，就沒有不可救之理。成與不成在天在命，治與不治，在人在事呀。咱們這樣的人家，又住在京都這塊地界兒，有半點風吹草動就會人盡皆知，妹妹鬧了這一齣，如果咱們再不管她，讓她丟了性命，傳出去與祖母和父親的聲譽都不好聽。」

李氏聽她話中有話，不由心中一頓，臉上堆起滿面憂色，嘆息道：「可兒是我的親孫女，我哪兒有不疼愛她的道理？只是她心心念念要求妳爹去為那蘇玉樓說情，簡直是鬼迷了心竅，我一時氣的糊塗了，才會說出任由她去死的話來……唉，如今又該怎麼辦呢？」

歐陽暖沉吟片刻，輕聲道：「暫且等一等吧。祖母，妹妹這裡咱們先穩著她，就說蘇公子那邊爹爹已經在想辦法了，以後的事情咱們再說。」將事情拖個把月，讓蘇玉樓這位高貴的公子在監獄裡嘗一嘗階下囚的滋味，豈不是很妙？

李氏思來想去，終究還是點了頭。

歐陽爵聞言，朝歐陽暖燦然一笑，露出雪白的牙齒，顯然很高興的樣子。歐陽暖暗地裡掐了他一把，提醒他別得意忘形。歐陽爵疼得咧嘴，卻不敢吱聲，乾脆抬頭望天。

轉眼匆匆兩月過去，到了歐陽暖的及笄禮。

天還未亮，歐陽暖便起身沐浴更衣。沐浴完，方嬤嬤拿著繡花巾子擦乾了歐陽暖的長髮，看著她濃密的黑髮如瀑布一般垂直而下，十分秀麗好看，不由得感嘆道：「老奴還記得大小姐剛出生那會兒只有貓兒一樣的大小，一轉眼都成個大姑娘了，夫人要是在世，不知該有多麼開心！」

歐陽暖看著方嬤嬤的眼中隱隱淚光閃過，心中也是很有感觸，不由自主伸出手，握住了她略顯老態的手，緊了緊。

此時，紅玉捧著紅漆木托盤走進來，裡面整齊地疊放著早已備下的五重繁複的華服，菖蒲將華服輕輕展開，頓時引來一片驚嘆，那是一件煙紫色織彩百花飛蝶衣裙，月白青絲滾邊，下襬與前襟上閃爍著黃玉與大顆粒的南珠盤成的春蘭秋菊的華茂圖案，看起來莊重典雅，光華璀璨。這是大公主請來宮中最好的繡娘，耗費了三個月的時間精心製成的。

眾人服侍她穿上華服，歐陽暖看著銅鏡中的自己，輕輕嘆了一口氣。在她的記憶裡，這樣的及笄禮已經有過一次，因為容貌受損，自覺醜陋，那時的及笄禮辦得十分簡單樸素，完全沒有一位吏部侍郎千金應當有的風光。

今日，一切都已經不同。她的及笄禮將由大公主親自主持，太子妃為正賓，到昨日為止，京中各大名門望族的女眷都送來了禮帖。

只因為如今，她已是聖上親封的永安郡主，大公主的女兒，再無人敢輕她辱她賤她。

歐陽暖徐步穿過紅毯鋪陳的大廳，寬大裙幅逶迤身後，緩緩走過的每一處，牽引諸人的目光。她在大廳內錦繡坐墊上屏息跪下，雙掌交疊，平舉齊眉，深深俯首叩拜。

此刻，大廳裡坐著京都各色的顯貴女眷，她們望著歐陽暖，神情中都有一絲疑惑。本可以在大公主府舉行及笄禮，那樣不是更風光，為何要在小小的歐陽府？

在場的人，只有歐陽爵讀懂了姊姊的心意，她這樣做，全都是為了自己，為了向祖母作出保證……此刻，他外著一件月白底彩紋常衣，內著淡紫襯袍，看起來光彩奪目，正坐在一邊觀禮。

歐陽可的目光裡充滿了憎恨與嫉妒，只是面色有些發白，整個人十分憔悴，一旁的夏雪看著她，微微皺起了眉頭。

開禮時，大公主坐在正位上，她身著深紅翟紋素色曳地深裳，看起來華貴而端莊，唯有略略削尖的下巴，顯出別樣的端正剛毅。看著歐陽暖行禮，她微微一笑，站起來，走到一旁的金盆旁，俯身淨手。然後她走過來，親自替歐陽暖梳頭，意即梳去其童真幼稚，理順她將來成長之路，祝願她今後人生之路順暢無阻。

有大公主在，李氏和歐陽治都只能坐在一旁，更沒有人提起林氏。

寧老太君坐在旁邊看著這一幕，眼前不由自主浮現出當年林婉清及笄之日的情景，心中自然有一種壓抑不住的感懷。

這時候，身為贊者的林元馨已經遞上梳子，大公主接過，親手為歐陽暖挽起長髮，口中輕念古傳之祈福語：「令月吉日，始加元服。棄爾幼志，順爾成德。壽考惟祺，介爾景福。」

站在一旁的太子妃分明看見，大公主的眼睛微微有淚光閃過，她深深知道，大公主此刻必定想起了早夭的親生女兒，太子妃不由得在心裡嘆了口氣，臉上卻還是鎮定如常，上前將一支鑲紅藍綠寶石的攢珠四蝶金簪佩上歐陽暖的髮髻。高燭華燈，正堂上的少女雲髻峨嵯，綽約婀娜，華美得令人失神。

禮成，大公主噙淚微笑，一瞬不瞬地望著歐陽暖。

歐陽暖微微一怔，大公主與她本無關聯，卻在最關鍵的時刻向她伸出援手，這樣的恩情，無論如何也不能報答。她的眼眶不由自主濕潤了，卻是深深拜了下去。

大公主柔軟的手掌托住她，笑語柔和：「傻孩子。」

送完觀禮的賓客，大公主、太子妃和林元馨卻留了下來。李氏十分知趣，見在座都是位高權重，自己在那裡很是尷尬，索性讓歐陽暖陪著，自己回了壽安堂。

林元馨如水的明眸在歐陽暖面上清亮亮流過，笑道：「暖兒生得真是美，剛才妳走進來，連我都看呆了。」

「是漂亮，看見妳就像是看見妳娘一樣，不，比她還要漂亮。」寧老太君感嘆道。

大公主也忍不住笑道：「老太君說的不錯，您這位外孫女果真清麗可人，叫人愛得很。」

這一瞬間，寧老太君只得壓下心中的感懷，面上露出開懷的神情，「公主拿我開心了，她如今可是妳的女兒啦。」

大公主笑面如花，「有您這句話，我就更放心了。」

歐陽暖微笑著看著她們，在這裡的每個人，對她都包含著善意與愛護，讓她冰冷的心深深感動，所以她向眾人再次行了一禮，認真道：「暖兒的心中，會永遠銘記諸位的愛護。」

大公主拉過她的手，笑道：「妳既然認下我這個母親，就再也不許提半個謝字。」

這時候，太子妃好奇地道：「暖兒和她娘親長得一模一樣嗎？」

大公主看向她，面色有些古怪，卻終究笑著道：「的確相像，但兩人氣質卻迥然有異了。」

寧老太君的嘆息似輕落的鳥羽：「若論詩書才華，暖兒比較她娘還是略遜一籌，然而說起心思靈動，清兒卻萬不如她，否則也不會落到今天的下場。」

「祖母，姑母都已經過世這麼久了，您又何必這樣感懷？」林元馨看了大公主一眼，有些擔心她會介意，然而大公主卻憂然嘆道：「若是令千金還在世，暖兒也不必這樣辛苦。」又轉而道：「不過從今往後，自然有我護著她，老太君自可放心。」

寧老太君心下安慰，笑道：「暖兒雖然聰明，心思卻太深，我年紀大了，實在顧不到她。可這個孩子有福氣，以後有大公主多教導她，我便放心了。」

太子妃輕輕笑道：「其實也是老太君多慮了，將來請大公主給暖兒找個好夫君享福就是。」婚事眼看就是迫在眉睫，歐陽暖心中無奈，林元馨卻笑著望她，道：「暖兒已經及笄了，這件事情還要抓緊才好。」

歐陽暖不說話，反含笑看著林元馨手臂上那串紅寶石雕琢的荔枝手串，那手串晶瑩剔透，手工精緻若渾然天成一般。林元馨見她望著自己的手臂，微微低頭，便也明白了，與她交換了一個心照不宣的眼神。

這樣名貴的寶石手串，是聖上作為珍品賜給皇長孫的，現在卻掛在了林元馨的手上，可見她已經重新獲寵，歐陽暖心裡，終於鬆了一口氣。

送走了眾人，歐陽暖便立刻去了壽安堂，她走到院子裡，看見玉梅手裡端著一碗蓮心薄荷湯，心中微微一動，輕聲問道：「祖母不舒服？」

玉梅點點頭，道：「是，剛才二小姐來了，老太太剛說兩句話就說心裡堵得慌，所以奴婢溫了些涼茶，與老太太平心靜氣的。」

歐陽暖一愣，口中輕輕「嗯」一聲，道：「我端進去吧。」

歐陽暖掀開簾子進去，卻看到李氏銀絲微亂，只用一枚赤金鬆鶴長簪挽住了，鐵青著臉坐在屋子裡，而歐陽可跪在一旁，一臉慘白。

歐陽暖將茶盞擱在桌子上，看著李氏一臉怒容，輕聲道：「祖母怎麼了？為什麼又生氣？」

「妳問她！」李氏瞥她一眼，道：「真個不知羞恥！」

一旁的李姨娘藏住眼裡的暗喜，面龐卻是愁容滿面，向她道：「難怪老太太生氣，二小姐簡直像著了魔了一般，前幾日忽然來求老太太，說要自求婚事，老太太問她看上了誰，誰知她竟說是蘇公子。」她停一停，似乎頗為震驚，緩了緩神道：「老太太當即就生氣了，一口回絕，我也聽老太太說起才知道，蘇公子如今還在牢獄裡頭，二小姐若嫁過去，豈非……豈非……唉，二小姐聽老太太不肯，不但這兩日減了飲食，更每日悶悶不樂，人也憔悴了，今天又跑來舊事重提……」

李氏冷哼一句，沉聲道：「非要嫁給一個落魄的商人子，她分明是想要讓全京都的人都看咱們家的笑話！」

歐陽暖含著如煙笑意，向著歐陽可道：「妹妹糊塗了，這樣的人也嫁得嗎？」

當年，林氏在人前也曾說過這句話，一字不差。可她在人後，卻對歐陽暖誇讚她不慕權貴，只求真心人，挑對了一名佳婿。如今，歐陽可也來求這佳婿了，只可惜林氏不在，不能親眼看一看這齣好戲。

歐陽可猛地抬起頭，氣息未平，「姊姊，妳這樣市儈的人怎麼會懂得蘇公子是多麼的與眾不同？在我眼裡，滿朝的權貴誰都及不上他！妳們總說女兒家該嫁個官宦子弟，可我不稀罕！」

「可兒，妳越來越不懂規矩，怎可對妳姊姊大呼小叫？」李氏厲聲道：「即便如妳所言，他與眾不同又如何？他只是個出身低賤的商人之子，妳即便嫁與他，也會被人恥笑！」

「祖母！」歐陽可一雙妙目瞪得滾圓，滿面都是憤憤，「什麼恥笑不恥笑？難道我嫁與一個官宦子弟就不被人笑話了嗎？妳們根本不是為了我，是為了妳們自己的面子！說什麼被人笑話，只要我跟著他去了江南，還有誰會笑話我！」

歐陽可是未出閣的少女，這一番話已經是無禮至極，歐陽暖面上帶了一層薄冰般的微笑，「可兒，妳滿口胡言什麼？女兒家說這些話也不害臊嗎？」

歐陽可大聲道：「我就是喜歡他，非嫁給他不可！」

李姨娘欲要勸說，只聽一陣稀里嘩啦的聲響，李氏已經摔了面前的茶盞，氣得整張臉都漲成了紫色。她猛地站起來，幾乎是衝到歐陽可面前，狠狠給了她一巴掌，打得歐陽可一個踉蹌，再也跪不住，整個人栽倒下去，一下子摔倒在旁邊的紅木椅子上，頓時頭破血流。

李姨娘驚呼一聲，道：「老太太！」

「拖下去，還不快拖下去！」李氏氣得渾身發抖，滿臉都是憤恨，在她眼睛裡，歐陽可已經成為了一根深深的毒刺，對於任何一個想要敗壞歐陽家門楣的人，李氏都深惡痛絕。

夏雪看了歐陽暖一眼，臉上露出猶豫的神情，歐陽暖微微勾起唇，淡淡地道：「沒聽見老太太的話嗎？扶二小姐回去吧，找個大夫給她看看。」

夏雪應了一聲是，便和旁邊的丫鬟一起攙扶著歐陽可出去。歐陽可氣息奄奄，歪著頭，整個人都靠在別人的身上。一旁的李姨娘看她蠟黃的臉色，心頭微微一動，面上露出狐疑之色，抬起頭笑道：「王大夫今天來請平安脈，就在隔壁，也不用去請旁人看了，就勞動他吧。」

李氏冷聲道：「她頭上還有傷口，這樣豈不是叫別人笑話？」

李姨娘微微一笑，「頭上倒像是皮外傷，待會兒先讓丫鬟包紮一下就好，我倒是怕她想不開再鬧出事來，不妨請王大夫診了脈，再開幾副安神的藥，也好讓她不這麼鬧。」

歐陽暖凝眸看了李姨娘一眼，微微覺得奇怪，按照道理說，李姨娘對林氏恨之入骨，對她的親生女兒自然也是厭惡的，怎麼今天突然這樣好心了？

李姨娘低聲道：「老太太，二小姐這副情態，叫別人看了恐怕要胡亂揣測，不如隔了簾子請大夫看，對他只說……是府裡頭的姨娘。」

李氏點點頭，便讓張嬤嬤跟著去一旁盯著。

伍之章◆請旨賜婚掀角力

過了有大半個時辰，張嬤嬤突然帶著王大夫來了，李氏微微一愣，目光自然有了三分驚訝。

李姨娘卻像是驗證了心中的猜測，笑道：「王大夫，咱們姨娘的情形，您看……」

王大夫以為歐陽治納了新人，笑道：「提起這位姨娘的病，我這兒得給老太太道喜了。」

李氏一愣：「噢？這話從何說起？」

王大夫道：「是喜脈。」

「喜脈？」李氏手裡的佛珠啪嗒一下子摔在地上，穿著佛珠的線竟然突然斷了，珠子散落了一地，一直滾到歐陽暖的腳邊來。

歐陽暖只盯著王大夫，嘴角上露出了一絲不易察覺的冷笑。歐陽可竟然懷孕了？這倒是大大出乎她的意料，原本她不過是想，歐陽可失身於曹榮，再嫁給蘇玉樓，到了適當時機將這件事透露與蘇家人知道，讓她也嘗一嘗被人侮為出牆之婦的滋味，卻想不到……歐陽可竟然有了曹榮的孩子，這還真是太妙了。

「不錯，恭喜老太太又要抱孫子了。」王大夫雖然覺得李氏的表情有些奇怪，也只當她是太開心了，所以仍微笑著回答。

不料李氏慢慢站起，審視地望著王大夫，王大夫有些不知所措。良久，李氏突然「哼」了一聲，拂袖而去。王大夫不解地望著，只見李氏怒容滿面地出屋後，丫鬟、嬤嬤們也相繼跟出了屋。

李姨娘快步跟了上去，歐陽暖只好歉疚地對著王大夫笑道：「辛苦您了，方嬤嬤，妳送王大夫出去吧！」

王大夫被方嬤嬤送出去，歐陽暖默默盯著對方離去的背影，一直沒有開口說話，紅玉小心地道：「大小姐，老太太這是……」

歐陽暖輕輕笑了，「妳說呢？」

傍晚，歐陽治從外面帶回林文淵送來的禮物。自從林氏被關起來之後，林文淵總是三不五時送來一些東西，歐陽暖知道，他這是在提醒歐陽治，有他在，不要輕易動林氏。

歐陽治正把帶回的東西給李氏看，歐陽暖坐在一旁，桌上擺著一件玉佛、一個古董花瓶，還有些零散的東西……

「這個翡翠墜兒是他指明帶給可兒的，說是秦王賜給他的東西……」歐陽治心中其實不痛快，因為他知道林文淵這是藉著秦王的手在警告自己，但他不得不裝出一副高興的樣子，環顧一圈道：「怎麼不見可兒？等會兒叫她一塊兒來吃飯。」

李氏臉色一沉，「不必了，她這些日子身子不太好。」

歐陽治一愣，「這孩子從小身子骨挺好的，怎麼最近動不動就倒下？」他想了想，對李姨娘道：「我也好些日子沒見她了，去叫她來！」

李姨娘站著沒動，神情略微緊張，看了李氏的神色一眼，沒敢說話。

歐陽暖捧著手中的茶盞，只靜靜坐著喝茶。

歐陽治皺起眉，道：「妳聽見沒有？」

「是！」李姨娘花容失色，雖然面顯難色，還是勉強應道。

歐陽治看了桌子上的禮物一眼，想到林文淵的威脅，他口氣軟了下來：「算了，她有病，別折騰她了，我過去看看她。」

李姨娘眼裡露出一絲喜色，面上卻更加驚慌地攔道：「用不著，用不著，二小姐挺好的！」

歐陽治更加疑心，「剛才說有病，怎麼這麼一會兒又挺好的了？」

李姨娘心中冷笑，臉上卻露出無言以對的神情。

李氏怎樣都掩不住心頭的怒火，聲音帶了一絲冷冽：「治兒，我有話對你說，跟我來！」

許久之後，歐陽治從小花廳出來，已經是滿面風雨欲來，直接向海棠院的方向而去。

李姨娘看著他面色不對，悄悄對歐陽暖道：「大小姐，要不要跟去瞧瞧？」

歐陽暖只是如常神色，唇角揚起輕緩的弧度，「姨娘要去看看，我也自當相陪了。」

歐陽治邁著沉重的步子緩緩前行，站到海棠院的門口，他看了一眼，只見院中的丫鬟嬤嬤們低著頭，院子裡一片死寂。

「滾！全都滾出去！」

丫鬟、嬤嬤們面面相覷，隨即快步退出了海棠院。

歐陽治看著緊閉的房門，頓時發了狠，三步兩步上去，猛地一腳踢開了房門，此時歐陽可正躺在床上。歐陽治怒不可遏地望著床上的歐陽可，探身伸手抓住她前胸衣襟，猛地將她拽下床來，用力一甩將她甩在地上。倒在地上的歐陽可，見歐陽治眼露凶光，頓時嚇了一跳，「爹……」

歐陽治怒道：「別叫我爹！不知廉恥，簡直丟盡了我的臉面！」

歐陽可哭叫著：「爹爹，我知道錯了，我真的知道錯了！您饒了我，饒了我啊！」

歐陽治兇狠地說：「說不說？這個雜種是誰的？」

歐陽可一縮，歐陽治已經揚起了巴掌，「說不說？」

歐陽可只是發抖，「我……我……」

李姨娘站在門外，滿眼的幸災樂禍，臉上卻很是憂愁的模樣，「老爺，有什麼話不能好好說？千萬不要動手啊！」

「好好說？她做出這種丟人現眼的事情，還有什麼好說的？」歐陽治氣得腦門上青筋畢露，眼睛發紅。

歐陽暖淡薄的唇帶著疏離的微笑，柳眉亦微微揚起，「妹妹，難怪妳會為蘇公子求情了，唉，妳怎麼這樣傻……」

歐陽可像是被這一句話提醒了，她渾身一震，臉色更白了三分，心裡頭無數個念頭閃過，幾乎在一瞬間，她已經下了決定，撲到歐陽治理的腳邊，用力哀求道：「是，這孩子是他的！爹爹，爹爹，求您看在我的分上，看在您外孫的分上，救救他吧，成全了我們吧！」

歐陽治冷笑，道：「成全你們？想得倒美！就讓他死在牢獄裡頭，妳這個孩子也別想留下！」說著，猛地抬起腳，就想要踹開歐陽可，卻聽到一道清冷的聲音突然響起：「爹爹，您想想二舅舅！他要是知道了，指不定怎麼生氣呢！」

歐陽治一愣，回頭望望面容平靜的長女，又低下頭看看眼淚鼻涕糊成一團的歐陽可，悻悻地放下了腿，只是蹲下身，用手大力掰開歐陽可的手指，冷聲道：「滾開！」

歐陽可看著歐陽治頭也不回地就走，頓時慌了神，在後面一個勁兒地叫著爹。李姨娘輕輕揮了揮手，便有嬤嬤上來鎖了門，隔絕了歐陽可淒厲的叫聲。

壽安堂

李氏滿臉陰沉地坐著，歐陽治來回踱著步子，突然回頭道：「母親，這可怎麼辦？」

李氏嘆了口氣說道：「這個不成器的丫頭，真是冤孽！我原先想著乾脆叫她死，可她是有身子的人，一死就是兩個，萬一林文淵拿這件事做文章，我們不好交代！如叫她生吧，姑娘家生個孩子，咱們家還是要臉面的，絕對不可以！除掉這孩子吧，弄不好也得出人命，所以只能找一門婚事，儘快嫁出去……」

聽這話的意思，李氏是想要把歐陽可嫁給別人，歐陽暖聞言，微微一笑，「祖母，孫女有幾句話不得不說，您千萬不要怪罪。咱們把懷了孕的可兒嫁出去，這恐怕不是好辦法，你們想，可兒一進門就生孩子，月分也不對，婆家能不怪罪嗎？不說她這一輩子日子恐怕都不好過，咱們也要被人家嘲笑。」

「那該怎麼辦？」

歐陽暖假意思忖了一會兒：「嗯……這個麼……可兒現在還看不出來有孕，不如假戲真做，讓她和蘇公子成了婚。這樣既成全了他們，又保住了名聲。這孩子是蘇家的，想必他們也不會在意，可是如今……」

「暖兒，我何嘗沒有這樣想過，可他還在監獄裡，這……」李氏尤其恐慌傳出去壞了歐陽家的名聲，絞盡腦汁想要把事情壓下去。

歐陽暖打斷了她的話：「祖母，您先別著急，依孫女看來，這事並不難辦。聽說那蘇公子也是無辜牽扯到了人命案裡頭，並不曾真正害了人，如果爹爹肯點頭，向那位京兆尹大人求一求情，儘早把蘇公子放出來，擇日讓他們完婚，這事情也就解決了。我也知道，蘇家門第是低，可妹妹也有殘疾，再加上這門婚事終歸是她自己點頭的，這樣，二舅舅那裡說起來也好聽些……」

事情鬧到這分上，生米已經做成了熟飯，歐陽治再憤怒再執拗，也不得不點頭了，他沉思了一會兒說：「母親，暖兒說的對，只有這樣才能既平息這場災難，又保住我家的名聲。事不宜遲，我這就去找京兆尹大人，請他幫忙，儘快把蘇玉樓放出來，下個月就讓他們成親，然後讓他帶著歐陽可去江南，再也別回來，我就當沒這個女兒！」

歐陽暖冷眼望著這個鐵面無私的父親，心中陣陣冷笑，當年自己也是信誓旦旦要嫁給蘇玉樓，歐陽治礙於寧老太君的顏面不敢當真怎樣，只是惡狠狠地吐出了這一句話。如今這一切，仿若是當年事件的重演，只少了一個表面慈母背後毒蠍的林氏。

從書房出來時，李姨娘疑惑地看著歐陽暖，「大小姐，何不藉此機會將二小姐趕出府去？」

歐陽暖側首看她，臉上綻放出輕柔若秋光的笑意，「姨娘說的哪裡話，她是我的好妹妹，我自然是要多多照拂她的。」

李姨娘漫不經心一笑，旋即有柔和的光豔輕盈漫上面頰，「遠嫁去江南，卻是稱了她的心意，太便宜了吧？」

歐陽暖悠然一笑，髮簪上的銀流蘇沙沙地打在她光潔的額邊，有冷清曲折的光澤，「姨娘覺得，果真如此嗎？」隨即浮出一點渺茫如春寒煙雲的笑意，不再說話，腳步輕盈地離去了。

李姨娘目送她漫步而去，直到她翩躚的裙襬在門邊消失，滿臉的疑惑之色還是久久未散。

第二日，府外卻傳來了一個令人驚訝的消息，秦王世子在御書房外，跪求皇帝賜婚。

午後的陽光已有漸漸漫生的熱意，透過紗窗映進御書房。

大公主怒氣沖沖地徑直走進來，屏退宮人，大聲說：「陛下，我的女兒不能嫁給天燁！」

「哦？」皇帝放下手中的奏章，「這消息傳得這麼快……」

大公主靜一靜氣息，盯著皇帝，「父皇，請您拒了天燁的請婚。」

這話說出來，御書房裡良久寂靜無聲。

皇帝手裡輕輕把玩著一個碧玉鎮紙，一語不發，面色沉靜如水，看不出一毫情緒的波動，只一雙眼睛精光閃耀。半晌，他方輕輕一笑，對大公主道：「令月，妳多年不曾這樣激動了。」

「父皇，」大公主目光冰冷，「請您應允我的請求！」

皇帝的目光銳利如寶劍的鋒芒從大公主臉頰上深深掃過，「令月，妳糊塗了，回去用冰水涼一涼頭腦再來與朕說話。」

大公主動也不動，聲音冷冽：「父皇，除非您答應推了這門婚事，否則今日我絕不甘休！」

皇帝的身子微微一抖，鼻翼微微張合，呼吸漸次沉重起來，在場唯一被允許留下的大太監孔德慌忙奉了一盞茶道：「陛下息怒。」

皇帝看他一眼，勉強飲了一口放下，眼中精光一閃，極力著抑制怒氣，徐徐道：「不要說是永安郡主，便是朕的公主，也是要朕來決定她們的婚事，何時輪到妳來說話了？」

大公主剛毅的目光灼灼逼視著皇帝，珠翠圍繞下她的面容不由自主帶上了一絲冰雪般的冷冽神氣，「父皇，多年以前，您也曾經說過這句話！」

大公主已經有很多年不曾提起當年的舊事，皇帝一愣，隨即有些漠然：「妳不看好這門婚事，總要有理由吧？朕不可能因為妳一句話，就駁了燁兒這孩子的好意。」

大公主只感覺到憤怒在胸口不顧一切的洶湧起伏，如萬馬奔騰不休。竭盡全力屏住氣息，慢慢一字一字吐出，如同金石擲地有聲：「不錯，天燁的確聰明能幹，可是如今看來，他著實聰明過了頭！秦王的權勢已經隻手遮天，他還這樣貪心不足，慫恿了兒子來求賜婚，他若真是有心，為何要等到我收暖兒為義女之後才來求，焉知背後有什麼目的……」她沒有說下去，只含怒望著皇帝。

皇帝臉色大變，厲聲道：「滿口胡言！」

大公主慢慢端正衣衫，又下跪道：「父皇，請您三思！秦王好大的野心，天燁好深的謀算！若他真娶了我的女兒，我必處處受制於他們，秦王豈非就要踏上皇帝的寶座了？」

皇帝聞言一愣，右手掣過案上的茶盞一舉，茶湯已然灑了出來。眼瞧著便要向地上摔去，忽然又慢慢將那茶盞放了下來。碧綠的茶水落在月色錦緞的地毯上，頓時多了幾分寥落，大公主看也不看，只是默默不語。

皇帝怒極反笑，朝大公主道：「好好，妳當真什麼話都敢說！」

大公主跪在金磚地上，膝蓋隱隱作痛，她靜靜地抬頭道：「父皇，我不贊成這婚事，並非因為我不喜歡秦王和世子！我反對，是因為不能助長某些人的野心，亂了大歷皇族的風氣！」

皇帝冷冷地看著大公主，道：「朕給了那個孩子榮耀，她也應該做出回報。妳說秦王圖謀不軌，朕便將永安郡主送到天燁的身邊，朕倒要看看，他們會怎樣的圖謀不軌？」

這是要讓歐陽暖去做皇帝放在秦王府的棋子，也是要讓公主府與秦王府互相牽制，正如同太后想要把蓉郡主嫁給肖重華一樣，皇帝也想要有一個人能夠隨時掌握秦王府的動向。肖天燁好玲瓏的心思，他看中了這個時機，更掐準了皇帝的心思！大公主心頭一片冰涼，面上漸漸變得哀戚，「我半生淒苦，好不容易收下了一個乖巧體貼的義女，只希望她能常常在我身邊，嫁個疼愛她的夫婿，一輩子過得平平安安的，做個安樂享福的郡主，不能再看她陷入別人的陰謀裡去，萬望父皇垂憐女兒！」

皇帝眉頭微皺，道：「這世上不如意的事情十居八九，身在皇家，人人都是有所失去的。雖然還沒有正式下旨，但朕已經答應了這婚事，妳現在是要朕反悔嗎？」

大公主哽咽了嗓子，聲音裡卻有了一絲剛硬和強悍的底氣，大聲道：「父皇，只要一日未曾下旨，這門婚事就做不得準！」

皇帝聞言還是如常的樣子，只是目光冷得不像在人世一般，冰冷的，似一縷凝聚的電光。驀地，他鬆快地一笑，對大公主說：「令月，不管妳說什麼，朕是不會改變心意的！」

大公主越發急怒，卻也是無計可施，她霍地站起，驟然拂袖而去。

出了御書房，她立刻低聲對等候在外的陶姑姑道：「派人送信去燕王府，快！」

太極宮

皇帝到的時候，太后正依著引枕歪在美人榻上，皇后、徐貴妃陪坐下首，玉妃和新晉的幾位美人也隨侍在側，眾人俱都珠圍翠繞，花枝招展。

太后對皇后彷彿很關切地笑著道：「聽說天燁向陛下請旨賜婚，不知可有此事？」

皇后看了徐貴妃一眼，旋即輕輕一笑，才慢慢地答：「回母后的話，是有這回事。」

太后眼波一閃，面上笑意不變，「這孩子真是越大越頑皮了，什麼話都敢說。」

將這一切聽在耳中，皇帝笑著掀開琉璃珠簾走進來，「母后，天燁都這麼大了，您還把他當成小孩子看呀！朕看他這一回，可是認真得很，非永安郡主不娶呢！」說罷，又似是漫不經心地望向皇后。皇后淡淡一笑，不置可否。

說到底，秦王府想要藉歐陽暖牽制大公主，肖天燁的真心，誰又會在意呢？

徐貴妃以手撫一下臉頰，再看向皇后的時候，美眸便帶了一點點的嘲諷，她微微揚唇，一縷笑意慢慢地透出來，

太后徐徐道：「小孩子家胡鬧，做不得準的。先帝爺還在的時候，當年興平郡主鬧著要嫁給禮郡王的兒子，先帝爺執意不肯，最後另外指了一門婚事給她。她先是鬧得天翻地覆，後來嫁過去不也過得好好的。婚姻大事，向來只有長輩們做主，哪兒輪得到他一個小孩子亂開口了？」

寥寥數言，話中機鋒已是咄咄逼人了，徐貴妃看了太后一眼，便知道她是不贊同這門婚事的，太后一直想要從武國公府嫡系中選一個女子嫁入秦王府，剛開始她選中的是陳蘭馨，偏偏蘭馨因故遠嫁，前幾日太后又招武國公府二房的嫡女陳蘭敏進宮伴駕，可見是選中了她。對於太后而言，只有將秦王府牢牢抓在手心裡才會滿意。徐貴妃漠然一笑，窗外的陽光照進來，頭上的玉石簪子在陽光下發出冷寂的淡光。

太后坐起身子，她並不疾言厲色，只是眼角的皺紋因肅穆的神情而令人備覺嚴厲，語氣不慍不火：「據說那位永安郡主聰敏美貌，得天燁眷顧也是情理中事。」話鋒一轉，「旁人也就罷了，秦

王府畢竟不是一般的地方，更不是什麼人都能做世子妃的。永安郡主初得封，哀家尚且沒有機會見過，也不知道她品行德行如何，怎麼能隨隨便便就給天燁指婚？」太后手裡接了宮女奉上的一盞茶，淡青的袖隨之抖出水樣的波紋，口中慢慢地道。

皇帝道：「母后多慮了，永安不但才德兼備，更是美貌溫柔，蘭心蕙質，當初她還親手繪製過一幅百壽圖，您不也是誇讚過她的孝心嗎？」

徐貴妃的嘴角愈漸上揚，做出靜心傾聽的模樣，實際上背心已是密密的一層汗。

太后將手中的茶盞輕輕放下，又對身側皇后輕聲道：「哀家畢竟多年不問事了，依妳看，這門婚事如何？」

皇后不慌不忙地道：「陛下說的對，永安郡主秀外慧中，嫻淑溫婉，配給秦王世子爺說得上郎才女貌，只是她剛剛得了封號，只怕大公主還捨不得女兒這樣快出嫁呢！」這樣嚴謹的禮數，溫軟的回答，叫太后說不出的舒適熨貼，不由滿面含笑。

這一場不動聲色的交鋒，玉妃沒有說話的餘地，她抬起眼睛，看了一眼，徐貴妃唇際微楊的笑容，正若有若無地懸在淡漠的臉上，不知為何，玉妃突然感到心底掠過一陣寒意。

良久，皇帝才淡淡地道：「婚事可以先訂下來，以後再迎娶就是。」

太后的面龐在明亮的光線中異常端莊，口中逸出一聲悠長的感嘆：「皇帝，你可曾問過大公主的意思？她畢竟是永安的母親，這事情也要她心甘情願才好。」

「母后考慮得很周詳，只是生在皇家，當知這宮牆之內，哪裡能隨心所欲？不要說郡主，民間女子又有幾個是可以由著自己喜歡來擇婿的？況且以天燁的身分地位、相貌風度，哪一點能讓她挑出半分毛病？令月是識大體的，又是真心疼愛永安，朕想在這件事情上，她也不會反對！」皇帝的笑容雲淡風輕，可是語氣卻是毋庸置疑，不容反駁。

太后明知道他避重就輕，臉色越發沉寂。

就在這時候，大殿內突然響起一個女聲：「皇祖母，這門婚事令月自然是贊成的。」

所有人抬目望去，卻見到大公主笑盈盈地走進來，皇帝的眼中劃過一絲意外，頗有些驚訝。

太后略略沉吟，眼中精光一閃，似能把大公主看成一個透明的人，口中緩緩道：「怎麼，妳贊同這門婚事？」

大公主看了皇帝一眼，微微含笑，「太后明鑒，永安畢竟是我的女兒。」她停一停，迎上太后的目光，道：「要說德言容功這些，她必是不輸給任何人的，太后不必憂慮，若真是不放心，也可以召進宮來親眼相看。」

太后臉色微變，目光銳利在大公主面上剜過，已多了幾分驚怒交加的神氣：「晌午的時候妳是怎麼說來著，現在怎麼變卦了？」

大公主笑道：「原先我反對這門婚事，正是捨不得這個女兒早早嫁出去，可是聽了父皇的話，我又好好想了想，父皇是一國之君，總憂心於朝政，廢寢忘食。我是父皇的長女，能夠侍奉左右，已經是不易的事情。如今只是希望皇上可以順心遂意，天顏常展，又怎能違背他的心願？」她思量幾番，道：「只要父皇看好這門婚事，我還有什麼不放心的呢？」

皇帝的眉頭微微舒展，道：「這樣最好，朕馬上就命人擬旨。」

大公主垂首恭謹道：「是。」

皇帝的臉上終於露出滿意的笑容，就在這時候，外面的宮人回稟說，寧國庵惠安師太覲見。

皇帝一愣，下意識地看向太后，然而太后的眼中卻也露出驚訝之色。

大公主笑道：「是我請她來的，為兩個孩子的八字算一算，看看是否美滿姻緣。」

皇帝斜睨她一眼，似笑非笑地道：「朕親自賜婚，自然是錦繡良緣，妳怎麼也學起那些民間的做法了？」

大公主垂眸笑道：「永安如今是我的女兒，我多為她擔心一些，又有什麼要緊？」

太后面上微露一縷笑，道：「既然如此，聽聽天意又如何？把她宣進來吧。」

惠安師太徐徐從外面走進來，滿面慈和之色，她向眾人一一行禮，目光在大公主的身上微微凝滯片刻，隨即又若無其事地轉開。

大公主笑道：「也沒別的事，只是想請師太您為永安和秦王世子算一算命數罷了。」

惠安師太恭敬地道：「是。」

皇帝微笑著看著這齣戲，他突然明白大公主這是為什麼來了，只可惜，這種藉口在他這裡是沒有絲毫用處的。

算出來的結果，當然是不吉，而且是大不吉。

惠安師太滿面惋惜：「這兩位的命數很不匹配，若是強行婚配，只怕宮中會有災禍發生。」

「天意不可違，既然大為不吉，請陛下為兩個孩子著想，打消這個念頭。」大公主目光灼灼地沉聲道。

徐貴妃心下微有觸動，依舊微微含笑，柔聲道：「師太，莫不是當了大公主的說客吧？」

皇帝嗤笑一聲，道：「簡直是無稽之談！」

大公主豁然變色，「父皇！」

皇帝冷冷地道：「堂堂皇家公主竟然想出這種拙劣的法子，令月，妳真是太令朕失望了！」

徐貴妃稍露輕蔑之態，只一語概之：「公主，陛下金口玉言，妳還是不要這樣執拗了吧。」

皇后微微搖頭，一雙鎏金掐絲點翠轉珠鳳凰步搖垂下拇指大的明珠累累而動，淡淡地道：「陛下，不過是天不從人願罷了，您又何必動怒？」

太后若有所思，道：「哪裡是上天不肯順從人願呢？只怕是皇帝要逆天而行了。」

此言一出，大殿內死一般的沉寂，眾人各懷心事，皇帝也是面沉如水。

御書房裡，孔德奉上擬好的聖旨，「陛下，賜婚的旨意現在就頒下去嗎？」

玉妃溫柔體貼地在一旁服侍，皇帝正要點頭，就在這時候，天上突然響起了炸雷，喀嚓一聲響，驚天動地，連整個皇宮也被震得一同顫抖，緊接著連串的轟鳴洶湧得鋪天蓋地，那幾乎已不是雷聲，而是天空被撕裂之後崩落的聲音。

一道猛烈的寒風，如狂飆穿殿而過，斗大的雨點頃刻間便砸落下來。這時再看殿外，所有的殿宇上的琉璃瓦，都被這山呼海嘯似的風吹得發出驚恐地呻吟。天色轉暗，黑如鍋底。皇帝頓時愣住了，而孔德也早已嚇得呆若木雞了。

玉妃一驚之下，臉色霎時變得雪白，手中端著的瓷盤拿得不穩，盤中盛著的茶盞頓時摔了個粉碎，碗蓋咕嚕嚕滾得很遠，只留下或深或淺的茶湯，瀝瀝一地。

孔德這才驚醒過來，連忙吩咐旁邊的宮女收拾乾淨。

玉妃顫聲道：「陛下，下午的時候還好好的，怎麼到了傍晚，突然天氣變得這麼可怕？」

皇帝把奏章隨手丟在一旁，摟過她道：「沒事，只是下雨罷了，有什麼好怕的呢？」

玉妃看了窗外一眼，心有餘悸道：「這雷也可怕得緊……」

皇帝點點頭，若有所思道：「的確突然了些……」

玉妃看向那道還沒來得及頒出去的賜婚聖旨，隱隱覺得這天氣變化得太及時了……從她心中來講，當然不願意與曹家有嫌隙的歐陽暖嫁入秦王府，那樣對曹家可沒什麼好處……

過了半盞茶的功夫，雨聲漸漸地小了。一個淋得像落湯似的太監，一邊朝這裡猛跑，一邊叫著：「不好啦，燕紫閣走水啦！不好啦，燕紫閣走水啦！」

皇帝眉頭一皺，孔德趕緊出去，過了一會兒回來，滿臉慶幸，「陛下，燕紫閣著了火，可是又被大雨給澆滅了！」

皇帝點了點頭，面上有一絲不易察覺的驚詫，還沒來得及說話，緊接著又是一個更大的炸雷響起，就像炸開在御書房頂上似的，震得殿頂上的琉璃瓦簌簌發抖。玉妃一下子就鑽進皇帝的懷裡，彷若嚇得渾身都冰涼，「陛下，天有異象，宮中又走了水，是不是因為……」她頓了頓，緊張道：「師太也說過這婚事不吉……」

皇帝冷聲道：「好了，怎麼連妳也相信這種無稽之談？」

話音剛落，又是兩聲連得緊的暴雷炸響，御書房的窗戶細脆地一響，也被震開了一條大縫。

皇帝始終緊緊皺著眉頭，盯著案上的聖旨，彷彿要將它盯出一個洞來，他絕對不相信惠安師太說的話，更不相信什麼不吉利的話，這門婚事勢在必行！就在這時候，外面的雨已經是越下越小，雷聲也漸漸地去得遠了。他長長地吐了一口氣，臉上恢復了原來的顏色，便見一名太監進來稟報說：「陛下，外頭一個宮女被雷擊死了。」

皇帝一愣，眼眸間似攏了一抹淡淡的驚疑。這時候，孔德已經捧了聖旨走到了門口，一隻腳都跨了出去，卻突然聽見皇帝暴喝一聲：「等等！」

孔德惶惑地看了皇帝一眼，只聽他的聲音陰沉得彷彿要滴下水來：「這門婚事……再議吧。」

公主府

陶姑姑使了個眼色，所有伺候的丫鬟都退了出去。

大公主接過茶盞也無心去喝，只稍稍抿了一口，憂色浮上眉梢，「這事真能成嗎？」

「惠安師太說這門婚事不吉，然而皇祖父卻不相信她說的話，如今自然有天象可以證明。」肖重華捧起茶盞，輕輕合著茶盞出神，片刻道：「所以，姑母不必擔心。」

大公主點點頭，又喝了一口茶下去，只覺得喉嚨到心肺都滋潤了，才一字一字道了出來：「如此最好。」想了想，又道：「可是你如何知道天有異象的呢？」

肖重華微微一笑，目光深沉，「欽天監大人三日前在燕王府作客，無意中透露的消息，只是他幾個月前剛剛因為報錯了南方水患的消息被皇祖父狠狠罵了一頓，這一次沒有十全把握，索性緘口不言了，不過是湊巧而已。」

大公主「嗯」一聲道：「這也算是僥倖了。」

肖重華忽而一笑，「到今天才去求皇祖父賜婚，可見他瞞得很緊。」

大公主嘴角微微上揚，「可不是，之前太后說這件事，我還猶自不相信，好在我不情願，太后比我還要不情願，那裡還有個陳小姐等著做世子妃呢！」肖天燁畢竟不是省油的燈，他突然請求賜婚，平地波瀾乍起，叫人措手不及，若不是太后先一步得到了消息，大公主知道一切的時候，只怕已經晚了。她沉思片刻，道：「不管如何，我是不會讓暖兒變成秦王牽制我的利器。」

肖重華眯起眼，幽暗的黑眸裡燃燒著兩道火光，有著複雜難解的光亮，「秦王或許如此，肖天燁麼，只怕是另有打算了。」

「好在你的法子送來得及時，再晚一步，也趕不上了。」大公主並不在意肖天燁是真心還是假意，只這樣說道，彷彿鬆了口氣似的。

肖重華聞言默然不語，因為外面光線太暗，房間內點了明亮的燭火，燭光將他端坐的身影拉得修長，投影在窗紙之上。他眼底有道說不清道不明的複雜之色，而心底，已在不知不覺間被一種奇異的情緒占滿。他突然想要知道，歐陽暖究竟是怎麼想的呢，她是不是知道肖天燁會這樣做，或者說，她是否會贊同……

窗外的雨水漸漸停了，紅玉抱了一盆新換的茉莉，替換了窗邊已經枯萎的薔薇，向著歐陽暖笑道：「小姐，這茉莉開得好不好看？」

歐陽暖一笑，「很好看。」

紅玉放下茉莉，看她神情平靜，有些忐忑地問道：「今天早上大公主派人來向小姐傳信，是想讓您早點有個心理準備，可您怎麼跟沒事兒人一樣，這可是關係到一輩子的大事啊！」

「急有什麼用，我的婚事自然有那些人惦記著。」歐陽暖取了把小銀剪子，慢慢修剪茉莉多餘的枝葉，頭也不抬道：「外頭有什麼消息沒？」

紅玉搖了搖頭，道：「風平浪靜。」

歐陽暖淡淡「哦」了一聲，「那就不必擔心了。」

紅玉還是很不放心，「小姐，萬一陛下……」

歐陽暖手中的銀剪子頓了頓，隨即哢嚓一聲，修掉了一根枯枝，語氣不知為何帶了一絲冷意：「現在不來，就不會再有聖旨了。」

紅玉不解地望著歐陽暖，歐陽暖看著剛才那枝被修剪掉的樹枝，輕聲道：「這門婚事，大概沒幾個人會贊同，肖天燁當然也明白最好的時機還不到，可他還是說出口了，妳覺得是為什麼呢？」

紅玉想起肖天燁那雙春水般的眼睛，直覺搖頭道：「奴婢可猜不出這位世子爺的心思。」

歐陽暖只是含笑不語，心頭嘆了口氣。

這個男人是準備在她身上貼下標籤呢，不管賜婚成與不成，誰還敢再去向皇帝提起她的婚事，豈不是在與秦王府對著幹……這個人好像是把她當成了狗骨頭，不管三七二十一先去舔一口，還真是無賴行徑！

就在這時候，菖蒲進來稟報道：「大小姐，福瑞院那邊傳來消息說，夫人有兩天都沒動過一口飯了，鬧著一定要見老太太。」

歐陽暖微微一笑，「哦？祖母怎麼說？」

菖蒲眼睛亮閃閃的，中氣十足地道：「老太太說，請大小姐去看看。」

歐陽暖微微挑起眉，道：「既然如此，那就去看看吧。」

福瑞院

守門的嬤嬤滿臉討好地開了門，歐陽暖走進去，卻聞見一股發霉的氣息，林氏坐在床頭，衣衫倒還整齊，只是面容憔悴，目光冷窒。

看見歐陽暖，她尖銳地冷笑一聲，「妳是來看看我死沒死嗎？不好意思，叫妳失望了！」

歐陽暖泰然微笑，「女兒自然是要看娘活得長長久久的，將這種福氣繼續享下去了。」

林氏本是丹鳳眼，此刻眼睛瘦得脫了眶，看人越發犀利，「妳有什麼好得意的，不過是設計陷害我！」說著說著，暴怒起來，「不光如此，妳還陷害了可兒！妳要把她嫁給蘇玉樓是不是？妳說，我們母女到底哪裡欠妳的，妳要這樣對付我們！」越說越激動，猛地站起來就向歐陽暖撲過去，菖蒲身形一動，就把林氏大力推開了。

兩個嬤嬤撲過去，將林氏牢牢按住，她猶自掙扎，「妳這個惡毒的小賤人！」

看來，李姨娘已經用歐陽可的婚事來刺激過林氏了。

歐陽暖揮了揮手，對其他人道：「這裡只要留下菖蒲和紅玉，其他人都下去吧。」

嬤嬤們對視一眼，便迅速放了林氏，退了出去。

林氏似乎剛才用盡了力氣，又餓了很久，有點爬不起來，厲聲道：「歐陽暖，妳說，妳究竟為何要這樣對待我們？」

歐陽暖笑著搖頭，金簪上垂下的瓔珞玎玲作響，片刻道：「妳永遠都是這樣，不知道自己錯在哪裡。我娘是怎麼死的，爵兒是如何落水的，張文定是誰指使來陷害我，蘇玉樓為何會在歐陽府，官道上馬車怎麼會遇襲，王嬤嬤不惜以命相搏將歐陽浩的死誣陷在我身上，一樁樁一件件歷歷在目，妳幾次三番要殺我害我，甚至不惜拿妳兒子的性命開玩笑，妳覺得，這些都沒人知道嗎？」

林氏神色變了又變，轉而輕蔑道：「那是妳擋了可兒的路，活該要死！」

歐陽暖笑了，「那現在我也要回敬娘一句，彼此彼此罷了！」

林氏揚眉，呼吸濁重，「賤人！妳以為將可兒遠嫁就完了嗎？總有一天，她會為我報仇的！」

歐陽暖站在她身前，輕聲道：「是啊，妳以為她只是遠嫁商人之子那麼簡單嗎？」

林氏的左手緊緊握著右手，像是想要克制住莫名的痙攣，厲聲斥道：「妳究竟想說什麼？」

歐陽暖臉上笑容越發濃，慢慢道：「可兒妹妹懷孕了，李姨娘沒有說嗎？」

林氏如遭雷擊，身體開始不自覺地顫抖，盯著歐陽暖的目光滿滿的都是不敢置信。

歐陽暖輕輕笑了，笑得單純而真摯，如一抹輕淡的曉雲，神情漸漸沉靜下去，緩緩地道：「還有一件事連李姨娘都不知道，這孩子不是蘇公子的呢，妳說這是不是很有趣？」無視林氏驚恐的目光，又嘆息了一聲，「洞房花燭，蘇公子發現新娘不是完璧會怎樣？啊，對了，他還有個現成的父親可以做，應該會很開心吧？」

林氏的神情憤怒到了極點，幾乎有些瘋狂，聲音無比淒厲：「妳這個瘋子，瘋子！」她揚起手，一個巴掌眼看就要落在歐陽暖的面上。

歐陽暖一把緊緊扼住她的手腕，微笑道：「娘，您真是心急，女兒還沒說完呢！這孩子是曹家的種，曹榮因為濫服金丹，很快就會沒命了，過幾年，曹家到時候要是知道還有個孩子遺落在外，您說，他們會有什麼反應呢？一旦鬧得滿城風雨，蘇家還肯不肯為了面子遮掩？」

林氏驚疑而恐懼，拚命揮開她的手，歐陽暖卻越握越緊，幾乎在林氏白皙的手臂上印出幾道血痕。歐陽暖輕輕笑著，目光之中卻隱隱有著淚光和強烈的恨意。

林氏的臉孔因憤怒和驚懼而扭曲得讓人覺得可怖，「妳好毒辣……」

歐陽暖連連冷笑，「毒辣？和娘比起來，我已經很客氣了！早在生歐陽浩的時候，您就該死了，可我卻救了您，您知道為什麼嗎？」

在那樣的目光之中，林氏看到了一絲刻骨的恨意。

歐陽暖一字一字道：「因為我要您親眼看著您最愛的女兒一步步走到地獄去，看著她歡天喜地奔向毀滅，想必娘您的心裡一定會很開心很開心吧……您說，這豈不是天底下最痛快的事？」

林氏可怕的尖叫響徹在福瑞院的上空，來來往往的僕從對視一眼，腳步不停，沒有任何人多瞧一眼。

「娘，您還是好好歇著吧，妹妹的婚禮還需要您出席呢！」

林氏劇烈地掙扎著，突然伸出左手似乎想要抓住歐陽暖的裙襬，卻徒勞地掙扎了幾下就無力放下了。她張開嘴巴，半天說不出一句話，想要站起來，半邊身子卻不能動彈。

歐陽暖微微一笑，「娘，您這兩日沒有吃飯，水卻還是喝的，只怕喝得還不少吧？」

「水……水……」林氏不論如何大聲，聲音卻發不出來，擠壓在喉嚨裡。

「您放心，女兒怎麼會害您呢？不過是李姨娘看您身子不好，多花費了一些心思罷了。也許她只是忘了，當初鎮國侯府的那位二姨娘是中風而死的吧，所以這水裡面……」歐陽暖居高臨下地看著趴在地上的林氏，淡淡地笑道：「女兒自然不會看著您死的，待會兒還要送您一份大禮呢！」

說著，她輕輕看了紅玉一眼，紅玉打開門，兩個人一前一後走了進來。

那兩人青色的馬甲，月白的衣裙，當林氏看清眼前兩人的容貌，不由自主瞳孔一下子縮緊，彷彿看到了鬼魅。

「秋月自然不必我介紹了，另一個是周姨娘的幼妹凝香，您看，她和周姨娘是不是很像？簡直是一個模子刻出來的，當初連我看到都嚇了一跳。」歐陽暖的笑容，薄薄如同冰上的陽光，寒涼徹骨，「從今往後，就由她們在這裡陪著您照顧您，晝夜不離。」

從福瑞院出來，空氣中彷彿蔓延著一種冰冷的氣息，讓歐陽暖的手腳俱都變得冰涼。

林氏徹底倒了，這個在歐陽家囂張了那麼多年的女人，被自己一步步設計得丟掉了一切，只能這樣苟延殘喘地活著。依林氏的性格，與其這麼痛苦地活著，還不如死了得好。正因為如此，歐陽暖才非要留著她一條命，叫她仔細品嘗一番生不如死的痛苦。

歐陽暖微微抬頭，此時天將黃昏，院中漆黑的老樹得了雨水的滋潤，並不茂盛的葉子開始呈現出一種新的生機。

她長長地舒了一口氣，天氣終於開始涼了。

回到聽暖閣，方嬤嬤正舉著燈籠站在走廊下等候，看見歐陽暖回來，她一聲不響將她迎進了屋子，替她脫下外衣，把它們一件件折疊好，然後推著她上了床。隨後方嬤嬤從紅玉手裡接過來一杯熱茶擱在一旁，然後俯身看著歐陽暖，用一種從未聽到過的近乎責備的口氣說：「小姐，您怎麼不告訴奴婢您到底在幹什麼呢？」

「嬤嬤，妳這話是什麼意思？」

「小姐，您騙不了老奴。我是從小帶大您的人，誰能比我更瞭解您呢？福瑞院那邊是小姐動的手吧？我剛才看見了您的臉色，對您的心思就一清二楚了。我還聽見菖蒲和紅玉在悄悄地議論，要是早知道您會這麼做，我一定會阻止您的。」

「是我，這一切都是我安排好的，包括歐陽可的婚事，還有林氏突如其來的中風。」歐陽暖簡捷地說，便在被子底下蜷縮起來，她知道有些事情不該讓方嬤嬤知道，因為她會同意她反擊，卻不會贊同她用這樣陰毒的手段報復。

「妳認為我錯了嗎？」她這樣問。

「小姐，老奴不知道，可您回來的時候，好像不那麼開心。老奴還記得您八歲的時候養了一條稀罕的小狗，結果二小姐看了喜歡，想要強行抱走，那條狗不小心咬了她，就被林氏二話不說給處置了，那時候您哭得多傷心！從那時候起，老奴就知道您的心腸很善良，斷斷做不出這種狠毒的事情！如今您變成這個樣子，全都是被林氏逼的，只是，小姐，這些事您不該親自去做，交代老奴就可以……」說著，將歐陽暖頸邊的引枕塞嚴實些，「免得弄髒了小姐的手。」

方嬤嬤雖然漸漸年長，可是她的想法卻很簡單，凡她心愛的事物碰到危險時，便能挺身而出，絕不為良心所阻撓。她親手撫育歐陽暖長大，哪怕她要去殺人放火，她也會替她遞上刀子和火油。

就在這時候，菖蒲走進來，悄悄對著紅玉說了兩句話，紅玉點點頭，過來稟報說：「大小姐，二小姐悄悄送了金子給大夫，想要打掉肚子裡的孩子。」

歐陽暖歪著頭，想了想，還沒有來得及說話，便聽到方嬤嬤冷冷地道：「妳告訴大夫，全部換成安胎的藥，再去吩咐夏雪，日夜不離派人盯著二小姐，務必要一切穩妥。」

紅玉應聲離去，方嬤嬤冷笑道：「不想要孩子？哪兒那麼容易？」

從她的話裡，歐陽暖感覺到了無言的支持，而且溫暖的被褥也使她渾身都暖和起來了，她的心臟怦怦跳著，剛才那陣寒冷彷彿一下子都煙消雲散了。至少，還有人支持她相信她，不管她做了什麼都願意站在她這一邊的，是不是？

兩個月後

歐陽可一身鮮紅的嫁衣，磕頭拜別歐陽家的眾人。蓋頭擋住了她的眼，寬大的紅衣遮住了她微微隆起的腹部，也隔絕了坐在大堂上的林氏扭曲的表情。

林氏竭力想要發出聲音，可是怎樣都無法吐出一個完整的句子。半邊失去平衡的身體不斷地傾斜，都被旁邊的兩個丫鬟扶住，可是每次被她們碰到，林氏的眼睛裡就會流露出見鬼一樣驚恐的神情。

前來送行的客人很少很少，只有寥寥幾名族親。然而所有人的表情都有些微妙，因為這場婚姻實在是太過出人意料，讓他們覺得有些回不過味兒來。在蘇玉樓倒楣入獄的時候，大家都說他再也沒有出頭的機會了，可是現在別人都說他運氣好，因為吏部侍郎的千金看中了他，並且讓他免於牢獄之災的命運。

隔著層層的珠簾，歐陽暖看到喜婆牽著歐陽可的手，她身上的綢帶錦花一團紅，紅得厚重耀眼，不自覺的，歐陽暖的唇畔浮起一抹笑容。

蘇家人很明白，再讓嬌生慣養的蘇玉樓在監獄裡待下去，他就活不了多少日子了，所以當歐陽治提出要求的時候，他們毫不猶豫地就點了頭。畢竟蘇玉樓的前途算是徹底完了，不管他走到哪裡都會被人戴上殺人嫌疑犯的罪名，他們對他的婚姻也不再抱有期待，與其一趟一趟地四處奔走求情，不如乾脆答應歐陽治的要求，讓蘇玉樓娶了歐陽可。算起來，他們家並沒有什麼損失，畢竟歐陽可是吏部侍郎的嫡女，她還肯嫁入聲名狼藉的蘇家，已經是天大的喜訊了。至少在迎親的時候，蘇家人是這樣想的。

身為新郎的蘇玉樓很不情願，可他還是點了頭，因為他再也不想在骯髒噁心的黑屋子裡待著了，只要能讓他免於牢獄之災，哪怕是頭母豬他也會要的。歐陽可至少比一隻豬強一點，身著紅袍，面如冠玉的蘇玉樓來迎親的時候，這樣勸慰自己。只不過他的心中藏著很深的懷疑，他被人陷害入獄，接著歐陽可便如同救世主一樣的出現，會這樣巧合嗎？還是說，一切都是歐陽可為了嫁給他特意設計的……

府門外，銅錢乾果從丫鬟們提著的籃子裡一把一把地抓出，灑向空中，或塞到小兒手中，只是這樣的場面在冠蓋雲集的京都實在是太寒酸了，半點也沒有辦喜事的氣氛。在眾人或揣測或驚訝或鄙夷的目光中，歐陽可上了花轎，喜帕下她的眉頭不由自主皺得很緊，今天祖母李氏稱病不出，父親歐陽治從頭到尾面無表情，這一場婚禮是她千方百計求來的，可是如今她卻不知道前路會怎樣了，因為歐陽治早已說過，她一旦嫁出去了，就再也不是歐陽家的女兒，以後是死是活與他無關。歐陽可抓緊了手中的綢帶，聽著耳畔的鞭炮聲，突如其來地感覺到了一陣陣的恐懼，心中暗暗想到，她該怎樣向婆家人遮掩已經懷了四個月的身孕呢……

看著歐陽可的背影，林氏「啊啊啊」嘶聲地叫著，然而沒人聽得懂她在說什麼，她拚命舞動自己能動的那隻胳膊，竭力想要阻止歐陽可的出嫁。站在一旁的秋月眼睛裡流露出厭惡的神情，故意沒有去攙扶她，林氏因為保持不了平衡，猛地從椅子上栽倒下來，引來眾人驚異的目光，歐陽治冷哼一聲，道：「還不送回去？丟人現眼！」

蘇家把歐陽可迎到別院，將在那裡拜堂，隨後就立即啟程返回江南。

送親的隊伍走了，歐陽暖回到聽暖閣，剛和方嬤嬤說了兩句話，紅玉就走進來道：「小姐，林妃來了。」

歐陽暖一怔，忙道：「表姊怎麼突然來了？快請進來。」

林元馨身子依舊單薄，氣色卻好，歐陽暖一見她便要行禮，她忙親自攙住，打趣道：「暖兒現在是郡主了，這樣的大禮我可受不起！」她笑吟吟地又說了一句：「這裡又不是太子府，那些個虛禮全都免了吧。」

歐陽暖忙請她坐下，笑道：「表姊怎麼突然就過來了？有什麼事情都可以吩咐人來說一聲，我去太子府就好。」

林元馨盈盈一笑，氣質婉約，輕聲細語道：「傻孩子，我平日裡沒法出來，悶也把人悶死了，今天不過是藉著歐陽可出嫁，與太子妃告了假才出來的。」

歐陽暖親自端了茶給她，含笑道：「心情煩悶是該多出來走走，表姊要是喜歡，我改日陪妳去寧國庵上香。」

提起寧國庵，林元馨突然想起那個傳聞，不由自主地微微蹙一蹙眉，眉心便似籠了一層愁煙，低聲道：「今天來，我也還想問問妳，秦王世子請婚的事情妳可知道？」

都這麼久了，還是有人第一次當面提起，歐陽暖一愣，隨即點點頭，「略有耳聞。」

林元馨的眼睛裡劃過一絲銳利之色，「他真是膽大包天，連妳都敢算計！好在公主咬死了不肯，陛下也無可奈何，要不然，妳可真就跳進火坑了！」

聽林元馨將秦王府形容成火坑，歐陽暖心中暗暗嘆了口氣，臉上卻還是帶著如常的笑容，「表姊不必擔心，母親是不會答應的。」

林元馨點點頭，道：「不只大公主，老太君、大哥，甚至是太子府，都不會答應這門婚事。」

歐陽暖明知道這樣的答案，卻還是感覺到一種難以形容的煩悶席捲了全身。她的婚事，包含了太多人的期待，同樣的，也就受到他們的關注和制約。大公主找人知會她，也僅僅是知會而已，並沒有問過她是否同意這門婚事。就連歐陽暖也很明白，她的意見並不重要，重要的是，所有人都知道肖天燁與她——不匹配。

彷徨之間，彷彿又站在了那個十字路口。或許她對那個時而乖張暴戾時而可愛刁鑽的世子有很多的好感和一點點的心動，但那遠遠不足以支撐她鼓足勇氣，重蹈覆轍。

「暖兒，妳在想什麼？我和妳說話呢，聽見了嗎？」

歐陽暖一怔，隨即回過神來，微笑道：「我在聽。」

「我今天來，還有一個最重要的消息告訴妳，我懷孕了。」林元馨的眼睛閃閃發光，手溫柔覆蓋在自己的小腹上，以一種珍惜的姿態。

歐陽暖的心中漏跳了半拍，隨即為這個突如其來的好消息不由自主露出笑容，「表姊，這樣真好，真的很好！」

林元馨微微抬起頭，目光清澈似一掬秋水盈然，低聲道：「我怕又是空歡喜，特意找了不同的大夫看診，都是一樣的結論！我真的懷孕了，這一回是真的！」她的聲音裡有一種壓抑許久的喜悅，這種喜悅她不能在別人面前表露，生怕別人以為她得意，只敢在歐陽暖跟前說一說而已。

歐陽暖笑道：「自從正妃生下女兒後，太子府迫切需要一個男孩兒，表姊若是能生下長子，將來的地位必然牢不可破！」

林元馨一愣，隨即淡淡地搖了搖頭，「如今我別無所求，只求能保住腹中胎兒便是萬幸。」

歐陽暖誠懇地道：「的確如此，十月懷胎，現在距離生產的日子還長著，表姊一定要多加小心！唉，妳有了身孕，怎麼還能到處亂跑？」

林元馨微微一笑，端起桌子上的熱茶，道：「哪裡都比太子府裡安全。」說起這句話的時候，她的笑淡然而傷感，隨即側首看著瓶中供著的幾枝梅花，「現在想起來，要是能嫁給一個尋常人家，我的日子還能更好過些。」

她的無心之語，卻透露了數不盡的心酸，歐陽暖不由微微變色，只作不覺，微笑恬靜，「表姊如何這樣說呢？旁人千方百計想要嫁入皇室而不得，更何況表姊如今還有一個孩子，將來一切都不可說，妳應該放寬心，好好養胎。」

林元馨笑了笑，「其實是我不中用，性子不夠剛強，又嫁入了這樣的家庭，如今我只盼望暖兒能有個好的歸宿，不要再重蹈覆轍，所以我才這樣反對妳嫁入秦王府，一旦妳嫁過去，別說要和公主與老太君生了嫌隙，就連能否在秦王府保住自身都是難說，那裡比太子府的環境還要複雜百倍。」

歐陽暖的唇齒間含了一抹淺淡平和的微笑，「表姊，這些話便是妳不說，我也明白。」

「別人不會這樣推心置腹。」林元馨笑道：「只要妳幸福，我就高興了。」

歐陽暖握一握她冰涼瘦長的手指，輕笑道：「表姊放心，我一定會幸福。表姊也是，切不可灰了心，有太子妃，又有肚子裡這個孩子，妳的福氣還在後頭。」

林元馨只扶一扶鬢上通花，意味深長一笑，「是，從前妳跟我說這些話，我還似懂非懂，如今卻全都明白了。皇長孫事務繁忙，他並沒有多少心思能浪費在女人身上，與其攀附他的寵愛，還不如籠絡好了太子妃，再生出一個兒子來管用。」

歐陽暖笑笑，並不接話，只是問道：「聽表姊的意思，皇長孫近來很忙嗎？」

林元馨點頭，「陛下病了，皇長孫要在宮中侍疾。」

「陛下病了？」歐陽暖目光微微一凝，林元馨笑道：「皇長孫說是感染了風寒，不必憂慮。」

不知為何，歐陽暖心頭隱隱湧起了一絲不好的預感，但看著林元馨柔和的臉龐，她暗暗把心頭突如其來的不安無聲無息地隱忍下去，笑道：「表姊說的是，陛下乃是真龍天子，自然會逢凶化吉的。」

宮中，皇帝正半靠在床榻上，精神倦怠地翻看著幾本奏摺，不時冷笑。此時此刻，旁邊侍立的太監、宮女全都眼觀鼻鼻觀心地肅手站在那裡，就連大氣也不敢出一聲，生怕驚擾到了這位至尊的心緒。

皇帝看了幾眼，突然冷冷地合上了手中的奏摺，雙目倏地睜大，隨即閃過了一抹森然寒光，「都是一幫廢物，光知道上奏，卻誰都不敢擔這干係！」

「請皇祖父息怒，我有合適的人選。」肖衍面容沉靜地道。

皇帝皺起眉頭，「你挑中了誰？」

肖衍在皇帝榻前的踏板上輕輕跪了下來，神情鄭重地道：「今冬明春是水患最危險的時候，一旦河道決堤，不但千萬百姓流離失所，更會連累國庫無一粒可收之糧，這是動搖國本的大事，更何況南詔對我朝虎視眈眈，年年意圖進犯，也是心腹大患，此去一則治水，二則一探南詔的虛實，事關重大，為保萬無一失，由我親自前往才是最妥當的。」

皇帝心裡嘆息了一聲，這種事情，本該由太子親自前往，可是太子……並不足以擔當這樣的重任，所以肖衍才不得不代父前往。皇帝沉吟片刻，道：「這樣也好。」他含含糊糊地吐出一句話，隨即疲憊地閉上了眼睛，「你年紀太輕，這樣的重擔原本不該交給你，只是朝中可用之人太少，能信任的人更少。你放心，到了倉州，能做到什麼地步就做到什麼地步，不必有後顧之憂。京都有三大營，料想沒有人吃飽了撐著來找事，不過以防萬一，朕到時候還是再設一步棋更好，至於其他人……」

肖衍認真聽著，心裡卻暗道：京都附近的三大營各駐紮有五萬軍馬，往日是用作拱衛京都，若是被人存心算計，未必就能夠保全，皇帝似乎太過於信賴他們，這絕不是什麼好事。只是抬眼看見皇帝的表情，他的話就都無法說出口了。若是現在說出來，陛下是否相信是一回事，焉知這裡所謂的皇帝心腹中有沒有秦王的人……他左思右想，終於開了口：「皇祖父……」

正在這時，殿內忽然響起了一個柔美的聲音：「陛下，藥已經熬好了！」

肖衍一驚，猛地回頭，玉妃身上穿著一件彩繡十團白色獅子繡球的錦襖，瑰麗的裙角拖曳於地，似天邊舒卷流麗的的雲霞，她端著一碗黑漆漆的藥汁緩緩走上前來，溫柔道：「太醫剛剛把藥煎好，陛下趁熱喝吧。」

肖衍聞言，不得不站起身，輕聲道：「陛下用藥吧，我也該早些回去準備了。」

皇帝揮了揮手，便讓他退了出去。

翌日，聖旨下，任皇長孫肖衍為監察御史，半月後前往倉州，疏浚河道。一時間，朝野譁然，流言紛起，朝臣們一面議論著這位年輕有為的皇長孫，一面對他此去的目的滿懷疑慮。

肖衍坐在墨荷齋的正屋裡，靜靜地看著林元馨為歐陽暖送來的山水圖題詩。

肖衍是皇帝一手培養長大，能文能武，個性沉靜，在獵場上，他是最勇猛的獵手，但是下了場，他卻喜歡吟詩，喜歡懷古，喜歡琴棋書畫，還喜歡美麗的女人。他屬於那種追求完美的男人，同時又懷著強烈的征服欲，所以他總是在不動聲色之中消滅朝堂上的對手，而他身邊的每一個女人也都是最好的。對他來說，周芷君是養在太子府的蘭花，林元馨是嬌豔的海棠，唯一得不到的就是歐陽暖，而且最令他感到難受的就是每次看到林元馨，他總是不由自主在她臉上尋找與歐陽暖相似的地方，結果往往是失望。

林元馨的美是那種白玉無瑕的美，透著一種與生俱來的嬌媚。特別是她的眼睛，含羞帶怯，投出的每一瞥都讓人生出溫柔的感覺，那種韻味就像四月的江南，歐陽暖卻不是，她總是臉上帶著笑容，眼睛裡面卻滿滿都是冰霜，外表看起來是一團火，靠近了才發現她的內在冷得讓人結冰。然而，正是這種冰冷，令他一再對她產生好奇，想要弄明白對方心裡究竟在想些什麼。

可是不論他做什麼，冷淡也好，熱情也罷，歐陽暖卻彷彿無知無覺，絲毫不為所動。當真應了那一句得不到的才是最好的，肖衍深刻地體會到了這一點。

林元馨停下筆，抬起美麗的眼睛看著肖衍，「這一次，殿下要去多久呢？」她的聲音如鶯聲燕語，聽起來分外悅耳。

肖衍點點頭，「暫時還不知道。」

林元馨道：「需不需要我為殿下準備些什麼？」

肖衍一擺手止住了她，「那些事有芷君操持，妳用不著費心。」

林元馨微微一笑，臉上並沒有絲毫的失落，經過這兩年的生活，她已經知道自己該扮演什麼樣的角色，便柔聲道：「希望殿下早日歸來。」

肖衍輕描淡寫地回答：「妳不必擔憂，至多不會超過三個月。」

林元馨長長的睫毛一挑，真切地說道：「三個月，在別人眼裡或許不算長，可是在我眼裡，它卻像三十年。殿下不在的時候，我會無比地惦念您。」

肖衍笑了，他慢慢發現，林元馨雖然容貌不及周芷君，卻比她更溫柔體貼善解人意，他伸出手攬住她道：「傻丫頭，不必牽掛我，好好養胎才是真的，這個孩子可是無比金貴呢！」

林元馨笑容中含了一絲羞怯，道：「有什麼金貴不金貴的，殿下也不是第一次做父親，怎麼還高興成這樣？」

肖衍抱著她的肩膀道：「咱們的孩子，豈是旁人可以比的？」

想到歐陽暖提醒她儘早生下長子的話，林元馨遠遠望著桌上供著的一束萬年青，微笑道：「殿下放心，我一定會給您生個健康的孩子。」

肖衍笑道：「這樣才對，要時刻記得，妳什麼都不需要擔心，只要平平安安地將我的兒子生下來就好。」

突然，外邊響起一陣急促的腳步聲，緊接著有人一邊喘息一邊喊著：「殿下！殿下！」

肖衍的眼睛依然看著林元馨，用沉穩的語氣應道：「什麼事？」

門外的聲音很急：「皇上傳來諭旨，倉州水患嚴重，請殿下即刻啟程！」

林元馨把手從肖衍手中掙脫出來，輕柔地說：「殿下，您還是快些去吧。」

肖衍慢慢站起身來，「等著我回來。」說完，邁步向外走去，伸手推開門，一陣風挾著雪末迎面吹來。肖衍看看天，自言自語道：「竟然下雪了……」

江南水患甚急，不容一日耽擱。就在聖旨頒下後，肖衍即刻啟程赴任。正妃和文武百官一起送皇長孫出城，而林元馨只能在城樓上默默地為他送行。歐陽暖替她披上一件銀白底色翠紋織錦的羽緞斗篷，輕聲勸道：「表姊，這裡風大，咱們回去吧。」

林元馨笑著道：「妳說我站在這裡，殿下能看到嗎？」

歐陽暖點頭，道：「自然是看得到的，即便看不到，也會有人告訴他。」

林元馨的笑容帶了三分寂寥，「那就好。」

歐陽暖一路扶著林元馨上了馬車，目送她的馬車回去，這才上了自家的馬車，卻看到上頭已經有一個人在等著她了。

簾子被掀開的一瞬間，漫天風雪如早春的杏花，吹到了肖天燁的衣領中，他對著她燦然一笑，炫目得明亮溫暖。歐陽暖下意識地放下了簾子，隔絕了外面的視線。

「紅玉，妳和菖蒲坐後面的馬車吧。」

「是。」

外面除卻風嘯雪聲，什麼聲響也沒有，馬車裡卻燃著溫暖的火盆，肖天燁的眼睛裡有火光在跳動。

自從他去請旨賜婚後，兩人就再也沒有見過面，然而此刻他卻又出現了。歐陽暖目光凝滯，向肖天燁深深施了一禮，他眉頭緊皺，立刻動手去攙扶，「妳這是做什麼？」

她並不起身，只微仰起頭輕笑了下，語氣平淡：「這是我欠你的。」

肖天燁慌了神，道：「我不懂妳在說什麼！」只執拗地要拉起她。

歐陽暖靜靜地道：「世子爺都明白的，其實一直以來，你我不過是互相利用的關係，不，應該說，世子爺對我是一片真誠，而我不過是在利用你罷了。」

「妳在說什麼？」肖天燁彷彿不懂她的話，可眼中不由自主的就帶了一絲絕望的神色，歐陽暖在他的眼中，看到了一絲哀求。

「利用也好，真心也罷，我並不在意這些！」肖天燁呆呆地愣了半天，半晌，他慢慢彎身，抓住她的手合在掌心，緊緊地握住。

「妳不是想要人護著妳弟弟嗎，還想要脫離歐陽家是不是？這些我都可以幫妳做到！」

歐陽暖只覺得他的靈魂裡像是有一團火焰，逼著她也跟著一起燃燒起來，可她知道，不可以，絕對不可以，因為一旦引火焚身，她的魂魄只會在業火裡輾轉呻吟，不得解脫。

事到如今，不是不想愛，而是不能愛。

歐陽暖驚而且怕，連指尖都在微微地顫抖，最後無法抑制地用力一掙，力氣大得將肖天燁推到了一旁。

「我身邊的每一個人都不會允許我和你在一起……」歐陽暖慢慢轉過臉，眸子輕輕挪低，睫毛微顫，嘴唇開啟時發出幾乎聽不到的聲音：「只能怪，我們沒有緣分。」

就在這時候，肖天燁突然皺起眉頭，捂著胸口，微微地喘息，歐陽暖看他的模樣，不由得一驚，「你的藥呢？」說著，已經下意識地上去摸他身上的瓷瓶，卻被他一把抓住了手。

肖天燁一語不發，歐陽暖靜止在那裡。

肖天燁的手那樣用力地抓著，歐陽暖還是緩緩抽出手，他的手用力再用力，到了最後卻只能攥住一方衣袖。錦緞的涼滑，彷彿一捧細沙在手心，以為抓住，最終又什麼都抓不住。

歐陽暖看著他，笑容甚淡卻極美，「殿下，該說的話，我已經都說清楚了，從此以後，請您不要再來找我。」

「除非死……」肖天燁笑著說，字字如刀，既清且薄：「否則，妳必須來我身邊……」說罷，他的眸子裡彷彿點染了霜，看著冷洌得讓人害怕。

不知為何，看著肖天燁這樣認真的表情，歐陽暖的心頭感覺到了一絲畏懼。他是不容別人拒絕的男人，這就是她為什麼一直不能將這些話說出口的最大原因。就如同很多事情她不願意求助於他，就是知道他的手段太毒辣，把他逼急了，當真是什麼都做得出來。不由自主地，她嘆了口氣：「世子爺，你不該為難我。」

肖天燁的神色也緩和了下來，「妳不必怕我，任何情況下我都絕不會傷害妳的，只是——我也不會放開妳。」說到這裡，突然盯著歐陽暖的眼睛，道：「還有一件最要緊的事，眼下京都局勢緊張，以後沒有事，不要輕易出門。像是今天這樣林元馨再邀請妳，也絕不要理會，和他們走得太近，對妳絕不會有好處。」

歐陽暖一怔，目光突然就多了幾分寒意，「世子爺此言何意？」

肖天燁淡淡地道：「妳是個聰明人，很多事情縱然我不說，妳也應該明白。一個月前，明郡王去了西南練兵，練兵是假，鎮壓叛亂是真，今天肖衍又去了倉州，這意味著什麼，妳該比誰都清楚。」

歐陽暖的臉上露出了一絲異色，「你是說近日會有大的動亂？」

肖天燁目光定定地望著她，「不要問，什麼都不知道對妳才是最好的。」

歐陽暖看著他，心中湧動著一絲複雜的情緒道：「世子爺，你這麼急匆匆地來勸我與太子府保持距離，難道就不怕我把今天你所說的話全都洩露出去？」

肖天燁淡淡地笑了，「我父王行事可是斬盡殺絕，倘若事情敗露，那可不是死一兩個人就能夠解決的，妳不想看著侯府和太子府血流成河，還是保持沉默得好。」

歐陽暖被這一通話說得臉色煞白，最後還是強笑道：「世子爺別開玩笑了，陛下身子還健朗，一切都很平安……」說到這裡，突然想到了什麼，臉色登時大變，剛剛溫和的目光一下子變得寒涼如冰。

皇帝、燕王、秦王、太后，還有京城中或明或暗的其他勢力，使得如今的局勢錯綜複雜難以預料。她的心頭突然浮現出了無窮無盡的陰霾，此時若是一著算錯，那便很有可能是滿盤皆輸的結局。最最重要的是，秦王老謀深算，怎麼會貿貿然出手？他必然是有了完全的把握，可是這怎麼可能，太子與燕王還在京都，秦王怎麼會還在這種時機動手……

自從皇長孫肖衍出京，短短兩個月，京都的情況不僅沒有好轉，甚至在不斷地惡化。

「明郡王西征平亂，皇長孫治水出京，太子意外墜馬，燕王突然遇刺，周王觸怒陛下被禁足……」歐陽暖一樁樁一件件地細數著最近發生的變故，頗有些毛骨悚然的驚懼。儘管不願意，但她不得不承認，對方的手段著實高明，每一步都近乎走在眾人的死穴上，讓別人還來不及反應就完全懵了。這樣的步步為營，這樣的算計人心，究竟是誰在那裡操控棋局？也許這就是真真切切的亂局，每個人都在按照自己的計畫進行安排，雖然她不知道秦王到底準備到了什麼地步，但唯一可以肯定的是，倘若真的京城大亂，那麼，前面就是萬丈深淵，僅此而已。

「小姐，沐浴的水準備好了。」

歐陽暖被這話一驚，才醒過神來，「好，抬進來吧。」

兩個小廝低著頭抬著木胎鑲銀的澡盆送到走廊底下，由四個嬤嬤接手，一直抬進屋子裡，屋內早已鋪好油布，嬤嬤們輕輕抬進澡盆放下，那澡盆上雕刻著海棠花的圖樣，精緻典雅。菖蒲將水桶中的熱水徐徐注入澡盆中，整個房間內靜香細細，默然無聲，只能聞得嘩嘩的水流入澡盆的聲音。紅玉帶著其他幾個大丫鬟端著紫紅色木托盤站在一旁，裡面裝著沐浴用的布巾、皂角。

歐陽暖心底一直很畏懼水，這或許是前世的記憶帶給她很深刻的恐懼，除了那一年下水救爵兒，她不敢輕易靠近湖邊，只是她不敢對別人說，更不願意讓任何人知道她的這種恐懼，所以總是竭力壓制著，不叫別人發現。

「妳們都出去吧，我自己來就好。」歐陽暖對著紅玉說道。

紅玉早已清楚歐陽暖獨自沐浴的習慣，應了一聲「是」，隨即道：「奴婢們就在門外，小姐有什麼事，直接吩咐就好。」

雖是冬日，只是屋子裡燃著銀絲炭，又有熱水的蒸氣熱熱的湧上來，歐陽暖的額上不由自主沁出細密的汗珠，她剛要除去外衣，一隻手卻趁著這機會捂住了她的嘴。

「不要說話！」耳邊傳來一個男人刻意壓低的聲音，似乎還帶著些難以抑制的喘息，像是勉力擠出那低弱的言語，那捂住她嘴唇的手掌有些濕濕黏黏的，帶著奇怪的腥味，「是我！」

「明郡王！」歐陽暖心中陡然一驚，用力掰開那捂住自己嘴唇的手，突然覺得嘴裡莫名其妙多了一股血腥的味道。她詫異地轉過身，果然看見眉峰緊蹙、神色冷峻的肖重華，不由輕叫了一聲：

「你怎麼會……」

可接下來，她愣住了！

肖重華用手捂住自己的左邊肩膀，壓低聲音道：「對不起，嚇到妳了。」他鬆開那捂住肩頭的手，露出了一道皮開肉綻的傷口，從衣衫內翻捲出來，顯出觸目驚心的殷紅。

「你受傷了！」歐陽暖駭然。

肖重華點點頭。

歐陽暖不再多問什麼，幫著他簡單處理了一下傷口，並且小心地擦掉了剛才自己臉上無意沾到的血跡。說實話，她是很關心肖重華的安危，不僅是因為他曾經對她一再伸出援手，更重要的是，他的存在對京都的政局，對太子、鎮國侯府都有非常重要的意義，所以她不能坐視他死在這裡。

「這裡沒有金創藥，只能簡單包紮一下。」歐陽暖這樣說道。

「沒關係，是我失禮了。」肖重華的聲音帶了點歉意。

歐陽暖微微一笑，「若等我脫了衣衫殿下再開口，那您才真要說抱歉。」

肖重華一時神色怔怔，微垂了臉，不知如何作答。

歐陽暖壓下心頭的不悅，道：「你好好的回到這裡來做什麼？你知不知道出征主帥擅自回京是什麼下場？要是事情傳到皇帝耳中……」

肖重華微微頓了下，如實道：「我在臨州已經有一個月沒有收到來自京都的任何消息，大面上看來一切平靜如昔，可越是平靜越是叫人覺得奇怪不是嗎？而且我身邊也不斷有人蠢蠢欲動，個個都想要藉機奪我性命，我遠在千里之外尚且如此，這只能說明，京都的形勢更為緊張！」

這兩句話雖然簡簡單單，但卻點出了事實。

歐陽暖在稍微思量了一下之後，陡然想到了另一個關鍵，忍不住開口問道：「對了，你是怎麼進城的？如今京都各大門的守衛全都換了不少，你就不怕被他們認出來？」

「我總有我的辦法，秦王縱然控制了京都，卻還不至於隻手遮天！」肖重華說道，聲音中也多了一絲溫情，「妳放心，我是偷偷上了一輛柴車從西華門進來的，原本一切都很順利，只可惜到了燕王府看望父王的時候，卻走漏了消息，這才會被人追捕。」

歐陽暖知道現在不是細問的時候，回頭瞧了瞧靜謐的門扉，心中終於下定了主意，「不知有多少人的眼睛都盯著太子府、鎮國侯府，甚至於我這裡，而您回到京都的消息，秦王必定已經知道了，恐怕立刻就會有人全城搜查，您不能留在這裡，一定要設法把您送出去！」

「歐陽小姐的確心善，情願擔這樣的干係來救我。」肖重華凝視她片刻，坦然道。

歐陽暖搖頭嘆息，「如果生在一般百姓家，我也不會平白無故遇見這種生死交關的事了，還盼郡王運氣好，到時別讓我賠了一條命才是。」

「這是自然，小姐今晚大恩，我必定銘記在心。」

四目相觸，她眼裡只有憂慮，他目光卻很鎮定。若是可以，歐陽暖也不願意摻和這樣的事情，但現在這種情況，可容許她獨善其身嗎？秦王如今只是在尋找最佳時機，等時候到了，他會如何對待太子府？如何對待鎮國侯府？就算他與歐陽家沒有夙怨，可林文淵和她歐陽暖呢？那可絕對不是什麼善類！

就在這時候，已經有不少人闖進了歐陽府。

管家聞訊匆匆帶人趕到門口，卻見到花園裡不知何時來了一隊士兵，領頭的男子面容冷峻，身形高大，左臉上還有一塊長長的刀疤，看起來兇神惡煞的，他手底下的士兵與守園門的嬤嬤們爭吵起來，聽他們的語氣，似乎打算要搜查園子。

管家孫和皺著眉頭快步走上去，「你們都是些什麼人？還不瞪大了眼睛瞧清楚！這裡是吏部侍郎的府上，可不是你們撒野的地方！再不滾，當心我們老爺稟明了聖上，治你的罪！」

那領頭軍官卻冷哼一聲，向手下使了個眼色，便立刻有兩名士兵上來抓住孫總管，孫總管頓時驚愣，剛想大聲叫旁邊的護衛上來救他，可還沒來得及開口，嘴巴就被人堵上了，被綁起來丟在地上。

軍官冷冷地道：「我們奉旨搜查刺客，誰敢阻攔者，殺無赦！」

聽暖閣

紅玉聽見外面隱隱傳來雜亂的腳步聲，不由自主皺起眉頭，對菖蒲道：「外頭怎麼了？」

菖蒲一愣，隨即反應過來：「我出去看看！」

「不，好像不對勁兒，看看情況再說！」方嬤嬤揮了揮手。

就在這時，外面隱隱傳來一個人的呼喝聲：「給我搜清楚了，人一定在這裡！」

接著，又有一個人討好地道：「將軍，我先前看得清楚，那人就是從這宅子的後院翻牆進來的！這麼一會兒功夫，他跑不遠的！」

遠處傳來一陣喧譁。

「抓到了抓到了！」

「快捆上！」

「走！快走呀！」

軍官高聲道：「快把人押過來！」聲音裡都充滿了歡喜。

屋子裡，歐陽暖猛然站起身，望向肖重華，「您不是一個人？」

肖重華搖搖頭，壓低聲音道：「不，他們抓到的不是我的人。」

歐陽暖皺起眉頭，就聽到外面有人大叫道：「滾一邊去，這根本不是我們要找的人，再重新搜！一個屋子都不要放過！」

「住手！」歐陽治的喝斥聲傳來，接著便是歐陽爵的聲音：「大膽！你們闖進我們家為非作歹，是要造反嗎？」

為首的軍官冷冷地道：「對不住，哪怕你這裡是王府，也抵不過聖上的旨意！你家若是私藏刺客，欺君妄上，可是死罪！」

「你口口聲聲有聖旨，那聖旨呢？聖旨在什麼地方？」歐陽爵冷聲道。

「這是聖上口諭！」軍官的聲音毫不示弱。

「放肆！」歐陽治發火了，「你是什麼東西？是哪個營的人？上峰是誰？誰給你這麼大的膽子，帶著幾個人就敢假傳聖旨？闖進我家內院，又無中生有捏造罪名，怎麼？你們是想要誣陷忠良還是想要栽贓陷害？」

那軍官似乎一時語塞，被歐陽治的厲聲喝斥逼得有些窘迫，原本囂張的語氣也和緩下去：「侍郎大人，我是奉秦王之命全城搜捕刺客，這條街每一戶人家都是搜索過的，就連首輔大人家中也沒有放過，您何必為難我們，有什麼話去問秦王吧！」

「你——」歐陽治頓時被噎住，旁邊的歐陽爵冷笑一聲，道：「若真是秦王殿下的命令，怎麼不見他親自帶兵！你分明是怕被看穿，故意滿口胡說八道！再者說，就算你真是秦王麾下，也斷沒有權力搜查官員家中，果真要搜，拿聖旨來！」

「聖旨在這裡！」就在這僵持的時刻，一個身穿官袍的人姍姍來遲。

歐陽治轉過臉一看，頓時皺起眉頭，「林兄……」

來人正是兵部尚書林文淵，他恭敬地向一旁的太監做了一個手勢，那太監便宣讀了皇帝的旨意，歐陽治的神色越變越難看，只是卻不能發作，強笑道：「原來真是聖上的意思！」

「歐陽兄莫怪，我這也是為皇上分憂呀！最近為著燕王遇刺的事情，皇上是吃也吃不好，睡也睡不香，下令全城搜捕刺客，偏偏有人告密說在這條街上見到了刺客，秦王殿下為了找出真凶，立刻進宮向陛下請下旨意，只等著抓人，你還是讓道吧。」林文淵將聖旨捧在手上揚了揚。

歐陽治臉上的笑容有一絲懷疑，卻還是後退一步，「那就請便吧，不過我事先說一句，若是到時候搜不到……」

「那我自然會向歐陽兄賠罪，搜！」林文淵冷冷地揮了揮手。

很快，士兵就搜查了所有的地方，領頭的軍官向林文淵稟報道：「沒有搜到人。」

林文淵斂了滿臉示威般的笑意，目光顯得陰沉難測，可隨即似乎又發現了什麼不對勁之處，陰鬱且銳利的鷹眼透出深邃的光芒，慢條斯理地踱了兩步，看似漫不經心地詰問著：「歐陽兄，還有什麼地方沒有搜吧？」

歐陽治皺眉，「這府裡頭就這麼大，能有什麼地方沒有搜查？還是說，你懷疑我家裡有什麼密道啊密室啊什麼的，你要是懷疑，就盡可能去搜好了！」

「哈哈哈！」林文淵大笑幾聲，「你真是愛開玩笑，密道密室……我倒是沒這樣想過，只是歐陽小姐的院子還沒有搜查過吧。」

「舅舅，您這樣說實在是太不妥當了！」歐陽爵忽然沉下臉，打斷了他的話：「照舅舅的說法，你們在這裡搜不到人，就要跑到姊姊的房裡去了？哼……姑娘家的閨房怎麼是隨便闖的，哪兒有這種道理？」

「我自然會約束屬下，不讓他們驚擾了暖兒！」林文淵冷聲道。

「爹爹，不可讓他們亂來！若是姊姊被驚嚇了，咱們沒法和大公主交代！」歐陽爵提醒道。

「對，暖兒還是未出閣的姑娘，若我真讓你這麼做了，明兒也沒臉出去見人了！」歐陽治難得這樣硬氣，不光是因為他如今是把歐陽暖當成稀世珍寶在呵護，生怕損了她的閨名將來嫁得不好，更重要的是，歐陽暖現在可是永安郡主，一個不小心就會得罪大公主，所以他毫不退讓地道：「就此打住吧，請你們立刻離開！」

林文淵的面上劃過一絲意外，他沒有想到一向軟骨頭的歐陽治這一次這麼硬氣。領頭的軍官正是秦王麾下的將軍左厲，他低聲在林文淵耳邊道：「尚書大人，秦王已經嚴令今天活要見人，死要見屍，若是這樣空手回去，咱們沒法交代！」

林文淵皺起眉，盯著歐陽治看了兩眼，權衡了一下利弊，隨即冷笑一聲，朝士兵做了個手勢，「進去搜，我就不信他能逃到哪裡去！」

「你們誰敢！」歐陽爵攔在聽暖閣門前。

林文淵使了個眼色，左厲冷聲道：「歐陽公子，失禮了！」

歐陽爵冷冷瞧著他，半點也沒有讓路的意思，左厲抽出長劍，揮向歐陽爵。歐陽爵身上並無武器，隨手從一旁的士兵腰間拔出一把刀，擋住了左厲的劍鋒。一眨眼之間，兩人已經交起手來。左厲原以為歐陽爵不過是個紈褲子弟，卻沒想到他的功夫絲毫不弱於自己，甚至較自己的功夫更為靈便，唯一不足的就是對敵經驗太少，幾個回合歐陽爵的手臂就掛了彩，只是他卻更加認真，絲毫沒有退縮的意思。

歐陽爵見他步步緊逼，不由得狠下心腸，毫不留情地向左厲斬下去。左厲面前突然一絲銳利的冷風襲來，連忙閃避，仍是額上一痛，被什麼刺中，頓時嚇出了一身冷汗。他捂住額頭倒退一步，卻是頭皮被歐陽爵削掉了一小塊，若是歐陽爵的刀剛才稍稍偏一點點，他的頭就會被這個初出茅廬的少年砍掉一半。這樣濃烈的殺氣，令從戰場上下來的左厲都不由得心驚，他真是太小看這個一身錦衣，彷彿金玉一般的小公子了。誰能想到他這樣秀氣的少年，發起狠來竟像是不要命一樣。

「歐陽爵，你這是要抗旨嗎？」林文淵見情況不妙，厲聲喝斥道。

歐陽治生怕獨子受傷，急忙上去拉住他道：「小畜生，還不快住手！」

歐陽爵盯著林文淵手中的聖旨，不由自主攥緊了拳頭，漆黑的眼睛裡閃過一絲強烈的殺意。

林文淵心道：這個小子什麼時候變得這樣可怕了，不由道：「全都進去搜！」

就在這時候，歐陽暖當機立斷地抽掉髮髻中的玉簪子，脫了中衣，只穿著肚兜和衣內的薄綢襯裙，對肖重華冷聲道：「藏起來！」同時，又對外面說了一句：「紅玉、菖蒲，妳們倆進來！」緊接著便迅速下了水。

紅玉和菖蒲對視一眼，快速進了屋子，隨即關好了門。

陸之章◆秦王造反迫走避

外面的左厲對著歐陽爵冷笑一聲，帶頭進了聽暖閣，院子裡的嬤嬤和丫鬟們都用震驚的眼神望著他。左厲面無表情，大步向正屋走去。此刻房門緊閉，毫無聲息，只能聽見自己腳步沙沙輕響，更覺此處靜謐萬分，空氣中飄散著的芳香讓人漸漸多了一分難以形容的熏熏然。左厲打起十二分的小心，他知道屋子裡的女子並非尋常身分，所以他此時禮數尤恭，在門前躬身報名大聲道：「末將奉詔搜查屋內，請郡主恕罪。」

「什麼人這麼大膽？」一個女子大喝一聲，猛地推門出來，「竟敢擅闖小姐閨房？」

驚鴻一瞥中，左厲只看到薄薄的屏風後有道纖細的人影閃過，菖蒲已經從房中奔出來，擋住了他的視線，惡狠狠地道：「你是什麼東西，敢如此放肆！」

在這瞬間，屋子裡歐陽暖已經匆匆披上了外衣，卻還披散著一頭濕漉漉的青絲。

「請郡主恕罪！」左厲絲毫也不理會眼前這個濃眉大眼的丫鬟，只揚聲對屋子裡的人道：「郡主，請您移步，讓我們搜查屋內！」

歐陽暖冷笑一聲，房門被她一把推開，冷風撲面，吹起她濕漉漉的長髮冷簌簌打在臉上。院子裡的丫鬟、嬤嬤們大驚失色，紛紛跪倒在地，方嬤嬤更是急道：「大小姐，您怎麼可以出來見這樣的人？」

「見了永安郡主，還不跪下！」菖蒲大聲斥責。

院子裡站著數名甲冑佩劍的男子，左厲一見歐陽暖，驚得呆住，竟也不知道低頭迴避，目光直直停駐在她臉上，過了片刻才回過神來，率先屈膝跪下，後面幾人跟著單膝跪地，身上錚錚鐵甲閃爍冰冷寒光，發出一陣可怕的摩擦聲。

歐陽暖不怒反笑，冷聲道：「敢問將軍要搜查何人？」

「末將奉旨搜查刺殺燕王的刺客。」不知為何，在歐陽暖的面前，會有一種莫名自慚形穢的感覺，左厲皺起眉頭，低了聲氣，語氣也不復剛才的強硬。

歐陽暖淡淡一笑，道：「燕王遇刺是半個月前的事情，刺客只怕早已出城，怎麼抓到我的院子裡來了？你是在懷疑刺客與我有關呢，還是覺得這刺客根本是大公主派出去的？」

那男子面紅耳赤，俯身重重叩首，「郡主恕罪，末將絕無此意！」

「絕無此意？既然絕無此意，又為什麼帶刀劍闖進這個院子，是想要當著我的面殺人嗎？」歐陽暖正說著，看見林文淵已經踏進了院子，「還是說……舅舅想要讓這些人闖進屋子裡去，破壞我的名節！」

林文淵看她滿頭青絲都是濕漉漉的，頓時一愣，顯然也沒想到歐陽暖剛才在沐浴，立刻有些難堪，瞪了那左厲一眼，訕訕笑道：「暖兒沒有受驚吧？妳放心，我們只是要捉拿犯人，絕不會影響妳的。」

歐陽暖淡淡一笑，眸子裡冷冷的流光閃過，「二舅舅，我家並無你們要找的人，你們卻偏偏闖進各院驚擾內眷，你且說說那犯人究竟長得是高是矮是胖是瘦，最好說清楚，連一顆痣都別漏掉，否則隨便在院子裡抓住什麼僕從就說是刺客，然後告我一個窩藏之罪，我可擔當不起！若是再嚴重一點，你們抓住了所謂的刺客，當場殺了人，這下可死無對證了，我全家上下更是落了個夥同刺殺之罪！說起來，我還真是不明白，二舅舅已經是位高權重，又何必這樣辛苦地到處奔波，甚至連自家外甥女都信不過，傳出去豈不是引人笑話？」

這話實在是太過誅心，林文淵臉都黑了，心中忍不住破口大罵：「暖兒慎言！我只是奉旨行事，哪裡有半點私心，妳可不要血口噴人！」

「哦？是麼？」歐陽暖輕輕一笑，「陛下正在病中，這些人卻強行闖入我府上，我倒是想要問問，到底是這搜查的聖旨頒在前呢，還是這些人的步子更快些？若是在聖旨頒下之前，這些人就已經闖入了府中，可就是隨意調動軍中兵馬，這樣的罪名，二舅舅擔當得起嗎？」

歐陽暖猜得不錯，聖旨是秦王剛剛進宮請來的，而左厲生怕肖重華跑掉，早已搶先一步進了府。林文淵被她問得一怔，旋即笑道：「不管怎麼說，現今陛下的聖旨已經下來了，暖兒這番質疑，難道想抗旨嗎？」

歐陽暖冷冷地道：「抗旨是個死字，此事不問個清楚，讓這些人就這麼衝進我的閨房，名節受損，我也還是無顏面見人，一樣是死路一條！既然如此，又有什麼好怕的呢？」

這回輪到林文淵大怒：「妳……」左厲伸手將他擋下，瞥了一眼在旁邊冷冷盯著他們的歐陽爵，再看一眼臉色平靜的歐陽暖，他們的神情都在暗示，他們根本就不擔心會抓到什麼人，只是覺得讓他們這樣進去搜查女子的閨房十分恥辱。這讓他拿不準主意了，恐怕他這回是真的撲了個空，可是探子不是說已經把人逼到這裡來了嗎？還是說，歐陽家的人都是在裝模作樣呢？

這時候，歐陽暖微微側開了身子，淡淡地道：「舅舅真的要搜，就進去搜吧，不過到時候什麼都搜不到，我會如實將一切稟明大公主，哪怕鬧到陛下那裡，我相信母親也會為我討回這個公道！」

場面一時僵持下來，林文淵猶豫不定地站在院子裡，若是進去搜不到人，歐陽暖就罷了，可她身後還有一位大公主在撐腰，如今秦王正在關鍵的時刻，如果現在打草驚蛇，就怕功虧一簣。

突然，一個充滿冷嘲的聲音打斷了院子裡的死寂：「這裡是怎麼了？」

左厲一愣，隨即跪下道：「給世子爺請安！」

「安什麼安！」肖天燁風塵僕僕，像是剛剛從馬上下來，手中仍握著馬鞭，在空中虛抽了一記，「你們在這裡鬧騰什麼？」轉而一把將左厲提起來，見他滿頭是血，頭皮少了一塊，不由大怒，「我不是吩咐過嗎？誰也不許闖進這裡來！把我的話當成耳旁風嗎？」

左厲畏懼地看了他一眼，道：「殿下息怒，是秦王殿下……他……他……」他看了林文淵一眼，對方立刻堆起笑容道：「世子爺，我們只是奉命行事。」

「奉命行事？父王是讓你們搜查刺客，你們卻跑來永安郡主這裡鬧騰，僭越到這種地步，眼裡還有上下尊卑嗎？」

林文淵勉強道：「密報上說刺客就在這裡，是陛下的聖旨說要搜查的。」

「搜查？你們這麼多人在這裡虎視眈眈，是搜查還是嚇唬人？」肖天燁越說越怒，丟了左厲，一鞭子抽在他的身上，「刺客？什麼刺客？我怎麼沒聽說？」

左厲挨了一鞭子，卻更加恐懼，吭也不吭，立刻叩頭道：「是刺殺燕王的刺客，屬下還來不及稟報世子爺……是屬下疏忽，世子息怒！」

歐陽暖站在臺階上，淡淡地道：「世子爺不必動怒，原是左將軍說要在這條街上搜查刺客，搜查到我這個院子的時候，婢女說我正在沐浴，這些人卻不管不顧上來砸門，硬生生要闖進去搜查。爵兒愛惜我的清名，所以才阻擋了厲將軍。接著舅舅又請來了聖旨，進了我的院子，只是我畢竟是個姑娘家，這樣放一群陌生男子進了院子到底不妥，這才攔著他們。現在看來，左將軍和舅舅想是不知道這是我住的院子才這樣無禮，此間不過是個誤會而已。」

肖天燁一愣，隨即望向她，歐陽暖也正盯著他，微微上挑的美目因濃密修長睫毛的覆蓋，濃得像夜色般令人遐想，雪白面龐似是因為浴後而沾染了一絲緋紅。肖天燁炙熱迷茫的目光落在她的臉上，只覺得一瞬間彷彿看到湛藍天空下桃花滿開，花瓣紛飛。他平日裡只見過她清麗的面容，何曾見過如此濃豔的風情？一時之間，有些癡意。

「那就好。」肖天燁緩緩嘆出一口氣，語氣仍是陰沉：「既然是左厲無心之失，今兒也就算了。左厲，向郡主請個罪，回去吧。」

左厲幾乎咬碎了一口牙齒，低頭道：「屬下年輕莽撞，請郡主大人大量，饒恕了我。」

歐陽暖淡淡地看著他，不置可否。

肖天燁冷眼看著林文淵，「尚書大人，就算是我父王請了旨意拿人，聖旨上也沒有說兵部尚書一塊兒吧，你這是吃飽了撐著，沒事兒做嗎？」

林文淵面色一沉，卻礙於肖天燁的身分不敢發作，只能垂手立在一邊，當下露出溫和的笑容，「這都是誤會……誤會！世子爺莫要生氣，我也只是偶然碰上了這件事，為了皇上分憂而已！」接著便回頭道：「全都回去吧！」這樣說著，他的目光還是在向歐陽暖的房間裡窺探。

歐陽暖不再理睬他們，直接吩咐紅玉道：「去各處查問清楚，有沒有人受傷，有沒有什麼貴重的東西被碰壞了！看看祖母那裡有沒有被驚擾，打壞了多少東西，可有何處需要修整的！」

聽到這裡，歐陽爵不由自主掩住唇笑了。

「是！」紅玉應聲去了。

歐陽暖看見林文淵一聽這話，臉色立刻變了，不由得冷笑道：「舅舅，不知道這賠償……」

林文淵冷汗直流，道：「哎呀，時候不早了，我也該回去向秦王覆命，改日再來叨擾！」說著便丟下其他人，快步走了出去。

肖天燁笑著望向歐陽暖，卻聽到她說道：「世子爺請回吧，我不送了。」

她轉身，跨入房中，房門在身後砰然關閉。

因為最後被歐陽暖揶揄了一句，肖天燁更是生氣，走出歐陽府的時候臉上依舊是餘怒未消，跨上馬，他冷冷地看了左厲一眼。

左厲頭皮發麻，上前道：「世子爺，這裡距屬下的軍中不遠，您不如先上那兒歇一會兒？」

「哪兒都不去！」肖天燁將馬鞭摔在他臉上，「回秦王府！」

「沒事了，出來吧。」歐陽暖輕聲道。

肖重華這才現身。

過了片刻，歐陽爵過來敲門，進來看到肖重華，嚇了一跳，「姊姊……他怎麼在這兒？」

歐陽暖嘆了口氣，「明郡王是被人逼到這裡來的，也許這個人，就是咱們的舅舅。」

「林文淵？他想幹什麼？」

「讓人發現歐陽府中私藏刺客，這會是什麼樣的罪名？」

「可明郡王不是刺客！」歐陽爵失聲道。

「在這種情況下，我是不是刺客都不重要，與其將我親手抓住再送交皇帝辦一個主帥私自回京的罪名，還不如當場作為刺客斬殺來得快。」肖重華慢慢說道，眼睛裡卻沒有一絲慌亂，顯然早已猜到了對方的心思。

「難怪他咄咄逼人，一是要殺了明郡王向秦王殿下領功，二是索性將罪名栽贓在咱們頭上！」歐陽爵想到了其中關鍵，臉色不由自主沉了下來。

他快速走出去，吩咐身邊小廝出去查探，過了一會兒，他得了消息進來道：「門口的門房也說從早上開始就有人在鬼鬼祟祟地窺伺府邸，看來他們的確是早有準備的。」

歐陽爵心中很奇怪，半個月前整個京城還是風平浪靜的，難不成，只是短短半個月的功夫，就真的來了什麼巨大的變動？

就在這時候，菖蒲突然臉色發白地疾步進來，稟報說：「大小姐，不好了，全城戒嚴了！」

歐陽爵三兩步走過去，喝道：「把話說清楚，什麼戒嚴了？」

菖蒲道：「奴婢剛才聽管事的嬤嬤說，路上到處都是軍士，聽說已經是全城戒嚴了。」

竟然是全城戒嚴！歐陽暖和肖重華交換了眼色，同時心中大凜。嚴峻的事態迫在眉睫，京都內共駐紮有禁軍兩萬，外面拱衛京都的三大營共有精兵五萬，倘若秦王矯詔調動城中禁軍，短時間之內，只要關閉了京都各大城門，那麼，城中就是發生天大的事，外頭也絕對沒有辦法干預。

「他開始行動了……」歐陽暖喃喃自語了一句，見歐陽爵同樣是面色發白，便轉頭對菖蒲吩咐道：「吩咐下去，即日起府中上下人等要各司其職，不許離位，沒有我的命令不允許隨意出入，不管外頭有多少響動也不許去理會，明白嗎？」

菖蒲連連點頭，快速跑了出去。

歐陽爵在怔怔默立了良久之後，最後好不容易才迸出了一句話：「真的要變天了……」

歐陽暖和肖重華都沒有言語，肖重華擔心的是朝廷，而歐陽暖此刻卻很擔心寧老太君他們的安危。自從太子墜馬受傷後，太子府就再也沒有消息傳過來，這要麼是太子府已經被人嚴密監控起來，要麼是太子傷重，不論是哪一種，林元馨此刻的處境都不樂觀，歐陽暖的心中如同一團亂麻，一時之間理不出頭緒。

此時，京都裡面已經亂成一團，滿大街奔走的百姓和一身甲冑兇神惡煞的禁軍形成了鮮明的對比。沿街店鋪能下門板的全都下了門板，而沒地方躲的路人則全都縮到了屋簷下角落裡，個個用驚慌失措的目光打量著那些打馬飛奔的騎士。不少人的心中都湧起了同樣一個念頭——這個皇朝，莫不是要變天了？

全城戒嚴的理由冠冕堂皇，是為了搜查刺殺燕王的刺客，更有人說，連太子突然墜馬也是同一批人在作祟，這樣一來，刺客不只是刺殺親王，更有謀逆的嫌疑，然而有心人就會發出疑問，既然是捉拿刺客，為什麼負責捉拿的人不是京兆尹，而是禁軍首領呢？可是面對著冰冷的刀鋒，沒有人敢發出這樣的疑問。軍隊不管不顧，挨家挨戶搜查過去，甚至連朝中各位大臣的家中也都難以倖免。很多官員自恃身分不允許士兵入府檢查，可是禁軍首領手裡頭有聖旨，皇帝的玉璽堂而皇之的蓋在上面，無論是什麼人，都要接受盤查，京都的情形一時之間陷入混亂。

在宮外眾人惶惶難安的時候，太后卻優哉游哉，彷彿根本不知道宮外已經一片紛亂。

下午，雪下得大了，一片片一團團，直如扯絮一般綿綿不絕，四處已是白茫茫一片。金碧輝煌的殿宇銀妝素裹，顯得格外靜謐。太后宮裡籠了地炕火龍，又生著四個炭盆，用最上等的銀絲炭，燒得如紅寶石一樣，半點嗶剝之聲都聽不到。蓉郡主原先走得急了，被外面的雪浸濕了靴底，又冷又潮，迎面叫炭火的暖氣一撲，半晌才緩過勁來。

「蓉兒給太后請安。」她恭恭敬敬地跪下給太后行禮。

太后抬起頭，看見蓉郡主穿著一件大紅羽緞斗篷，映著如玉的容顏灩灩生色，露出裡面一線寶藍妝花百蝠緞袍，領口是一圈厚厚的白狐風毛，聲音輕輕軟軟的，叫人聽見就覺得心裡說不出的舒服，不由笑道：「平身平身，妳有什麼要緊的事情，這大雪的天還要進宮來？」

太后的聲音深沉，猶如冬日下的海水般深沉平靜，蓉郡主低下頭：「蒙太后恩典，成婚後我也不能常在您跟前伺候，每日裡只能祝禱您安泰吉祥，今兒天氣冷，我擔心您腿疾又犯了，才進宮來看看。」

太后微微嘆了口氣：「傻孩子，只要妳嫁得好，便是不在哀家跟前伺候又有什麼？妳夫君待妳還好吧？」

「是，陳家待我很好。」蓉郡主靜靜地垂下頭，淡淡地道。

她說的這句話很微妙，太后沉默了片刻，笑道：「有些事情妳不說，哀家也明白，妳放心，有哀家在的一天，陳家就得好好待妳。」

「是。」

太后若有所思地望著蓉郡主，問道：「妳老老實實告訴哀家，今兒個到底為什麼進宮來了？」

蓉郡主柔聲道：「太后，蓉兒今天來，是因為外頭出了很大的事，說是要捉拿刺客，到處鬧得沸沸揚揚，禁軍的人連官員府邸都搜了！太后，您看……」

太后的眼中閃過了一絲寒光，轉而卻又露出了一如既往的溫和笑容，「怎麼，也驚擾到武國公府了嗎？」

「這倒沒有，他們總歸是會看在太后的面上稍客氣些的。」實際上武國公早已為此事氣病了，蓉郡主不好袖手旁觀，便索性進宮來想要從太后這裡探探口風。

「妳也糊塗了，跟著那幫人瞎胡鬧！這種事情用得著哀家來管嗎？」太后的眼睛漸漸瞇了起來，「任他們去吵去鬧，只要哀家穩如泰山，妳還有什麼好擔憂的？」

蓉郡主渾身一震，有些不敢置信地看著太后，她這樣說，分明是早已知道一切，並且採取默許的態度了……說罷，她不敢再說什麼，只是陪著太后閒坐了一會兒，就起身告辭。

送走了蓉郡主，太后想了一會兒，喊道：「來人！」

「是，太后。」太監吳安國趕緊湊到她身旁，躬身答應。

「明兒你到武國公府去一趟。」

「是。」吳安國臉上有一絲疑惑，「不知您有什麼吩咐？」

「你把秦王爺進的那盒人參帶了去。」太后慢慢站起身來，走入套間，叫兩名宮女打開一口箱子，吩咐挑出幾樣珍玩，另外取了些貢緞衣料，又讓吳安國去內務府取兩百兩金葉子作為賞賜。

吳安國又問：「見了蓉郡主，可有什麼話說？」

太后淡淡地吩咐：「你跟蓉兒說，我過幾天挑個暖和天氣，接她到宮裡來住兩天。」

「是！」吳安國心道：剛才人就在這裡您可什麼也沒說，這句話到底是什麼意思呢？只是看著太后的臉色，他卻不敢問，只低頭應了聲是。

聽暖閣

歐陽暖心煩的時候就會練字，今天也是如此。紅玉從水盂裡用銅匙盛了水，施在硯堂中，輕輕地旋轉墨錠，待墨浸泡稍軟後，才逐漸地加力，頓時一股煙墨之香，淡淡在屋子裡縈開，只聽那墨摩挲在硯上，輕輕的發出沙沙聲。

歐陽暖也不去管旁邊的肖重華，彷彿當他不存在似的，在紙上寫了一個「靜」字。

肖重華淡淡一笑，站在一旁看著她寫字。

歐陽暖一手清麗的簪花小楷，字字骨格清奇，筆劃之間嫵媚風流，叫人心裡一動，肖重華看了看，道：「妳練了很多年？」

「嗯，很多年，日夜苦練。」歐陽暖的聲音很平靜。

「為什麼要這樣辛苦？」

「為了平心靜氣。」歐陽暖又寫下一個「戾」字。

「妳心中有怨恨，這是我早就知道的，只是我不知道什麼樣的怨恨，可以讓妳連琴音之中都帶著恨意。」

歐陽暖的筆端一頓，微微笑道：「郡王誤會了，我心中沒有怨恨。」

「妳這話不盡不實。」肖重華低聲道：「我總不會看錯的。」

歐陽暖手中的筆不由自主地停了，有些怔忡地瞧著那纏枝蓮青花碗中的茶，碧綠的茶葉欲沉欲浮。熱氣慢慢地散了，透出一絲一絲的寒涼，她輕聲道：「不論如何，此事總與您無關。」

案上的香爐裡焚著清香，那煙也似乎很飄渺，突然北窗嘩啦一下子被風吹開，涼風陡至，書案上臨的字被吹起，響起嘩嘩的聲音。

紅玉悄悄換了熱茶，隨即退到一邊去，屋子裡更覺一片靜寂。

「父王待我母妃很好，對她很敬重，卻也很冷淡。」肖重華突然說道：「可是從我很小的時候開始，就沒見她笑過。徐姑姑說，母妃生下大哥的時候，父王剛從戰場上下來，來不及回府看她，便去了鎮國侯府看望老侯爺。母妃知道，他不是去看老侯爺，而是去看望妳娘。剛開始的時候母妃心裡想不通，便日夜哭泣，甚至無心顧及剛出生的大哥，等發現的時候，大哥已經被人下了毒，差點死於非命，後來雖然勉強救回來，卻留下了病根，傷了心肺。母妃因為此事，對清姨生了嫌隙，父王兩次向陛下請婚，都被母妃想法子擋了回去。」

歐陽暖手中本已端起的茶杯就是一頓，猛地抬起頭，不敢置信地盯著肖重華。一雙瞳仁直如兩丸黑寶石浸在水銀裡，清澈得如能讓肖重華看見自己的影子。

肖重華繼續道：「母妃一直覺得父王是為了清姨才會疏遠她，所以心中懷了怨恨，後來她才知道……老侯爺早已準備將清姨許給父王，然而當時政局不穩，陛下為了安撫江南，才下旨將出身江南豪族的母妃嫁給父王。當她知道自己錯的時候，已經太晚了，那時候陛下知道了太子殿下和父王同時愛戀上清姨的事情，一場禍事眼看就要發生，清姨為了保護親族，才會嫁給妳父親，事實就是如此。」

歐陽暖聞言只覺得胸口一緊，手中不知不覺已經一鬆，只聽哐啷一聲，一只茶盞已經跌得粉碎，整杯滾燙的熱茶全都潑在書桌上。紅玉不由「啊」了一聲，歐陽暖回過神來，見桌子上茶水一片狼藉。

紅玉剛要衝上來，卻見到肖重華已經三步併作兩步上前來，托住她的手肘，替她拉高了袖子，但見一截雪白的手臂上一塊燙傷的紅痕，更顯觸目驚心，不由皺起眉頭，轉頭就道：「快去取燙傷藥！」

紅玉飛快地取了燙傷藥來，小心翼翼地看了肖重華一眼。肖重華距離歐陽暖極近，只覺幽幽一股暗香襲來，縈繞中人欲醉，此時方覺得不妥，撒開了手，道：「妳來上藥吧。」

紅玉點點頭，快速將燙傷的藥膏敷在歐陽暖的手臂上，上好了藥。歐陽暖皺著眉頭放下了袖子，「我沒事，妳先出去。」她的臉色很蒼白，說這句話的時候，唇上最後一抹血色都消失不見，肖重華沒想到這些話對她來說會造成這樣的震動，不由默然。

紅玉一愣，迅速低下頭悄悄退了出去。

「您說的是真的？」歐陽暖盯著他不放。怎麼可能？可是肖重華的神情，分明不像在說謊。

「母妃說，是她對不起清姨，若不是因為她，父王不會被迫娶了不愛的女子，也不會眼睜睜看著心愛的人嫁給別人，更不用看著她含恨而終。自從清姨嫁入歐陽府，父王大半的時間都不肯留在京都，母妃也因此更加愧疚難安。然而，她一旦走到那一步，便再無路可退，只能眼睜睜看著大錯已成，一步步更錯，再無退路了。」

「什麼大錯已成？這樣就能解釋已經犯下的錯誤嗎？你父王若是不能保護我母親，為什麼要靠近她？你母妃若是怨恨，為什麼不去找你父王，卻要記恨在我娘身上？這就是你們的不得已嗎？」歐陽暖的心微微顫抖，聲音幾乎有一絲憤然，她是一個理智的人，可她卻不是一個真正冷血的人，每次觸及林婉清的事情，她就會失去那樣的冷靜，變得有些咄咄逼人。

「人生本就有那麼多的錯失和不得已，逼得他們一次次哪怕放不下，也得忍心泣血放下。」肖重華心中微微動容，卻僅是轉開了視線，語氣極為冷淡，「於我母妃來說，再多的尊榮富貴，這一生一世，不過是一個傷心人罷了，又有什麼意義呢？她說她虧欠清姨的，可我從來沒有這樣認為過，因為她不欠任何人。」

良久，歐陽暖都沒有說話，就在肖重華以為她不會再說話的時候，她才突然冷笑了一聲道：「是，你母妃自然是無辜的，我娘才是罪有應得，我外祖父也是個糊塗的人，怎麼能將我娘許給你父王這樣沒有擔當的男人？他再不幸，再痛苦，終究還活著，可我娘是無辜的，她卻要承受他任性妄為的愛所帶來的後果，這難道不是他的錯嗎？」歐陽暖的聲音在不知不覺之中帶了一絲連她自己都沒有察覺到的痛意，一滴晶瑩剔透的淚珠順著雪白的面頰、湖藍色的衣領落下去，轉瞬不見。

「我母妃說過，人生那樣短，總要與傾心之人共度，才不算辜負，可是嫁給自己喜歡又喜歡自己的人，最後還要有好的結果，實在太難太難。她錯誤地期待了不屬於她的東西，奪走了本該屬於別人的丈夫，但她心底仍存相信，願意盡力，只可惜父王並沒有給她這樣的機會，他的心裡，自始至終都只有清姨一個人。」肖重華的聲音靜靜的，似凝結了一層薄霧，帶了一絲凝重，卻又有些解脫，「其實妳說的沒有錯，這件事情裡，清姨和我母妃，一個被迫無奈，一個無辜無知，她們都沒有錯，卻又都錯了，但她們也都為自己的錯誤付出了代價，最錯的人卻是我父王。」他抬起頭，看著歐陽暖，子夜般的眸子劃過一絲痛意，「我昨日夜裡悄悄去見他，他對我說，深恨他當年不夠勇敢，若是他能忘了那麼多的不得已，竭盡全力地去愛清姨，如今可能是另外一番局面。」

歐陽暖腕上隱隱灼痛，心中更是痛如刀絞，只低聲道：「天底下的女子，所求不過是真心盼望的那個人，願意帶給她幸福，可惜男子卻不同，他們的心太大太遠太深，永遠也沒辦法給一個女子她所仰望的幸福。這場不幸，於燕王妃是，於我娘是，於天底下所有的女子都是。」

但求一心人，白首不相離。這話流傳了很多年，可是誰能真正做到呢？肖天燁口口聲聲能夠為她做盡一切，可他能做到什麼地步呢？為了她背棄秦王嗎？他能放棄唾手可得的一切嗎？他曾經說過，只要她肯伸出手，只要她肯向他走過去，可為什麼不是他放下一切，向她走過來？僅僅因為他愛她，就要求她背棄自己的親人、放棄一切和他相愛嗎？這樣的愛，他能給她一輩子嗎？他是秦王的親生兒子，他也有需要他維護的親族和利益，歐陽暖何嘗不明白他的處境，只是心底總是有些期盼……前世，她也曾有這樣的執念，而最後不過是一場鏡花水月，癡心妄想。今生，她沒有別的路走，也沒有別的法子，唯有心機，唯有鬥爭，這樣無休無止，才能換來片刻的平安。她最看重的，便是親人的平安康泰。即便不為了自己，也要為了他們。

歐陽暖突然，輕輕地道：「太子別院裡的那艘船，也是為我娘建造的嗎？」

肖重華微微笑了，「是，為清姨建的，我見娘經常背地裡垂淚，還曾想要一把火燒了那船。」

歐陽暖抬起眸子，目光似有一絲意外，肖重華這樣冷靜理智的人，小時候也會想要做這種衝動的事嗎？

肖重華凝神瞧著她眸中流光滑溢，大有傷神之態，「為了此事，父王罰我在祠堂跪了三天三夜，母妃跪著求情他都不肯饒恕，為此，我也曾經在心裡悄悄盼望世上再也不要有林婉清這個人……」又自嘲道：「清姨過世後，我娘幾次三番想要見見妳，卻都沒有見成，說是身分不便，可我知道，她不敢見妳，因為從她心底一直覺得很愧疚，若不是因為這份愧疚，她也不會那麼早就過世。她走之前，對我說讓我盡可能幫她照顧妳，可我從心底裡就厭惡清姨，厭惡妳，甚至不想見到妳……」他看著歐陽暖，深邃的眸子寒光凜凜，目光冷峻得近乎有些無情，「很抱歉。」

歐陽暖一愣，面上帶了幾分愕然。肖重華像是沒看到她的表情一樣，淡淡地道：「我贈給妳白狼尾，是因為這是我想要送給母妃的東西，我不過是在替她表達歉意。直到我在大公主府上見到妳，看妳對著眾人笑意瑩然，琴音之中卻又含著無限怨憤，我才知道妳過得並不好。」他頓了頓，卻不再說下去。

歐陽暖輕輕嘆息了一聲，「這些話，您本可以不用告訴我。」

肖重華笑了笑，目光穿過北窗，看向院子裡的雪，「有些話，我怕現在不說，妳就永遠不會知道。若是將來妳偶然得知，也只會怨恨我母妃，我總是存了一分私心，不想她永遠心懷愧疚。」

這話已經有些自傷之意，歐陽暖的心微微一沉，肖重華這樣說，是不是說明如今的局勢已經到了很壞的地步呢？

就在這一片沉寂之中，歐陽爵突然快步從外面走進來，抖落了一身的雪花，人還在院子裡就高興地道：「姊姊，我找了個新玩意兒給妳！」一邊說著一邊大步走進屋子來。

他玄色風帽大氅上皆落滿了雪，手上提著一個精巧的鎏金鳥籠，外面皆是紫銅鎏金的扭絲花紋，一隻渾身碧綠的紅嘴鸚鵡在鳥籠裡撲著翅膀，那足上金鈴便霍啦啦一陣亂響，那翅膀也扇得騰騰撲起，帶來一陣微風。

歐陽暖一愣，卻突然走上去翻過歐陽爵的手，道：「這手上是怎麼了？」

歐陽爵抽回手，道：「沒事，逮牠的時候不小心被抓了兩下，不打緊的！」

歐陽暖自然地瞪了他一眼，替他輕輕取了風帽，解了大氅，交了紅玉拿出去撣雪，聽暖閣裡面點著熏爐，歐陽爵原本連眼睫之上都沾了雪花，這樣一暖，雪花都化了，臉上卻潤潤的。換了衣裳，菖蒲捧了熱手巾來，歐陽暖竟然挽起袖子親自替歐陽爵擦了臉，口中嗔道：「真是傻孩子，為了一隻鸚鵡，弄得自己這樣狼狽！」

「剛才出去的時候不小心碰上的，許是哪戶人家飛出來的。」歐陽爵渾然不在意，高興地道，可是一轉眼卻壓低聲音道：「郡王，我已經打探過了，現在不是出去的時候，外面查得很嚴。」

肖重華點了點頭，目光落在那鳥籠上，面上籠上了一層淡淡的笑容。歐陽爵微微一愣，在他的印象裡，肖重華一向都是冷冰冰的，什麼時候竟然也有這麼溫和的神情了？他不由自主向歐陽暖看去，卻看到姊姊將熱手巾遞給菖蒲，在他們說話間已經走過去，正拿手指輕輕扣著那籠子，左頰上一朵梨渦若隱若現。他一時有些疑惑，分不清肖重華究竟是在看鳥籠，還是在看歐陽暖。

鸚鵡想來是別人養慣的，十分溫順，歐陽暖用指尖輕撫牠密密的羽毛，不禁道：「真有趣！」

肖重華看著她，在歐陽爵進來以前，她的面容一直都很平靜，甚至帶了些冷漠，只是見到弟弟，她卻像是變了一個人，明珠生輝，熠熠照人，笑靨直如梅花綻放，清麗奪目，與往日裡應酬他的笑容完全兩樣。

他突然意識到，其實在歐陽暖心裡，自己只是個有切身利益的陌生人而已。那麼，她的心裡真正在意的人又是誰呢？

「啊，雪好大呀！」從門外進來的紅玉輕輕呼了一聲。

歐陽爵轉身對著窗，笑道：「姊姊，雪越下越大了。」

「是嗎？」歐陽暖也走到窗前，只見院中已是白濛濛的一片，銀絮亂飄，撲在窗櫺之上，青石臺階也細細地濕潤過，淡淡地反射著幽幽的光芒。

歐陽暖看著院子裡的雪，靜靜道：「爵兒，這鸚鵡你養著吧。」

歐陽爵一愣，「姊姊，妳不喜歡嗎？」

歐陽暖搖了搖頭，「不是不喜歡，牠是別人養熟了的，你對牠再怎麼盡心，牠也不會認你做主人，終究有一天會丟下你，飛回原來的主子身邊。」

歐陽爵有些茫然地看向肖重華，他根本不明白，那又如何？

肖重華呼吸微微一窒，卻在那個瞬間就明白了，不僅明白歐陽暖話中的含義，更明白她為什麼要這樣做，既然註定要分別，還不如一開始就不要投注一點感情。他對她感到一種深深的好奇，為什麼一個天真爛漫的少女會變成如今這個模樣，連一隻鸚鵡的離去，她都無法承受，這究竟是太無情，還是太重感情呢？

歐陽爵充滿疑惑地帶著鸚鵡走了，歐陽暖看著他的背影，一直沒有出聲。

肖重華在她身後道：「我今天才知道，妳也是會真心笑出來的。」

歐陽暖回過頭，直視他的目光，忍受著眼睛微微的刺痛，慢慢地道：「真心？這樣的東西，我還有嗎？」

肖重華靜靜地道：「妳有。」

歐陽暖笑道：「郡王為何要這樣肯定？」

「妳或許曾經遭受過什麼，但現在那些不幸已經遠離妳了，妳身邊的人，歐陽爵、妳的外祖母和表姊她們，都會對妳哭、對妳笑、對妳說真心的話，妳面對他們的時候，難道不是真心嗎？」

歐陽暖一愣，旋即陷入了沉默。

「身在皇家，周圍的人不是怕著你、哄著你，便是算計著你，甚至有時候至親兄弟也不過如此，妳總比我們要強一些。」肖重華的嘴角浮起一絲奇特的笑容，「也許妳已經生活在幸福之中，只是妳被仇恨蒙蔽了眼睛，什麼都看不見。」

歐陽暖的瞳孔明顯收縮了一下，窗外的飛雪乘風湧過來，沾在她比雪還白的臉上。肖重華那洞穿一切的目光奪目地望了出來，歐陽暖在風中輕輕打了個寒顫，向前踱了一步，聲音不改平日的清澈平靜，「郡王，您今天說得太多了。」

肖重華微微一笑，俊美的面孔籠上了一層溫暖，「我只是想說而已。」

歐陽暖的笑容慢慢變得冷淡，聲音也漸漸低沉：「這些話，郡王不必擔心以後沒有機會再說，我總會想法子將您送出城去的。」

肖重華動了動嘴唇，似乎想要說什麼，卻終究嘆了一口氣。不管他做什麼，她都會產生別的聯想，也許這些話，他就該一輩子藏在心中。

第二天一早，歐陽家的馬車駛出了府，歐陽爵也騎馬跟在後面。

現在大街上管制極嚴，不管是誰家的馬車，都會被攔下來接受盤查。歐陽家的馬車剛走了一盞茶的功夫，就被攔住了，朝廷設的關卡，兩個士兵走上來，冷冷地往車內看。

歐陽暖感覺到身邊的紅玉劇烈地顫抖，她嚇得氣都快喘不過來了。歐陽暖暗自嘆氣，溫熱的手拍了拍她的手背。歐陽暖倒不是覺得自己那麼幸運能躲避盤查，只是她畢竟還有個郡主的身分，秦王也還沒有和大公主撕破臉，更沒有到連她一起殺了的地步，但是無論如何，面對這樣的情況，她也覺得很緊張。

「馬車裡的人快下車，我們要檢查！」其中一個士兵大聲地道。

「大膽！這是永安郡主的馬車，誰敢搜查！」紅玉深深吸了口氣，掀起簾子怒聲道。

「不管是誰的馬車，都一律要接受盤查！」那兩個士兵一愣，隨即一人走上前來道。

「你們真是無禮！」紅玉剛要開口，歐陽暖沉聲道：「既然如此，讓他們查吧！」

紅玉冷哼一聲，當面掀起了簾子，那兩個士兵探頭探腦地看了半天，馬車裡面坐的只有歐陽暖和丫鬟紅玉，他們剛要上車檢查，歐陽爵卻已經快速下了馬，伸出手攔住了，「幹什麼？這可是永安郡主的馬車，你們不要命了嗎？看過沒人就罷了，難不成還要把馬車翻個底朝天？這是誰家的道理？」

「這……」一個士兵有些語塞，另一人在他耳邊匆匆說了兩句，他猶豫了片刻，才點點頭道：「算了，你們走吧。」

車簾重新放下，馬車再次出發。

紅玉輕輕吁了一口氣，歐陽暖淡淡地笑道：「只要我們不出城，他們自然是不會過分的。」真正的困難在城門口，那裡才是真正的關卡。

「去太子府。」歐陽暖吩咐道，她要帶著肖重華去見太子，只要把他安全送到太子府，再由太子想法子把人送出去，她也就盡到了最大的努力，沒什麼虧欠他的了。

馬車裡，紅玉翻開馬車的夾層空心，露出裡頭只能容納一個人的狹窄暗格，低聲道：「您出來透口氣吧。」

肖重華笑了笑，由於身上原本的那套衣服已經不能再穿，他此刻完全是一副尋常男子打扮。這多虧了歐陽府正好有一個侍從的身材和他差不多，又有多餘的衣服可供替換，否則就是歐陽暖有再大能耐，亦沒有法子去現做一套。肖重華輕輕搖了搖頭，「如今秦王一定牢牢盯著太子府，妳們這麼做太冒險了，前面有一條巷子，在那裡放下我就好，其他的我自己想辦法。」

歐陽暖當然知道太子府門前一定守備森嚴，但是在這種節骨眼上，京城局勢猶如迷霧一團，輕信任何人的結果都可能是災難性的，除了太子和大公主，她不能相信任何人。大公主這幾日都在宮中陪著皇后禮佛，只剩下太子可以依賴……

「把你放在這裡，等於是讓你去送死。」歐陽暖搖了搖頭，拒絕了這個提議。

「我事先已經在城中安排好了人手，到時候他們會負責接應我，聽我的話……」肖重華皺眉，黑眸一眨也不眨地望著她，瞳眸轉為深黯，眸光深處更掠過些許火苗。

歐陽暖卻不上當，「果真如此，郡王又怎麼會被逼得躲入歐陽府？您既然不想連累我，還是免開尊口得好。」

肖重華輕聲嘆了一口氣，卻止住了話頭。別人興許不在乎底下軍士的性命，但他卻不可能不在乎，他若非不得已，不能隨便捨棄麾下兵卒，這是他一直以來的原則。此次他單槍匹馬闖入城中，一方面是因為人越少反而越安全，另一方面是他不願讓屬下面臨九死一生的局面。

大街上很少看得到百姓，時而有二十人一隊的禁軍手持鋒利的兵器整齊劃一地走過。雖然還沒有真正動手，但歐陽暖透過掀開的車簾，看清了面前劍拔弩張的景況，兩手不由緊緊握成了拳頭，修剪的整整齊齊的指甲立刻陷入了肉中，帶來了陣陣刺痛，這也讓她的頭腦得以恢復清明。

一路到了太子府，馬車在府門前十幾步遠處停了下來，此時，負責守衛太子府的軍士張望片刻，便高聲問道：「來者何人？」

「永安郡主來看望太子妃的！」

那軍士立刻不知道去何處通報了，馬車在門口一停就是小半個時辰，接著從旁邊的巷子出來十幾名全副武裝的軍士，一個個腰中跨刀如臨大敵。見此情景，路過的百姓紛紛忙不迭地往後退。

歐陽爵跳下了馬，牽著韁繩走上去。其中一個頭領模樣的人上上下下打量了他一番，冷不丁道：「太子墜馬受傷，是不見外客的！」

歐陽爵微微一笑，「我姊姊是來看望太子妃的，請您行個方便。」他暗自忖度，眼前這個人在太子府門前出現，是否意味著太子已經被人嚴密控制起來了呢？

「咳，是這樣啊！」那為首的軍士想了想，道：「我們得例行檢查一下馬車。」言語間，一群軍士有意無意地將馬車圍在中間，看那情勢，只怕是稍有異動就要動手。不止如此，太子府旁邊還有一條巷道，赫然可見密密麻麻的一應全副武裝的軍士，氣氛顯得格外凝重肅穆。看到這一幕，歐陽爵心中狂跳，那種不妙的預感更加濃烈了起來。

馬車上的紅玉心下焦急，右手已經輕輕捏住了袖子中的匕首。事到如今，她有些恐懼，若是這些人傷害到了小姐……

歐陽暖面容平靜，心中卻已是驚濤駭浪，果然，京城之中的局勢已經一觸即發！

那暗格做得很是隱祕，從外觀看來半點也看不出端倪，同剛才一樣，那為首的軍士檢查了一番，才笑道：「既然如此，就請進去吧。」

歐陽爵左右看了看那些面無表情的軍士，若有所思地拱了拱手，「這位大哥，多謝了！」

然而，就在那人說過放行後，四周那些軍士卻立刻將馬車圍得更緊了一些，甚至有人把手按在了刀柄上。他們整齊地散開了一個半圓形，讓歐陽爵從他們身旁走過。眼看情形越來越不對，歐陽爵一顆心幾乎提到了喉嚨，他將馬轠繩丟給一旁的侍從，自己快步走過去請太子府的人進去通報。穿過那些士兵的時候，更竭力克制自己不往旁邊多看一眼。

每走一步，都彷彿走在刀尖上，這種情景若非親身經歷，絕不可能體會到其中的可怕。

好在太子府的人很快開了側門將他們迎了進去，馬車駛入太子府的那一剎那，歐陽暖才微微鬆了一口氣。若是這些人將馬車拆散了檢查，或者用刀劍去刺馬車內部，肯定會暴露的，好在他們多少還顧忌自己的身分，沒有做得太過分，只是這樣一來，秦王也會得到消息，很快會找到這裡來。

歐陽暖沒有來得及去找林元馨，便先到了太子的書房。

「永安郡主歐陽暖，求見太子！」

「進來吧！」這個柔和的聲音歐陽暖並不陌生，那一天在船上，她就已經見過這位為人處世都很溫和的太子了。

作為一個太子，他溫文爾雅，柔和親民，可是作為一個儲君，他這樣的性格是否及格，這是歐陽暖完完全全不知道的答案。

歐陽爵留在書房外面，歐陽暖和肖重華兩人先後進門，而案桌後的那人在歐陽暖邁進門檻時，頭也隨之抬起，但目光只是在她身上一掃就突然眉頭一挑，厲聲質問道：「妳這丫頭瘋了不成，這時候怎麼能到處亂跑？」

歐陽暖一愣，很快聽出了太子話中的關心之意，不由自主地就想起了大公主曾經說過的話，她說，太子和燕王都愛上了同一個女子，既然肖重華已經說過，燕王一輩子只愛過她娘，豈不是連太子也……歐陽暖這樣一想，不由得有些窘迫，目光落在太子身上，柔聲道：「聽聞殿下受傷，母親不方便親自來看望，便遣我過來看一看，您沒事吧？」

她說的母親自然是大公主，卻也讓太子自然聯想到林婉清的身上，他一愣，臉色隨即和緩了許多，「我沒事，只是妳這孩子也太大膽了，外頭這麼亂，妳怎麼能跑到這裡來？」

這一次墜馬，太子不過是一條腿的小腿骨摔斷了，並沒有性命之憂，剛才他似乎正在奮筆疾書寫一些什麼，顯然並沒有傷得很重。

「殿下，您既然沒有受傷，便應該主持大局，怎麼能任由秦王這樣胡來？您可知道，他如今封鎖了整個京都，控制了各大城門口的出入，甚至連太子府門前都布滿他的爪牙！」

太子猛地離座而起，默立半晌，他突然冷笑了起來，「好，好，怪不得我覺得外頭安靜得很，原來有這樣的玄機！他這樣明目張膽，果真是要造反了！」

歐陽暖淡淡地道：「不只如此，殿下，昨天兵部尚書帶人來到歐陽府上，口口聲聲要找刺客，實際上他找的不是刺客，而是悄悄潛入京都的明郡王。」

「妳的意思是說，重華回到了京都？」太子先是一愣，隨即大驚，「既然如此危局，他怎麼能突然跑回來？好糊塗！萬一出了事情，怕是連他也要一起搭進去！現在他人在哪裡？」

肖重華微微一笑，上前一步道：「太子殿下，侄兒在這裡。」

太子原本所有的注意力都在歐陽暖的身上，對這個自始至終低著頭的沉默的隨從並沒有太過注意，此時看到這情形頓時嚇了一跳。足足有半盞茶的功夫，太子連話都驚愕地說不出來，最後只得嘆了一口氣，「也罷，你父王受了傷，你回來也好，只是……風險著實太大了。」

「不知殿下身邊如今可還有什麼值得信賴的人？」肖重華聞言，深邃的眸色，帶著風雨前的黯沉與平靜。

太子搖了搖頭，「原先自然是有的，可這半個月來，我手下的人一個接一個地出了亂子，我坐鎮太子府沒有離開過，但凡外間消息都是靠那些心腹傳遞，可是近來我發現，其中有人存心瞞報，大多重要消息都到不了我手裡，如今只怕……」

雖然太子沒有把話點透，但肖重華和歐陽暖同時心中了然。既然太子對外面的情形不能盡在掌握，那麼替他傳遞消息的心腹只怕是出了問題。

「如今，只能先送你出城，想辦法聯絡三大營的將領。」太子從腰間抽出一塊腰牌遞給肖重華，目光鄭重道：「必須拜託你了。」

歐陽暖看著太子，心中深深的憂慮，她不懂政治，卻也知道如今的局勢很危險，肖重華能夠安全出城已經不容易了，還要想方設法送信去三大營，這簡直是天方夜譚。不，就算他真的做到了，如今三大營的統領應該早已得到京都內部一片混亂的消息了，他們卻還是按兵不動，其中定然有某種不可告人的緣故，若是他們與秦王已經達成了某種協議，那麼肖重華一去，無異於是羊入虎口。

她看向一旁的肖重華，他也向她看過來，那澄澈的瞳眸深邃黝黑，像是一把劍，直入人心，在一瞬間，她就讀懂了他的意思，他同樣是這樣認為的，只是他的選擇是——必須得去，哪怕只有萬分之一成功的幾率！

肖重華停了片刻，突然道：「我必須即刻趕回去通知皇長孫，至於三大營那邊，還有一個人可以幫忙。」

太子一愣，目光中突然劃過一絲異色。

歐陽暖見太子神情古怪，心中浮起了一絲疑惑，只聽到太子的聲音異常冷淡：「若是有用，便讓他去吧。」

「多謝太子殿下。」肖重華斂著的眸子掠過了一絲奇特的光芒，低聲道。

這兩個人說話的神情著實太古怪，讓歐陽暖心中不由得起疑，只是她並非刨根問底的人，別人不說，自然有不說的理由，她又何必細究，想到這裡，她微笑道：「我已經將明郡王平安地送到殿下身邊，也該回去了，在此向兩位告辭，順祝郡王一路順風。」

「且慢。」肖重華突然擺了擺手，道：「還不到歐陽小姐功成身退的時候。」剛才他讓她走，她卻不肯走，現在她完成任務就想要離開，哪兒有那麼容易的事情，所以他不動聲色，對歐陽暖那失望的表情視而不見，全無罪惡感，只從那犀利的眼神可看出他一閃而逝的淡然笑意。

一個時辰後，太子府的兩扇大門突然打開，在眾多丫鬟嬤嬤們的簇擁下，林元馨和歐陽暖兩人走了出來，相繼上了重新準備好的華蓋馬車。原本守在門口的士兵不好阻攔，卻也不能任由她們離開，便索性派人出去報信，不過片刻的功夫，便來了一群黑衣黑甲的精銳禁軍，馬車猶如置身於一波黑色洪流中，被包圍得嚴嚴實實。

美其名曰保護，實際上是監視。歐陽暖吩咐馬車不必理會，兀自向城門口駛去。

馬車一路駛向程德門，這是出京都的八個城門之一。如今的八大城門都有一個秦王的心腹在盯著。程德門的守門將領是玉虎將軍周廣德，他親自看著那些士兵挨個挨個盤查，就算是肖重華武功過人，試圖硬闖，這程德門也還駐著數千士兵，真要打起來驚動了秦王，別說是人，只怕變出翅膀也飛不出去。

歐陽爵對周廣德笑了笑，「周將軍，馬車裡是皇長孫的側妃和永安郡主，她們要去寧國庵上香，請您放行。」

周廣德道：「對不住了，末將受秦王殿下的差遣，來這裡追捕逃犯，不論是什麼人經過，都要仔細盤查。」

這話今天已經聽了無數遍，歐陽爵不動聲色，淡淡地道：「當真是追捕逃犯嗎？」

周廣德笑了兩聲，「是刺殺燕王的刺客，當然是欽命要犯……」

歐陽爵一下馬，城門便出現了無數兵甲，他們引著長弓，沉默地用羽箭指著他們，以防他們突如其來的闖關。

就在這時，歐陽暖掀開簾子，對周廣德說道：「今日是黃道吉日，我們只是想要去寧國庵，你若是想要檢查，便檢查吧，只是不要驚擾了皇長孫的側妃。」

周廣德點點頭，臉上想要擠出點討好的神色，卻又有點僵硬，「郡主放心，末將肯定會小心謹慎的，否則叫世子爺知道，肯定會活剝了末將的皮！」他是知道秦王世子向皇帝請婚一事的，所以自然而然流露了一些討好出來。

歐陽暖淡淡地道：「周將軍這是什麼話？你要查就快些吧，不要耽誤了我們上香的時辰。」

周廣德果真命人搜查了所有的馬車和人，每一分每一毫都不肯放過，甚至連車輪子都拆開來看有什麼異樣，可最終一無所獲。

「我們現在可以走了嗎？」林元馨皺著眉頭問道，她如今已經有了五個月的身孕，寬大的裙襬遮住了隆起的腹部，長時間站著還是有些疲憊，整個人幾乎是依靠在歐陽暖和山菊的身上。

「很抱歉，請您再等等。」周廣德對旁邊的士兵使了個眼色，讓他回去通風報信，隨即若無其事道：「還需要再檢查一遍。」

他說是檢查一遍，卻彷彿恨不得把每一個隨行的丫鬟、嬤嬤們都扒開衣服看一看是男是女才好，看他這樣子，歐陽暖冷下臉來，「周將軍是不打算放咱們走了，難道這也是世子爺的命令嗎？」

周廣德訕訕地道：「哪裡的話，郡主不要誤會，咱們世子爺有種種不得已之處，今日所為，乃是末將一意孤行，郡主若要見罪，末將自然領受，您不要因此錯怪了他。」

歐陽暖看了一眼天色，心中微沉，冷冷地說道：「你休在這裡拖延時間了。」

周廣德道：「末將不敢。」
歐陽暖冷冷地道：「既然不是拖延時間，你究竟在等什麼？」
話音剛落，歐陽暖聽到身後一陣馬蹄聲雜沓，無數人簇擁著肖天燁下馬。
事到臨頭，歐陽暖倒沒有了任何畏懼，只是靜靜地站在那裡。
所有人都離得非常遠，沉默地注視著場中的馬車。而肖天燁的目光，有著錯綜複雜的痛楚，彷彿隱忍，亦彷彿悽楚，「妳去哪兒？」
歐陽暖看著他，慢慢地道：「去寧國庵。」
肖天燁一愣，隨即愕然，「去那兒幹什麼？」他的臉色一下子好起來，不知道的人還以為他剛才是被歐陽暖拋棄了，才會露出那麼楚楚可憐的表情。
歐陽暖失笑，「去敬香而已。」
肖天燁顯然不信，走近了一步道：「妳究竟去那兒幹什麼？」
歐陽暖看著他，靜靜地道：「避禍。」
「若我不放妳走呢？」肖天燁微微一震，似乎十分費解地瞧著她。
歐陽暖的心頭有一絲震動，道：「我不是不回來，只是在京都局勢沒有穩定之前，暫時陪著表姊留在那裡。」這是太子的意思，在這個時候將林元馨送去寧國庵，未必沒有要保住皇長孫子嗣的意思。相比正妃而言，身為側妃的林元馨地位低，出去的可能反而大些。這不過是在太子與秦王正式撕破臉前的最後努力，從目前看來，這個努力很徒勞。
「這裡有我護著妳，不會有危險。」肖天燁執拗地道。
「我明白你的好意，只是林文淵的在一天，我便不能安心留下。昨日他闖入我府上做的那些事情，有一次就會發生第二次，我不能就這樣任由他宰割，可他是秦王殿下心腹，世子爺也不能為我殺了他！與其等著他來，不如我自己退避三舍！世子爺今日不放我出關，我便會硬闖，要殺要剮隨你們便是了！」

肖天燁神色震動地看著她，就像是要用目光將她整個人都看穿似的。

在這樣的目光下，歐陽暖的心口微痛，面色卻更為平靜，她提醒自己，這是為了表姊的安危，也是為了爵兒的平安，京都不是一個安全的地方，絕不可以再留下去！然而肖天燁根本不肯放她們離開，他今天到底會怎麼做呢？

肖天燁沉默了好久，忽然道：「放她們走。」

周廣德大驚失色，「這怎麼可以？」

肖天燁抬起眼睛來看歐陽暖，「妳說的對，這裡很亂，我可能顧及不到妳，未免有損傷，妳去住一段時間也好，只是我會派人保護妳。」

是保護還是監視，歐陽暖並不在意，她點了點頭，深深地道：「那就多謝世子爺了。」

城門打開了。

肖天燁目送歐陽暖的馬車出城，周廣德猶豫道：「世子爺，這種時候您怎麼能讓她們出去？」

肖天燁冷冷地望了他一眼，周廣德心裡打了個突，強笑道：「秦王殿下吩咐過，與太子府有關的人一概不許出城。」

肖天燁冷笑一聲，道：「不必擔憂，父王那裡自然有我，不會有你的責任。」

周廣德剛要說話，忽然聽到眾人的驚叫，無數人喧譁起來，還有人大叫：「奉天門失火啦！」

肖天燁一愣，迅速向北望去，只見北邊的城門隱約飄起火苗，不斷冒出沉重的黑煙，街頭頓時大亂，無數人驚叫奔走，不知道該怎麼辦才好。

「吩咐下去，封鎖奉天門，集中兵力全力搜查！」肖天燁沉聲道，周廣德點頭，快速去了。

肖天燁深深地回頭望了一眼歐陽暖已經遠去的馬車，狠下心，快馬疾馳像是一陣風，向奉天門的方向而去。

早在歐陽暖的馬車剛出太子府，林文淵那裡就收到了消息。他立刻親自趕赴太子府，沒有秦王手諭，歐陽暖根本不可能隨意出城，他敢肯定，這不過是煙霧彈，肖重華必定還在太子府裡。

與他作出同一判斷的人還有當今晉王——肖欽南。他是秦王一母同胞的親弟弟，地位和聲望自然非同凡響，林文淵在宗門大街一看見他立刻下馬行禮，肖欽南面無表情地揮揮手，「免了。」

肖凌風是晉王世子，樣貌酷似肖欽南，性格卻與他高傲的父親完全兩樣。他主動下馬攙扶起林文淵，笑道：「事急從權，秦王叔如今還在宮中抽不出身，我父王剛剛得到消息就趕來了，咱們先去太子府看看！若真是肖重華，我們一定不能放跑他！」

然而，到了太子府門前，卻見到中門大開，像是早就在等候他們一樣。肖欽南冷冷一笑，扔下馬鞭就緩步往前走去。

「晉王弟，別來無恙！」一道聲音突然響起。隨著一個爽朗的笑聲，太子出現在了眾人眼前。他一身華服，腰間赫然是一塊蟠龍羊脂玉佩，一派富貴閒適的模樣。小腿上的傷看起來很輕鬆，絲毫沒有影響他的心情，他在晉王身前十步遠處停下了步子，上下打量了晉王片刻之後，目光突然變得銳利無比，「我早就聽說晉王帶隊查了數家王府，想來我這裡也是無法倖免的，所以恭候多時了！」一邊說一邊冷笑道：「你敬請自便，我已經將所有的主子僕人都叫了出來，府中所有房間裡半個人都沒有。若是晉王待會找到任何人，非賊即盜，不妨立刻帶走。」

這一番話語氣極重，饒是晉王也不由得面上色變。太子雖然懦弱，但終究是一國儲君，秦王若是不能成功，登上大寶的人就該是太子。沒有人不想給自己留下後路，縱使他不在意這些，只怕身後這些屬下會有顧慮。晉王看了站在旁邊笑盈盈的兒子肖凌風一眼，頗有些躊躇。

太子看著晉王的臉色，哪裡還不明白他在想什麼，便冷冷地加了一句話：「我這府裡雖然沒什麼值錢的東西，但是太后和陛下所賜的物件還是不少的，煩請晉王吩咐下去，到時候搜查的時候注意些，千萬別磕碰了什麼，那可是殺頭的罪名！」

晉王突然大笑兩聲，然後上前幾步，恰恰在太子面前停了下來。此時，兩人之間的距離不足五步，低聲道：「大哥，您這樣虛張聲勢，不就是怕我們進去搜查嗎？」他看了太子臉色微微一變，冷笑著突然轉身對著身後那群人道：「都聽見太子的話沒有？傳令下去，仔細地搜，別辜負了太子的一番好意！」只聽一聲令下，所有軍士全都整齊劃一地變換隊形向內湧去，沒有絲毫的猶疑。見這幅情景，太子臉上閃過了一絲驚怒。

就在此時，林文淵大叫一聲：「刺客在那裡，快捉住他！」

眾人向假山後望去，卻見到一道黑影快速地閃過，無數士兵也向那人影撲過去，緊接著卻聽見晉王突然驚叫出聲，眾人一驚，卻看到一個人左手緊緊箍住晉王，右手是一柄亮閃閃的短刀，鎮定自若地站著看那些禁軍士兵，清晰地道：「晉王殿下，你好大的膽子，連太子府都敢闖！」

林文淵身著官服，手握長劍，正怒視著這個年輕男子，「你是什麼人！」

挾持晉王的年輕男子一身素袍，袍子上一塵不染，鼻挺唇薄，俊目修眉，雖是布衣輕衫，卻神采飛揚，見之忘俗，自是一派瀟灑揮然。五官之間雖與肖重華有些相似，然而他身上的淡然瀟灑卻與明郡王身上的冰冷氣質迥然有異。

林文淵一開始懷疑他就是肖重華，可仔細一看，卻很明顯看出了兩個人之間的不同之處，要不是他早就知道燕王世子體弱多病，絕不可能是武功高強之輩，他簡直要疑心此人就是他了。難道說探子發現的人根本不是肖重華，而是眼前這個人？他們都被人耍了？

晉王看著這陣勢，感到驚懼不安，大叫道：「快放了我！」他剛剛才看到那道黑影一閃，此人就已經出現在自己身後，還來不及反應就遭到了挾持，可見其人武功深不可測。

背後的男子暗中將刀鋒頂在他的腰際，輕道：「晉王，安分一點。」

晉王嚇得身子一僵，頓時不敢再動。

肖凌風見到這一情景，不由得面色鐵青，目中噴火，顯然義憤填膺，就在電光火石之間，他突然注意到了太子的表情，那表情似乎有一種說不出道不明的古怪。他突然想到了一個人，脫口而出道：「你是賀蘭圖！」

晉王因為被鋒利的匕首抵著，一直沒有看到後面的人，這時候心裡猛地一驚，怎麼會是他？

賀蘭圖哈哈一笑道：「世子記性太差，五年前宮中中秋盛宴咱們還見過一回，怎麼到現在才想起來？」

肖凌風原本不敢確定，畢竟這位賀蘭公子從不參與朝廷裡的鬥爭，久而久之大家都忘記了皇室裡有這麼一個人，聯想到此人特殊的身分，肖凌風沉聲道：「賀蘭公子，我們不過是在捉拿謀害燕王的刺客，此事我料你並不知情，因而與你無關，請你退過一旁，不要干涉朝中事務！」

賀蘭圖卻淡淡地笑道：「什麼朝中事務？明郡王是我的朋友，既然你口口聲聲說他父王遇刺，那自然與我有關，此事我管定了。」

晉王反應過來，冷笑一聲，「原來是你！秦王去請你的時候你才說不當棋子，今日卻主動跳上棋盤，如此愚不可及，看來是秦王殿下高估你了！」

秦王動手之前，曾經籠絡過這位賀蘭公子，他卻是毫不在意的模樣，如今突然跑到太子府來，而門口那麼多士兵竟然都沒有人發現他，這人難道會飛天遁地不成？晉王越想越覺得惱怒，卻礙於性命在人家手上，不敢過分刺激他。

賀蘭圖仍是淡然一笑，「晉王有什麼資格說這個？這裡有誰不是棋子？無非是誰清醒，誰又糊塗罷了！」

肖凌風神色一凜，隨即正色道：「不論京都發生什麼樣的事情，都與賀蘭公子無關，你何不繼續做局外人？」

賀蘭圖卻開朗地笑道：「不能富貴非因宿命只緣懶，我本欲逍遙於紅塵之外，是秦王殿下不肯甘休，幾次三番相逼，終將我拉入局中罷了。」

晉王面沉如水，將眼光投向賀蘭圖，「賀蘭公子，你現在棄暗投明，我便既往不咎！」

賀蘭圖微笑著道：「多謝晉王美意，奈何我已身在局中，落子無悔。」

「放肆！」林文淵大怒，「你不過一介布衣，晉王殿下以禮相待，你卻恩將仇報，轉過來對付我們，簡直不知好歹！如此卑鄙小人，令人唾棄！」隨後指向他，大聲喝道：「將此逆賊拿下！」

一層層的弓箭立刻指向了他。

賀蘭圖一直緊緊箍著晉王，此時將刀鋒優雅地頂在了他的咽喉，輕聲笑道：「林大人，你這是要當著這麼多人的面，置晉王的性命於不顧嗎？」

晉王僵在那裡，竭力平靜道：「林文淵，你……」

林文淵的表情僵住了，他皺著眉頭看了肖凌風一眼，神情緊張。

肖凌風咬牙，「你究竟想要幹什麼？」

賀蘭圖微微笑道：「送我們出城。」

自他出現在這裡，林文淵便一直看著他手中的晉王，心中轉過了無數念頭，一開始也抱了一線希望，盼賀蘭圖在圍攻的壓力下退開，但也自知不太可能。現在，他實在不希望犧牲晉王，因為晉王是秦王殿下最信賴的弟弟，若是讓他在這裡死了，他如何向秦王殿下交代？

此時，太子也看著賀蘭圖，眼神十分複雜。他一向與賀蘭圖從無來往，在最關鍵的時刻，他本可以袖手旁觀，竟然真的同意出手相助……

肖凌風不得已，眼睜睜看著賀蘭圖的匕首架在晉王的脖子上，帶著太子出去。禁軍一路被逼著往外退，肖凌風作了個手勢，一名禁軍會意地去了。

林文淵的腦海中急速轉動，或者放走太子和賀蘭圖，或者讓晉王「為大業捐軀」，這二者之間，他會毫不猶豫地選擇後者，但是秦王雖然信任他，卻無論如何比不上親兄弟，而晉王與自己在政見上又多有不睦，如果他不顧晉王的性命，下令進攻，那麼事後只怕很可能被人誣陷說他想藉機剷除異己，所以才趁機借刀殺人。秦王身邊多的是想要取代自己的人，若是他們到時候落井下石，自己真的是百口莫辯。只是要他錯過這個千載難逢的良機，放走太子，他實在是不甘心。

這時，禁軍已將太子妃推到了太子面前，太子一愣，隨即緊緊皺起了眉頭。周芷君早已帶著孩子避入定遠公府，林元馨也被歐陽暖帶出了城，剩下的太子妃，他不是早已吩咐過讓她換裝後跟在歐陽暖的馬車裝成一般僕婦出城嗎？為什麼還在這裡？

太子直瞪著她，太子妃的臉上卻湧出溫柔的神色，「殿下，您不走，我怎麼能走呢？」

「愚蠢！」太子厲聲道，太子妃不肯走，最終只會被人挾持用來當做威脅他的武器。

「太子殿下，請您命令身邊的這位賀蘭公子立刻放了我父王，否則的話……」肖凌風的長劍架在了太子妃的脖子上。

賀蘭圖看了太子一眼，太子卻絲毫不為所動，冷冷地道：「你以為區區一個太子妃就能換回晉王的性命？」

太子雖然語氣嚴厲，表情冷漠，眼睛卻緊緊盯著肖凌風那把長劍，生怕太子妃傷了分毫。

太子妃眼中哀戚，臉上卻笑得十分愉快，「這麼多年的結髮夫妻，我又怎麼會不瞭解您？您放心，我不過是留下來陪伴您，如今您既然不需要我，我也不會再給您添分毫的麻煩。」她深深望了太子一眼，話音未落，已經撞在了肖凌風的長劍上，頓時血流如注。

肖凌風沒有防備她會突然作出這樣的舉動，一下子怔住了。

「寧蘭！」太子看著妻子血流如注，軟倒下去的身軀，一時陷入了深深的哀痛，幾乎說不出話來。他不明白，太子妃為什麼要留下來？為什麼有一條生路在眼前，她卻非要做這樣愚蠢的事情？寧蘭是個聰明的女人，明明應該知道，在他的心中她根本是可有可無的妻子，他對她的用心，比對林婉清的一半都抵不過，她……為什麼還要留下來？

正在躊躇之際，禁軍中忽然有人驚呼一聲：「快看！」不遠處的天空忽然升起了一股濃濃的黑煙，直衝霄漢，令人心驚。

肖凌風一見，神色大變，脫口而出：「奉天門！」

片刻之後，皇宮和外城同時有黑煙上湧。

有人驚道：「宮裡起火了。」

「城中也有人放火。」

林文淵驚疑不定，這怎麼可能，城門和宮中怎麼會同時起火？

「秦王殿下，真是好計謀啊！」賀蘭圖微笑。

「趁此良機在宮中起事，趁亂殺了皇帝，順便再殺了皇后，然後推到別人身上，他就可以順理成章地提前登基了吧？」

此人滿口胡言，用心毒辣！林文淵狠狠瞪了他一眼，立刻道：「世子爺，這裡交給你了，我馬上率禁衛軍進宮去看看情形！」說完，不待肖凌風說話，立刻上了馬，調轉馬頭，飛奔而去。圍在他們周圍的士兵有一半跟在林文淵身後，疾奔而去。

賀蘭圖揚聲笑道：「對啊，動作可要快，千萬不要讓別人有機可乘，否則秦王殿下這場名為保駕，實為逼宮的戲碼可就演不下去了！」說著，猛地將手臂收緊，晉王立刻痛得大叫起來。

肖凌風臉色大變，想也不想，便怒道：「賀蘭圖，你住手！」

賀蘭圖淡淡地道：「世子爺，我的人只要再放一道火，皇城裡的金吾衛就會立刻發動襲擊，血洗京都。」

不但是肖凌風，在場的所有人都是神色大變。

太子這時候從剛才的哀痛中微微恢復了鎮靜，冷冷地道：「肖凌風，你應當聽說過金吾衛以一當十，以一當百，若死戰到底，怎麼也能殺你們幾千上萬人，雖死無憾。」

金吾衛是傳說中隸屬於皇帝的祕密部隊，然而從來只是聽聞卻沒有人親眼見過，甚至有人說這不過是個傳說，根本不存在，更何況皇帝如今被秦王捏在手心裡，廢太子和立秦王的詔書都已經擬好，這時候卻突然冒出個金吾衛出來，還是來保護太子的，怎麼不令肖凌風面色大變呢？他冷冷地道：「金吾衛沒有陛下下旨絕不可輕易調動，你如今竟然敢隨意下令？」

賀蘭圖只是看著肖凌風，冷漠地道：「很抱歉，陛下早已將金吾衛的調動權力交給了我，如今他被秦王挾持，我當然有隨意調動的權力。世子爺，我知道你聰明謹慎，當然以國事為重。你大可不顧你父王的生死，下令進攻。不過，若殺不死我，金吾衛可是大部分都在內城，王公貴族都是他們的目標。到時候縱然你們得到了京都，也不過是一座空城了。你好好斟酌吧，我耐心有限，只數五聲。五聲一過，若你一意孤行，京都今日便血流成河。」說完，他乾脆俐落地道：「一。」

肖凌風猶豫著，看著晉王。

晉王厲聲道：「凌風，快讓他放了我！」

賀蘭圖清脆地道：「二。」

肖凌風有些躊躇地四下看了看，他的部下卻心意一致，明顯地暗示要他放人，救下晉王。他當然也想如此，可是太子呢？怎麼能輕易放了他？

賀蘭圖再道：「三。」

他的聲音淡漠，彷若利箭，直刺入所有人的心裡。

所有人幾乎都忘記了呼吸，賀蘭圖冷冽地道：「四。」

肖凌風一咬牙，「好，我便容你們離開，但你必須保證，一出城便放了我父王，還有金吾衛，你也絕不可任由他們胡來！」

賀蘭圖淡淡地笑道：「金吾衛只負責皇帝陛下的生命安全，如今我並沒有接到陛下手令，也不會隨意調動。只要你讓我們走，我保證金吾衛不在京都城內殺人。至於晉王，我要一併帶走，到了安全的地方再交給你們，你放心，我保證絕不傷他。」

肖凌風別無選擇，他氣憤地看著他，心念電轉，卻仍是無計可施。

賀蘭圖將刀尖微送，一縷血絲便順著晉王的脖頸流了下來。

晉王只覺得咽喉處一陣尖銳的刺痛，不由得魂飛魄散，大聲驚叫：「凌風，照他說的做！」

肖凌風長嘆一聲，終於妥協了。

太子上了馬，隨行上百名太子府的護衛跟著。賀蘭圖不再耽誤時間，提著晉王也隨之上馬。

太子卻想起了太子妃，連忙對肖凌風道：「放我了妻子。」

一個死人而已，早就沒有任何價值，肖凌風揮揮手，便有人將太子妃的屍身送還給太子。

肖凌風盯著賀蘭圖，鄭重地說道：「賀蘭圖，君子報仇，十年未晚。你心性剛毅，精明善斷，我很佩服。一旦順利出城，希望你能遵守諾言，放了我父王。」

說著，他下令禁軍收起兵器，閃開通道。

太子大喝一聲：「走。」

上百騎便一起衝了出去。肖凌風策馬緊追其後，其他騎著馬的人也全都隨後追來。馬蹄踏上街道，猶如疾風驟雨一般。一路上，人們不斷驚呼著閃避。賀蘭圖騎術高超，雖然帶著晉王，卻依舊趨避自如，未踏傷一人。肖凌風率領著人也未停下，在後面急追。

太子怕走別的城門會生出波折，索性從由晉王直接控制的正陽門出去，出城後，他們一直沒有休息，全速向前飛奔。穿過一城又一城，越過一村再一村，一路上將人們驚異的目光拋在身後，直到後面再也看不到追兵。

這時他們已進入山林，賀蘭圖道：「找個隱蔽的地方，休息一下再走。」

太子點頭道：「好。」隨即看向晉王，卻見到他已然昏了過去，不由冷笑一聲，剛下令將他捆起來，賀蘭圖卻道：「不必了，我就送您到這裡，再往前十里，就有明郡王派出的人來接應，您一路向西去就好。」

「你要去哪裡？」太子驚異。

「我要送晉王回去。」

「送他回去？你真要把他送回去？這樣的亂臣賊子，還不如直接殺了！」太子冷冷地看了一眼晉王的方向，在皇室，兄弟之情根本是一個笑話。

「既然答應了肖凌風，就不該言而無信。」賀蘭圖道：「更何況明郡王還託付我一件事情，我必須要回去。」

太子想到肖重華說的要請賀蘭圖去三大營查探的事情，不由得點了點頭，「重華現在已經趁剛才那陣動亂出城了吧？」

賀蘭圖點點頭，目光卻凝重，「應當是的。」肖重華早已知道三大營的將軍皆已背叛，卻不忍將這個事情告訴還滿懷希望的太子，只能跟他說會請賀蘭圖再去查探，這一點，賀蘭圖也很明白，所以他沒有點破，只是撥轉馬頭，淡淡地道：「太子殿下，祝您一路順風！」說著，便快速打馬向來時的方向去了。

寧國庵

夜深，林元馨還坐在院子裡，神情憂慮，突然一件外袍披到了她的身上，林元馨一震，抬起頭來，卻看到歐陽暖溫和的面容，「表姊，妳該早點去休息。」

林元馨搖了搖頭，滿臉的悵惘。

歐陽暖走到林元馨對面坐下，柔聲道：「妳還在擔心嗎？」

林元馨嘆了口氣，「好好的一個太子府，一夕之間樹倒猢猻散，當初富貴的時候，人人都來錦上添花，到了危難的時候，卻沒有多少人肯伸出援手。」

歐陽暖淡淡一笑，「鷦鳥飲河不過滿腹，再大的房子也是取一角安寢，真心待妳的人不用很多，哪怕有一兩個也就夠了，表姊不必擔心，什麼時候我們都還在妳身旁。」

林元馨的目中泛起感動之色，隨即又歸於悲傷，「可是太子妃實在固執，怎麼說都不肯和我們一起離開……」

有肖重華在，太子早晚會離開京都的，到時候太子妃就會成為累贅，誰逃亡還會帶著一個柔弱的女人呢？太子縱然多情，卻還是個政客，在必要的時候一定會捨棄太子妃，這一點，想必對方也知道，但卻還是固執己見地留下來，不得不說，太子妃外表看來淡薄，實際上卻是真正愛太子的人，然而太子卻一直想著去世的林婉清，身邊又是群美環繞，絲毫不懂得珍惜眼前人……

歐陽暖嘆了口氣，道：「太子妃的行為在我們看來是固執，可是在她而言是堅持，這世上若有一個人明知妳毫不在意，卻也肯為妳至此，也算沒有白來一趟。」

說到這裡，她突然一愣，似乎想起了某個人，然而這個念頭飛快地一閃，就被她壓了下去。轉而又思量，肖重華此次出京，一定會帶著太子一起走，畢竟皇長孫只是皇孫，並不是名正言順的儲君，有了太子振臂一呼，到時候清君側就更是師出有名。

林元馨正要說什麼，卻聽見一道笛音，那笛音吹出的樂曲十分高亢蒼涼，像是從天穹深處傳來的一般，直抵人的心扉。林元馨很快被吸引住了，住了口，靜靜地聽。

庵中也有其他女眷寄居，林元馨只以為是她們閒暇時候彈奏，並未奇怪。一曲奏完，林元馨才意猶未盡地問：「這是什麼曲子？」

歐陽暖看了一眼樂曲傳來的方向，凝眸說道：「是一首關於白狼王的讚歌。」

林元馨看著歐陽暖問道：「妳怎麼知道？」

歐陽暖淡淡地道：「這首樂曲被記載於散月集中，是在講述一個狼王的故事，表姊要聽嗎？」

林元馨起來興致：「哦，是什麼樣的故事？」

「故事是說，草原上有一隻母狼失去了伴侶，她獨自在與豬狗的廝殺搏鬥中艱難產下了三隻小狼崽。為了把狼崽培育成狼王，付出了慘重的代價，最後成功了，然而她卻被成為狼王的兒子殺死了。」

林元馨一愣，隨即不敢置信地睜大了眼睛，「怎麼會？」

歐陽暖慢慢道：「萬物生靈都有自己的規律，凡事需要依律而行。人有人道，狼也有狼道，母狼在必要時，可以吃掉自己的孩子；或者為了不讓孩子受獵人們的折磨和屈辱，可以一口咬斷孩子的喉管，無論如何也要留全屍；甚至眼睜睜地看著愛子在搏鬥撕殺中受傷死去，被飢餓的狼群咬成碎片，也不伸出援手；即便是一母所生的狼，長大後也要互相爭鬥，至死方休。而小狼長大後，不必像我們說的用「禮道」、「孝道」等來回報父母，反而要奴役牠們，甚至可以殺掉牠們。因為只有敢於咬死父母的狼，才可以成為頂天立地的狼王。」

林元馨聽得呆住了，她著實無法想像這樣殘酷的世界，片刻後才醒悟過來，「這首曲子……」豈不是和現實中的皇室爭鬥有相似之處？

歐陽暖搖了搖頭，「用我們的人道來說，狼道未免太殘忍了，但動物也是講感情的，哪怕是十惡不赦的狼，母狼為了自己的兒女，可以放棄自己的婚姻，不再尋找新伴侶，甚至為了孩子敢於與比自己強大無數倍的敵人決一死戰，表姊，動物尚且有如此的護犢之心，更何況是人呢？妳明知道皇長孫是多麼需要一個長子，太子出了事為什麼先把妳送出來，妳這樣自苦，若肚子裡的孩子有所損傷，豈非對不起他們？」

林元馨的臉不由自主有些愧疚，她想了想，站起來道：「好，我聽妳的話，現在就回去休息。」

一旁的丫鬟臉上露出喜悅之色，趕緊過來攙扶她。

林元馨走後，歐陽暖卻突然對著黑暗之中說道：「閣下請出來吧。」

賀蘭圖從陰影之中現身，「小姐真是一點就透。」

歐陽暖略後退一步，打量著眼前的男子，片刻後道：「閣下是明郡王的朋友？」

「算是吧。」賀蘭圖微微笑道。

算是？歐陽暖沉默了，然後抬起眼睛盯著賀蘭圖，「明郡王拜託您前來幫我們？」

賀蘭圖笑道：「我欠他一個很大的人情，這個忙非幫不可。」

月夜下的歐陽暖穿著月白色襖裙，金光爍爍的曳地織飛鳥描花長裙，裙襬綴有無數流光溢彩的細碎晶石，光輝璀璨。與她華麗奪目的衣衫相映的是被水晶流蘇挽起的青絲，逶迤夜空裡如明月一般奪目飄逸。

歐陽暖見賀蘭圖眼神古怪，不由輕咳一聲道：「走得太匆忙，都沒有來得及換衣服。」明郡王請她帶著林元馨出京，卻沒有給她回府換衣服的功夫，避禍也穿得這麼豔麗當然是不妥的，歐陽暖在心裡嘆了口氣，她淡淡地道：「您剛才吹的那首曲子……」

賀蘭圖笑道：「沒有別的意思，只是因為我喜歡狼。有一次我在山上射傷了一隻狼王，牠仍舊頑強地躍向山巔，皮毛被樹枝和山石刮得遍地都是，血跡灑滿山坡。我追了牠一天，終於在山頂看見了牠，卻眼睜睜看著牠跳入了山崖。」

歐陽暖聽得十分動容，嘆道：「狼也有自己的尊嚴，不願意死得太淒慘。」

賀蘭圖說道：「是啊，這正是我最敬佩牠們的地方。」

人竟然會去敬佩動物！歐陽暖失笑，肖重華從哪裡招來這麼一個與眾不同的人？

賀蘭圖的目光落到了歐陽暖臉上，「從前我覺得這首曲子和殘酷的皇室鬥爭很相似，今天卻聽到了另一種解釋，倒真是很有意思。」

歐陽暖笑道：「不過是為了讓表姊安心，牽強附會罷了，讓您見笑了。」她看著對方平靜的眼睛，隨即道：「請問您到底為何而來？」

賀蘭圖不答反問：「山下有一批殺手，小姐可知道？」

歐陽暖微微頓了頓，嘆息一聲，「秦王終究是不肯放過我們。」

賀蘭圖笑道：「若我是他，也必不會放過皇長孫的子嗣。」

柒之章◆亡命驚魂路艱險

秦王氣急敗壞地從宮中回到秦王府，命人即刻去請肖天燁。

肖天燁到了書房，秦王略一示意，書房的侍從皆垂手退了下去。

秦王盯著肖天燁卻問：「今兒下午，你都做了什麼？」

肖天燁回道：「奉天門失火，我帶著人趕過去，以防有人趁亂出城。」

秦王點一點頭，「難為你還記得不可讓人趁亂出城，那你為什麼要放永安郡主和太子府的人出去？」語氣陡然凜然，「你是什麼身分，如今秦王府又是在做什麼，你是瘋了不成？跪下！」

肖天燁卻是紋絲不動，過了良久，聲音又冷又澀：「父王早已知道我的心意，為何要逼我？」

秦王語氣森冷：「為何？你竟反問我為何？你瞞著我向皇帝請婚，這也就罷了，那時候永安還有些微的利用價值，所以我不曾阻止你，可是現在呢？大公主寧死不肯服從，永安又有什麼用處？你這樣癡心地一力迴護她，她可會領你的情？你本是天底下最聰明的人，怎麼會變得如此糊塗？這種關鍵時刻，竟然也敢放她們出去！」

肖天燁冷笑一聲，道：「父王，馬車和隨行的人都已經盤查過，並沒有肖重華，你扣住兩個女子又能有什麼作用？」

「哼，我自有我的用途！更何況，永安分明是在欺瞞哄騙你，將你玩弄於股掌之上！」秦王的聲音無比憤怒，「天燁，你為了一個女人一再失態，如今竟然為了私情，任性妄為，置大事於不顧！」

肖天燁面容平靜，「的確是我放她們出城，與旁人並不相干，請父王不要追究她。」

秦王只覺太陽穴突突亂跳，額上青筋迸起老高，揚手便欲一掌摑上去。見肖天燁的雙眼望著自己，眼底痛楚、淒涼、無奈相織成一片絕望，不由自主地想起已經過世的秦王妃，心中一軟，頹然地放下了手，道：「一個人如果生了疽瘡，是很難輕易好得了的，必須用刀將皮肉生生劃開，擠淨膿血，瘡口才能結痂痊癒。」他看著肖天燁的神色，目光冷銳，「永安就是你的病根！」

肖天燁猛地抬頭，秦王緩緩地道：「京都的名門閨秀這樣多，任你選誰都好，就算京都的你都不滿意，天下間有的是花兒一樣漂亮的人，什麼樣的美人，什麼樣的才女，你全都可以挑了來做妻子。至於永安，任你對她再好，她心裡也難有你，你何必這樣執迷不悟？」

肖天燁道：「天下女人雖然很多，卻都不是我要的。」

秦王氣他冥頑不靈，聲音更是驚怒交加：「如今你難道還不明白，她何嘗有過半分真心待你？她不過是在保全自己，是在替自己打算——她是在利用你對她的心思保全林元馨！她一絲一毫都沒有嫁給你的心思，明知你待她一片赤誠，她就是用這赤誠將你玩弄於股掌之上！」又道：「你自幼喪母，性情古怪頑劣我都不在意，若是旁的事情，一百件一千件我都依你，可是你看，你這樣放不下，她終歸是你梗在心上的一根刺，時時刻刻都會讓你亂了心神。你為了她，一而再再而三地犯糊塗，如今正是風尖浪口，我絕不能讓你栽在一個女人手上！」

他不顧肖天燁發白的臉色，輕輕吁了口氣，「長痛不如短痛，你是我的兒子，更要拿得起放得下，就讓父王替你了結這樁心事！」

肖天燁一愣，隨即眼睛裡燃起一絲火焰，難以置信道：「你要做什麼？」

秦王的聲音很平靜：「刮骨療毒，壯士斷腕！」

肖天燁心頭巨震，良久無言，就在秦王以為他終於想通的時候，他慢慢開了口，聲音卻是飄忽的：「父王說的對，歐陽暖的確不曾以誠相待，甚至她算計我，可是，父王，我沒有法子，斷不能眼睜睜看她死！」說完，快步離開，摔門出去了。

歐陽暖迅速回到禪房中，吩咐山菊即刻為林元馨穿好外衣。

林元馨奇怪地問：「暖兒，都這麼晚了，妳這是要做什麼？」

歐陽暖低聲道：「秦王派了追兵來，我們必須馬上走。」

「那我吩咐人去和惠安師太說一聲。」

「不必了，我已經讓爵兒去通知師太另找地方躲避！」歐陽暖替她加上一件披風。

兩個人正說著，忽然聽見外面傳來一陣倉促的腳步聲，歐陽爵快速地跑了過來，「姊姊，動作要快，那些人進了山門！」

山菊一愣，扶著林元馨就要往外衝，歐陽暖連忙拉住她，定神問道：「爵兒，有多少人？」

歐陽爵皺眉道：「不知道，我只看到黑壓壓的人，他們還帶著火把，再多不過半盞茶的功夫就會上來了！」

林元馨慌道：「那咱們怎麼辦？」

歐陽爵沉聲道：「姊姊，我剛才通知師太的時候，她說寧國庵有一條路直通山下，那裡僻靜些，跟我來！」

歐陽暖點點頭，當下扶著林元馨往外跑。適逢夜深，天寒地凍，大霧彌漫，出門只聽哭喊聲與兵刃敲擊聲摻雜著從四面八方湧來，卻無法看清五米開外任何景物。

林元馨畢竟是閨閣女子，又從未遇到過這種情形，幾乎腿軟無力。歐陽暖咬緊牙，和山菊一左一右地扶著她拚命往前走，桃夭和紅玉以及其他的丫鬟、嬤嬤們緊緊跟在後面。

剛走出百來米，廝殺聲卻是越來越大，耳邊充斥著淒厲的慘叫呼喊，猶如修羅地獄。看來那些人已經到了山上，那些喊叫聲呢？不是太子府跟出來的護衛，就是庵中無辜的尼姑們！歐陽暖咬咬牙，扶著林元馨繼續向前走。好不容易跑出寧國庵，歐陽暖才要鬆口氣，突然前頭毫無預兆地竄出一輛馬車，有一道人影快速從車上跳了下來，歐陽爵飛快地擋在歐陽暖的面前，防止有人傷害她們，來人卻低聲道：「歐陽小姐，是我！」

「賀蘭圖？」歐陽暖醒悟過來，奔前兩步，眼前之人可不正是剛剛消失的賀蘭圖，那輛馬車十分狹窄，顯然是臨時找來的。

「歐陽小姐。」賀蘭圖在車上衝她們招手，「這車很小，先湊和著用吧，讓其他人跟在後頭步行就好。」

馬車最終只能載上林元馨、歐陽暖，以及山菊、桃夭和紅玉等三個丫鬟。歐陽爵和賀蘭圖同時坐在馬車外面，其他的人都悄悄分散開藏了。歐陽暖並不想帶著太多人，可是紅玉非要跟著自己一起走，而山菊和桃夭也是林元馨的貼身丫鬟，寧死不肯離開。

逃亡的時候，人越多目標越大，而若是就地躲藏，更可能找到一條生路。這幾個丫鬟雖然是一片忠心，卻很可能會拖累這輛馬車，事實證明，歐陽暖的擔心不無道理，馬車飛快往山下跑，跑了半里路不到，車輪突然卡進了一個坑裡，無論怎麼使勁推拉，都沒法把車輪從坑裡拔出來。

正躊躇不決，忽聽周圍廝殺聲起，竟是一股士兵不知打哪兒衝了出來。霧色中無法得知對方到底有多少人馬，賀蘭圖拔出隨身攜帶的長劍，手腕一抖，挽出一朵劍花，挺劍而上，以一敵眾。

車上的女子早嚇作一團，歐陽爵也拔出劍，跳下馬車，三下五除二，連砍帶劈，將準備爬上馬車的幾名士兵毫不留情地打下車架。這時已有不少騎兵圍住馬車，不住地騎在馬上繞著車子轉起了圈子。

看到這一幕，歐陽暖心裡咯噔一下，胸口像是被什麼堵住了，轉眼間，有人搶著從旁邊爬上車來，山菊為了保護林元馨，竟被那人推下車去。一時間，騎兵的馬蹄奔過，活生生地在她身上輪番踩踏過去……淒厲的慘叫聲讓人覺得毛骨悚然。

「山菊……」林元馨淚流滿面。

這時候，卻聽見桃夭尖叫一聲，歐陽暖匆匆一瞥，果然見她雙手抓著一柄長劍，劍尖已沒入她的胸口。那名士兵哈哈大笑著跳上車來，抽出長劍接著看向歐陽暖，眼看一劍要砍下來，卻被及時趕到的賀蘭圖身首分離。看著山菊和桃夭接連死去，歐陽暖咬緊牙關，將林元馨緊緊護在身後。賀蘭圖殺開一條血路，衝到馬車旁，拿劍在馬身上重重一刺，疲憊不堪的馬兒吃痛，踢騰著四蹄奔跑起來，一下子跑出了深坑。

「爵兒，快上車！」歐陽暖大聲喊道，歐陽爵飛快地劈開旁邊一人，跳上了馬車。

紅玉緊緊拉住歐陽暖的袖子，幾乎已經驚嚇得說不出話來。

歐陽爵滿臉是血，他一把抹開，眼睛亮晶晶的，「姊，妳沒事吧？」

歐陽暖沉重地搖了搖頭，歐陽爵不說話了，因為他也看到了桃夭已經冰冷的屍體，而原本在馬車上的山菊也不見了，他看了一眼淚痕滿面的林元馨，一時說不出話來。

下山的是一條小路，路很險，僅容一輛馬車通行，一邊是峭壁，一邊是深淵，本來是土路，現在卻有一些地方結了冰，很滑。頭上還突出著無數塊巨石，隨時可能砸下來，非常危險。馬車的車簾早已被人砍壞了，狂風在山谷間迴旋，發出淒厲的尖嘯，不斷撲打在他們身上，令人不由自主有一種隨時會被捲入深谷的錯覺。

賀蘭圖回頭叮囑：「多加小心！」

這條路極少有人走，旁邊的石頭很多都已經風化，有不少裂縫，有些甚至在山風中微微晃動，似乎馬上就要掉下來。馬車繼續向前行駛了一段路，卻聽見後面有隱約的馬蹄聲。林元馨驚慌地看著歐陽暖，「追兵來了！」

歐陽暖的心臟怦怦跳得厲害，幾乎聽不見林元馨所說的話，她竭力使自己鎮定下來，用力握緊林元馨的手，努力道：「沒事的，表姊，還有我陪著妳！」

林元馨淚盈於睫，一句話都說不出來。

歐陽暖把心一橫，對賀蘭圖喊道：「賀蘭公子，咱們要想辦法截斷後路！」

這時候，馬車突然停了，林元馨心中一驚，以為後面的人已經追了上來。賀蘭圖卻已經跳下馬車，抽出長劍，對準頭頂的石頭上突出部分的一道裂縫，用力刺了過去。劍尖準確地深深刺入那條縫隙，懸在小路上的巨石抖了一下，幾塊碎片落了下來。

賀蘭圖對他們道：「往前走！」

歐陽爵坐到他的位置上，將馬車又向前駛遠了些。

賀蘭圖猛烈地用長劍劈砍，山上的巨石便搖搖晃晃，碎石頭更是劈里啪啦往下落，小路很快被堆滿。不過，片刻，歐陽暖他們便聽見嘎嘎嘎的聲音響起，碎石如雨一般墜下，那塊巨石更是慢慢傾斜，似乎如一張紙般，漸漸從山壁處撕裂。

賀蘭圖立刻命令：「快走。」

歐陽爵揚起了馬鞭，賀蘭圖飛快地跳上了車廂，馬車剛走出不遠，便聽到轟然一聲巨響，腳下的大地都震顫起來，抖了好幾下才停止。劇烈的聲響在山野間迴盪，久久不息。

紅玉回頭張望，原來那個可以勉強過馬車的地方已經被巨大的石塊堵塞，如果到了這裡，追兵只能退回去另覓道路，至少會耽誤一個時辰。看到這樣的情境，紅玉高興道：「小姐，咱們得救了！」

歐陽暖看她高興的模樣，微微搖了搖頭。紅玉一愣，賀蘭圖卻慢慢道：「不過是阻斷了後頭的追兵，最可怕的還沒有來，躲是躲不掉的。」

「是啊。」歐陽暖強笑，「不管前面有什麼在等著咱們，都要平安地將表姊送出去。」

馬車又向前行駛了一段，過了那段狹窄的山道進入了樹林，賀蘭圖突然冷聲道：「來了！」

「什麼？」林元馨吃驚地望著他，一片霧氣茫茫中，看不到任何人影。片刻之間，無數的士兵已從樹林中湧上前來，有一人大聲命令道：「放箭！」

數十支箭矢疾射而出，直奔馬車而去。

賀蘭圖傾聽著空氣中傳來的嗖嗖聲，迅速搶入馬車前邊，低聲對歐陽爵道：「快，躲進去！」接著他猛地揚鞭，帶著馬車貼向道路左側的山壁，同時揮劍疾斬，將正對著自己而來的數十支箭劈飛，大部分箭矢則擦著他們飛過，均落了空。

剛閃過第一輪，第二輪箭又至。

賀蘭圖手中刀寒光閃爍，舞成一團光輪，將箭悉數斬落。

秦王的士兵中有神射手，賀蘭圖縱然有三頭六臂，為了護著身後的女子，只能是捉襟見肘。他全力揮劍，在箭雨中堪堪劈開了七支利箭，最後一支箭卻再也避不過，只得勉強移開毫釐，箭從他耳側擦過釘入車框。

看到這一幕，歐陽暖心中劇震，卻毫無辦法，那些心機智謀在這種性命攸關的時刻派不上絲毫用場，就在這時候，拉車的一匹馬身上中了無數隻箭，終於支撐不住，猛地向前栽倒。電光石火之間，賀蘭圖用長劍斬斷韁繩，死去的那匹馬滾下山道，發出巨大的震顫聲。賀蘭圖使勁全身力氣才控制住了另一匹馬，勉強保持平衡，帶著馬車衝過了箭雨。

天空慢慢發白，下山的路卻像是沒有盡頭，馬車也越走越慢，外間的一切歸於死寂。

林元馨面色慘白，她自出生以來便沒吃過這種苦，這一夜連續不斷的奔馳，已是讓她感覺天旋地轉，眼前直冒金星，累得精疲力竭。

歐陽暖探手將她扶起來，讓她倚在自己懷裡，把水囊送到她嘴邊，溫和地哄道：「喝口水。」

林元馨便張嘴喝了兩口，然後推開了水囊。

歐陽暖輕聲道：「再堅持一下，前面就是山腳了，等我們下了山就沒事了。」

沒事？怎麼會沒事？這就是毫無目標的逃亡……林元馨一直閉目不語，此時忽然淚如泉湧。

歐陽暖一怔，問道：「怎麼了？是不是哪裡難受？」她心中隱隱擔憂，林元馨還懷著身孕，這樣下去可怎麼得了？

林元馨的眼裡布滿紅絲，滿是悲傷，「暖兒，咱們還能活著下山嗎？」

歐陽暖微微一愣，林元馨緊緊拉著她的手，嗚咽著：「暖兒，暖兒，山菊和桃夭都死了，我們會不會……」

歐陽暖輕輕嘆了口氣，竟不知該從何說起，只得輕輕拍著她的背，像哄一個小孩子般。

林元馨就這麼伏在她懷裡哭著哭著，哭到最後已是累到體力透支，一口氣差點喘不上來。

歐陽暖察覺出了她的異樣，不停地按摩著她的胸和背，口裡不斷地說：「表姊，不要怕，不要怕，我在這裡！」

林元馨猛烈地呼吸著，好一會兒才緩過來。

歐陽暖輕聲對林元馨說道：「表姊，妳身分不同，萬不可如此軟弱，更不可輕言放棄。若是秦王捉住了妳，便就此拿妳當擋箭牌，太子、皇長孫，甚至老太君和侯爺都斷不會袖手不顧，只怕得想方設法，將妳換回，到時候還不知道要付出多少代價！」

林元馨紅著眼睛搖了搖頭，「若是那樣，我寧可死，也不能連累他們。」

「不，我們不會讓他們抓住。」歐陽暖溫和地看著她，「但妳要答應我，任何時候都要以肚子裡的孩子為重，不要害怕不要悲傷。」

歐陽爵看著姊姊臉上的溫情笑意，不禁暗自嘆息，心中酸楚，眼中似也隱有淚意。原來他一直覺得沙場征戰是一種光榮，就在那些士兵的鮮血濺到他臉上的時候，他卻感到一種從心底深處湧現出來的戰慄和厭惡。

後面的追兵再一次趕上來了，賀蘭圖突然停了馬車，對歐陽暖道：「是這裡了！妳們和馬車一起躲進旁邊的樹林，我將那些人引開，很快便會回來找妳們！」說著，賀蘭圖抽出腰間短笛輕輕吹了一聲，像是在召喚什麼，隨即又轉過頭來。

歐陽暖一愣，看到賀蘭圖目光筆直地盯著她的披風。

歐陽暖鎮定了心神，將披風解下遞給賀蘭圖，「賀蘭公子，請多小心。」

賀蘭圖將女子的披風穿上，面色如冷玉一般發出瑩瑩光彩，竟顯得越發俊朗，他微微一笑，道：「放心！」

就在這時候，前方的濃霧中突然跑出來一匹渾身雪白的駿馬。

林元馨驚訝地望著這一幕，說不出話來，歐陽爵道：「這是你的坐騎嗎？真是一匹好馬！」

「牠叫雪魄。」賀蘭圖回頭一笑，雪魄太過顯眼，他才特意留在了山下，此時他低聲道：「快去路邊藏好！」

歐陽爵鄭重點頭，快速將馬車駛入一側的樹林，賀蘭圖笑道：「好，雪魄，咱們跑起來吧！」

雪魄見到主人十分興奮，前蹄騰空而起，隨即向前躥去。

正奔著，路上忽然橫起了兩道絆馬索。賀蘭圖冷笑一聲，手上一提韁繩，身子往上一長，雪魄騰空而起，竟然將兩道絆馬索一起躍過。

這時，身後傳來了兩聲尖銳呼哨聲，接著，前面也有呼哨聲響應。

賀蘭圖略略一看前方，便當機立斷，拉馬往一旁的山中竄去。

前面，肖天燁正帶著人打馬趕來，轉眼便看到了那匹在濃重霧氣中也散發出亮眼光芒的馬，並且也看見了馬上還有一個人，風吹起那人的孔雀翎斗篷，帶起一陣炫目的光華，他一愣，隨即看到對面的左厲帶了無數人追了上去，心中一頓，迅速撥馬便追了過來，「可看清馬上是什麼人？」

那在道上使絆馬索的幾個士兵一見是他，立刻俯伏在地，大聲報告：「世子爺，那馬上好像有個女子！」

肖天燁心中一跳，不及細問，只對後面一揚手，「追！」

無數騎兵便衝進了山中，朝著白馬逃逸的方向追去。

賀蘭圖不藏不躲，只是催馬急馳，在山脊上飛奔。

左厲一馬當先，卻是緊追不捨。

肖天燁的馬是渾身棗紅色的名馬，頭細頸高，四肢修長，皮薄毛細，步伐輕盈，很快追上了左厲。在他後面，十數名將領和數百名士兵很快被甩在後面。

左厲大叫道：「那是逆賊，放箭！」

肖天燁卻沉聲喝道：「不許放箭！」

左厲一愣，沒想到肖天燁突然在這裡出現，頓時一驚，「世子爺，這是秦王殿下的命令！」

「不許放箭！傷了她一根毫毛，我就要了你的命！」肖天燁怒聲道，白玉般的臉孔蒙上了一層狠戾的光芒。

左厲心中暗恨，秦王下了格殺令，他在這裡追捕了半夜，好不容易就要成功了，不管前面的女子是歐陽暖還是林元馨，他都能對秦王有所交代，偏偏殺出了一個秦王世子！旁邊的副將飛快地策馬過來，低聲道：「將軍，她是往山頂上去的，那裡有個斷崖，她定會無路可走。」

將到山峰時，賀蘭圖已看到前面無路，與對面的峰壁之間有一道萬丈深淵相隔。

肖天燁驚呼道：「暖兒，不要！」

不待旁人反應過來，肖天燁已經快速策馬追了上去，卻聽到雪魄長嘶一聲，四蹄生風，越來越快，到得斷崖邊上，牠沒有絲毫猶豫，便騰身而起。

那道孔雀翎披風突然從半空中墜落，如同一道綠色的霞光劃破雲霧，直墜入深不可測的山谷，這一場景驚得肖天燁心痛如絞，他眼前一黑，竟然從馬上栽倒下來……

「世子爺！」左厲大驚失色，匆匆勒住馬韁繩，快步下了馬，奔到肖天燁身邊，卻看到他面色慘白，呼吸急促，趕緊從他腰間取過藥讓他服下。

就在此時，雪魄如一道驚虹劃過長空，隨即穩穩地落到對面。

其他人恰好在此刻追了上來，他們都看到了那道破空飛越的白色閃電，氣勢猶如獵豹一般，真是有著令人驚豔的風姿。他們奔到崖邊，卻不由得齊齊勒馬，都沒有把握越過這麼遠的距離。

賀蘭圖沒有耽擱，快速策馬在茫茫的樹林之間消失了。

左厲剛要下令追擊，副將卻匆匆道：「將軍，此人陰險，將咱們引到這裡來，天太黑人又亂，山路極為難走，咱們折損了不少兵馬，現在世子爺還受了傷，咱們還是快回去稟報秦王殿下才是！」

殺不了人卻反而被別人戲弄，還害得世子爺墜馬，這樣的罪過，左厲怎麼可能擔當得起？他皺眉：「傳令下去，將此方圓五百里地團團圍住，再令士兵將這裡重重包圍，務必給我找到這幾個逆賊。」

「是！」身後人得令，正要飛奔去傳令，肖天燁卻慘白著一張臉，目露狠戾，厲聲道：「誰准你私自下令！」

「世子爺……」

肖天燁剛剛不過事發突然，一時心痛如絞才從馬上栽倒下去，卻也在同一瞬間發現那披風下的分明是個身形修長的男子，肖天燁心頭雖然還有隱痛，那陣劇痛卻已經稍加緩解，他沉聲道：

「傳令下去，不准傷這山上的人分毫，一旦發現，只需圍住，速傳信過來。告訴他們，務必以禮相待。」

「是。」

賀蘭圖從山澗下去，繞了足足有一個時辰才找到馬車藏身的地方。

歐陽爵見到他，面上露出驚喜，「賀蘭公子，你怎麼樣？」

賀蘭圖微微一笑，道：「沒事，只是碰到肖天燁了。」

歐陽暖目中有異芒閃過，嘴唇動了動，想要說什麼，卻一句話也說不出來。她深深知道，肖天燁是不會傷害自己的，如果她現在肯出去，他也定不會讓別人傷他們姊弟一根汗毛，可是……她的目光落在林元馨的身上，他會護著她，卻沒義務更沒有立場護著皇長孫的側妃，她不能拿表姊的性命去冒險……

賀蘭圖讓雪魄頂替了那匹馬的位置，馬車頓時穩當了許多。馬車跑了一夜，一直跑到天亮才停下來，後面已經不見追兵了。從晚上離開，大家就沒來得及吃上一口飯，又空著肚子走到現在，特別林元馨，懷著身孕又身體虛弱，早就累得頭昏眼花，幾次想開口求馬車停下來歇會兒，想到路上大家的安全，話到嘴邊又忍回去。

歐陽爵注意到了表姊發白的臉色，他發現路邊地裡有個草屋，立即提出先歇會兒。賀蘭圖將馬兒繫在路邊草坡上，讓牠啃一會兒草，然後領著他們稍加休息。這裡是附近的農人輪流看守莊稼的地方，賀蘭圖找了一會兒，終於找到幾只瓦罐，裡頭分別裝著一些白米和鹹菜。歐陽暖拿起空了的水囊在水塘裡舀了滿滿一罐清水，又和紅玉一起在外面找了一些乾柴草。回到草屋，卻都有些窘迫，因為這裡沒人會生火，就連紅玉也是從小養在小姐房裡的丫鬟，平日裡過的生活比那些小戶千金還要更舒坦精細，哪裡碰過灶火這種東西？紅玉剛想要用火摺子試一試，賀蘭圖卻已經在幾塊泥磚搭起的鍋灶裡點了火，然後將水倒進那只缺口的破鐵鍋裡，開始煮粥。

歐陽暖在一旁坐下來，看著賀蘭圖動作熟練地生火煮粥，不由得越發奇怪，此人武藝高強，身分神祕，連普通人家的灶火之事都難不倒他，又與肖重華交好，他究竟是什麼樣的人？

賀蘭圖如芒在背，回過頭，看到歐陽暖明亮的雙眸正微笑著望向自己，他一愣，隨即回了一個淺淡的笑容，轉頭掀開鍋蓋，四下頓時溢出一股香味兒。

他們顧不得許多，用髒兮兮的粗瓷碗盛了粥，就著鹹菜，勉強用了飯。用完飯，歐陽暖看了賀蘭圖一眼，主動開口與他說話。

他們一塊兒闖過關卡，受到追殺，又在一起吃了一鍋粥，卻沒說過幾句話，誰也摸不清誰的底，林元馨儘量不說或少說，歐陽暖說話卻很謹慎。就在歐陽暖想要弄明白對方身分的時候，賀蘭圖已經全都看明白了，他微微笑道：「難怪人家都說永安郡主謹慎小心，請妳放心，我對妳們絕沒有惡意。」

林元馨面皮薄，聽到這話，有些怪歐陽暖太多心，畢竟人家救了他們的命，怎麼能誤會他呢？但是歐陽暖卻像完全沒感覺，面上泰然自若地與賀蘭圖說話。他是救了他們沒有錯，卻對他的真實身分諱莫如深，只是出身來歷，又有什麼不可以說的呢？

賀蘭圖不禁有些佩服歐陽暖這個女子，一個閨閣千金遇到這種生死關頭，像林元馨那樣恐懼憂慮才是正常的，像歐陽暖這樣卻太平靜了些，甚至還帶了點冷酷，那美麗的眼睛裡總是帶著一種不著痕跡的審視。難怪歐陽暖懷疑他，畢竟京都裡頭，從來沒有人提起賀蘭公子這麼一個人。他就像是天上突然掉下來的，又突如其來地伸出援手，叫人心裡發毛。

中午時分，他們到了平家鎮，其實連個鎮都算不上，只不過是一片較大的村子，一邊靠山，一邊扼守著由京都通往昌州的大路。村裡房子不少，可自從京都動亂後，各地湧現出不少盜匪作亂，更甚至有些地方豪族擁兵自重，占山為王，一般人家都不肯收留像他們這樣來歷不明的人。再說人也太多，誰家也住不下，幸好村口有座被人廢棄的寺廟。

林元馨身體虛弱，山菊和桃夭都相繼死了，只剩下一個丫鬟紅玉。紅玉忙裡忙外照顧他們，顯得格外辛苦。紅玉燒了熱水給外面的歐陽爵他們送去，歐陽暖自己動手舀了一盆熱水給林元馨擦擦臉。林元馨雖然柔弱，卻是個能屈能伸的人，再苦再累也咬著牙不出聲，這一點，連歐陽暖都很驚訝。

過了一會兒，紅玉突然衝進來，面色惶急，「小姐，不好了，賀蘭公子昏過去了……」

歐陽暖一愣，快步站了起來。外面，歐陽爵正守在賀蘭圖身旁，看見歐陽暖出來，聲音裡帶了一絲顫抖：「姊，他受傷了。」

歐陽暖蹲下身子，推了推賀蘭圖，他臉色蒼白，雙目緊閉，任她怎麼叫，也毫無反應。歐陽暖低頭看他的傷口，不覺駭然，當時那支箭是從他側後射入，穿透身體，箭頭從鎖骨以下穿出，他卻自己悄悄拔出了箭，還用布條死死勒住傷口，此刻實在難以維持才暈了過去。歐陽爵的身上也全都是血跡，歐陽暖還以為這不過是濺了別人的血……她從沒有見過這樣可怕的傷口，更可怕的是，這個人早就已經受傷了，卻一直忍著沒有說。當時天色太黑，他們又只顧著逃命，她竟然這樣粗心，根本沒有發覺。歐陽暖的手抖得厲害，自己的性命顯然是眼前這人拚卻生命換回來的。

那傷口不斷流出鮮血，怎樣都無法止住，這裡是荒郊野外，到哪裡去找大夫？只怕找到了大夫，人也已經死了。想到這個「死」字，歐陽暖心裡一沉，他真的死了怎麼辦？不，絕不能讓他死！

「這裡只是村落，沒有可以救人的地方，咱們得去大一點的鎮子。」歐陽暖咬牙道。

「可是，表姊她身體不好，咱們只能休息一會兒再上路……」

「我沒事！」身後突然傳來林元馨的聲音，她的聲音異常溫柔，卻十分堅定，「賀蘭公子是咱們的救命恩人，如果咱們放著他不管，還能叫人嗎？」

歐陽暖沉吟片刻，道：「那咱們就趕緊上路，到了鎮子再找大夫，請他也幫表姊看一看。」

馬車又繼續向前走，直到傍晚才到了一個鎮子，當下向人打聽了鎮子中最有名氣的醫館，先送賀蘭圖去就醫。那大夫倒也有些能耐，很快診斷了傷勢並迅速上了藥包紮好，然後道：「還好送來得快，否則就算不死，也要留下病根。」

大夫又給林元馨診治了一番，說只是受了點驚嚇，大人孩子都沒有大礙，歐陽暖這才放下心來。大夫開了賀蘭圖要服的方子，童子取來藥劑，歐陽爵謝過了，扶了人出門，卻在門口被藥童攔住，那藥童衝他伸了伸手，歐陽爵一愣，「什麼？」

那藥童嘴一撇，「你是真傻還是裝糊塗？要錢呀。」

歐陽爵一愣，這才想起原來看病還要給錢。想他每次出門，身邊前呼後擁，自己身上哪會帶什麼銀兩？偏生出來得匆忙，草草換衣，連件值錢的飾物也沒帶著。

那藥童叫道：「師傅，不好了，咱們都看走了眼，這些人穿得華貴，卻是進來看霸王醫的！」

歐陽爵聽了，又急又惱，「我只是身上沒帶錢，等我回去，自然把診金給你們送來！」

那藥童冷笑道：「想要賴帳的都這麼說，我見多了！」

大夫本已進了裡間，聽了爭吵，走過來道：「罷了，把藥拿回來！」

那藥童聞言過去搶藥。

歐陽爵連忙捂住，藥童不依不饒地撲過去。

紅玉摸遍了身上，才找出一點碎銀子，「這個給你。」

藥童抓住銀子，掂了掂，道：「這個只夠付診金。」

「這個作藥費。」歐陽暖從頭上拔下一根金簪，放在桌子上，「夠了吧？」

那大夫也見過一些世面，見金簪上鑲嵌著一顆藍寶石，光彩奪目，心知是值錢貨，忙叫藥童放開了手。

歐陽爵盯著他們道：「我姊姊這簪子先壓在你這裡，等回頭再著人來取，你可不許擅自賣了。」

大夫連忙把簪子捧在手裡頭，笑道：「好好好！」

歐陽暖道：「這簪子上的寶石少說值一百兩，你的診金加上藥費也不會超過五兩，你還得反過來給我九十五兩，但是我們出門在外，與人方便與己方便，也不要您九十五兩了，給我們九十兩就好。」

那大夫無賴道：「我身邊沒有現成的銀子。」

歐陽暖冷笑一聲，「既然如此，爵兒，你去找一間當鋪先把簪子當了再付診金好了。」

歐陽爵應聲，就要去大夫手裡取回簪子，那大夫連忙向那藥童使了個眼色，藥童從腰包裡掏出銀子，「就只有五十兩，要就要，不要拉倒！」

歐陽暖淡淡地道：「爵兒，收起來。」

他們人生地不熟，這簪子上的寶石過於名貴，貿然去找當鋪，若是遇到行家，反而容易露出馬腳，不如跟人折換反而方便些。這大夫貪了別人便宜，也不會輕易傳得眾人皆知，相對安全些。

有了銀兩，他們尋了一間小客棧住了下來。歐陽爵在門口與客棧裡的夥計打聽了一會兒，回到房間道：「姊姊，他們說今天已經有一撥士兵來搜查過了，不知道在找什麼人。」

歐陽暖一愣，隨即反應過來，後面的追兵速度不會這麼快，除非他們追擊的目標另有其人……是太子？還是肖重華？

這間客棧很好，為了讓病人得到休息，他們要了一間上房。所謂上房，其實是一個小小的四合院，正房是客人住，旁邊還有兩個房間提供給客人的隨從，馬房在後院。歐陽暖將正房讓給了林元馨，自己和紅玉去住偏房，另一間給了歐陽爵和賀蘭圖。

歐陽爵把馬牽過去餵，紅玉攙扶著林元馨去休息，歐陽暖招手叫來在院裡候著的小廝，禮貌地問：「有煎藥的地方嗎？」

那個小廝立刻說：「有的，我替小姐煎藥吧。」

「不用，我們自己來。」歐陽暖溫和地堅持，「你替我把東西拿來就行。」

雖然趕了一夜的路，卻絲毫無損歐陽暖美麗的外表，再加上她說話習慣了溫言細語，與平日裡小廝見過的女子氣質迥然有異。此刻，她極為和氣地向那個小廝提出請求，小男孩頓時飛紅了臉，趕緊答應著，轉身跑了。

歐陽暖轉身進了房，從茶壺裡倒出小廝剛沏的熱茶，用銅盆裡的涼水鎮了一會兒，這才端到床邊，小心翼翼地把賀蘭圖扶起來，慢慢餵他把茶喝下。

喝了茶，賀蘭圖此時已清醒，他長長地出了口氣，覺得舒服多了，聲音也清晰起來：「謝謝。」

這時候，小廝拿著煎藥的砂罐回來，紅玉推門進來，小心翼翼地在牆邊支起紅泥小火爐，便用碎木引燃火，再往裡放些小炭塊，火焰便熊熊燃燒起來。紅玉把藥包拆開，倒進砂罐，很認真地拿著小碗，放了水進去，然後就守在旁邊等著。

午後的陽光灑滿了整個院子，此刻已經雨過天晴，站在窗戶邊就能夠看到湛藍的天空，一絲絲白雲悠閒地飄浮著，剛剛發生過的那些兇險彷彿是一場噩夢，早已消失無蹤。

歐陽暖坐在窗前，聞著從砂罐裡飄出的藥味，不由得又想起了在京都的生活。如今，時移事易，當中發生過那麼多的事，榮華富貴在她心裡卻淡得很了，彷彿天上的流雲，漸漸的就四散開去，消失不見，只是她仍舊擔憂還在京都的親人的安危，外祖母、大公主、大舅母和表哥他們……秦王謀反，大公主一定不會袖手旁觀。一旦兩方對敵，大公主一定會有危險……

過了好一會兒，紅玉說藥好了，歐陽暖才回過神來，兩人努力把賀蘭圖扶起來，餵他把藥喝了。賀蘭圖倚著床邊，聞著從歐陽暖身上散發出的香味，心裡反倒有些暖融融的。他本沒想到，歐陽暖這樣的貴族千金，也會紆尊降貴來照顧別人。看著窗外斜斜射進來的陽光，他忽然驚覺，便道：「妳們中午還沒吃飯吧？趕緊去吃，不必管我。」

「沒關係。」這種時候顧不得男女大防，歐陽暖也沒有故作姿態，伸出手探了探他頭上的溫度，覺得依然滾燙，很是擔心，「你的傷這樣嚴重，怎麼能瞞著我們呢？」

賀蘭圖失笑，「我沒瞞你們，原以為是不打緊的。」

「你又不是神仙，怎麼會不打緊？」歐陽暖也笑了，便將他放下去躺著，溫柔地說：「我叫他們替你熬點粥來，你也要吃些東西。」

「好。」賀蘭圖點點頭，有別人照顧，這種感覺真舒服，他暫時可以放下責任，不用再為自己和別人操心了。肖重華說的沒有錯，任何人和歐陽暖相處都會喜歡她，因為你沒辦法討厭一個體貼溫柔，處處為人著想的女子，這樣的心情，彷彿與認識多年的好友相處，溫和而自然。

賀蘭圖睡著的時候，歐陽暖便去陪伴林元馨，陪著她坐在院子裡，看著小鳥在眼前的空地上蹦跳，聽著遠處樂坊裡隱隱傳來的樂聲，卻絕口不提曾經發生過的兇險。林元馨見她面色淡薄，笑容如常，心中卻很明白，歐陽暖是在竭力為自己營造一個舒服的休養環境，她只是不想讓自己太過憂慮。

夜裡，歐陽暖突然夢到肖天燁從牆頭上跳下來的模樣，很神氣很無賴，蠻不講理，卻溫柔可愛，她竟然覺得非常的開心。而後一下子，她就驚醒了。

沒有肖天燁，灑在地上的只是外面透進來的光。下午的時候，賀蘭圖曾經無意中說起，肖天燁墜馬受傷的消息。

她再也睡不著了，她難受得坐也坐不起來。

她能看透人心，一直以此為傲，可是她看不清自己的。

天色還是黑沉沉的，她靜靜地從床上起身，輕手輕腳地沒有打擾到一旁榻上已經熟睡的紅玉，隨手拿起五斗花櫃上的外袍，無視於夜裡冰冷的空氣，打開門扉，無聲無息地走到院中。庭院的空氣彌漫著一股安詳寧靜的氣息，外面的院子裡一片雪白。漫天都是柔軟的細雪，如夢似幻地包圍住她。

歐陽暖微揚起頭，感覺那輕輕拂過臉頰的微寒雪花。她淡淡一笑，一整夜，她睡睡醒醒，而如今冰涼的空氣沁進她的腦中，她忽然覺得整個人都清明了……

「死生契闊，與子成說，執子之手，與子偕老。」一直是她曾經的夢想，她渴求，平凡而完整卻深刻的感情。曾經她渴求，與蘇玉樓相守到白頭。她愛他，愛到如此的地步，但她從不知道，在蘇玉樓的心中，她不過是一顆可以利用的棋子。猶記在蘇家，他擁她入懷，輕聲地對她說：「相信我，我會給妳一世幸福。」她傾付所有的情感，等一個地老天荒，此生不渝的承諾。最終他給她的，只有葬身江水的冰冷和絕望。

現在，肖天燁也對她言愛，但她從不知道，他又會如何對待她。在他的心裡，她是他想一生相伴的人嗎？還是，她不過是他得不到的女子？並不是肖天燁愛她，她就必須要愛他，她並不想如此，但是她的潛意識裡，似乎也一直在等待，等待肖天燁看清他心中對她的是情是占有還是愛慕，或者是求而不得的煎熬，也等待自己看清他的心。

但經過昨夜，她比往日更深刻的意識到他們之間的鴻溝。原來，不管他如何真心，都敵不過彼此敵對的立場。如肖天燁再強求下去，也許，她終究能和他相守，但她，她會想要一個眾叛親離的結局嗎？姻緣天定，月下老人的情簿上，她的名字和某個人註定在同一冊。她小指的紅線和那人纏結在一起，不管天涯海角，身在何方，她和那人終會相依；反之，即便苦苦盼望，用心追求，到最後也只是徒增煩擾罷了。

她微微一笑，看著天際。肖天燁，你能明白嗎？人是爭不過命的。

房間裡，歐陽爵奇怪地看著坐在窗邊的賀蘭圖，目光異樣，「你在看什麼？」

「沒什麼。」賀蘭圖的視線從院子裡收回來，目光有些迷茫，「歐陽少爺，你姊姊總是這樣笑咪咪的嗎？」

「是啊，姊姊最溫柔了，從我記事起，她待人都是這般溫柔。」歐陽爵拍拍枕頭重新躺下。

「可是……她不會哭嗎？她總是……溫柔地笑著，難道她從來不會傷心，不會流淚嗎？」

「啊！」歐陽爵驚訝地看著賀蘭圖，「聽你這麼一提，的確是很少呢！姊姊性情恬靜溫和，又很聰明，沒有什麼事解決不了的，我極少看到她哭呢！就算有不開心的事，她笑一笑也就過去了……」

不對！賀蘭圖搖了搖頭。

歐陽暖絕不是這樣的人！她會傷心，會難過，會流淚……只是她的淚流在心裡，流在別人看不到的地方。別人都以為她很堅強，很樂觀，很豁達，而事實上，她什麼都不說，什麼都藏在心裡。

賀蘭圖看了走廊邊站著的歐陽暖一眼，她的確很美，然而美麗的卻不是她的容貌，而是美在她的幽靜自持、凜然不屈、柔情似水，也美在那無人可及的慧黠，如雪中之梅，暗香盈盈。只是，微笑不過是她最柔善的面具，她的確是個溫柔的人，卻也是個讓人惋惜的人。何苦？這是何苦……為什麼總是要把心事掩藏得那麼深，為什麼總喜歡一個人扛下所有的悲傷，為什麼呢……有些人，即便熟悉了一輩子，也並不能互相理解，有些人，哪怕只是認識一天，也能有一種老朋友的感覺，現在，他對歐陽暖就是這樣的感覺。

他這樣想著，自己推門走了出去。歐陽爵沒有發覺，因為白天太累，他已經累得睡著了。

賀蘭圖的聲音從歐陽暖身後傳來：「天寒了，請歐陽小姐回去休息吧。」

歐陽暖沒有回頭，輕聲說道：「你從剛才就在這裡吧？」

賀蘭圖驚訝地道：「妳早就看見了我？」

歐陽暖望著雪花說道：「不，是聽見的。這裡這麼安靜，能聽到落雪的聲音，更何況公子的腳步聲？只是公子身子並未痊癒，不該出來的。」

賀蘭圖笑笑，「總是在屋子裡躺著，未免太過冷清。歐陽小姐怎麼還不安寢？」

歐陽暖看了一眼空中紛揚的雪花，沉默了片刻。賀蘭圖順著她的視線向空中望去，慢慢道：「慧極必傷，情深不壽，太聰明就會受到傷害，太執著的就不能持續長久，歐陽小姐很聰明，會比我更明白這個道理。」

歐陽暖驚訝地看著賀蘭圖，他卻微微一笑，繼續說道：「下午我無意說起秦王世子的事，歐陽小姐的面色卻變了，在那麼兇險的時刻，我都沒見到妳變過臉色，可見他在妳的心裡有特殊的地位。」

「賀蘭公子想要說什麼？」歐陽暖認真地看著賀蘭圖。

「歐陽小姐，人生來就失去了一半的心，終其一生，尋尋覓覓，為的是找到我們的另一半心。有人找對了，所以面對這情關，照樣理性；有人找了，不知對不對，猶豫徘徊，所以在情關裡，失去了往日的瀟灑，妳雖然沒說什麼，卻為了感情的事情煩惱了，是不是？」

歐陽暖看著對方，臉上露出震驚的神情，慢慢地道：「賀蘭公子，你說的我都知道，只是，不由自主地就會想到了。」

賀蘭圖瞭解地笑笑，「妳越是在意，就越是不自在。打開心懷，才能過得適意。」
歐陽暖愣了愣，旋即笑了，「賀蘭公子是個瀟灑的人，可是別人卻未必能做到你這樣。」
賀蘭圖的笑容更深，「妳是大公主的義女，但有些事情妳未必知道。曾經有一個人無意中見了大公主一眼，從此神魂顛倒，不能自拔，隱姓埋名拋棄身分，心甘情願地去做低三下四之人。當年大公主還沒有出嫁的時候，他在公主府做侍衛，給她看家護院。她去了陳家，他便跟著去做侍衛統領。他說他別無他求，只盼早上晚間偷偷見到她一眼，便已心滿意足。他怕洩漏了身分，平日一天之中，難得說幾句話，大公主更是從不曾留意過他的存在。這許多年之中，兩人的交談最多不過是主子吩咐奴才做事，就為了這些微不足道的吩咐，他卻在公主府待了二十多年。」
歐陽暖難掩震驚，道：「天下還有這種癡情的人嗎？」
賀蘭圖笑了，「我也問過他，他卻說人世間的感情最是不能強求，能遇到大公主已經是很幸運的事，並不是非做夫妻不可的。他一生之中，已經看過她許多眼，跟她說過許多話，這已經是天大的福分了。」
歐陽暖被他說笑了，可是他的眼神卻很認真，證明這並非是他編造出來的故事，她低聲道：「愛一個人自然想要得到，這樣不求回報的人，真的存在嗎？」
「當然存在，當年被人稱為武聖人的郭遠通，我們是忘年交。」賀蘭圖微笑著回答。
「你剛才說侍衛統領，莫非就是母親身邊的衛統領？」歐陽暖醒悟過來，「這怎麼可能？」
「為什麼不可能？你喜歡一個人，就要讓她高興，為的是她，不是為你自己。倘若她想跟誰在一起，你就該千方百計地助她完成心願。就像郭遠通對大公主癡情而二十餘年心甘情願做一個僕人，人世間的確可以有這種無私的愛情，並沒有什麼奇怪的。」
歐陽暖抬起眼睛看著賀蘭圖，眼睛卻流露出一絲困惑，「我不明白。」

賀蘭圖淡淡地道：「世人之所以因為求而不得痛苦，那是因為對喜歡的人有所要求，你希望他會像你對他那樣對你。即使你沒有，你也不能見到你所喜歡的人把他的愛心、關懷放在其他人身上。見到自己喜歡的人快樂，不是已經足夠了？為什麼要強求？」

是呀，見到自己喜歡的人快樂，不是已經足夠了？為何要強求呢？歐陽暖默然片刻，終究長嘆了一口氣，世上的事情都是如此，不光是感情，也包括仇恨。這一生，她最恨的是林氏和歐陽可，她們如今都已經得到了報應，又何必再將仇恨放在心裡耿耿於懷？蘇玉樓再薄情，也是過去的事情了，如今他再也沒有傷害到她的力量，她也該將對這個人的怨恨全部丟開了……

想到這裡，她不由自主地看了賀蘭圖一眼，微微笑了，「賀蘭公子說得很對，我相信，總有一天，什麼都能放開的。」

世上的事情很奇妙，肖天燁愛歐陽暖，卻並不理解她。賀蘭圖不愛她，卻反而能對她產生一種奇妙的理解。

賀蘭圖回房後，歐陽暖覺得臉上有些發燙，又在廊下站了一會兒，快天亮的時候，紅玉出來見著，方「哎喲」了一聲，說道：「大小姐，您怎麼了，這樣的天氣裡，站在這風頭上吹著？」

歐陽暖這才覺得背心寒涼，手足早凍得冰涼，只說道：「我見漫天的雪花，一時就看住了。」

紅玉說：「還是趕緊進屋子暖和一會兒吧。」

歐陽暖點點頭，和紅玉回到屋裡，坐在炭火旁暖了好一陣子，方覺得緩過來。火盆裡的炭火燃著，一芒一芒的紅星漸漸褪成灰燼。

燈裡的油不多了，火焰跳了一跳，紅玉拔下髮間的簪子撥了撥燈芯，聽窗外風聲淒冷，那風是越颳越大了，便低聲道：「小姐，天快亮了，您抓緊時間再歇一會兒，咱們明天還要趕路呢！」

歐陽暖躺回床上，卻睡得很不安穩，半夢半醒之間，那風聲猶如在耳畔，嗚咽了很久。

第二天起來，她便有些精神不振，強打精神吃了早飯。

紅玉問道：「小姐，您不是受了風寒吧，是不是哪兒不舒服？」

林元馨擔憂地望過來，歐陽暖生怕林元馨擔心，趕緊說：「傻丫頭，哪裡有那樣嬌貴？過會兒喝碗薑湯，散了寒氣就好了。」

不想紅玉收拾行李的時候，歐陽暖卻發起熱來。林元馨見她臉上紅彤彤的，走過來握一握她的手，輕呼了一聲，「怎麼這樣燙人？我剛才瞧妳臉色就不對，妳還不承認，快去躺著歇一歇。」

歐陽暖猶自強撐著說：「表姊不必擔心，我沒事的。」

歐陽爵已經走過來，把她拉起來，說：「姊姊，那些人還沒有追來，妳就歇一歇吧。」

沒有辦法，歐陽暖躺回床上，只覺乏到了極處，不一會兒就昏昏沉沉睡著了。不知過了多久，她人發著熱，想要醒來，卻睜不開眼睛，只能聽見外間的講話聲。

「大夫，我姊姊怎麼樣？不過是風寒而已，怎麼人突然昏迷不醒了呢？」

大夫的聲音很猶豫：「這位小姐以前是不是受過什麼傷？」

歐陽爵和紅玉對視一眼，突然想起當初歐陽暖被王嬤嬤刺傷的事情，不由都變了臉色，「是，只是外傷而已，不過已經全好了。」

「是，那外傷本來未損筋骨，可到底留下了病根，這幾日又過於操勞，還加上受了驚嚇，鬱結甚深，六脈阻滯，氣血兩虧，再加她的體質一向偏弱，這時便承受不住。白天陽氣盛，瞧著尚好，在晚上病情急轉直下，現下我也沒有把握……」說到後來，欲言又止。

歐陽爵心知不妙，問道：「她會有生命危險嗎？」

大夫低聲道：「很難說，我盡力便是。我開上幾副藥，你們讓這位小姐按時服用，不然轉成肺疾就危險了。」

他這話說得模稜兩可，林元馨卻已明白，歐陽暖的情況肯定很兇險。她走到床邊，凝視著那個依然昏迷不醒的人。歐陽暖頰邊隱隱泛出不正常的暗紅，呼吸時緊時緩，在此時聽著，讓人很是揪心。林元馨緊緊握住歐陽暖的手，像是溺水的人抓住了救命的稻草。

暖兒一直是她心裡的支柱，她不能失去這個妹妹……

床上的歐陽暖發出低語：「放開我！放開我！」她雙眼緊閉，臉角露出無限痛苦的神情，伸出手想努力地抓住什麼，林元馨竭力抓住她的手，「暖兒，妳怎麼了？」

紅玉過來輕聲呼喚：「大小姐？大小姐？」

歐陽暖渾身都在顫抖，胸口在劇烈地起伏著，她突然睜開眼睛，像是失去了清醒的神智般的說道：「剛才我看見無邊的江水，好冷好冷，滿世界都是汙濁的血漿和殘斷的肢體……好可怕……」

紅玉安慰道：「沒事的，是妳在做惡夢呢！」

不，不是噩夢！歐陽暖驚恐地看著所有人，林元馨去拉她的手，她卻猛地揮開，躲進被子裡，像是受了驚嚇的模樣。歐陽暖一直不斷的囈語，直到精疲力竭，口中一直說著林元馨完全聽不懂的話，等她再次安靜下來，已經是半夜時分了。

紅玉忙裡忙外，大夫不斷針灸灌藥熱敷。不久，客棧按照他們的要求送了兩個火盆進來，讓屋裡更加溫暖。

賀蘭圖走進屋中，他一眼便看見歐陽爵臉色慘白，坐在那裡出神。他突然驚覺，這還是個孩子，可是看他拿著刀劍保護長姊的樣子，賀蘭圖幾乎忘記了這一點，然而今天，這個淩厲的少年卻失魂落魄，彷彿沒了主心骨。賀蘭圖走上去，拍了拍歐陽爵的肩，溫和地道：「歐陽少爺，別急，歐陽小姐一定能挺過來。」

歐陽爵抬頭看著他，半晌才緩緩的點了點頭。

賀蘭圖是一個善於勸說的人，他來了片刻，便將林元馨勸回去休息。對著歐陽暖，他又緩緩地道：「歐陽小姐，我相信我說的話妳都能夠聽到，我知道妳很累，可是妳的親人都需要妳，妳不能這麼自私，就這麼丟開手，一走了之。如果事情還沒到絕境，妳就在想著放棄，那還怎麼讓他們堅持下去？」

旁邊的歐陽爵呆怔片刻，低下頭，將臉埋入手掌中，心中如壓重石，沉甸甸地喘不過氣來。歐陽暖在高熱中，意識雖然模糊，卻依舊聽到了賀蘭圖說的話，她用力捏緊了手，強迫自己保持清醒。賀蘭圖說的對，爵兒和林元馨都需要她，她不能在這個時候倒下……

也許是大夫開的藥方起了作用，也許是歐陽暖自己的意志戰勝了虛弱的身體，她奇蹟般的好了起來，讓林元馨他們一直高懸的心終於落了下來。

只是她這一病，他們足足在小鎮上耽擱了三天，這三天足以讓京都發生很多變化……

夜色深沉，陣陣北風淒厲地嗚咽著穿過秦王府。肖天燁一回到王府就倒下了，這一次他的舊疾來勢洶洶，連秦王都驚動了。

從小將肖天燁帶大的秦嬤嬤滿臉的憂慮，看著面色慘白躺在床上的肖天燁，勸說道：「世子爺，您這是何苦？不管是為了什麼，您都可以和嬤嬤說呀！」

肖天燁連看都沒看她一眼，秦嬤嬤越發焦急，就在這時候，秦王大步流星地走進來，滿面的寒霜，秦嬤嬤趕緊上前去回報了肖天燁的情形，秦王露出震怒的表情，喝道：「這個沒出息的東西！」他快步走到肖天燁的身邊，一把抓住他的衣領，強行將他從床上拉起來，「八年前，有人在你的飯中下毒，你已經快斷氣了，又自個兒掙扎著從閻王爺那裡揀回了一條命。你說你不想死，你是我的兒子，你說要死也得轟轟烈烈，可是，今天，你看看你自己，為了一個女人，都變成什麼樣子了！」

秦嬤嬤大驚失色，「王爺！」

秦王指著肖天燁道：「你不肯吃藥是嗎？好，那就別吃了，給我滾去院子裡，好好想清楚了！什麼時候你肯放棄那個女人，再來做我的兒子！」

肖天燁冷笑一聲，面無表情地看著秦王，半句求饒都沒有。

這一晚，秦王就在肖天燁的院子裡盯著，看他究竟什麼時候求饒。到了二更時分，一根紅燭燃到盡頭，一個丫鬟過來換上一根新的，寒風呼嘯著，燭火搖搖晃晃，秦嬤嬤拿起一件袍子輕聲走向大門。秦王爺突然睜開眼睛道：「妳幹什麼去？」

秦嬤嬤一哆嗦，不敢看秦王凌厲的眼睛，「外面風這麼大，還下了雪，世子爺身子弱……」

秦王喝道：「不許去！」

秦嬤嬤跪倒央求道：「王爺，世子爺會凍出病來的！」

秦王陰著臉，「我就是要讓他凍明白了，不然他醒不過來！」

天快放亮時，肖天燁終於暈倒在院子裡，秦嬤嬤趕緊派人去請來了御醫，御醫為肖天燁診完脈，臉色凝重地稟報秦王，世子爺是舊病發作，心脈很弱，情況危急。

秦嬤嬤臉色一變，秦王卻面沉似水，像是絲毫不為所動。

秦嬤嬤著急地問：「嚴重嗎？」

御醫說：「世子爺身子一向調理得很好，我開上幾副藥，只要定時服用，應當……沒有大礙。」

秦王聽見說沒有大礙，冷哼一聲，起身走了。

御醫奇怪地看了秦王一眼，提筆開了張方子，交給秦嬤嬤。秦嬤嬤送走了御醫，回頭看過藥方，就要安排人去抓藥，這時候，突然伸出一隻手止住了她，把方子要過來，一眼也不看就放在一旁的几上。秦嬤嬤詫異地看著他：「大公子，您要幹什麼？世子爺的病耽擱不得！」

秦王的庶長子肖天德冷冰冰地說道：「這方子救不了他！」

從肖天燁生病被軟禁開始，肖天德就在暗中高興，他等了這麼多年，終於等到了這樣的機會，秦王親手斬斷了肖天燁的那些臂膀，將他關在府裡，現在是他上位的最好時機！

肖天燁的病越來越重，他劇烈地顫抖著，身體幾乎整個蜷縮起來。

秦嬤嬤驚得面如土色，拿起方子就要去抓藥，肖天德再次止住了她，要她把藥方交給自己。

秦嬤嬤跪倒在地泣道：「大公子，世子爺的病不能再耽擱了，我求求您了！」

肖天德朝旁邊的護衛使了個眼色，護衛一把從秦嬤嬤手中奪過方子，一下子撕得粉碎。

秦嬤嬤絕望地哭號著，跪行到肖天德膝前大聲喊道：「大公子，他會死的！」

肖天德沉著臉下令道：「來人，讓她安靜！」立刻便有人要將秦嬤嬤駕出去。

秦嬤嬤絕望地哭泣起來，肖天燁名為世子，然而他這一輩子多不容易啊！秦王樹敵眾多，他的敵人將仇恨都撒到他頭上，秦嬤嬤從小照顧他，看到他一直擔驚受怕，多少次險些送命；當了世子，側妃和長兄又一次次打他的主意，巴不得早一點聽到他的兇信。如今，他們竟然這樣惡毒，趁著他與秦王生出嫌隙的機會生生想要逼死他！

護衛不管不顧上來拉扯她，她焦急的哭聲幾乎響徹整個院落，護衛獰笑一聲就要把她拉走，卻突然被一柄長劍刺穿了胸膛，雙眼驀地睜大，向後倒了下去。

肖天德不敢置信地看著這一幕，驚呼道：「天燁，你——」

肖天燁面色慘白，身形搖搖欲墜，眼睛卻亮得驚人，「滾出去！」

肖天德一怔，他從小懼怕這個喜怒無常的弟弟，更畏懼他的世子身分，他以為對方必死無疑才會這樣做，卻沒想到他竟然還能站起來，想到這裡，他趕緊故作關心地上前去，「天燁，你還好吧？」

話音未落，他已經慘叫一聲，捂著右手跌倒在地，整個人像是瘋了一樣不停地抽搐，護衛們驚慌失措，他們眼睜睜看著地上那兩根被突然斬斷的手指，就聽見肖天燁冷冰冰地道：「下一次，被削掉的就是你的頭顱！」

護衛們不敢置信地看著暴戾的肖天燁，反應過來後，趕緊衝過去攙扶肖天德。

正在這時，遠遠地傳來一個聲音：「秦王到！」

秦王走進來的時候，肖天德猛地撲過去，淒厲道：「父王，天燁竟然——」

一旁的護衛看他疼得已經面色漲紫，幾乎昏死過去，趕緊將事情說了一遍。

「大膽！」秦王聽得雙目赤紅，暴喝一聲。

秦嬤嬤整顆心都提了起來，卻突然見到秦王猛的上去一腳，踢在肖天德的身上，「你是個什麼東西，竟敢冒犯世子！」

肖天德原本就是劇痛，這一下整個人暈了過去。

護衛們面面相覷，不是說世子已經失勢了嗎？怎麼秦王竟然還是對他如此維護？

「全都滾出去！」秦王揮手，護衛們嚇了一跳，趕緊扶著肖天德離開。

秦嬤嬤剛剛鬆了一口氣，卻看到肖天燁身形搖晃了一下，猛地栽倒下去。

秦王看著昏迷中的兒子，再也無法抑制自己的舐犢之情，他走上前去，探探肖天燁的額頭，為他掖好被角，一言不發，久久地守在床邊。所有的人都不敢言聲，默默注視著他。

他重新找御醫開藥，藥煎好了，秦嬤嬤端著藥湯，猶豫地走到床頭，秦王伸出手，「給我！」

秦嬤嬤有些不相信自己的耳朵，他又說了一句：「把藥給我。」

秦嬤嬤才醒過神來，將藥碗遞到他手上，這位殘忍好殺的王爺坐到床沿，輕輕舀起一勺藥湯，緩緩送到兒子嘴邊。肖天燁已經甦醒，目光卻冷冷的。

秦王用柔和的語氣對兒子說道：「快趁熱喝了吧。」

肖天燁張嘴喝下勺中的藥汁，秦嬤嬤被淚水模糊了視線，趕緊擦掉眼淚。

秦王嘆了口氣，道：「不過是一個女人，怎麼就值得你這樣傷心？」可是一低頭看到肖天燁春水般的眸子，似乎與記憶裡的那雙眼睛重合到了一起，想到這裡，秦王的眼睛閃過一絲淡淡的溫情，「你跟你娘的性子一樣，從來都是寧折不彎的，認準了的事情，十頭牛都拉不回來。父王怎麼勸說懲罰都沒有用，你不肯吃藥無非是想要逼著我放棄追殺永安，好，我答應你，但我只能答應放過她一個人，這已經是我的極限！」

秦王慢慢站起來，看著肖天燁道：「成大業者須不拘小節，你向來是個狠得下心的人，你該明白我的意思！」

一天後，太子府中搜查出上千兵甲武器，御史上奏說太子謀逆，請求皇帝廢太子。接著皇帝下旨捉拿太子，然而很快就傳來消息，說太子畏罪潛逃。

兩天后，聖旨下，廢太子。宮中傳來消息，說皇帝的病情因此加重。

五天後，皇帝突然駕崩，僅留下一道遺旨，立秦王為新君。

宮中頓時一片淒風苦雨，皇后得知這個消息，如遭雷擊，頹然坐到椅子上，半天說不出話來。跪在她面前的秦王捶胸頓足地泣道：「雖然早就知道會是這麼個結果，可真的來了，叫人還是不忍相信。父皇原先身子很好，偏偏這些日子朝廷裡事情多，連著不是打仗就是鬧災，接著又是太子謀逆，父皇殫精竭慮連一個囫圇覺都沒有睡好過。我真無能，若是能早些為父皇分憂，他也不至於這樣就走了。」

皇后強忍悲痛，冷冷地看著秦王說道：「陛下身子骨一向健朗，好端端的突然病了不說，連我都不肯見了，現在毫無預兆就駕崩了，我倒想知道，他得的是什麼病！」

徐貴妃壓住唇邊的一絲冷笑，「皇后娘娘，陛下的病情可是經過太醫院會診的，您若是不信，大可以去問御醫，何必為難秦王？」說著，看著秦王道：「殿下，皇上已經駕崩，哭也無濟於事。再說，陛下走了，這麼重的一副挑子落下來，有多少事情等著你這個太子去做，你怎麼能亂了方寸呢？」

皇后冷冷地看著這母子倆一唱一和，太子被迫離京，秦王掌控一切，她著實不能在此刻多說什麼，只是淡淡地道：「把張晁和李元叫來。」

張晁和李元分別為中書省的左右丞相，正一品大員，又是老臣子，多年來深受皇帝信任倚重，凡是朝中大事，皇帝都會循例問問他們的意見。很快，李元和張晁就一前一後地來了。

秦王讓他們兩人看過那道遺旨，兩個人臉上都露出驚訝之色，皇后問他們怎麼看這件事情。事關重大，張晁支支吾吾地不敢說真話，只是說：「陛下駕崩一事，很快就會在臣民中流傳開來，到時候只怕會引起動亂，咱們要早些準備應付危局才是。」

徐貴妃微微一笑問：「千頭萬緒，從哪裡入手呢？」

李元道：「國不可一日無君，當務之急是請秦王殿下馬上登基，只有這樣才能安天下之心。」

皇后的心一下子沉了下去，她看了秦王一眼，又看了成竹在胸的徐貴妃一眼，心中無比痛恨。

張晁當然明白李元的意思，心底卻很不贊同，他看了著眾人的臉色，忙對皇后說道：「娘娘，此事萬萬不可，雖然在太子府搜出了那些兵甲，可太子卻沒能出來對質，就這樣定下他謀逆的罪名過於武斷，難保有人陷害，要是立刻就請秦王登基，那可是要出大亂子的。」

李元截口道：「娘娘，若是太子當真無辜，為何不肯接受調查就消失得無影無蹤？這豈不是坐實了謀逆的罪名？我看不要遲疑了，儘快宣布此事，讓秦王登基，以安國人之心吧。」

兩個人各執一詞，針鋒相對，彷彿都在等著皇后的仲裁。

皇后看看他們，冷冷地說道：「繼承大統乃是國之大事，豈能這麼草率？」

李元面露急切地說道：「娘娘，您考慮得太多了，別忘了陛下突然駕崩，稍有不慎，國家就會陷入水深火熱之中啊！」

皇后卻不為所動，態度堅決地說：「不要再說了，一切等陛下大葬之後再說！」

秦王看了皇后一眼，眼睛裡閃過一絲冷笑。

等秦王他們走了，皇后立刻派身邊信任的宮女去燕王府和周王府送信。太子不在京都，她只剩下這兩個兒子，也只能將希望寄託於他們身上。

半夜，秦王、晉王、楚王、齊王突然闖進了皇后宮殿，秦王對宮女冷聲道：「去請皇后出來！」

「不用請了！」話音剛落，一身素服，風華雍容的皇后便走了出來。

秦王看了宮女一眼，宮女忙施禮退下。

皇后故作鎮定，可聲音卻有些顫抖：「我不曾宣召，你們……半夜到這裡來幹什麼？」

秦王冷冷地道：「我們來宣布陛下的遺命。」

皇后臉色微變，儘管她預感到情況不妙，可是沒料到他們這麼快就來「逼宮」，根本不管他們的父皇還屍骨未寒。皇后深呼了一口氣，穩定住情緒，目光如電，四下一掃，沒發現自己的兩個兒子，便知道大事不好。她咬咬牙，強自鎮定，淡淡地道：「什麼遺命？」

秦王轉頭逼視著齊王，齊王只好硬著頭皮，欲言又止地上前道：「父皇還有一道密旨……」

皇后轉頭直視齊王，齊王不敢迎視，不太情願地道：「請皇后……為他殉葬！」

皇后腦子裡一片空白，她身體顫抖，腿腳發軟，險些跌坐在地上，可是她不能在這些人面前示弱，只能咬著牙，挺直腰桿，冷冷一笑，緩緩道：「密旨？陛下何時留下的密旨？拿來我看！」

齊王語塞，不知所措。

晉王見狀，冷冷地道：「是臨終遺命，來不及寫詔書！」

皇后心中一震，悲憤至極，含淚對著上天喊：「陛下，您看看您這些孝順的好兒子，他們是怎麼逼我的，您看見了嗎？」她轉頭看著秦王，緩緩走近他，壓低聲音悲憤地問道：「你奪走了太子的位置還不夠，還要逼死我？」

秦王冷笑，「逼死妳？我本不屑要妳的命，可妳卻私自傳信給妳那兩個兒子！妳這麼做，會激起動亂，老實說，這條死路妳是自找的！」

皇后沉默了一會兒，恢復了冷靜，鼓起勇氣堅定地大聲道：「我嫁給你們父皇這麼多年，即使你們不說，我也捨不得離開他，原本就想追隨他於地下！然而這麼多年來，我自問沒有虧待過你們，也沒有虧待過你們的母親！可是你們呢，又是如何回報我的？好，很好！我就算死了，也會變成厲鬼，找你們算帳！」

齊王聞言身體不禁哆嗦了一下，覺得有陣陣寒氣襲來。秦王、晉王、楚王則面無表情地站著。

皇后猶自淒厲地盯著秦王，秦王不示弱地與她對視，氣氛劍拔弩張。

突然，他怒聲道：「送皇后上路！」

跟在他們身後的侍衛們聞言撲上前去。

齊王正想上前，秦王上前一步擋在他身前，逼視著他。齊王無奈，只好退下。從本心來說，皇后一向寬和仁慈，從未為難過他和他的母妃，他並不希望逼死她，然而他卻已經上了秦王這條船，再也下不來了……

侍衛們七手八腳地抓住皇后，皇后掙扎哭喊：「放開我，你們這些畜生！」這時，一個侍衛拿著一條白綾走來，皇后正在拚命掙扎哭喊，白綾迅速套上她細長光滑的脖頸，侍衛猛地使勁翻手將白綾攪緊，皇后雙眼暴突，慘叫一聲，倒了下去。

齊王不忍地閉上眼，扭過頭去。

秦王很快就把皇帝已經駕崩，皇后悲傷過度，以身相殉的消息散布出去，很快滿朝文武都知道了此事。不少趨炎附勢之徒以為這是個攀附新君的機會，開始暗中聯絡，要勸進秦王。

僅僅是一天後，上百文武官員集體到秦王府求見秦王，他們說既然聖上已經大行，秦王就應順天意民心，快些繼承大統托起乾坤。

肖天燁站在一旁，臉上的笑容十分冷淡，他原先也不明白為什麼父王準備了這麼多年，卻遲遲沒有動手，反而給了太子逃出京都的機會，現在他才明白，放走太子，誣告謀逆，廢太子，立新君，再是文武百官共同擁立他，環環相扣，步步為營，這樣一來，秦王才是名正言順的太子，而原先本該繼承大統的太子卻成了謀逆叛逃的廢人，名不正則言不順，一切都在秦王的計算之中。

秦王臉帶哀容地道：「父皇的靈柩未下葬，我怎麼能……」

林文淵道：「殿下，您就聽我們一句吧，只有您登基了，朝廷才能以天子之命號令天下，外族方不敢輕起覬覦之意呀！」

大臣們紛紛跪下，齊聲附和。

然而，秦王還是沒有立刻答應，他留下了大臣們的奏章，詳細查閱了每一個人的名字，這一次朝中大半的人都上了奏章，卻缺少了燕王、周王和鎮國侯林之染……秦王似笑非笑地看了肖天燁一眼，道：「天燁，你該明白怎麼做了？」

肖天燁的目光冷沉，「是。」

不出三天，周王便患上了咳症，日夜咳嗽，寢食不安，人也瘦了許多。初時，周王並不在意，平時咳嗽，發燒也是有的。後來隔了兩天，咳嗽越發厲害了，這才覺得不妥。周王世子肖清弦不敢去請宮中御醫，生怕秦王從中動手腳，反而去請了京都裡的一位名醫，那大夫看了，卻說只是偶感風寒，幾副藥下去，周王仍是臥床，飲食減少，頭疼體軟，胸腹之中若火灼水燙，熱不可耐，躺在床上只是呻吟。這樣又過了一日，周王病勢日漸沉重。

秦王得知後，親自來慰問，送來了許多補品和稀珍貴重的藥品，還特下懿旨命太醫院派兩名御醫給周王診病。御醫對周王的病也束手無策，雖然開了方子，卻都是些無關痛癢的溫和之藥，吃和不吃一樣。當天晚上，周王就渾身高熱地暴斃，一時朝中皆驚。

燕王傷重、太子叛逃、皇帝駕崩、皇后殉葬、百官勸進、周王暴斃，這一系列的部署分明不會是近一個月才能完成……朝中眾人看在眼中，恐懼在心裡，原先沒有上勸進表的大臣也都紛紛上了奏章，這其中甚至還包括皇長孫的正妃周芷君的娘家，可惜，秦王始終沒有等到鎮國侯府的奏章。

一日後，兵部尚書林文淵大義滅親，告發鎮國侯林之染參與太子謀逆，並舉出無數書信，證明林之染與皇長孫關係密切。

大理寺卿親自帶人去捉拿林之染，沈氏驚得不知所措，大叫一聲「染兒」就要撲過去，眾人忙攔住她。

林之染沒有回頭，大步出了院門。他的妻子鄭榮華在他後面發瘋似的要衝出眾人的攔檔，寧老太君見狀道：「還不快扶著她回去！」

眾人將鄭榮華拉走，她還哀戚地哭個不停。

沈氏的臉色變得慘白，「老太君，咱們該怎麼辦？」

寧老太君猛地閉眼，又陡然睜開道：「立刻讓榮華帶著孩子回娘家去，保住一個是一個！」

「那染兒怎麼辦啊！」沈氏的眼淚不住地流了下來。早在歐陽暖帶著林元馨突然出京，就曾經派人給自己送過口訊，讓他們快點想辦法出京都避禍，可是老太君和染兒卻是那樣的固執，堅決不肯離開，這才引來了今天的禍患……沈氏還要說什麼，卻突然看見寧老太君面色一白，整個人從臺階上摔了下去……

院子裡傳出紛亂的呼叫聲：「老太君！」

「水！水！快去拿藥去呀！」

林子染被押進了由刑部、大理寺和都察院的三司會審堂。

提堂的時候，林之染穿著一身石青葛紗袍，腳上是一雙青緞涼黑皂靴，一雙深邃似寒星的丹鳳眼帶著一絲寒光。在不肯上勸進書的時候，他就知道秦王不會放過他，但如果真的上了勸進書，等於侮辱了鎮國侯府的身分，成了趨炎附勢之輩，敗壞了祖父正直不阿的家風，就算暫時保存了侯府，等秦王登基後，還是會收拾掉自己。

「侯爺，我也不難為你，你就把唆使太子謀逆之事寫個供狀，簽字畫押，這事就算完了，如何？」刑部尚書霍步群冷冷地道。

林之染慢慢搖頭，片刻，吐出一句話來：「我並無參與謀逆之罪！」

霍步群微微一笑，「別說你只是個侯爺，便是欽命王爺，進了我這裡也得伏地求饒！來人，把他拖下去，上水刑！」

行刑手把林之染的上衣剝去，仰面按倒在一張寬寬的條凳上，用繩子綁住下肢、腰部、雙臂、頸部，綁得並不緊，鬆鬆的，甚至可以動彈。然後，把一個用很薄的銅皮製作的一尺見方，尺半高的，盛滿了清水的水桶壓在胸部。對於一個成年人來說，這麼一桶三十來斤的分量壓在胸部，一般都是能夠承受的。那人一手擋住水桶，另一隻手像小孩在水面上輕輕的，一下一下的拍著。

從他拍第一下開始，林之染就感到胸口的壓力突然間加大了數倍，並且實實在在全部通過皮肉滲透到胸腔裡，壓得他的心臟拚命地跳，卻又像一副跳不動的樣子，肺臟似乎失去了正常功能，以致於氣都喘不過來。他頓時感到整個人難受至極，卻又叫不出來。

拍了五十來下，林之染的臉色已經紫得發黑，霍步群微笑道：「他快要死了，停一停吧！」

林之染整個人被從條凳上扯起來。他剛坐穩，只覺得胸口有一股東西往喉嚨口湧上來，跟著嘴裡腥味彌漫，禁不住張開了嘴巴，哇的吐出了一大口鮮血。

霍步群笑道：「林兄，你看得可還痛快？」

一旁的陰影處，林文淵走了出來，他臉上掛著解氣的笑容，道：「我忍了這許多年，總算能看到這個小子跪倒在我的腳底下！好，真是太好了！林之染，這水刑的滋味如何？」

林之染咳嗽著，又吐了幾大口鮮血。然而他卻抬起頭，面色冷淡地望著林文淵，「林文淵，你以為我死了你就是鎮國侯？可惜在世人眼裡，你不過是秦王的狗，他讓咬誰就咬誰，他讓你怎麼咬你就怎麼咬，你只是個跳梁小丑而已！」

林文淵的表情猛地變了，他對霍步群使了個眼色，霍步群的臉陰沉下來，道：「林之染，你究竟肯不肯寫供狀？如若不寫，我還要吩咐手下人用刑！老虎凳、鞭刑、板刑、夾棍，哪一樣都不是你這種細皮嫩肉的公子哥受得起的，你可要想清楚！」

林之染冷笑一聲，緩緩搖頭。

「來人，用刑！」霍步群怒聲道：「先剝了他的手指甲！」

林文淵突然開口：「且慢，別傷了他的手，他的右手還要留著寫供狀呢……拔他的左手吧！」

那些人把林之染按住了，強行拉出他的左手，行刑者從懷裡掏出一把極小極鋒利的小刀，對準他的左手拇指頂端劃拉了一下。林之染痛得渾身一顫，幾乎整個人僵硬起來，左手拇指一塊皮肉已被剜了下來。接著那人鉗住了他的指甲，只一拉，便把整個指甲連血帶肉拔了出來。

林之染慘叫一聲，昏死過去了。

「將他潑醒！」

一遍遍地用刑，可林之染的個性卻非常剛強驕傲，不管他們用什麼刑罰他都不曾鬆口，最後霍步群也不再廢話，直接讓人拉著他滿是鮮血的手按下了手印，就派人將林之染押回牢中。

就在這時候，外面突然通稟道：「秦王世子到！」

林文淵和霍步群臉色齊齊一變，站了起來，向行色匆匆的肖天燁鄭重行禮，「世子爺！」

「不必多禮。」肖天燁揮了揮手，彷彿無意地看了林之染一眼，面無表情道：「父王等不及你們審完，讓我來送他上路……」

林文淵的臉上露出驚訝，道：「這種事情由微臣代勞就好了……」

肖天燁冷冷地看了他一眼，林文淵立刻閉上了嘴巴。

肖天燁看了看幾乎昏迷的林之染，讓人將他帶了下去，林文淵還不放心，「可是……」

肖天燁冷笑一聲，「林尚書是忘記自己的身分了嗎？」

林文淵一愣，不敢再出聲，他突然意識到，不管肖天燁有什麼目的，他都是秦王世子，將來……還有可能是太子！他低下頭，心中暗自盤算起來……

第二天一早，獄中傳來鎮國侯林之染畏罪自殺的消息，一時之間，京都各大豪門世家噤若寒蟬，戰戰兢兢，唯恐下一個倒楣的就會輪到自己。

文武百官都上了勸進表，秦王便和眾位大臣議定了登基的時間。讓中書省起草新帝登基的文告，並讓人趕製皇帝的冠袍。很快新君登基用的一應服飾便都趕製齊備，送到了秦王面前。其中不光有給秦王準備的龍袍，還有給肖天燁的太子冠幅，可是這些東西送來以後，肖天燁看都沒有看一眼。

秦嬤嬤一面讚揚太子的禮服很華貴，一面提出給肖天燁穿上試試。

肖天燁突然伸手撥開了那頂鑲金綴玉的玉冠，秦嬤嬤有些不解地問：「世子爺，您怎麼了？」

肖天燁答道：「沒什麼，我現在不想戴它。」

這時，侍衛走進來道：「啟稟世子爺，您等的人來了。」

秦嬤嬤一愣，卻看到寧國庵的惠安師太走了進來，溫聲細語道：「那日，多謝世子爺庇護，我庵中眾人才能逃過大劫。」

秦嬤嬤放了心，轉身出去。

肖天燁注視著秦嬤嬤的背影，對惠安師太道：「那人已經安頓好了嗎？」

惠安師太點了點頭，面上露出一絲疑惑，「貧尼不明白，秦王要殺鎮國侯，殿下為何要偷梁換柱費盡心思救下他？」

肖天燁春水般的眸子裡閃過一絲冷淡的笑意，「我並不是心慈手軟之輩，林之染的性命在我眼中也不算什麼，可她卻將他看得很重要。我便是再愚蠢，也知道她的底線在哪裡。」

政局動亂，朝廷變更，歐陽暖都不會太在意，可她卻一定不會容忍自己殺了她的至親！

肖天燁頓了頓，繼續道：「我做的僅限於此，從這一刻起，林之染的死活全看他自己的能耐，若是他能躲過父王的眼睛，他活，若是躲不過，他死，就這麼簡單！」

惠安師太深深施了一禮，「是，貧尼一定轉告林施主。」

捌之章◆邊城棲身匿行跡

原先的馬車被刀劍砍得破破爛爛，歐陽暖他們沒有辦法，便在街上臨時雇了一輛帶鐵網的蒲籠車，這種車又稱趟子車，用來拉貨拉人，按一趟來回計價，所以稱為趟子車。為了怕路上暴露身分，所有人都換下了華麗的服飾，穿了布衣。

林元馨和歐陽暖都是錦衣玉食，向來習慣了輕柔的布料，一下子換上布衣，她們兩人的皮膚都磨破了，卻也不吭聲，照常忍了下來。時間一長，歐陽暖找到了法子，將她們原先穿的錦緞鑲在布衣的最裡面，隔開皮膚和粗布的料子，這樣一來就舒服多了。

林元馨雖然出了京都，卻一直在擔憂京都裡的親人，每到一個城鎮就會四處打聽京都裡的情形，到了第八天，他們終於到了一個較大的鎮子，賀蘭圖和歐陽爵出來打探消息的時候，不約而同地發現了張貼出來的皇榜，秦王登基並昭告天下。同時，他們還看到了那張鎮國侯謀逆被處死的告示。為了不讓歐陽暖和林元馨知道，他們選擇隱瞞了這個消息。

可是歐陽暖卻從歐陽爵躲躲閃閃的眼神中察覺到了什麼，她明明知道，卻不敢問，不能問，她怕自己聽到不好的消息，更不想林元馨知道，所以只能裝作什麼都沒有發現。只是林元馨也不傻，日子一長，她慢慢察覺出了不對勁，她知道，必然是他們對她有所隱瞞。

賀蘭圖在客棧的房間裡休息，門外傳來林元馨和歐陽暖的爭執聲。聽得出，林元馨情緒非常激動，無論歐陽暖怎麼勸也不聽，執意要進來。其實為了京都裡的那些親人的情況，林元馨已經不知問了多少遍，賀蘭圖一直跟她繞圈子，現在看來，這件事躲得過初一，也躲不過十五。他思忖片刻，便打開了門。

歐陽暖和林元馨都站在外面，歐陽暖的面容雖然如同往常一樣平靜，眼底卻有隱隱的急切。

看到賀蘭圖一臉驚訝，林元馨想要知道寧老太君他們的情況，心中焦慮，也就顧不上那些禮貌，硬著頭皮站在那兒。

「肖夫人有什麼事？」賀蘭圖在外面，一直是稱呼林元馨為肖夫人。

「是，我想問你，最近有沒有京都的消息……」

「夫人這是什麼意思，如果有的話，難道我還會瞞著妳嗎？」賀蘭圖微笑地道，一副以進為退的模樣。

「不不，我不是這個意思……」林元馨連忙解釋：「我只是想問問大哥他們的情況！你一定知道什麼的是不是，求你不要瞞著我！」

歐陽暖知道今天肯定瞞不過去了，便對賀蘭圖點了點頭，賀蘭圖嘆了口氣，道：「鎮國侯被判謀逆，已經在獄中自盡了。」

「謀逆？」林元馨頓時愣在那兒，張著嘴，一時理不清賀蘭圖話中的意思。

歐陽暖不由自主握緊了手，她心中的震驚不亞於林元馨，「自盡……」她重複著這最後兩個字，手腳不由得發涼。

賀蘭圖看著林元馨眼裡滾竄淚花，身形搖搖欲墜，似乎一不小心便會暈倒，面色不由得更凝重，「我本想晚幾天再跟妳們說的，讓妳們也緩一緩。」說到這兒，他突然抬眼看著歐陽暖，「兩位請節哀順變。」

「不會的！」林元馨的淚珠滾滾而落，原本落後一步的紅玉趕緊從旁邊攙扶著她。

歐陽爵原本也在屋子裡，只是一直不敢出聲，見到這種情形，默默走到了門邊。

「表姊，我向人打聽過，說是太子府裡頭搜出謀反的兵甲，又找到了鎮國侯與太子串謀奪位的書信，就這樣，表哥被下了獄……」歐陽爵不由得拭著眼窩裡的淚水，喃喃低語：「表姊，對不起，我該早些告訴妳。」

「不，不不，他不會，也不該這樣……」林元馨語無倫次，不敢相信大哥真的就這麼走了，從此離開她。她突然激動地跪在地下，仰天哭泣一聲：「大哥啊！」止不住地放聲痛哭。

歐陽暖心裡本來就難受，見林元馨哭得傷心，越發覺得對不住她。她沒能在最後一刻守在京都，所以才……想到林之染，想到大舅母沈氏和寧老太君此刻還不知道要有多麼的悲痛。歐陽暖心裡憋了很久的悲傷突然湧出心窩，情不自禁地跟著林元馨落了淚。

賀蘭圖吃驚地望著歐陽暖，見她低聲飲泣，渾身在一片嘶啞的哭泣中顫抖著，他沒想她竟然對鎮國候府有那麼深的感情。與此同時，從歐陽暖的哭聲中，賀蘭圖感到了一陣壓抑。

晚上，哭得死去活來的林元馨終於安靜下來，她躺在床上，兩眼瞪著頭頂一動不動。本來就蒼白的臉上更顯得毫無血色，沒有一絲一毫的表情，像一副石刻的面具。

歐陽暖坐在旁邊，像守夜那樣地坐在林元馨身旁，望著她那副傷心欲絕的模樣，她心裡說不出的哀痛，想勸勸她，可是話到嘴邊，她又嚥回去，在離開京都時，她曾經派人送了一個口訊給寧老太君，請他們儘快離開京都，從那會兒起，她對他們的命運似乎已經有某種預感。因為寧老太君太過剛強，林之染又過於驕傲，他們未必肯向秦王低頭，但是當時，她沒想到會鬧到眼前這種結局啊！

過了好一陣子，她看見林元馨閉上眼。林元馨畢竟太累了，在車上顛了一天不說，從早到晚米水沒沾過牙，加上為了林之染的事傷心過度，終於昏昏睡去。歐陽暖直到她睡著了，這才悄悄站起來，吹了木箱上的油燈。

走出屋子，賀蘭圖正站在院子裡等她，已經是一副要出遠門的樣子，歐陽暖靜靜看著他，並沒有流露出驚訝的神情，「你要回京都？」

賀蘭圖點點頭，目光微動，「現在這種時候，我必須回去看看。」

歐陽暖至今都不知道賀蘭圖的身分，但她相信對方一定不簡單，他既然要說回去，就必然有非回去不可的理由，所以她只是點點頭，道：「多謝你這半月來的照料，希望你一路順風。」

賀蘭圖一愣，仔細地觀察著對方的表情，慢慢地道：「我以為妳會挽留我。」他說得沒有錯，她們很需要他，也希望他不要離開，但是他為她們做的已經足夠多了，她不能再多作要求，所以她只是笑著搖了搖頭。

賀蘭圖能感覺到眼前這個女孩子壓抑著的悲傷，但是他沒有揭穿，只是理解地笑了笑，「從這裡一直向東走，去平城，那裡相對安全些。」

歐陽暖思忖了片刻，點點頭道：「好，多謝你的提醒。」

賀蘭圖轉身走了，走到門口卻突然回過頭來看了歐陽暖一眼，加重語氣道：「保重。」

「保重。」歐陽暖笑著回答他，心中卻是一片茫然，賀蘭圖就這樣走了，他們的前路似乎更加的渺茫。

賀蘭圖走了以後，歐陽暖他們又繼續向平城去，雖然她比誰都想要回到京都，想知道寧老太君他們是否安好，可她只能壓抑下這種情緒，耐心地陪著林元馨繼續往東去。

這時，肖天燁單人獨騎出了京都，正向東面而來。

五十兩的銀票被歐陽暖兌換成幾兩銀子和幾張小面額的銀票小心收好了，除了支付日常的路費和住宿的費用，全都很小心謹慎地放著。

一路上風餐露宿，林元馨的臉色越來越蒼白，歐陽暖看在眼裡急在心裡，每次路過村鎮的時候，便想方設法用錢和村民買一隻雞熬湯給她補身子。這樣過了幾天，他們經過一座村鎮，路過一座破廟，那裡聚集了不少的流民，全都衣衫襤褸，面黃肌瘦，每逢有車輛行人路過，他們便會湧上來乞討。

林元馨看到這種情況，心裡實在不忍，便讓紅玉從包裹裡拿出一些乾糧要分給他們。

紅玉的手才伸到包裹裡，卻被一隻手伸出來按住了：「不可。」

林元馨驚訝地看著歐陽暖，「怎麼了，暖兒？」

歐陽暖看了簾子外面一眼，低聲道：「爵兒，快點離開這裡！」

歐陽爵雖然還不明白發生了什麼事，但立刻就給了馬兒一鞭子，馬蹄撒開飛快地向前跑去，迅速穿過了破廟，將幾乎餓紅了眼睛的人們甩在了身後。

「暖兒，妳也太小氣了，不過是一些乾糧。」林元馨的眼睛裡滿滿都是不忍。

「這不是乾糧的問題。」歐陽暖輕輕搖了搖頭，剛才如果她們停下來施捨，極有可能會引來越來越多的難民，人餓到了極點，什麼道義人格都不重要了。這車上有孕婦，萬一鬧出哄搶東西的局面，自己該如何應付呢？所以硬起心腸不管這些人才是最安全的，就算林元馨說自己心狠，也非要這樣做不可！

馬車走了沒多久，突然看到前頭有人攔車，歐陽爵吃了一驚，連忙勒住馬韁繩，卻見到一個中年男子站在路中間，滿身的灰塵，一臉的狼狽，質料很好的衣裳都被人扯破了，頭髮亂得像是剛剛被龍捲風吹過，他一邊喊一邊走過來：「哎，別誤會，我們不是打劫的，求公子發發善心，讓我家老太太搭一程吧！」

歐陽暖掀開車簾，果然看見一個老太太坐在路邊，淺駝色褙子、烏金色馬面裙、棕綠色繡花絲緞的裙門，雖然面色發白，頭髮衣服卻紋絲不亂，隱隱有一種富貴人家的氣派，她一邊喘氣一邊捶著兩條腿，像是很累的模樣。

「爵兒，問問老夫人是怎麼了？」歐陽暖問道。

歐陽爵跳下車，上去詢問，那管家模樣的中年男子趕緊把話說清楚了，片刻後，歐陽爵上來道：「姊姊，那人說他叫賀良，是平城的普通商戶，陪著他家的老太太出遠門。回程的途中不巧遇到了亂兵，把他們坐的三輛馬車都劫走了，那些丫鬟、嬤嬤們也都跑得四散零落，只剩下了他們兩個人。他扶著他家老太太走了很遠，實在走不動了，便在這條路上等著路過的馬車搭他們一程。」

歐陽暖看了那老太太一眼，她上了年紀，身子看起來也不那麼硬朗……又盯著矮小精幹的管家看了一會兒，心中權衡了片刻，才點點頭，道：「好，請老夫人上車來吧。」

林元馨剛開始還擔心歐陽暖會不答應，這時候才放下心來。歐陽暖看到她的表情，不由微微一笑，誰都有難處，能幫忙的時候她一定會幫，只有在威脅到林元馨安全的時候，她才要思慮再三。

賀管家扶著老太太上了馬車，賀老太太沒想到這簡樸的馬車裡竟然藏了兩個漂亮的小姐，尤其其中一個還懷著身孕，一時之間有些吃驚。歐陽暖笑著解釋道：「我們姊妹是向平城投親去的。」

賀老太太點點頭，最近不太平，到處都有流民，平城的局勢相對安穩些，不少人都去投奔，這並不奇怪，只是這位說話的小姐生得過於美貌罷了。

賀管家和歐陽爵坐在外頭，一路說個不停，抱怨那些個兵痞子不是東西，連老人家的馬車都要搶，一會兒又說家裡頭的那些丫鬟、嬤嬤們沒良心，居然就這麼丟下老太太逃命去了。歐陽暖聽著，看向那老太太，卻見她一路上沉默著，既不抱怨也不罵人，心情很是平穩，不由得對她有些佩服。

不只歐陽暖打量著賀老太太，對方也在評估她們，賀老太太心中奇怪，儘管歐陽暖和林元馨都扮成平民的模樣，她仍然覺得這兩個女子身上有種與眾不同之處。

賀老太太問：「妳們去平城，是投的什麼親啊？」

「我們有一個姑媽嫁去了平城……」歐陽暖微微一笑，這樣說道。

「妳是從京都出來的吧？」賀老太太的眼神很精明。

這話一出來，林元馨就慌了，她慌忙辯解：「不是！不是！」

「不是？」賀老太太面上露出一絲驚訝。

林元馨有點心虛，兩眼不由自主地落在歐陽暖臉上，那意思分明在問該怎麼辦。歐陽暖雖然很少說話，但始終注視著賀老太太的一舉一動，她聽到這裡，平心靜氣道：「是，我們是從京都出來的，只是這一路上有些嚇怕了，我表姊才會說不是。」

「嗯，我瞧妳們也不像平常人。」賀老太太盯著歐陽暖。

歐陽暖和林元馨一聽賀老太太這話，心裡不由得暗自吃驚，顯然這人也是個有來頭的，至少很有見識，要不怎麼會一眼識破林元馨的謊話。

「表姊，事情到了這個分上，就實話實說吧，何況這位老夫人一看就是正派人，她不會亂說的。」歐陽暖這樣說道：「賀老夫人，我是京都官家的小姐，如今城中亂了，到處都在鬧騰，我家怕出點什麼事兒，便讓我和表姊來找平城的姑媽避一避。」

賀老太太就是笑，卻不說話。

「怎麼，您不信？」林元馨有點著急。

「既然妳們都是官家小姐，怎麼會不跟家人在一塊兒呢？」賀老太太問。

「別提了。」歐陽暖嘆了口氣，「原先是託了人陪我們一塊兒的，一出城就亂了。幾輛車走散了不說，我們的車又被亂兵搶走了，這才臨時雇了一輛這種小車。」

賀老太太聽了，不由得點點頭，忍不住向對方打聽起來：「既然是從京都裡頭出來的，我向妳們打聽個人。」

「什麼人？」歐陽暖反問，一邊在琢磨對方的心思。

「一戶姓沈的人家，他原來是禮部尚書，後來告老回鄉了，只有一個獨生女兒，嫁到鎮國候府去做夫人的。」

林元馨心裡一驚，要不是看見歐陽暖臉上掠過一個暗示的眼神，差點脫口說出沈氏就是她母親。歐陽暖當然也十分驚訝，只是她壓住心頭的震驚，穩住神，不緊不慢地問：「這位禮部尚書叫什麼名字？」

「他叫沈從善。」賀老太太如實回答。

「沈從善是您什麼人？」歐陽暖追問，想從中套出一些有用的話。

「他的嫡夫人是我妹妹。」賀老太太唏噓道。

「啊，親妹妹？」林元馨顯得有些激動。

「是的。」賀老太太肯定地點點頭。

「您、您是不是姓張？」林元馨再也掩飾不了驚訝，脫口道。

這句話一說，歐陽暖就知道壞了。表姊心腸太軟，對人又沒有防備，不管這老太太是不是真的親戚，提前暴露身分總是沒有好處的。

「妳怎麼知道？」對方突然說出這個，賀老太太頓時愣住。

「您是不是？」

「是，我是姓張，出身浙西張家。這麼說，妳認識她家？」賀老太太顧不得想那麼多，眼睛裡露出了驚喜的神色。

「沈老夫人是我的外祖母呀！」林元馨笑起來，忍不住對歐陽暖說：「妳說這真是太巧了！」

「啊，這怎麼可能？」賀老太太猛盯著林元馨瞧，心想怪不得這孩子眼熟，人都說外孫女像外婆，這孩子看起來真的有些像妹妹，長得挺漂亮，那雙大眼睛跟妹妹年輕的時候一樣黑白分明，笑起來特別討人喜歡。

「妳外祖母身子還好嗎？」賀老太太激動得不行，心想總算碰對人了。

「好，她身體很好。」林元馨高興地道。

賀老太太歡喜地抓住林元馨上看下看，眉眼都變成了一條縫，手幾乎都高興得顫抖起來。歐陽暖看她這個模樣，不知為什麼突然放下心來。老人家越重視血緣親情，出賣她們的可能性越小。再者說，賀家和沈家畢竟沾親帶故，也不會主動找這個晦氣。

「怎麼就這麼巧呢？這回不要去找什麼旁的親戚了，直接跟我回去吧！我家地方不大，留下妳們兩個姑娘還是綽綽有餘的！」賀老太太臉上的表情完全是發自內心的高興，因為她和妹妹在未出嫁之前感情是最要好的，可偏偏她嫁入了商戶，又遷到了平城，自此少有來往，這種情況下居然能看到妹妹的親外孫女，怎麼不讓她覺得高興？可是很快，賀老夫人就不笑了，因為她突然想起來，自己這個老妹妹只有一個外孫女兒，還是嫁給了皇長孫做側妃……難道說……她突然皺起了眉頭，「孩子，妳們是避難出來的吧？」

「是，我們是避難出來的，所以我們不能和您回去府上，萬一給您帶來麻煩，那就太不好了。」歐陽暖連忙道。

「不可！」賀老太太搖頭道，剛才她們說去投奔姑媽，看來也全都是假的了，她怎麼能任由自己妹妹的親外孫女流落在外呢，更何況這孩子還有了身孕……

「從現在起，妳們就跟著我，有我在，任何人也不敢動妳們！」

賀老太太有這麼大的面子嗎？歐陽暖心裡疑惑，不知這位老太太哪來的這麼大的神通，敢許下這樣的承諾。賀老太太笑而不答，但臉上那分自信掛在她的笑容裡，明眼人一看就明白。

林元馨有些躊躇，「不要緊的，我們可以另外找地方住，就不打擾姨婆了。」

「傻孩子！」賀老太太搖了搖頭，「平城雖然安穩，可妳們兩個女子又要去哪裡找落腳的地方？客棧嗎？那是下九流混雜的地方，絕對不能住的。若說出去找小院子，妳們想想看，要怎麼跟人家解釋妳們的身分，豈不是更加引人懷疑？妳們跟我回去，只是不能說妳是我的親人，只能說妳們在路上搭救了我，是來平城投親的。」

「老太太，投的什麼親？若是查不到這個人，別人豈非還是要懷疑？」歐陽暖有一絲憂慮。

賀老太太心念一轉就有了主意，「到時候妳們就說，妳們倆是一對姊妹，到平城裡投靠的是城東王家酒鋪的少夫人，說她是妳們的姑母，他們查也查不到的。那戶人家半年前就搬走了，再者王家少夫人本就是京都裡頭出來的，好遮掩，不會引起外人的疑惑。」

歐陽暖沒想到這賀老太太設想得如此周到，不由得有些感動，看了林元馨一眼，卻見到對方已經熱淚盈眶了，「姨婆，謝謝您！」

賀老太太拉著林元馨的手，低聲道：「我可憐的孩子，未必高門就是好啊！這一回，可真是把妳害苦了！」

馬車走了一天，直到半夜時分才到了平城。賀管家親自駕車，帶著他們停在了賀府的門口。賀家宅邸建築不大，卻處處皆是精心構築。放眼望去，燈火不息，穿梭如織，一切樓臺亭閣都攏在薄薄的光暈之中，照得繁華似煙。

賀管家上去叩門，不一會兒呼啦啦出來一大片的丫鬟、嬤嬤們，領頭的是賀家的大夫人毛氏。她滿臉誠惶誠恐地站在門口迎接賀老太太，當看到站在一旁已經換回華服的林元馨和歐陽暖的時候，臉上微微露出驚詫，但那驚詫卻是一閃而過，眼珠子落在歐陽暖的臉上就錯不開了，「老太太不是出門禮佛嗎？怎麼把觀音跟前的玉女帶回來了？哎呀，我可從來沒見過這麼漂亮的姑娘！」她嘖嘖稱奇，賀老太太卻把臉一沉，「我怎麼教妳的，站在門口說話，這是待客之道嗎？」

毛氏一愣，隨即反應過來，笑道：「我這不是歡喜的嗎？來人，快請幾位一起進去！」

一路走過，無數人用好奇和驚豔的目光看著歐陽暖，她卻目不斜視，一路攙扶著林元馨進了客廳。到了客廳裡，賀老太太吩咐大夫人毛氏去將碧溪院收拾好給客人居住。

毛氏一愣，碧溪院可是風景最好的別院，家中不少人向老太太討過都沒有成功，怎麼突然給了這兩個來歷不明的女子？她笑著吩咐人去打掃，暗地裡卻不動聲色地盯著她們。等看到俊朗的少年歐陽爵，毛氏笑道：「這位小公子住在碧溪苑不太方便吧？」

賀老夫人點點頭，「把碧溪苑旁邊的藏劍樓也收拾出來，單獨闢給這位少爺居住。」

「是。」賀老太太對外人這麼好，毛氏心中更為狐疑，卻礙於這麼多人不好詢問。

賀老太太像是看出了她的心思，冷冷地道：「這三位是我的救命恩人，若是沒有他們，今兒個我就回不來了，所以他們是我的貴客！傳令下去，平日裡不許任何人去打擾，若是誰敢對他們不敬，立刻逐出府去！」

毛氏心中一凜，臉上笑道：「不消老太太吩咐，這是自然的。」說完，不由自主地又看了歐陽暖一眼，這才轉身吩咐去了。

看到這一幕，歐陽暖和林元馨兩人不約而同都悄悄鬆了口氣。

賀老夫人特地撥了兩個一等丫鬟、四個二等丫鬟、八個三等丫鬟到碧溪苑照顧。

兩個一等的大丫鬟裡，梅芳是賀老太太身邊的人，生得白白淨淨，素素淨淨的一根簪子，只嵌了顆潔白溫潤的玉珠子在上頭；而莫蘭則是大夫人毛氏派來的，頭上一水兒的累絲金花飾，耳墜上兩顆珍珠耳墜一晃一晃的，足有米粒大小。其他的丫鬟也都乾淨得體。二等丫鬟的頭上戴著樣式差不多的鎏金簪子，袖子、領口與汗巾角處都繡著新鮮花樣，以示與三等丫鬟的區別。

歐陽暖只掃了一眼這兩個一等丫鬟，就對賀家老太太和大夫人毛氏有了些微的認識。有什麼樣的主子，就有什麼樣的丫鬟，這話從本質上來說是沒錯的。

莫蘭來的第一天，就出了一件不大不小的事兒。她是主人家派來的丫鬟，打量著歐陽暖她們是從外地來的，又和老太太無親無故，有心在她們跟前立立威風。她看了歐陽暖一眼，見到她正在那兒練字，有心想說兩句話，只是看著她那沉靜的模樣，就有點膽怯，只對著紅玉道：「姊姊，我手裡有事情走不開，麻煩妳去旁邊的屋子給蕭夫人倒杯水來吧。」

她說的蕭夫人，就是林元馨化用的姓氏，她懷著身孕，便說夫家姓蕭了。

紅玉微微一笑，道：「好。」

茶爐子在腰房一側的茶水房內，七八平方米的小房間，靠牆放了幾個大櫃子，放著杯盤等器具和茶葉。這是專供主人所用的茶水房，小丫鬟和嬤嬤們除非是幹活，否則不輕易到這裡來。爐子就放在屋子中央，紅玉剛走進去，便看到一個高大壯實的丫環提了個黃銅大壺過來，往爐上一放，道：「裡頭已經裝好了玉泉山上打的水，預備著沏茶的，莫蘭姊姊說了，這茶水可是金貴得很，千萬別灑了一點半點出來，請妳小心看顧著！」說完就走。

紅玉看著那大水壺，見那水滿得幾乎要從壺嘴裡冒出來了，不由得臉色微微一沉，她哪裡還看不出來，對方是在故意為難自己？說什麼別灑出一點半點，這樣滿滿的一壺水，要是不灑出來那才怪了！她心裡的怒火微微揚起，抬頭望見莫蘭就在外面的樹下看自己，還得意地揚起嘴角，紅玉心裡越發不滿，就要走過去理論。可是她略略一想，便明白了莫蘭這樣做的用意。如果做不到她的要求，她會看不起自己，說自己不懂規矩什麼的，到時候會連累主子們也跟著丟臉。想到這裡，紅玉冷笑一聲，到旁邊另找了一個小一些的黃銅茶壺出來，然後吃力地提起大壺，往小壺裡灌水。

莫蘭看這情形，不由吃了一驚。走進來道：「妳這是幹什麼？」

紅玉放下茶壺，才微笑著對莫蘭道：「既然這水在貴府這樣貴重，便不能輕易浪費了。主子們只是沏幾杯茶，用不著那麼多水。」她將盛好水的小壺往爐子上一放，「這一壺便足夠了。」說著，又故作無意地道：「只是玉泉山的水，怎麼就這樣珍貴呢？我們小姐在京都的時候，只用冰梅花上化的水來飲茶。小姐說過，玉泉山的水味太重，用來飲茶的話，會蓋了茶葉的原味兒，所以這樣的山泉最好是用來磨墨的呢！」

莫蘭臉上紅一陣白一陣的，卻什麼話都說不出來。她心裡頭實在是不信，玉泉山的泉水是最好的沏茶水，只有賀老夫人才有這待遇，連大夫人都只是用尋常的水，紅玉這丫鬟好大的口氣，怕是在吹牛吧！想到這裡，她眼睛裡露出鄙夷的神色。

不光莫蘭是這樣想的，被派來的每一個丫鬟都是這麼想的，她們剛開始以為歐陽暖和林元馨不過是偶爾救了賀老太太才交了好運氣，甚至有些刻薄的說她們不知是從何處來的，冒充官家千金罷了！雖然賀老夫人已經下了嚴令，她們卻沒有真的放在心上。

梅芳一開始也是這麼認為的，可是當她看見紅玉是怎麼服侍歐陽暖的時候，她就不這麼想了。因為來的第一天，她親眼看見紅玉用熱手巾先把歐陽暖的手包起來，然後端來銀盆，盆內放滿了熱水。將歐陽暖包好的手就放在銀盆的熱水裡浸泡，等熱水變溫漸涼，再換熱水，再次浸泡，就這樣換水三次，把手背、手指的關節都泡得溫暖了，手也白裡透紅，細嫩柔軟了，才將手拿出來。這種講究的護手法子，梅芳簡直是聞所未聞，見所未見。她卻不知道，京都大多官宦人家的千金小姐都是如此，大公主甚至是用最新鮮的牛奶洗手的。

如果這還只是一件普通的小事，接下來發生的事情就足以讓賀家的丫鬟們大開眼界的了。早晨，紅玉從包裹中取出了林元馨的梳妝匣子，匣子鏤空雕刻著富貴海棠花，朵朵活靈活現，一旁伺候的丫鬟們還不曾瞧見裡面的東西，已覺得這一個匣子實在是很精緻的了。

歐陽暖將眾人的目光看在眼裡，對著紅玉微微點頭，紅玉會意，便將那大匣子打開了，再把裡面的三個小匣子依次捧出來。第一個小匣子裡盛著一對玉製的耳環。

林元馨的東西不少都是珍品，便是賀家再有錢也是沒資格用的。莫蘭雖然跟著大夫人見慣了寶貝，卻從未見過這樣的東西，她瞪大了眼睛，笑道：「小姐，這是什麼玉呀？奴婢從未見過這樣純粹的玉環呀！」

歐陽暖拿起那對耳環，輕輕配在林元馨的耳朵上，旁人看了只覺得那耳環綠得真像兩片最鮮明的菩提樹葉一樣。歐陽暖輕描淡寫道：「不過是翡翠罷了。」

莫蘭使勁兒揉了揉眼睛，想要從那翡翠玉環上找出一點的瑕疵，然而不論她如何努力，卻找不到一點斑點，她在夫人那裡見過翡翠，知道這樣的東西很是名貴，但是翡翠的色澤要不就是太深，要不就是太淺，要求勻淨的是實在很難的，所以一般的玉工都不免要用一種精巧的雕琢功夫來故意掩飾那些不美觀的斑點。因此，凡善於鑒別玉質好壞的人，便都以形式自然者為上品，而現在這一對新月形的翡翠，可說是再自然也沒有的了，可見真的是極品翡翠了！

「我們大夫人最喜歡收藏玉器，可也沒有一件比得上這個呢！」莫蘭由衷地讚嘆著。

歐陽暖微微一笑，從第二個匣子裡揀起了一對玉鐲來。這一對玉鐲的原料是純粹的白玉，白得像羊脂一般。雖然沒有像翡翠一樣鮮豔的綠色，但玉質堅致，光澤瑩潤，沒有一絲一點雜紋。

歐陽暖將玉鐲遞給林元馨。林元馨接過來，默默地撫摩著，這玉鐲是皇長孫送給她的，不免觸動了她的愁思，於是便把它們放回了原處。

「夫人怎麼不戴起來呢？」莫蘭眼睛裡流露出更吃驚的神色。

林元馨淡淡一笑，「如今戴著不合適。」

這話莫蘭完全聽不懂，紅玉笑著解釋道：「夫人懷著孕，氣色不好，壓不住玉器，反倒襯得血色差些。」說著，從第三個裝滿了珠翠的匣子裡取出了一對紅珊瑚嵌寶石的鐲子，輕輕戴在林元馨的手上，端詳了一陣，才道：「夫人戴這個才合適。」

翡翠或玉製的飾物，既能增加人的美麗，也能暴露人的疲憊蒼白，所以在京都的豪門貴族之中，女子一旦懷了身孕，除非對玉器有特別的偏愛，一般是不會輕易佩戴的。這一點，生長在平城的莫蘭也是從未聽說過的。

此時，梅芳奉上胭脂，紅玉卻笑道：「我們自己有。」便從包袱裡取出一個小小的白玉盒子。

梅芳好奇地拿起盒子瞧了瞧，白玉清透的盒身襯得內裡的脂餅顏色異常鮮豔，還有一股牡丹花的清香，比賀家用的純正許多，她不由自主把盒子翻過來看看底下，卻沒有刻名篆印，不禁問道：「這是哪家胭脂鋪子出的貨？」

紅玉微微一笑，從她手裡取回盒子，用指甲在脂面上輕輕刮三下，將粉末置於掌心，尾指挑了點瓷杯裡的清水滴在上面，雙掌合起微撫，將紅脂稍濡，輕柔勻拍在林元馨的兩腮，不幾下已如櫻似霞，還隱約地淡香微縈，這才回答道：「我們夫人不用外頭的胭脂，一般都是請皓月樓的掌櫃到府上來特地調製的。」

皓月樓？那可是京都裡頭數一數二的胭脂樓，一盒胭脂搆得上尋常八口之家兩年的吃穿用度，賀家大夫人曾經動心派人去買，卻被人家回說每一盒胭脂都是有達官貴人訂製的，恕不出售。

梅芳和莫蘭對視一眼，都從彼此眼睛裡看到了震驚，尤其是莫蘭，她看著歐陽暖和林元馨，眼睛裡不由自主就多了一些敬畏。不管這兩個女子來自何處，她們的衣著談吐、生活習慣、愛好修養，都遠遠超過了想像，她隱隱覺得，這兩個人只怕是有大來頭，聯想到向來嚴肅的老太太這次反常的態度，莫蘭臉上的笑容一下子燦爛起來，服侍也更加精心了。

等莫蘭和其他丫鬟都退出去，林元馨奇怪道：「暖兒，妳今天是怎麼了，為什麼好端端的把這些匣子拿出來？」

歐陽暖出門的時候太匆忙，什麼行李都沒有帶，只有那一身華服，這些東西都是林元馨的，正因如此，即便再困難，歐陽暖都沒有動過這些東西的念頭，現在突然拿出來，自然別有用意。她微微一笑，道：「世人都說狗眼看人低，若是咱們一味的韜光養晦，既丟了身分，又會被這些人怠慢。我這麼做，不過是先小人後君子，給他們點警告罷了。」

林元馨點點頭，這幾天丫鬟們的態度她看明白了，如果一味隱忍，只怕這裡的日子也過不長。

這時候，紅玉悄聲道：「小姐，我剛才悄悄跟著莫蘭，果然看她往大夫人那裡去了。」

賀大夫人毛氏對待林元馨和歐陽爵的態度都是不冷不熱，可是對歐陽暖卻異常的熱情，每天都要過來坐坐不說，每次都盯著歐陽暖的臉看個不停，那種眼神，令林元馨有些害怕，她聽了紅玉的話，不由拉住歐陽暖的手，道：「我總覺得這位大夫人看妳的眼神怪嚇人的，暖兒，妳要防著點。」

歐陽暖聞言一愣，想起大夫人那過於熱切的眼神，不由點了點頭。

下午歐陽爵來的時候，將打聽到的情形簡要說了一遍。歐陽暖猜得沒有錯，這賀家的確不是一般的商戶。已過世的賀老太爺不但在熱鬧繁華的平城內擁有大量酒樓、客棧、食肆、茶坊、廄苑，附近幾個縣更有數不清的田地屋契隸屬賀府名下，在平城之外的很多城市也置下了無數物業。賀家不僅擁有數不清的米倉，同時還出錢出力支持宗族內有才之士或孔武之夫入朝為官，每逢旱澇季節或莊稼失收，更響應朝廷號召廣開糧倉善濟鄉民，在平城的聲望遠遠超過平城的官員們。

賀家人口並不複雜，賀老夫人只有兩個兒子，大老爺賀順君主持賀家的生意，大夫人毛氏她們已經見過，他們兩人膝下有一子一女，長子賀雨然據說是個大夫，開了醫館，成日住在裡頭不歸家，女兒賀家婷則是典型的大家閨秀，足不出戶。他們兩個人還有一個義子賀嘉盛，幫著管理賀家的生意。二老爺賀南平和二夫人汪氏膝下也只有一女賀家如、一子賀雨生，還有個庶女賀家歡。歐陽暖她們來的這幾天，賀家二老爺和二夫人帶著子女們回去向汪氏的母親賀壽去了，並不在家。

「姊姊，那個賀雨生聽說是個浪蕩子弟，妳們要是遇到了他，一定要避開，若是避不開，咱們就出去住。」歐陽爵提醒道。

歐陽暖笑著搖了搖頭，「並不是這樣說，我們住在這裡，反而不容易引人矚目，若是貿貿然出去租房子，契約書上怎麼寫？名章你又有沒有，三兩句話一問，只怕就露了行藏。」

歐陽爵也知道是這個道理，可還是有點不放心賀雨生。然而歐陽暖關注的卻不是那個浪蕩子，她細細想了想，朝著林元馨微微一笑，「表姊，妳覺不覺得賀家有些奇怪？」

「哪裡奇怪？」

歐陽暖微一側頭，水晶髮簪上的玉色小珠墜子亦跟著輕輕搖動，閃爍出明翠的波瀾，「大老爺和大少爺都是外男，我們自然見不著，可是賀家老夫人既然為我們引薦了大夫人，為何對賀家大小姐卻閉口不提呢？而且咱們住在這裡也有兩天了，大夫人每天都來，卻從來沒有帶過這位大小姐一起來，這有些說不通的，不是嗎？」

歐陽爵聽到這裡，目光微微一凝，低聲道：「姊姊，說到這裡就更奇怪了，不光咱們沒有見過這位賀家大小姐，據說連府裡頭的丫鬟們也都沒有見過……」

傍晚，歐陽暖剛走出碧溪樓，還沒走到花園門口，就見一隻雪白的獅子狗從外面鑽了出來，直撲到她的腳下，圍著她跳著。

這是賀老太太養的狗，歐陽暖聽別人叫牠「鈴鐺」。

紅玉蹲下身子，把牠抱起來，親暱地道：「小姐，這小狗好可愛。」然後又輕輕地點著牠的小鼻子，「您說是不是？」

歐陽暖含笑望著。

鈴鐺用嘴蹭著紅玉的衣服，但猛然間，牠停止了這個親熱的動作，渾身的白毛和那對小小的耳朵都豎了起來，對著紅玉身後「嗚」的叫了起來。

紅玉還沒有反應過來，歐陽暖已經順著狗叫聲看過去，只見身後不遠處的走廊上，站著一個矮胖而醜的老婦，她的臉埋在樹木的陰影裡看不清楚，只看到滿頭白髮和臉上那對泛白的眼珠，此刻正直勾勾地盯著歐陽暖。

在那一瞬間，歐陽暖吃了一驚，她幾乎懷疑自己看見的究竟是人還是鬼。

紅玉不解地回頭看了一眼，頓時嚇了一大跳，她一隻手緊摟著鈴鐺，另一隻手捂著自己的嘴，渾身哆嗦著，卻挪不動腳步。

幸好，這時候院門口來了一個丫鬟，而那個矮胖女人倏忽間一扭身，在樹林之間消失了。

「歐陽小姐，您怎麼啦？」來的是賀家老太太身邊抱狗的丫鬟綠蘿，她見歐陽暖和紅玉一臉驚詫的神情，愣愣地看著那片樹叢，不由自主地問道。

「小姐，您、您看見她了嗎？」紅玉用手指著剛才那老婦站著的地方，半天才說出話來。

歐陽暖點點頭，這時候才發覺手心微涼，「綠蘿，你們府裡有沒有一個矮胖的婦人，生得很可怕，額頭上有一塊疤的？」

「沒有呀。」綠蘿露出奇怪的表情。

「或者有什麼新來的人妳不知道？」歐陽暖微微抬起眼睛，盯著那老婦消失的方向。

綠蘿搖了搖頭，納悶道：「我們府上原來就有一些粗使的僕婦，在廚房裡專管做飯、洗衣，但她們都生得乾乾淨淨，臉上是一點東西也沒有的。咱們府上怎麼會用臉上有疤痕的嬤嬤呢？豈不是嚇壞了人？」

這就是歐陽暖覺得奇怪的地方，不管是什麼樣的人家，挑選丫鬟僕婦的時候，都會找整齊乾淨的，怎麼會找一個長相如此嚇人的在這裡？就算她是粗使僕婦，也不可能隨隨便便跑到夫人小姐們所在的後院來，可是看看綠蘿的樣子，又不像是在撒謊。

歐陽暖微微一笑，道：「紅玉，把鈴鐺還給綠蘿吧。」

綠蘿接過鈴鐺，歡喜地道了謝，轉身走了。

紅玉看著歐陽暖，道：「小姐，咱們都是親眼看到那個女人的，還能一起眼花了不成？」

「自然不是眼花。」歐陽暖一笑，卻淡得幾似沒有，「也許，賀家有不少的祕密。」

碧溪院內，冬日的陽光淡淡地從白棉窗紙裡透進來，薄薄的似一層輕薄的琉璃紗，軟而輕綿。案上供著一尊白瓷觀音像，寬額豐腴，面目慈善，望之便覺慈祥敦厚，大有普渡眾生的慈悲之態。貴妃榻上，林元馨斜坐著繡一件嬰兒所穿的肚兜，赤石榴紅線杏子黃的底色，繡出百子百福花樣，一針一線盡是初為人母的歡悅和對腹中孩子的殷殷之情。歐陽暖坐在一旁看書，紅玉則是在整理東西，屋子裡一派安寧祥和。

就在這時候，紅玉突然發現，放首飾的抽屜開了一條寬寬的縫。她拉開抽屜一看，首飾還好好地放在那裡，包裹首飾的一條帕子卻是沒了，微微沉思片刻，她回頭問道：「小姐，您吩咐其他人替您取過首飾嗎？」

歐陽暖抬起頭來，目中微微露出詫異，「沒有。」

「奇怪，抽屜好像被人動過。」

林元馨嘴角噙一抹愉悅安心的微笑，隨意道：「紅玉，是不是妳自己開了抽屜不記得了？」

紅玉心道：這就奇怪了，自己每次放好首飾，一向都是把抽屜關得好好的，這是怎麼回事呢？

她困惑地搖了搖頭，難道今天是太累了竟疏忽了？

歐陽暖是知道紅玉沉穩的性子，所以聽了這些話也是覺得奇怪，接著問道：「少了東西嗎？」

紅玉搖搖頭，「沒有。」那條帕子也不是小姐的，只是自己閒來無事繡著玩的罷了。

若是少了東西才正常……一樣都不少，這算是有人在暗中窺視，還是對她們起了疑心呢？歐陽暖手裡的書遲遲翻不過一頁，林元馨笑道：「妳們呀，就是想太多了，肯定是紅玉自己沒有收好，卻忘記了。」

林元馨總是將問題簡單化，這樣固然容易受騙，卻也可以少很多煩惱。

歐陽暖笑了笑，「嗯，我也這樣想。」

紅玉還要說什麼，歐陽暖向她使了個眼色，示意她不要再說下去了。

入夜，賀府小樓，毛氏獨自一人進來，揮退了看守在小樓外的那名又老又醜的婦人。她一腳踏進房門，裡面燃著一盞銀燈，燭光柔和溫暖，照亮了整個房間，房間裡裝飾華美，處處奢華，儼然是一間小姐的繡房。

她看了一眼周圍，試探著道：「家婷？家婷？」沒有人應答，毛氏嘆了口氣，將門小心掩好，坐到桌邊，靜靜等待著。

等了不多會兒，門猛地一下子被撞開，隨即屋子裡變得一團漆黑，燭光被風一下子吹滅了，毛氏卻已經對這種情形司空見慣，她站起身，叫了一句：「家婷？」

一道苗條的人影閃了進來，她將手中的一樣東西揚了揚，隨即丟在桌上。毛氏重新燃起蠟燭，桌面上赫然是一條繡著牡丹圖的帕子。毛氏剛要拿起來看，她的手就被另一隻纖手壓住了。

「慢。」十分嘶啞而冷酷的聲音，令人難以相信它和那纖手竟屬於同一個人。

毛氏抬起眼睛，舉目凝視。

「我要她做我的替身，馬上，越快越好，妳馬上去幫我辦……」聲音由嘶啞變為尖利，在屋子裡迴盪。

一絲為難幾乎是不可覺察地掠過毛氏的面龐，「家婷，她是老太太的救命恩人，這實在是……」

「我不管，妳以前說找不到合適的人選，現在有了人選妳卻推三阻四！」纖手指著那條手帕，斷然地，不允許討價還價地說。

毛氏頓了頓，道：「妳別急，讓娘想想辦法。」

第二天用完午膳，歐陽暖陪著林元馨在院子裡散步。過了片刻，一個丫鬟急匆匆跑過來，衝著歐陽暖道：「歐陽小姐，奴婢是大夫人身邊的玉簪，我們大夫人想請您幫著描花樣子，您看現在有沒有時間過去？」

林元馨皺起眉頭，拉住歐陽暖的手道：「暖兒，妳……」

歐陽暖拍了拍她的手，輕聲道：「沒事，我去瞧瞧就回來。」

歐陽暖便隨著那玉簪去了。一路上僕婦丫鬟來來往往，熱鬧得很，偏生到了地方後，裡面鴉雀無聲，只幾個青衣丫鬟站在廊下。

歐陽暖覺得有異，便叫玉簪進去通報，玉簪掀開簾子進去了，很快出來道：「老太太那裡來了客人，剛巧就把大夫人拉過去了。」

歐陽暖道：「既然大夫人不在，那我就先回去了。」

玉簪趕緊笑道：「不必不必，大夫人走的時候說去去就回，請您先進去稍候片刻，裡面茶水都沏好了。」

歐陽暖凝神望了這院子一眼，怎麼看都不像是大夫人住的正院，倒像是待客的花廳，她越想越奇怪，玉簪已經走上來，道：「外頭這麼冷，小姐別凍壞了身子，快進去吧。」不由分說將歐陽暖拉進了花廳，又出去了。

歐陽暖見花廳裡果然沒有外人，心道自己也許是疑心太重了，到底是來人家做客的，有些事情也不好太矯情，更何況紅玉也在一旁，橫豎出不了什麼事，也就耐心地坐下等候毛氏。

半盞茶的功夫，就聽得有丫鬟在簾子外道：「請方公子進去等候。」接著一個丫鬟打起簾子，一個一身華服的男子走了進來。

歐陽暖和紅玉都吃了一驚，紅玉趕緊擋住歐陽暖，滿是警戒的眼神盯著眼前的男子。可不知為什麼，她陡然身形一僵，歐陽暖察覺到了一絲異樣，原本垂下的頭抬了起來，望向那站在面前的人。外頭的陽光傾瀉而下，沿著他的身形輪廓投下暗暗的陰影，她的眼睛一時不能適應如此強烈的光亮，微微半合起雙目才能看清眼前人的長相。

肖家的男人集合了數代優良基因的遺傳，無疑皆是長得高大而英俊，而眼前的男人，分明就稱得上是良品中的極品。桀驁飛揚卻微微蹙起的眉，一雙又細又長的鳳眼，漆黑的眼瞳裡深不可測，就連鼻子也高挺而輪廓分明，唇形更是堪稱完美。他身著深藍色的雲錦妝花紗四合盤領窄袖常服，袖口扣著兩顆指節大小深藍色的寶石，看起來風度翩翩，氣質出眾。

那一刻，歐陽暖實在很想問個問題，順道寒暄上那麼一句：明郡王殿下，您不是應該在戰場上指揮千軍萬馬嗎？怎麼無緣無故跑到這裡來了？

若是她沒有聽錯的話，剛才那丫鬟叫他方公子？

歐陽暖眉宇間不覺便蓄出了雲淡風輕的笑意，美目半合，濃密修長的睫毛將她眼底微微浮現的波瀾巧妙地掩飾住了。她刻意驚慌失措地開口，把個柔弱膽怯的女子扮演得入木三分：「何人如此大膽！」

肖重華微微瞇起雙眼，深斂在眸底的光芒讓人難以臆測他的心思，他的左手比了一個手勢，隨後對著歐陽暖微微一笑，「對不住，打擾到您了！」聲音如玉暖生香，溫潤清越。隨即快步退了出去，又在外面低聲責怪丫鬟：「廳裡有小姐在，妳怎麼不說一聲？」

歐陽暖在屋子裡，凝神聽到外面的丫鬟連聲賠不是，過了一會兒肖重華就遠去了，再過了片刻，玉簪紅著眼進來，哽咽道：「歐陽小姐，是外頭小丫鬟不知道，竟然把外人放進來了，也是奴婢思慮不周到，您懲罰奴婢吧！」

歐陽暖淡淡一笑，道：「意外總是有的，既然大夫人還沒回來，我這就先去了。」說著不顧玉簪拚命挽留，領了紅玉，頭也不回地離開了花廳。路上隱約聽見玉簪在後面叫她，她也佯作沒有聽到。

肖重華為什麼突然在賀家出現？賀家大夫人又為什麼想方設法引自己和他見面？是不是已經識破了她們的身分，還是在故意試探？不，一定有哪裡不對，如果已經被識破了，肖重華又何必換了一個身分呢？無數個問題在歐陽暖的心中悄悄衍生，全都變成一團亂麻。回到碧溪樓，歐陽暖並未向林元馨提起見過肖重華的事情，她隱隱覺得，肖重華這次在平城出現，必然身負很重要的使命。

回想起他對她做的那個手勢，歐陽暖知道，有些事情，今天晚上就能知道了。

當夜子時，歐陽暖悄悄穿好了外袍，輕聲走出了房門。

剛出院子，便被一個人拉到了一邊，「噤聲！」

歐陽暖聽出是肖重華的聲音，點點頭，隨即聽到他道：「怎麼穿得這樣單薄？」

歐陽暖還沒來得及說話，一件紫地緙絲貉毛大氅已經落到了她的身上，她微微愕然。

「別多問，跟我來。」

歐陽暖忍住疑惑，跟著肖重華來到一座小樓前，只看到裡面影影幢幢的燭光，她微微頓了頓，輕聲道：「這裡是……」

「看了就會明白。」肖重華的聲音帶了一絲低沉和不易察覺的凝重，「待會兒不管看到什麼，都別害怕。」

肖重華帶著她來到一個房間外面，屋子裡燃著幽暗的燭光，透著半掩的窗戶看進去，一個身形窈窕的女子蒙著面紗坐在銅鏡前面，旁邊站著的……赫然是昨天下午見到的那個生得十分嚇人的醜婦人。

「小姐，夜深了。」那醜婦的聲音粗啞難聽，歐陽暖的身上莫名其妙起了一陣戰慄感。

「來，把面紗撩起來，奴婢幫您上藥……」

那女子不聲不響地捏住面紗的下端，然後慢慢往上撩起。

從歐陽暖的位置看不到那女子的容貌，可是藉著剛透過烏雲的一點兒月光，她看到了銅鏡裡的那張臉，已不僅是令她驚訝，而是令她萬分的驚駭。這根本不是一個年輕美貌的姑娘的臉，分明是無比的猙獰可怖。且不說臉上一道道歪七扭八的傷口和塌掉的鼻梁，臉頰上竟然還有一道疤痕長長地縱橫穿過全臉，更可怕的是，她的上嘴唇整張皮都沒有了，鮮紅的牙床和長長的白牙兕相畢露地跳在外面……

歐陽暖本能地後退了一步，她實在不敢再看一眼這張可怕的臉。就在這時候，突然有一隻手遮住了她的眼睛。

「怕就別看。」他的聲音很輕很輕，幾乎是在耳語，裡面的人並沒有發覺。

「小姐，您的傷口好多了呢！」醜婦笑著道。

「好多了？這張臉我自己都看了十年了，有什麼好不好的？」年輕女子的聲音冰冷而尖利，像一把刺刀扎在歐陽暖的心上。起先歐陽暖只覺得那女子的嗓音透過面紗顯得粗濁沙啞，現在更感到有著一層陰沉和冷酷。

「小姐，大少爺不是說過嗎？只要您按時用藥，會越來越好的。」

「越來越好？那妳為什麼不敢看我？妳害怕我這張臉，不敢再看了？」那個尖銳難聽的聲音又咄咄逼人的響起來，「我都敢天天照鏡子，妳憑什麼不敢看！」

「小姐，您……」

「哼！妳都害怕，更何況方恆！我娘還保證我一定能順利嫁給他？她拿什麼保證？」那刺耳的聲音幾乎要震裂歐陽暖的耳膜。

「小姐，夫人已經在想法子，今天她才讓他們見了一面呀！」

歐陽暖聽到方恆這個名字，微微一怔，接著又聽到那醜婦說什麼見了一面的話，不由得更加驚奇，她拍了拍肖重華的手，對方似乎停頓了片刻，才鬆開了手。

「走吧。」她用口形輕聲道。

肖重華點頭，兩人一起離開了這幢神祕的小樓……

夜色下，歐陽暖並未束髮，長髮如一股烏黑芬芳的泉水淌至腰間，月光下看起來越發的明眸朱唇，容光懾人，「郡王，剛才那名女子是？」

「她就是賀家的大小姐，賀家婷。」肖重華直視著她，溫和的黑眸中閃過難以辨認的光芒。

賀家婷？歐陽暖想到剛剛那兩人提起的名字，不由挑起眉頭，問道：「你不會就是她們口中說的方恆吧？」

「是。」肖重華耐心地應著，俊雅的臉龐上綻出淺笑，眼睛一瞬也不瞬地注視著她。

承認得還真是爽快！歐陽暖心中暗道，不免有些訝然，「你早就知道我和表姊在賀家？」

肖重華搖了搖頭，「不，我今天看見妳也很吃驚。」

歐陽暖想了想，一連串的問題使得她的思路不是很清晰，好一會兒，她才帶著遲疑地輕聲詢問：「大夫人是故意引你來見我？目的是什麼呢？這和你今天帶我來見賀家大小姐又有什麼關係？」

某種柔亮的眸光閃過肖重華幽暗的黑瞳，他薄唇微揚，唇角眉梢都是苦笑，「我剛開始也不明白，今天見了妳才醒悟過來，我從花廳出來後，賀家大夫人對我說花廳裡坐著的是她的女兒。」

「女兒？」歐陽暖倒吸一口涼氣，定定地看著他，問得很是小心翼翼：「你的意思是，大夫人說我是她的女兒？」

「準確地說，她是希望我將妳當成她的女兒。在事後我又向賀家的僕婦打聽過，她們一口咬定花廳裡面的人就是賀家婷。」他的黑眸轉到她臉上，變得異常深邃，末了，只是很平淡地用一句話做了概括，「如果我不是早就與妳相識，肯定會以為妳就是賀家婷沒錯。」

聞言，歐陽暖的心揪得緊緊的，她屏住呼吸，問道：「大夫人這樣做，究竟有什麼目的？」

「她有那樣的女兒，自然是想要把她嫁出去的，可是賀家婷變成那個模樣，誰敢娶她呢？賀大夫人愛女心切，行非常手段也是難免。」肖重華輕輕嘆了一口氣，聲音又低又沉，直道她的身不由己。

歐陽暖冷笑，「她愛女心切就可以做這種掩耳盜鈴的勾當嗎？不管她嫁給什麼人，都是騙婚而已！蓋頭一揭開，還有什麼不知道的？她若是真心為女兒好，會做這種事情嗎？」這一連串的詰問把肖重華說得微微一愣，他想了想，隨即笑道：「若我喜歡妳呢？」

歐陽暖正有些氣憤，沒有料到他說這個，稍微錯愕了一下，一時不知道如何開口。

肖重華睫毛盛著細密低迷的微光，垂下又抬起，聲音輕得如同月色：「我的意思是，若是方恆愛上假的賀家婷了呢？一旦訂了親，到時候『賀家婷』再出什麼意外毀了容貌，不論是出於道義還是人情，這個新娘子，孑然一身的方恆都推不掉了吧。」

歐陽暖徹底愕然了。

賀大夫人推出一個讓方恆著迷的賀家婷，等婚事一訂，再故意製造意外「毀掉」賀家婷的美貌，讓真正的賀家婷嫁給方恆，可是這裡最大的問題是，方恆又是什麼人，賀大夫人憑什麼認為對方一定不會藉口推掉這門婚事呢？歐陽暖心念急轉，迅速想到了一個可能，賀大夫人篤定方恆不會拒絕，除非他對賀家別有所求！想到這裡，她苦笑一聲，只覺得胸口被一種柔軟的東西堵住了，像是一團絲凌亂地交錯著，眼中便就浮起難以解讀的複雜之色，「那麼，我可不可以問問，方恆對賀家有何求呢？」

什麼樣的目的，會讓肖重華在最關鍵的時候放棄一切跑到賀家來？她盯著肖重華，正好撞上他那炫目的容光，彷彿濃墨重彩畫進這背景中一般，寂靜無聲，卻也奪盡光華。

肖重華沒有立刻回答，知道的越少，對歐陽暖來說才最安全。

不該問的話，歐陽暖是不會問的，在她看出這一點後，她只是道：「賀家老夫人知道這件事嗎？」如果知道，她們必須馬上離開這裡。

肖重華搖了搖頭，道：「目前看來，她還被蒙在鼓裡。」又道：「這件事，妳可以告訴妳表姊，因為我如今住在賀家，她總會知道的，提前讓她知道總比一直騙她好。」

歐陽暖停了停，自知這個問題是無法迴避的，便深吸一口氣，道：「好，但是你要告訴我，皇長孫如今在哪裡？」

肖重華知道這個問題歐陽暖是代替林元馨問的，他的眼眸中閃過一絲難以琢磨的複雜神色，垂眼掩住眼底的漩渦，眉頭輕皺，又展開，「我只能說，他很好，也很安全。」

秦王奪了京都，皇長孫還能無動於衷，莫非他根本是早有對策？

歐陽暖微微皺眉，「很好，也很安全」，對林元馨卻沒有隻字片語的關懷，她對肖衍這個人，突然萌生出一絲強烈的厭惡，但是在肖重華的面前，她並沒有讓這種情緒影響了臉上的笑容，只是輕聲道：「你放心，我知道該怎麼對表姊說的。」

第二天一早，歐陽暖費了好大一番功夫，才讓林元馨明白了整件事情的來龍去脈。她想了半天，才緊張地道：「他有沒有皇長孫的消息？」

歐陽暖搖了搖頭，道：「他和皇長孫不在一處。」

林元馨的眼神一下子黯淡了下去，歐陽暖笑道：「表姊不必著急，沒有消息才是最好的消息，妳說對不對？」

林元馨點點頭，就在這時候，丫鬟進來稟報說：「老太太擺了戲臺子，說要請兩位去聽戲。」

發生了昨晚那件事，歐陽暖對這賀家上上下下都有一種微妙的反感，這一去，必然會碰見賀家大夫人，她現在可不想見到這個人，剛要開口拒絕，那丫鬟笑道：「老太太說是二夫人他們回來了，要引薦給兩位認識呢！」

林元馨對歐陽暖使了個眼色，示意她不要將對方得罪了，歐陽暖也明白這一點，便點點頭，道：「好，我們稍後便來。」

戲臺上背景已經搭好，對面的廂房門大開著，一路走進去，便看見裡面擺開幾張矮足長榻，榻前幾上擺了果盤、茶茗。賀老太太一見到她們，立刻笑道：「來，見見我的二兒媳婦。」

二夫人汪氏看起來三十多的年紀，容長臉兒，白淨皮膚，說不上很美，長相卻讓人覺得很標致，她穿戴華貴，頭上珠翠環繞，見人就是三分笑，「哎呀，老太太，您從哪兒找來這樣的美人？」說著站起來，拉著林元馨看了半天，又盯著歐陽暖看，片刻後才鬆開她們的手，道：「我今天可算開了眼界了。」

歐陽暖微微含笑，並不答話。汪氏的身後站著一粉一翠的兩個美貌少女，穿戴也頗為華麗，一個嬌俏，一個冷豔，漂亮得讓人移不開眼。汪氏笑著向歐陽暖介紹了她的兩個女兒，嬌俏的二小姐賀家如和面色冷淡的三小姐賀家歡。

大夫人面色如常地坐在旁邊，歐陽暖也很客氣地與她打了招呼，便在自己的座位上坐下。一會兒戲便開場了，這一齣演的是《寶塔記》。

「這可是咱們平城極為走紅的旦角同春，今天演出的是他的拿手戲。平日裡他可是不輕易出場的，還是咱們雨生為了討老太太高興，千方百計請回來的呢！」二夫人得意地說著，目光不著痕跡地落在大夫人身上。

大夫人恍如不覺，鼻子裡輕輕哼了一聲。

同春果然扮相俊美，唱作俱佳。《寶塔記》前半部雍容華貴，後半部哀怨淒楚，都表演得恰到好處，那唱腔的幽咽委婉，迴環曲折，更是無與倫比。

就在這時候，賀老太太突然輕輕咦了一聲，「那戲臺上唱小生的是哪個？怎麼這樣眼熟？」

二夫人便笑了，「傳下去，待會兒讓那個小生來見見老太太。」

戲曲都是大同小異，歐陽暖實在是不感興趣，她的目光彷彿十分入神地看著戲臺上，思緒卻已經飄得很遠。不知過了多久，只聽到鑼鼓一聲響，卻是戲已經唱完了，一時掌聲響起來，歐陽暖才回過神來。

賀老太太讓人特地領了同春和那個小生上來見見。同春倒沒有什麼，見了面，遠遠領賞後也就下去了，畢竟女眷多，他也不可能登堂入室，可是那個小生卻筆直地走了過來，惹來大夫人驚怒，「這戲子太不像話了！」

這小生已經換了一身質地考究的白底白花長衫，臉上的皮膚細嫩白皙，兩道精心描畫過的劍眉直插鬢角，一雙烏黑的眼珠靈活傳神，長得出奇的清秀漂亮。

賀老太太一見到他，立刻驚訝輕呼：「雨生？」

原先站在汪氏身後的賀家如笑起來，調侃道：「弟弟什麼時候做了小生了？」

二夫人顯然也嚇了一跳，還沒來得及說話，卻聽到大夫人冷冷地道：「扮成戲子像是個什麼樣子，雨生，你也太不成器了！」

賀老太太顯然很喜歡賀雨生，便淡淡地瞥了大夫人一眼，道：「這孩子是彩衣娛親，妳也別太較真了。」

大夫人氣息一窒，頓時臉色難看起來。

二夫人壓下冷笑，笑容燦爛道：「雨生，你呀，就愛做怪，也不怕嚇著客人們！」

賀家如倚著賀家歡的肩膀，拿眼睛瞅著賀雨生抿著嘴笑。

賀家如滿臉堆笑地對賀雨生說：「二弟，我介紹你認識一下，這是蕭夫人，這是歐陽小姐，她們是來咱們府上作客的。」

賀雨生先是笑著朝林元馨彎一彎腰，嘴裡一邊俏皮地說著：「久仰！久仰！」然後又轉向歐陽暖。在那個瞬間，他的眼神頓時變得格外閃閃發亮，聲音也更為脆糯圓潤：「歐陽小姐，今日幸會，不知剛才的戲尚中看嗎？有勞歐陽小姐清神了！」

歐陽暖微微一笑，臉上的笑容卻很是冷淡。

賀家的確是富貴，端上來的茶水、各式茶點，無不味道純正，做工精巧。賀雨生尤其溫柔多情，善解人意，對歐陽暖更是殷勤備至。見到丫鬟遞靠墊，連忙掏出手絹撣淨上面假想的浮灰；見端過來的茶水稍許有些燙，便忙不迭從丫鬟手中接過杯子，一邊用嘴輕吹，一邊掏出手絹在杯子上揙著，忙乎了一陣才把杯子送還給歐陽暖。

這樣的熱切露骨，簡直是聞所未聞，見所未見，幾乎令歐陽暖懷疑這賀家究竟是什麼樣的家教，居然養得出這種奇葩！

她強壓下心頭翻滾的疑惑，淡淡地笑道：「表姊，妳不是說身子不舒服嗎？咱們先回去吧。」

大歷三十五年，秦王登基，登基後的第三天，便派官員趕赴倉州，捉拿「叛逆」的太子與皇長孫。可是那官員剛剛到了倉州，便被倉州城的守軍殺死。秦王大怒，集結十萬軍隊，由大將高平統軍，很快在倉州近郊囤積。皇長孫看在眼中，不露聲色。按照秦王的原定計劃，月落時分將是倉州最鬆懈的時候，他們將以倉州附近的聊城為起點，一舉攻下倉州，捉拿太子與皇長孫。誰知就在發布命令的前一晚，一千名精銳騎兵，穿著秦王軍的衣服直闖高平的大營，殺了值勤守衛，一路廝殺縱火，同時到處大聲散布謠言，說皇長孫早已籌備好一百萬軍隊，很快就要殺將過來。本打算養精蓄銳第二日衝鋒陷陣的士兵從睡夢中驚醒，立刻就要赤手空拳的面對全副武裝的騎兵。到處失火的窘迫和明晃晃的刀槍，等到部隊鬆散地集合起來，那些騎兵竟然已經不見蹤影。正在清點傷亡人數的時候，這些祕密騎兵竟然再次出現，驚魂未定的士兵在天未全亮的情況下占不了任何便宜。

高平大怒之下，迅速集結軍隊進攻倉州，然而出乎意料的是，肖衍竟然帶領著二十萬大軍在中途嚴陣以待。高平這才意識到，原本應該在西南練兵的這二十萬將士早已到了倉州。在前後夾擊的情況下，高平的鐵騎損傷過半，狼狽往兩邊逃竄。肖衍看準時機，以討伐謀逆的罪名發討伐詔書，並與早已在聊城埋伏的太子裡應外合，一舉奪下聊城，隨後乘勝追擊，勢如破竹地攻占倉州附近的十八座城池。秦王震怒，糾集五十萬軍隊，更換心腹將領謝正，這場奪位的戰爭正式拉開序幕。

戰爭開始得很快，但是，這一場戰爭卻是殘酷可怕，十分慘烈。

這個國家整個陷入了戰火之中，主要的戰場在南邊，而平城偏安東角，除了米價開始飛漲之外，其他一時間沒有受到影響。

戰爭的消息傳來，歐陽爵立刻坐不住了，歐陽暖看在眼裡，暗地裡搖了搖頭。

紅玉做了紫蘇糕，請歐陽爵過來品嘗。林元馨看歐陽爵一副心不在焉的模樣，有些奇怪道：「你這孩子是怎麼了，怎麼這樣煩躁，有什麼事嗎？」

歐陽爵抬起眼睛看了看歐陽暖，又低下頭，把手裡的紫蘇糕盤來盤去，就是沒送進嘴裡去。

「這紫蘇糕可是紅玉花了兩個時辰做的，你這麼個吃法，豈不浪費了？」林元馨瞧他有趣，不由笑道。

歐陽爵又看了歐陽暖一眼，垂下黑亮的眼睛，還是不言不語。

林元馨也順著他的目光看向歐陽暖，不由笑道：「傻孩子，男子漢有什麼話不好直說，吞吞吐吐幹什麼？」

歐陽暖聞言，知道林元馨也在旁敲側擊地幫助他，便淡淡一笑，「聽見沒有，表姊的話你要謹記，男子漢大丈夫怎麼能拖泥帶水的？總是這樣，像個長不大的樣子，讓我怎麼放心你？」

林元馨笑道：「暖兒不必多慮，爵兒只是少了歷練，假以時日，定能出人頭地，光耀門楣。」

歐陽暖低垂下眼簾，眸中神情有些複雜，說實話，她不願意歐陽爵有一絲一毫的危險，但她知道歐陽爵的心思，勉強留下他，他也不會開心，這只是一種名為愛的束縛罷了。想到這裡，她只寂寞地笑了笑，便道：「爵兒，去了倉州後，記得不要給姊姊丟臉。」

歐陽爵嚇得一激靈，頓時跳了起來，「姊……姊、姊姊！」

「你年紀小，我本想著將你留在身邊，可是這一路走來，姊姊發現，不管我承認與否，你都不再是小孩子了。這件事是你自己的事，我只要支持你的決定就行了，其他的……我不會再管了。」

歐陽爵微微一怔，下一刻幾乎笑出聲來，「真的？」

「真的，吃糕點吧。」歐陽暖微微一笑。

「姊姊，妳真好！」歐陽爵將紫蘇糕塞進嘴裡，囫圇嚼了嚼，臉上的笑容掩都掩不住，「紅玉的手藝真是好……好吃……」

他在這裡讚揚連連，紅玉突然端著盤子進來，看到歐陽爵在那裡大快朵頤，不由驚訝道：「大少爺，你……你都吃了？」

「是啊，妳做的紫蘇糕甜而不膩！」歐陽爵眉眼帶笑。

紅玉目瞪口呆，指著歐陽爵跟前的盤子道：「可是……奴婢剛剛弄錯了罐子，不小心放了好多鹽巴下去……」

「啊？」歐陽爵完全傻眼，林元馨噗哧一聲笑出來，邊笑邊捂著嘴，笑得有些咳。緊跟著她忍俊不禁的是歐陽暖，紅玉愣了一下，也是笑得彎下了腰。

歐陽爵生怕姊姊反悔，回去就收拾東西，向賀家老太太告了別，當夜趕赴倉州去了。

第二日，歐陽暖便聽說，賀家大少爺賀雨然回來了，大夫人很是生了一場氣，因為她的這個兒子一回來，就告訴他的好友方恆，那天在花廳裡面的並不是他的妹妹，而不過是一位在賀家作客的女孩子。

這樣一來，賀大夫人毛氏的如意算盤不得不暫且擱置下來，對歐陽暖的態度也大不如前了。大房這邊冷淡下來，二房卻出人意料地熱乎起來。

自從看戲的那一天，歐陽暖下了賀家二少爺賀雨生的面子，這個人就開始陰魂不散地纏上了歐陽暖。

賀雨生平時幾乎每天晚上都要出門，一到了吃過晚餐，他就坐立不安，找個理由就溜出去了。然後，一定弄到深更半夜才回家。全家對他的行蹤都心裡有數，只是瞞著賀老太太。一個月前，他越來越明目張膽，常常夜不歸宿。二老爺不知道打了他多少回都不管用，實際上整個平城都知道，賀家的二少爺迷上了戲院的一個女戲子，而且已經打得火熱。可是自從見到了歐陽暖，賀雨生突然變了一個人，每天都守在家裡頭不出去，三不五時就要到老太太那裡坐坐，盼望著可以見到這個大美人。在他看來，下九流的戲子怎麼也不能和清麗絕俗的大家閨秀相比的。

二夫人見到這情形，心裡哪兒還有不明白的，她剛開始很反對，因為歐陽暖明顯是個投靠來的孤女，無依無靠，無根無基，她怎麼會要這樣的兒媳婦，可是轉念一想，落魄的貴族小姐總比戲子強多了，再加上賀家有錢，本也不貪圖兒媳婦的嫁妝，有才有貌就好，她這麼一嘀咕，越想越靠譜，對歐陽暖的態度也就變得熱切了起來。

這一天下午，歐陽暖陪著林元馨在後院的小花園裡散步，賀雨生買通了碧溪樓的丫鬟，早就躲在假山後，看見她們過來，立刻神出鬼沒地出現，將她們嚇了一跳。

歐陽暖面色一冷，低聲道：「表姊，咱們回去吧。」

賀雨生沒臉沒皮地攔住她們，「歐陽小姐，我只是想要認識妳，並沒有什麼惡意的。」

每次看到這樣的紈褲子弟，歐陽暖就會想起當初的曹榮，不由得在心裡先厭惡了三分，剛要說話，卻突然聽見一個清亮的聲音道：「雨生，你真是太放肆了！歐陽小姐是祖母的客人，你怎麼這麼無禮？」

賀雨生哼了一聲，「我的事兒妳少管！」

賀家如盯著賀雨生，語氣不太好，「我是你姊姊，怎麼不能管你？」

賀雨生見賀家如攔在歐陽暖面前，就不耐煩起來，「妳管那麼多幹什麼？我就是路過，跟歐陽小姐說兩句話。」

賀家如的大眼睛直直地瞪著賀雨生，「這些天你都沒出去，太陽不是打西邊出來了嗎？找藉口，你也該找一個有一點說服力的。正經點說，你就是看人家漂亮，不懷好意！」

「妳說什麼？妳說什麼？」賀雨生吼到她臉上去了：「我怎麼就不懷好意了，家裡輪得到妳來說話嗎？」

「你問我，問問你自己吧！」賀家如憤憤不平地說：「全家上上下下，除了一個祖母不知道以外，誰都知道了！你每天到戲院去報到，你以為全家人都是啞巴？你以為平城的人都是瞎子嗎？大家都在閒言閒語了，你還在這兒凶！你就會仗著祖母疼你胡作非為，太沒大沒小了！你再這樣，我就告訴爹去！」

二夫人疼兒子，二老爺卻是個嚴厲的人，賀雨生臉上一白，再不敢多說什麼，快步走了，留下歐陽暖和林元馨，近乎愕然地盯著賀家如。

賀家如回過頭，臉上的笑容有點尷尬，「對不起，他不是壞人，只是被慣壞了，有些不知道天高地厚……」

這樣的情況發生了不止一次，歐陽暖對賀雨生很冷淡，但對他姊姊賀家如卻不好太疏離了，因為瞭解下來，她發現，賀家如實在是一個很天真很可愛的女孩子，與賀家其他人有些格格不入。她偶然看到歐陽暖的書法，便羨慕得不得了，每天都要跑來跟著歐陽暖學，實際上，賀家如自己的字也不差，歐陽暖如實地誇她有才華，賀家如也越學越有勁。

匆匆兩個月過去，天氣慢慢變暖了。林元馨的預產期在三月中旬，二月底，她的身子已十分不便。賀家早就把奶媽和產婆都請在家裡備用。賀家老太太整天念叨著要林元馨先給孩子取好名字，可是林元馨取了幾十個名字，在那兒左挑右選，始終拿不定主意。

歐陽暖知道，林元馨不是拿不定主意，而是在等肖衍。只可惜倉州動亂，她們根本得不到皇長孫的任何消息。越是臨近產期，林元馨的心情越是煩悶，歐陽暖心中擔心，便經常陪著她在後花園裡面散步。只是有時候歐陽暖會被賀家如纏著，便只能讓紅玉陪著她去。

這天下午，林元馨經過花園裡的水榭時，聽到有人在裡面吹笛子。笛聲十分悠揚悅耳，她被笛聲吸引了，站在水榭外面聽了好久。直到笛聲停止了，她才驚覺地預備轉身離去。還來不及走開，卻見一個年輕男子帶著他的笛子走了出來。兩人一個照面之下，不禁雙雙一愣，林元馨有些局促地說：「聽到笛子的聲音，就身不由主的站住了，你……吹得真好聽！」

「是嗎？」男子生得很平常，卻有一雙很溫和的眼睛，他的眼中閃著光彩，因有人駐足傾聽而有份意外的喜悅。他看了林元馨一眼，發現她的披風下掩著隆起的腹部，不由更驚訝，「妳是他們說的蕭夫人？」

因為林元馨出現的時候就是孤身一人，丫鬟們都在背後議論猜測她是個寡婦，這一點林元馨並不知道，她只是覺得在陌生男子面前有些不好意思，可是那男子笑道：「我是賀雨然。」

原來他就是賀家的大公子。

「妳要是喜歡聽笛音，我將來吹給妳聽！」他很自然地說著，說完，不由自主地凝視了她一會兒，眼中盛滿了關懷，很溫柔地說：「妳既然懷著身孕，就不要太悲傷了，對孩子很不好。」

林元馨從沒見過這樣熱心腸的人，更沒有跟男子這樣說過話，一時之間，有些不好意思，赧然道：「我沒事。」

「真的沒事嗎？」他問。

「妳知道，我是一個大夫，如果妳有什麼不舒服，告訴我，我可以幫忙……」他在她眼底讀出了疑問，覺得需要解釋清楚，「我從小就對做生意不感興趣，反而對行醫很有興趣，這才跟著師傅跑。我能處理傷口，治療許多病痛，不過，我承認，我不一定能夠治療人心裡的傷痛。」

他說的是喪夫之痛，可惜這完全是個天大的誤會。只是在一般人眼裡，誰會丟下懷孕的妻子不顧呢？他們這樣猜測，也是人之常情。

林元馨聽了他最後的一句話，心中就怦然一跳，感到無比的撼動。她飛快地看了他一眼，一時間，竟不知該如何解釋。她這樣的表情，使他驀然醒覺自己講得太坦率了，太沒經過思考，或者她會認為這是一種冒犯吧？他見她默然不語，有一些惶惑。

「我說太多了！」他說：「我只是覺得身為一個大夫，有必要說這些話！」

「沒有……沒有……」她慌忙應著：「醫者父母心，你是好意。」

就在這時候，花園的另一邊，歐陽暖遠遠地道：「表姊！」

林元馨一愣，隨即向賀雨然點了點頭，轉身離去了。

賀雨然遠遠地看著她的背影，微微露出惋惜的神色。

「賀兄在看什麼？」突然，肖重華的聲音在背後響起。

賀雨然一驚，肖重華順著他的視線向遠處望去，看見歐陽暖扶著林元馨回去，不由得微微皺起眉，「歐陽小姐的確生得很美貌，是不是？」

賀雨然愕然，「歐陽小姐？你在說什麼？」

這一回，輪到肖重華吃驚了，他凝神看了賀雨然片刻，發覺不到他有絲毫說謊的痕跡。

賀雨然終於明白他在說什麼，笑道：「我只是替蕭夫人惋惜，她這樣溫婉的一個女子，懷著身孕，卻這樣無依無靠……」

「你很少對一個女子這樣關心。」肖重華沉思了一下，就很坦率從容地說了出來。

賀雨然微微一笑，「重華，你我認識五載，我是怎樣一個人，你應該是最清楚的。在我七歲以前，只是個私生子，一個來歷不明的人，和賀家潑天的富貴是八竿子打不著的！那時候，我只能與娘相依為命，她很貧窮，卻待我極好。」他神往地看著迴廊外的天空，不勝懷念地說：「說真的，那種日子雖然辛苦，卻是我最快樂的時候！」

肖重華一直都知道賀雨然不是毛氏的親生兒子，但主母將妾生的兒子養在自己名下的事情很多，並不奇怪，卻不知道他還有這樣一段隱情。

「別的人都說我沒有爹，是個野種，為此我娘不知道忍受了多少的屈辱。後來我娘病死了，我師傅收留了我，讓我跟著他學醫，可惜不久後，毛氏的兒子夭折了，我爹這才找上門來認了我。他把我帶回賀家，讓我做毛氏的兒子，又訓練我經商，參與賀家的家族事業。可是我並不喜歡經商，也不喜歡商場上的爾虞我詐，這才一再地逃離自己，逃離這個家。」他抬起眼睛，很認真地，很懇切地說：「和你談這麼多，不外乎要你瞭解，我對那位蕭夫人絕沒有什麼惡意的，不過是有些感懷自己的身世罷了，請你不要擔心。」

肖重華微微一笑，「我明白。」

這天晚上，賀雨然在花園裡吹著他的笛子，林元馨在她的房中聽著那笛聲。夜深了，笛聲戛然而止。林元馨傾聽了好一會兒，不聞笛聲再起，她不禁幽幽一嘆，若有所失。

第二天一早，賀家如興沖沖地來找歐陽暖，告訴她平城最大的書齋在出售一方十分罕見的紅絲硯，非要拉著歐陽暖一起去買。

紅絲硯產於青州黑山，是一種製硯極佳的石料。有許多文人墨客以詩辭賦高度讚譽，把它推崇為名硯之首。然而，紅絲石的儲量極少，礦層較薄，開採困難，大歷朝已經沒有紅絲石出產，這時候突然冒出來一塊紅絲硯，當然會引起很多人的關注。

歐陽暖看了林元馨一眼，笑道：「表姊和我們一起去嗎？」

林元馨搖搖頭，「不，妳們去吧，我在家裡休息就好。」

林元馨挺著個大肚子，上下馬車的確很不方便，歐陽暖點點頭，便讓紅玉在家中陪著她。

到了書齋，掌櫃一見到是賀家的馬車，立刻親自迎了出來，笑容滿面地道：「賀小姐，您要的硯臺特地給您留著呢，快請進吧。」

歐陽暖一路和賀家如一起進了書齋，掌櫃小心翼翼地捧出紅絲硯，「您瞧瞧，這可是百年難得一見的，我自己都想留著呢！」

賀家如看了看，將硯臺遞給歐陽暖，讓她欣賞。

掌櫃眉開眼笑，話說到一半，突然有個人從裡面掀開簾子出來，看見歐陽暖，頓時露出驚喜的表情，「歐陽小姐，這麼巧！」

看到這張臉，歐陽暖輕輕放下了紅絲硯，轉頭看向賀家如，賀家如被她看得面色漲紅，急著解釋道：「我……我根本不知道他會在這兒！」說著，匆匆擋在歐陽暖面前，對賀雨生怒聲道：「你又來幹什麼？」

賀家如緊張的肩膀都在顫抖，顯然是很擔心自己會誤會。歐陽暖在心裡嘆了口氣，拍拍她的肩膀，道：「沒關係的，這書齋我們能來，賀公子也能來，沒什麼好奇怪的。」

賀家如狠狠地瞪了賀雨生一眼，對方卻渾然不覺自己的討厭，巴巴地盯著歐陽暖不放。實際上，賀雨生長得確實十分清秀，如果剔除掉那一點裝腔作勢的俗氣，倒也不失為一個美男子，再加上他很有錢，所以幾乎是無往而不利的。他和曹榮最大的不同點在於，曹榮不懂得用腦子，只會用權勢壓人，可是他卻很聰明，雖然對賀家如很兇惡，回過頭來對著歐陽暖卻是態度謙卑恭順，殷勤周到。

他渾然不顧歐陽暖冷淡的臉色，忙忙地從夥計手中接過一杯茶，巴巴地遞給歐陽暖。歐陽暖並沒有喝，正想把杯子放下時，他早已機靈地伸過手去，把杯子接過來，跑去放在茶几上，引來賀家如的愕然。

賀家如便也不再理會他，正準備跟掌櫃說買下這硯臺，卻聽見有個人道：「這硯臺我要了！」一個年輕公子從外面走進來，他面帶微笑，一步一步逼近，在這一瞬間，歐陽暖只覺得自己連血液都在顫抖，幾乎就想這樣奪路而逃，然而她還是站在那裡，紋絲未動，笑意嫣然。

肖天燁的一雙眼睛帶著一種奇異的光亮，「掌櫃，包起來。」

掌櫃一愣，隨即露出些許為難的神色道：「可是，賀家……」

「我出一百兩黃金。」肖天燁微笑道。

此言一出，掌櫃的臉色刷的變了，他立刻從賀家如的手心裡搶回那塊硯臺，道：「既然如此，這硯臺就讓給這位公子！」

賀家如愣愣地盯著肖天燁，竟說不出一句話來，一旁的賀雨生冷冷地道：「周掌櫃，總有個先來後到的說法吧？我們賀家也不是好糊弄的！」

「這……」掌櫃一愣，瞧見肖天燁向他望過來，心裡一慌，忙道：「不，這位公子兩天前就下定了，是我老糊塗！」

「哼，滿口胡言，真要下定了，你剛才怎麼不說？」賀雨生怒氣沖沖地冷哼一聲，一百兩黃金買個硯臺，有錢也不是這麼燒的！他想到這裡，對歐陽暖道：「歐陽小姐，妳要是喜歡，改天我專門為妳尋一方好硯臺去，咱們回去吧，別跟這個人生閒氣。」

歐陽暖微微點頭，強壓住心頭的震動，對賀家如道：「咱們回去吧。」

賀家如站在原地，還是愣愣地望著肖天燁，直到歐陽暖推了她一下，她才回過神來，臉一下子紅透了，訥訥說不出話來。

歐陽暖在心裡嘆了口氣，肖天燁這個妖孽的殺傷力還真不是一般的大，這一路走過來不知道引來多少小姑娘的芳心，只可惜她們一旦瞭解他的殘忍暴戾，都會作鳥獸散……她不會忘記，是秦王殺了林之染！這樣的仇恨，即便不記在肖天燁的身上，她與他也絕不能再有交集！

（未完待續）

漾小說 72

高門嫡女 肆

國家圖書館出版品預行編目資料

高門嫡女 / 秦簡著. -- 初版. -- 臺北市 :
麥田, 城邦文化出版 : 家庭傳媒城邦分公司發行,
2013.05
冊 ;　公分. --（漾小說 ; 72）
ISBN 978-986-173-913-7（第4冊 : 平裝）

857.7　　102006263

作者	秦簡
封面繪圖	若若秋
責任編輯	施雅棠
副總編輯	林秀梅
編輯總監	劉麗真
總經理	陳逸瑛
發行人	涂玉雲
出版	麥田出版 城邦文化事業股份有限公司 104台北市中山區民生東路二段141號5樓 電話：（886）2-25007696　傳真：（886）2-25001966
發行	英屬蓋曼群島商家庭傳媒股份有限公司城邦分公司 104台北市中山區民生東路二段141號2樓 客服服務專線：（886）2-25007718；25007719 24小時傳真專線：（886）2-25001990；25001991 服務時間：週一至週五上午09:00~12:00；下午13:00~17:00 劃撥帳號：19863813；戶名：書虫股份有限公司 讀者服務信箱：service@readingclub.com.tw
麥田部落格	http://blog.pixnet.net/ryefield
香港發行所	城邦（香港）出版集團有限公司 香港灣仔駱克道193號東超商業中心1樓 電話：852-25086231　傳真：852-25789337 E-mail：hkcite@biznetvigator.com
馬新發行所	城邦（馬新）出版集團【Cite (M) Sdn Bhd】 41, Jalan Radin Anum, Bandar Baru Sri Petaling, 57000 Kuala Lumpur, Malaysia. 電話：(603) 90578822　傳真：(603) 90576622 Email：cite@cite.com.my
美術設計	洸譜創意設計股份有限公司
印刷	鴻霖印刷傳媒股份有限公司
初版一刷	2013年5月30日
定價	250元
ISBN	978-986-173-913-7